Die *Kunst* des *Ehestiftens*

Jennie Goutet

KAPITEL 1

London, März, 1822

„Almack's." Das Wort entschlüpfte Lady Alice St. Claire mit einem Seufzer der Resignation, den niemand hörte. Sie gab ihren apollogoldenen Mantel mit Plüschbesatz ab, erhielt dafür eine Karte und drehte sich um, um in den Ballsaal zu spähen, der für die Eröffnungsveranstaltung der Saison bereits mit erwartungsvollen Gesichtern gefüllt war. Ihre Mutter, die Duchess of Carr, stellte sich sofort an die Seite einer der Schirmherrinnen und ließ Alice in der Obhut ihrer Schwester. Alice war durchaus in der Lage, selbst für sich zu sorgen, aber dessen musste die Duchess erst noch gewahr werden.

Lady Charlotte, ihre verheiratete Schwester, die vier Jahre älter war, betrat vor Alice den Raum. Mit einer ungeduldigen Geste drehte sie sich um. „Kommst du, Alice? Durstead, du kannst Karten spielen gehen, wenn du wünschst. Wenn ich dich benötige, werde ich dir Bescheid geben, ansonsten kannst du wie immer um zwei Uhr zu uns kommen."

Charlotte ging weiter, ohne eine Antwort ihres Mannes abzuwarten und in der Erwartung, dass ihre Schwester ihr folgen würde. Alice machte sich nicht die Mühe, ihrem Schwager einen mitfühlenden Blick zuzuwerfen. Sie glaubte vielmehr, er opferte sich seiner Frau freiwillig auf und hatte deshalb wenig Geduld mit ihm.

Halbherzig folgte sie Charlotte in den Ballsaal und wurde sofort von der Menge umringt, was sie von ihrer Schwester trennte. Eine Stimme durchbrach das Getöse zu ihrer Rechten und rief: „Lady Alice!" Sie erkannte den durchdringenden Tonfall, wappnete sich und drehte sich um, um ihre Freundin aus Kindertagen zu begrüßen, wenn man diese Bezeichnung denn verwenden konnte.

„Barbara, wie schön, dich zu sehen", sagte sie und setzte ein Lächeln auf. „Kamst du soeben erst in der Stadt an?" Alice konnte sich an keine Zeit erinnern, in der sie Barbara Gower, *geborene* Bowlings, nicht gekannt hatte. Sie hatten vor ihrem Debüt gemeinsam Tanzunterricht genommen und ihre Mütter hatten sie zu Vormittagsbesuchen mitgenommen, in der Annahme, es würde daraus eine Freundschaft wachsen. Doch es war schwierig, mit jemandem befreundet zu sein, der nur wegen des Titels freundlich zu einem war.

Barbara warf einen Blick über ihre Schulter auf den Mann, der hinter ihr stand. „Ja, in der Tat. Ich heiratete kürzlich, wie du sicherlich weißt. Bitte erlaube mir, dir meinen Mann William Gower vorzustellen. Mr. Gower, das ist Lady Alice St. Claire, die jüngste Tochter des Duke of Carr."

Mr. Gower verbeugte sich tief und höflich, was sie mit einem Knicks quittierte. Alice schaute sich in der Menge um, in der Hoffnung, eine vielversprechende Bekanntschaft zu entdecken, die es ihr ermöglichen würde, zu entkommen, ohne den Eindruck zu erwecken, Barbara zu schneiden. Sie entdeckte keine. „Darf ich dir zu deiner Hochzeit gratulieren?", sagte sie stattdessen.

„Du darfst. Es war eine prachtvolle Zeremonie. Wir wurden in der St. Paul's Cathedral getraut, und alle, die früh nach London gekommen waren, waren anwesend – viele von ihnen reisten nur für dieses Ereignis an. Deine Absage erhielt ich mit Bedauern."

„Ebenso wie ich es bedauerte, sie schicken zu müssen. Ich wünsche euch alles Gute für eure gemeinsame Zukunft, obwohl ich sicher bin, dass meine Glückwünsche nicht nötig sind." Alice nannte keine Gründe für ihre Abwesenheit bei der Hochzeit, denn ihre Entschuldigung war zugegebenermaßen recht fadenscheinig. „Wenn ihr mich nun entschuldigt, ich versprach Charlotte, mich nicht weit von ihr zu entfernen.“

Mit einem höflichen Nicken gelang ihr schließlich die Flucht. Wenn schon sonst nichts, so war Alice doch gelehrt worden, sich elegant aus einer Unterhaltung zu verabschieden.

Charlotte hatte nicht auf sie gewartet und Alice konnte dem Himmel nur danken, dass ihre Schwester ihre Busenfreundinnen gefunden hatte, sodass sie sich unterhalten und alles außer dem neuesten Klatsch vergessen konnten. In dieser Hinsicht war Charlotte ihrer Mutter sehr ähnlich. Alice duckte sich aus dem Blickfeld ihrer Schwester und war froh, entkommen zu sein.

Der Raum war überfüllt und warm. In allen Kronleuchtern über ihnen waren die Kerzen angezündet worden und am Ende des Raums standen zwei Tische mit Punschschalen und Gläsern mit Orgeatgetränk und Limonade. Die Limonade war wässrig und das Orgeatgetränk sirupartig und beides war warm. Alice würde durstig bleiben müssen.

Sie nickte den Gästen, die sie kannte, im Vorbeigehen höflich zu, freundlich genug, dass man ihr nicht vorwerfen konnte, hochmütig zu sein – auch wenn man das sicherlich tat–, und doch distanziert genug, dass niemand glauben würde, sie suche Gesellschaft. Sie bewegte sich zielstrebig in Richtung des Ruheraums, obwohl sie tatsächlich nur einen abgelegenen Ort suchte, um sich vor der Menschenmenge zu verstecken. Im letzten Augenblick fand sie an der Seite des Raumes einen leeren Platz in einer der Fensternischen und duckte sich in deren Schatten. Die Menge wuselte, redete und tanzte vor ihr, doch niemand befand sich mit ihr in der Nische.

Alice atmete aus und schaute das sich bildende Set an, dankbar, dass sie nicht Teil davon sein musste. Heute Abend hatte sie, wie in der ganzen letzten Saison, die Schleppe ihres Kleides unten getragen. Diese Geste würde alle Aufforderungen zum Tanzen abschrecken, wenn das nicht schon ihr schwer fassbarer Ruf vollbracht hätte. Sie ging in ihre fünfte Saison, und wenn sie noch nicht verheiratet war, so lag das daran, dass es keinen Anreiz gab, der verlockend genug war – auch wenn es Angebote gab.

Warum wohl, dachte sie, als die Litanei der Verehrer vor ihrem inneren Auge vorbeizog. Es hatte einen Antrag von Lord Shrewsbury gegeben, dessen Angewohnheit es gewesen war, sie in die Enge zu treiben, wann immer sie nicht schnell genug bemerkte, dass er sich näherte. Als wäre das nicht bereits schlimm genug gewesen, ähnelte sein Lachen auch noch erstaunlich dem eines Esels. Er hatte ihr zu verstehen gegeben, dass er für sie akzeptabel sein musste, da er den Titel eines Marquess besaß. Sie hatte ihn unverzüglich eines Besseren belehrt.

Es hatte noch andere gegeben – wie Mr. Morris, ein Mann älter als ihr Vater. Der Duke hatte gewusst, wie unwahrscheinlich es war, dass seine Tochter den Antrag des Mannes annehmen würde und er hatte nicht darauf bestanden. Doch da der Anwärter recht vermögend war und ihr Vater ihn nicht beleidigen wollte, hatte er Mr. Morris gestattet, den Versuch zu unternehmen. Alice hatte ihn ohne Bedauern seines Weges geschickt.

Mr. Waynesworth, ein weiterer möglicher Verehrer, hatte nie den Mut aufgebracht, sie zum Tanz aufzufordern. Stattdessen hatte er sich nervös um Alice herumgedrückt, still und fürsorglich, und ihr bei jeder Gelegenheit eifrig etwas zu trinken gebracht, bis sie bei seinem Anblick hätte schreien wollen. Sie konnte den Ausbruch einer Geisteserkrankung, der manche Damen ereilte, sehr gut nachempfinden.

Und schließlich war da noch Mr. Bowing gewesen, jung und gut aussehend, der seinen Charme bei jeder wohlhabenden Frau, die ihm begegnete, spielen ließ und sich sicherlich für charmant genug hielt, um die Tochter eines Peers zu verführen. Er hatte sich geirrt. Sie wollte keine Jugend oder Eleganz, sondern Substanz – eher beim Charakter als im Geldbeutel. Da es in ganz England eindeutig keinen solchen Mann gab, hatte sie ihre Suche eingestellt.

Was stimmte nur nicht mit dieser Welt, die einer Frau keine eigene Autorität oder Stimme gab, zu entscheiden, was sie wollte? Wären die Versuche ihrer Eltern, einen Erben zu zeugen, doch nur mit *ihr* erfolgreich gewesen und sie wäre als Junge geboren worden. Dann hätte sie alle Freiheiten gehabt, die sie sich wünschen konnte.

Ein Lächeln umspielte Alice' Lippen. *Doch dann würde es keinen Bartholomew geben.* Ihr Bruder, der Marquess of Anley, war ihr der liebste Mensch auf der Welt, auch wenn er in den letzten Monaten etwas distanziert geworden war, da es ihn nach Unabhängigkeit verlangte. Es dürfte nur noch ein oder zwei Jahre dauern, bis Bartholomew ein erwachsener Mann war.

Durch das künstliche Lächeln und das falsche Lachen, das im Raum vor ihr erklang, wurde Alice wieder in die Gegenwart zurückgeholt und setzte ihre innere Schimpftirade fort. Das Almack's stand stellvertretend für alles, was ihr an der *vornehmen Gesellschaft* missfiel, vor allem deren Versuche, eine Beziehung zu ihr aufzubauen. Sie wurde von allen Seiten umworben – von Frauen, die glaubten, ihr gesellschaftliches Ansehen verbessern zu können, wenn sie sich mit ihnen anfreundete, und von Männern, die sich sicher waren, dass sie ihren mannigfaltigen Reizen schlussendlich erliegen würde. Teilnahmslos betrachtete sie Londons Elite, die sich vor ihr versammelt hatte.

Lady Alice St. Claire genoss den Ruf, hochmütig und unnahbar zu sein. Ihr Mundwinkel wanderte bei dem Gedanken nach oben. Dieser Ruf leistete ihr gute Dienste.

Ein vertrautes Gesicht auf der anderen Seite der Tanzfläche fiel ihr ins Auge. Miss Gwendolyn Chauncey betrachtete in der Reihe der jungen Damen, die keinen Partner hatten, den Tanz vor sich. Alice hatte vor einer Woche bei einer Kartenparty die Gelegenheit gehabt, Miss Chauncey beobachten können, wo diese am Nachbartisch gesessen hatte. Alice war älter und von höherem Stand als sie und Miss Chauncey hatte nicht versucht, sie in ein Gespräch zu verwickeln – nicht einmal, als das Spiel zu Ende war und sie es hätte tun können. Eine Frau, die ihren Vorteil nicht ausnutzte, indem sie eine Verbindung erzwang, die ihr selbst nützte? Wie erfrischend.

Miss Chauncey stand in diesem Augenblick ganz still und blickte Mr. Oswald Duckworth hinterher – dem Gentleman, mit dem sie zum Kartenspielen zusammengesetzt worden war und der einer der abgebrühtesten Charmeure auf dem Heiratsmarkt war. Die Männer, mit denen er sich umgab, waren dafür bekannt, die Herzen der Heiratswilligen zu brechen, da keiner von ihnen die Absicht hatte, sich niederzulassen. Dennoch hatte Alice an diesem Abend einen Funken Interesse in Mr. Duckworth' Aufmerksamkeit gesehen, der über das Flirten hinausging. Miss Chauncey hatte Substanz, wie Alice nach ihrer kurzen Beobachtung feststellte.

Sie seufzte und schüttelte den Kopf, während sie weiter beobachtete. Miss Chauncey verhielt sich auf eine Art und Weise, die zum

Scheitern verurteilt war, wenn sie nichts tat als dazustehen und ihn anzustarren. Alice würde etwas unternehmen müssen, um dem armen Mädchen zu helfen. Der Blick von Miss Chauncey war derart sehnsüchtig, dass Alice versucht war, zu Mr. Duckworth hinüberzugehen und ihn an ihre Seite zu ziehen, um ihn mit ihrem gesellschaftlichen Einfluss dazu zu zwingen, das Mädchen zum Tanzen aufzufordern. Aber nicht nur, dass man Männer nicht so offen an der Nase herumführen konnte, Alice befürchtete auch, dass es den gegenteiligen Effekt haben könnte und Mr. Duckworth denken würde, *sie* wäre an ihm interessiert, was keineswegs der Fall war.

Igitt. Und da kam auch noch dieser Langweiler Percival Lloyd, den niemand mochte, den jedoch alle tolerieren mussten und der sich nun Miss Chauncey näherte und sich vor ihr verbeugte. Alice beobachtete die schwerfälligen Schritte des Mannes mit Bestürzung, wohl wissend, dass Miss Chauncey gezwungen sein würde, seine Aufforderung anzunehmen, wenn sie den Rest des Abends tanzen wollte. Dennoch, welch Plage!

„Tun Sie es nicht, Miss Chauncey. Ich flehe Sie an", murmelte sie in der Sicherheit der Nische. „Es ist besser, gar nicht zu tanzen, als an solch einen Mann gefesselt zu sein."

„Was für einen Mann?"

Alice drehte sich erschrocken zu dem Besitzer der tiefen Stimme neben sich um. *Wo kam er nur her? Es* war niemand mit ihr in der Nische gewesen und sie hätte ihn gesehen, wenn er von der Tanzfläche gekommen wäre. Sie wollte ihn gerade fragen, wie er dorthin gekommen war, aber ein Blick hinter sich beantwortete die Frage. Er war schlicht hinter den schweren Samtvorhängen versteckt gewesen.

Alice blickte wieder nach vorne. Sie hätte ihn gerne dafür verurteilt, sich hinter Samtvorhängen zu verstecken, während unschuldige Frauen laut ihre Gedanken aussprachen. Doch jeder kannte Mr. George Clavering als fröhlich und harmlos, auch wenn er ein Spieler war. Er würde nie etwas tun, was nicht absolut ehrenhaft wäre.

„Ein Gentleman sollte keine Dame ansprechen, der er nie vorgestellt wurde, Mr. Clavering." Alice öffnete ihren Fächer und begann, Luft zu fächeln. Sie weigerte sich, ihn anzusehen, war aber neugierig, wie er antworten würde.

Es lag keine Spur von Zögern oder Verlegenheit in seiner Stimme, als er antwortete – nichts, was sie ihm als zu forsch vorwerfen konnte.

„Ich bitte um Verzeihung, Lady Alice. Man lehrte mich, niemals eine Frau zu ignorieren, wenn sie spricht. Ich konnte mich Ihrem Gespräch gegenüber nicht taub stellen."

Sie konnte den Humor aus seiner Antwort heraushören und beschloss, keinen Anstoß daran zu nehmen, obwohl sie halb versucht war, pikiert zu sein, weil er eine Antwort parat gehabt hatte. Doch damit würde sie sich nur lächerlich machen. „Nun gut. Sie haben liebenswürdigerweise auf meinen Gesprächseinstieg geantwortet und ich werde Ihnen nicht vorwerfen, mich ignoriert zu haben. Niemand wird schlecht über Sie sprechen können."

Mit einer Stimme, in der ein Hauch von Neckerei mitschwang, antwortete er: „Damit werde ich wohl ganz eindeutig entlassen. Ich werde Ihnen nicht zu nahetreten, Mylady. Aber da wir uns gerade unterhalten, verraten Sie mir vielleicht, auf wen Sie sich beziehen. Wen bitten Sie, nicht zu tanzen, und mit wem?"

Die Unterhaltung war gerade so ungewöhnlich, dass Alice ihm nicht die höfliche Abfuhr erteilte, die ihr auf der Zunge lag. Stattdessen erwiderte sie. „Es geht um Miss Chauncey. Ich riet ihr, obwohl sie es nicht hören konnte, die Aufforderung von Mr. Percival Lloyd nicht anzunehmen. Es ist besser, die Möglichkeit zu tanzen für den gesamten Abend zu verlieren, als zwei Sets mit einem Mann wie ihm zu ertragen."

„Ich kenne Miss Chauncey nicht, bin aber geneigt, Ihrer Einschätzung von Lloyd zuzustimmen. Er hängte sich ein paar Mal an meine Schwester und es dauerte eine ganze Stunde, bis sie entkommen konnte." Mr. Clavering schien die Menge zu studieren. „Wer ist Miss Chauncey?"

Alice besah ihn sich genauer. Mr. Clavering war angenehm anzusehen, mit humorvollen braunen Augen in einem markanten Gesicht. Doch es war nicht schwer zu erkennen, dass sein Verhalten dem aller anderen Gentlemen in der *vornehmen Gesellschaft glich*. Ein sorgloser junger Herr, begeisterter Anhänger von Leibesübungen, modisch gekleidet, ein mittelloser – wie sie vermutete – Spieler, dessen einziges Interesse das Spiel mit Würfeln und Herzen war. Irgendwann, wenn er alt genug war, würde er sich eine Frau suchen, die ihm erlaubte, in diesem Stil weiterzumachen. Es würde nicht Alice sein.

„Miss Chauncey ist die Frau, die mit Mr. Lloyd tanzt.“ Sie nickte in Richtung der beiden, die darauf warteten, an die Reihe zu kommen.

Mr. Clavering seufzte und schüttelte den Kopf. „Sie hatte also nicht genug Entschlusskraft.“

„Die hatte sie leider nicht. Wenn nur mehr Frauen welche hätten.“ Alice beobachtete weiter, wie sie der Reihe zum Anfang des Sets folgten, und ihr Herz klopfte vor Mitgefühl, als sie den Ausdruck gelangweilter Verzweiflung in Miss Chaunceys Gesicht sah. „Aber abzulehnen hätte natürlich bedeutet, den restlichen Abend nicht mehr tanzen zu können.“

„Sie scheinen sehr entschlossen zu sein“, merkte Mr. Clavering an.

Alice drehte sich zu ihm um und schaute auf, um seinen Blick zu erwidern. „Das ist einfach. Ich habe nicht vor, jemals zu heiraten.“

Mr. Clavering ging nicht sogleich darauf ein und versuchte auch nicht, sie vom Gegenteil zu überzeugen, wofür sie dankbar war. Nichts war lästiger als Männer, die meinten, sie wüssten, was das Beste für sie wäre.

Er verschränkte die Arme und beobachtete die vor ihm tanzenden Paare. „Wenn sie so wenig Entschlusskraft hat, verdient sie Mr. Lloyd vielleicht. Sie sieht nicht überdurchschnittlich gut aus und ich kann nicht behaupten, dass sie irgendetwas an sich hat, was einen Mann anzieht. Miss Chauncey darf ihre Ziele nicht zu hochstecken.“

Alice schaute nach vorne, ein Anflug von Irritation erhitzte ihre Wangen. Männer, die nichts zu bieten hatten, was ihr Äußeres betraf, konnten mit den umwerfendsten Schönheiten vermählt werden. War es so schwer zu glauben, dass eine Frau dasselbe tun könnte? Alice wusste nicht so recht, warum sie sich derart um die Zukunft von Miss Chauncey kümmerte, obwohl sie kaum mehr als ihren Namen kannte. Sie hatte lediglich den Eindruck, dass sie aufrichtiger war als die meisten ihrer Bekannten. Und Alice hatte so wenig Menschen mit Tiefgang kennengelernt, dass sie nicht umhinkonnte, es zu bemerken.

Sie deutete mit ihrem Blick auf das laufende Set. „Percival Lloyd verdient eine Frau, die genauso langweilig ist wie er, ohne Sinn für Humor oder feinere Gefühle. Das ist Miss Chauncey nicht.“

„Ist das so?" Mr. Clavering überlegte. „Wen würden Sie dann für sie auswählen? Mit welchem Partner würden Sie sie tanzen lassen?"

Alice zögerte nicht, als sie ihren Kopf zu dem Herrn neigte, der mit einer Gruppe junger Männer in einer Ecke stand und lachte. Er tanzte momentan nicht und sah Miss Chauncey auch nicht an.

„Mr. Duckworth."

Mr. Clavering reagierte darauf, wie sie es vorausgesehen hatte. Jeder in der Gesellschaft wusste, dass sie eng befreundet waren.

„Duckworth", rief er aus. *„Duck?* Unmöglich! Er ist einer der umtriebigsten Charmeure in London. Er wird schlussendlich eine Frau heiraten, die ebenso viel Witz und Temperament hat wie er selbst."

Alice schüttelte entschieden den Kopf. „Sehr häufig wissen Männer nicht, was sie brauchen. Es muss nur ein wenig arrangiert werden. Mr. Duckworth und Miss Chauncey lernten sich bereits auf einer Kartenparty kennen und jeder, der Augen im Kopf hat, konnte sehen, wie gut sie zusammenpassen. Wenn er ein- oder zweimal mit ihr tanzt, wird er sich daran erinnern, wie einfach es ist, sich mit ihr zu unterhalten, und er wird feststellen, dass das Vergnügen, mit ihr zu tanzen, ihren Charme nur noch verstärkt. Von da an ist es nicht mehr weit bis zur Brautwerbung."

Mr. Clavering blickte ungläubig zu Miss Chauncey und schüttelte den Kopf. „Unmöglich."

Alice warf ihm einen bedeutungsvollen Blick zu. „Männer wünschen keinen Witz und kein Temperament an ihrem Frühstückstisch."

Mr. Clavering öffnete den Mund, um etwas zu erwidern, hielt dann jedoch inne. „Das ist wahr", gab er zu. Alice musste über seine Ehrlichkeit lächeln, bis er eine Erwiderung hinzufügte. „Männer wollen aber auch nicht jeden Morgen in ein Gesicht schauen, das sie vom Frühstücken abhält."

Alice presste die Lippen zusammen und war plötzlich wütend. Sie knickste rasch und wollte gehen, doch er rief nach ihr.

„Lady Alice."

Sie war versucht, ihn zu ignorieren und konnte nicht sagen, warum sie es nicht tat, doch sie drehte sich um. In seinem Gesicht war nun keine Spur von Humor mehr zu erkennen und ihr fiel auf, dass sie ihn –

obwohl sie ihn kaum kannte – noch nie ohne seinen typischen Blick von neckischer Sorglosigkeit gesehen hatte.

„Ich bitte Sie, mir zu verzeihen", bat er und hielt ihren Blick fest. „Das war unhöflich und unwahr. Ich bin Miss Chauncey nicht gerecht geworden."

Nach einem kurzen Zögern kehrte Alice in die Nische zurück.

Er berührte leicht ihren Arm. „Danke, dass Sie zurückgekehrt sind, um meine Entschuldigung anzuhören."

„Nur weil ich mich daran erinnerte, dass dies meine Nische ist", gab sie zurück und erlaubte ihren Lippen ein Zucken.

Er lachte. „Sie haben recht. Wenn ich das nächste Mal etwas derartig Gefühlloses sage, werde ich mich selbst hinausbegleiten."

Mr. Clavering schien die Menge zu beobachten und sie konnte ihn beobachten. Ihr Blick war nur bis zum obersten Knopf seines Mantels gekommen und als er sich ihr zuwandte, warf sie ihm einen prüfenden Blick zu.

„Stünde Ihnen der Sinn nach einer Wette darauf, ob Mr. Duckworth sich vor Ende der Londoner Saison in Miss Chauncey verliebt?"

Nun studierte Mr. Clavering sie, wobei seine Züge von Belustigung und Zweifel erhellt wurden. „Eine Wette! Wenn *Sie* mutig genug für eine Wette sind, können Sie sicher sein, dass ich es auch bin. Ich schlage nie eine Wette aus. Wie sollen die Bedingungen lauten?"

Es war ein spontaner Vorschlag gewesen, den Alice nicht durchdacht hatte. Geld war so plump. Es konnte nicht um Geld gehen. „Wenn ich gewinne, werden Sie alles tun, was ich von Ihnen verlange, solange es keiner Person und niemandes Ruf dauerhaft schadet – weder Ihrem eigenen noch dem eines anderen. Wenn Sie gewinnen, gelten die gleichen Bedingungen."

Mr. Clavering verengte die Augen, als er über diese Idee nachdachte. Es war leicht nachzuvollziehen, dass man ihn attraktiv finden konnte. Er sprach natürlich und hatte ein Lächeln auf den Lippen, was es leicht machte, sich mit ihm zu unterhalten. Aber er musste noch etwas wachsen, bevor eine Frau gezwungen sein sollte, sich an ihn zu binden.

Er schaute wieder zu Miss Chauncey, ehe er antwortete. „Die Bedingungen sind vage, wenn Sie mich fragen. Ich hätte gerne eine Vorstellung davon, was Sie verlangen, bevor ich sie akzeptiere."

„Ich hatte Sie für einen wagemutigeren Spieler gehalten, Mr. Clavering. Wenn die Bedingungen für eine Dame annehmbar sind, können *Sie* kaum etwas dagegen haben.“ Sie hielt kurz inne, ehe sie mit einem Lächeln hinzufügte: „Insbesondere, da Sie so sicher sind, zu gewinnen.“

Das Grinsen von Mr. Clavering erweckte etwas in ihr – die Sehnsucht nach mehr solcher spielerischer Gespräche, bei denen Humor im Vordergrund stand, doch auch Aufrichtigkeit nicht zu kurz kam. Sie vermutete, dass es eine Sehnsucht nach Freundschaft war, die Alice nicht so leicht fand, wie sie es sich gewünscht hätte.

„Das ist wahr“, antwortete er. „Dann bin ich mit Ihrer Wette einverstanden. Wenn Duck es jemals schafft, das Gute in einer solch ... würdigen Person wie Miss Chauncey zu erkennen, und es zulässt, dass dies seine Hingabe, Junggeselle zu bleiben, übertrumpft, werde ich mich geschlagen geben. Ich werde Ihre Bedingungen als solche akzeptieren, Mylady.“

Alice beobachtete ihn und überlegte, ob sie ihren Vorteil ausnutzen könnte, um das Einzige zu bekommen, was ihrem Ziel helfen würde. „Ich möchte Sie bitten, mich mit Mr. Duckworth bekannt zu machen.“

Mr. Clavering richtete lachende Augen auf sie und schüttelte dabei den Kopf. „Das wage ich nicht. Damit würde ich meine eigenen Bemühungen sabotieren.“

Alice blickte ihn finster an. „Dann werde ich mich selbst vorstellen müssen. Doch sorgen Sie sich nicht. Ich bin in der *vornehmen Gesellschaft* einigermaßen bekannt.“

Mr. Clavering lachte erneut und weckte in ihr das Gefühl, dass er ein ruhiger, angenehmer Mensch war. „Das sind Sie allerdings. Ich freue mich darauf, mich mit Ihnen zu messen.“ Er verbeugte sich und lächelte Alice mit einem schelmischen Funkeln in den Augen an, dann war er fort.

Alice ließ ihren Blick wieder zu dem Objekt ihrer Aufmerksamkeit schweifen und empfand aufrichtiges Mitgefühl für Miss Chauncey. Sie war einem langweiligen Mann ausgeliefert, nur weil sie niemanden hatte, der sie mit würdigeren Partnern bekannt machen konnte. Auf der anderen Seite des Ballsaals befand sich Mr. Duckworth derweil noch immer in der Gesellschaft von Herren, anstatt seiner Pflicht nachzukommen und eine verfügbare junge Frau zum

Tanzen aufzufordern. Alice nahm an, dass eine Menge Arbeit vor ihr lag.

Andererseits schien Mr. Duckworth für einen solch abgebrühten Charmeur nicht darauf aus zu sein, das Herz einer Frau zu erobern. Alice war sich nicht sicher, ob Mr. Clavering seinen Freund so gut kannte, wie er glaubte – zumindest nicht in Herzensangelegenheiten.

Sie konnte nicht den ganzen Abend in der Nische bleiben, so sehr ihr die Vorstellung auch behagte. Sie ging zu ihrer Schwester hinüber, die zumindest nicht von ihr erwarten würde, sich an der Unterhaltung zu beteiligen und die sie vor den unerwünschten Annäherungsversuchen bestimmter Männer schützen würde. Als sie an Charlottes Seite war, drehte Alice sich um und schaute in die Menge.

Sie war nicht groß genug, um über die Köpfe der Leute direkt vor ihr hinwegzusehen und erwartete nicht, Mr. Clavering zu sehen. Aber sie ertappte sich dabei, dennoch nach ihm Ausschau zu halten. Nach ein paar Minuten trat er direkt in ihr Blickfeld. Er warf einen Blick in die Nische, in der sie gestanden hatte, dann wandte er sich seinem Freund zu und gab ihm eine Antwort. Sie beobachtete weiter und sah, wie sein Blick Miss Chauncey suchte, die er nun genauer studierte. *Gut.* Sie hatte ihn zum Nachdenken angeregt.

Alice wünschte, sie hätte jemanden gehabt, dem sie von dieser Begegnung erzählen könnte, doch ihre beste Freundin war auf Hochzeitsreise in Paris und ihr Bruder zeigte sich nur selten bei Almack's. Aber Bartholomew würde ihre kleine Episode mit Mr. Clavering sicher amüsant finden. Sie musste ihm davon erzählen, wenn sie ihn das nächste Mal sah.

Die Menge verschluckte Mr. Clavering und Alice drehte sich um und lauschte halb dem Geplapper ihrer Schwester. Ihr Gespräch war ganz genau so uninteressant, wie sie vermutet hatte. Trotzdem war der Saisonauftakt besser verlaufen, als sie erwartet hatte und sie hoffte, dass sich dieser Trend fortsetzen würde. Vielleicht würde sie die Monate in London nicht wie üblich am Rande der Langeweile verleben.

KAPITEL 2

Es war bereits spät und der Reiz der Eröffnungsnacht bei Almack's hatte sich für George Clavering und seine Freunde langsam verflüchtigt. Für eine Gruppe von Junggesellen, die noch nicht recht bereit waren, sesshaft zu werden, war Almack's nicht der Lieblingsort, doch natürlich wollte man den Auftakt nicht verpassen. Inzwischen hatten sogar die Matronen und ihre Töchter begonnen, sich zu verabschieden, und George und seine Freunde waren schon eine ungewöhnlich lange Zeit geblieben.

„Wollen wir gehen?", schlug Duckworth vor.

George stellte sein Glas auf das Tablett eines vorbeilaufenden Dieners und folgte seinen Freunden zur Tür. Er konnte nicht umhin, sich ein letztes Mal im Ballsaal umzusehen, um Lady Alice zu suchen, doch sie war nicht groß und er sah sie in der Menge nicht.

Es war nicht so, als wäre sie ihm noch nie aufgefallen. Jeder kannte Lady Alice St. Claire. Sie hatte den Ruf, wenig zu sagen, obwohl sie nicht auf den Kopf gefallen war. Tatsächlich sagte ihr Blick alles. Die Klatschtanten vermuteten, sie sei nicht an einer Heirat interessiert und sie selbst hatte dies auch bestätigt, doch George konnte keinen Grund erkennen, warum dem so sein sollte. Was hatte sie als Frau schon zu erwarten, außer der Ehe? Und sie war eine Frau, die alles hatte, was sich ein Mann von einer Ehefrau wünschen konnte. In

Bezug auf Schönheit, Intelligenz, Rang und Reichtum war sie unübertroffen. Lady Alice konnte sich einen Ehemann aussuchen und musste sich mit niemandem begnügen.

Trotz ihrer vielfältigen Reize hatte George nie ihre Bekanntschaft gesucht. Zum einen war er für die nächsten Jahre noch nicht auf der Suche nach einer Frau und wenn er es wäre, würde er es nicht wagen, seine Ziele derart hochzustecken. Als Tochter eines Dukes, selbst wenn sie die jüngste von fünf Töchtern war, konnte sie viel mehr erwarten als den zweiten Sohn eines Baronets. Zudem hatte George, bis er sie heute Abend kennengelert hatte, immer angenommen, dass eine Frau, die nicht heiraten wollte, etwas Seltsames an sich haben musste. Sie musste entweder ein Blaustrumpf sein oder unerträglich stolz. Es hatte nur ihres originellen Austausches bedurft, um ihm klarzumachen, dass an Lady Alice nichts Fehlerhaftes war. Tatsächlich hatte ihr kurzes Gespräch das Vergnügen des Abends über das hinaus gesteigert, was er von einem Abend bei Almack's erwartet hatte. Er hatte sich tatsächlich amüsiert.

Der Zufall hatte sie zusammengeführt. George war noch nicht lange bei Almack's, als er Miss Rachel Baldwin auf sich zukommen sah. Miss Baldwin war eine entschlossene Charmeurin, der er aus dem Weg ging, wann immer er konnte, da sie auf der Suche nach einem Ehemann war und ihn für einen geeigneten Kandidaten zu halten schien. Er hatte seinen Kurs geändert und war in die Nische ausgewichen, wo er die Gelegenheit nutzte, um ein paar Minuten am Fenster zu bleiben und die frische Luft zu genießen, die durch die zugigen Scheiben hereinströmte.

Im nächsten Moment war er nicht mehr allein gewesen. George hatte gezögert, ehe er sich zu erkennen gab, denn er wusste, dass er sowohl sich selbst als auch die andere Partei in eine unangenehme Situation bringen würde. Doch als er hörte, wie Lady Alice Beobachtungen machte – um genau zu sein *Selbstgespräche* führte – konnte er nicht widerstehen, mehr darüber herauszufinden, was in ihrem Kopf vor sich ging. Sie war zwar selbst nicht an einer Heirat interessiert, schien aber genaue Vorstellungen davon zu haben, wen andere heiraten sollten. Lady Alice erinnerte ihn an seine Schwester Philippa, wenn er so darüber nachdachte.

Zugegebenermaßen hatte er einen großen Fauxpas begangen, als er

Miss Chaunceys mangelnde Schönheit kommentierte. Er wusste nicht, was ihn dazu gebracht hatte, mit Lady Alice über das Aussehen einer anderen Frau zu sprechen, als wäre sie ein Mann. Ein Mann würde der Aussage über den Charme einer Frau oder dem Fehlen desselbigen zustimmen oder widersprechen, und das Gespräch würde von da an weitergehen. Er hätte wissen müssen, dass eine Frau es persönlich nehmen würde, als ob er über sie sprechen würde.

Doch selbst wenn dem so gewesen wäre, hätte seine unvorteilhafte Einschätzung nicht weiter von der Wahrheit entfernt sein können. Lady Alice' zierliche Statur war entzückend und vollendet proportioniert. Ihr hellbraunes Haar krönte ein rundes Gesicht mit einer kecken Nase und einem rosigen Mund. Sie sah engelsgleich aus, doch er vermutete, dass dies das letzte Wort war, mit dem man sie beschreiben sollte. Ein weiteres Merkmal, das ihn an seine Schwester erinnerte. Er würde Philippa fragen müssen, ob sie Lady Alice kannte.

„Ja, ich komme", rief George, als seine Freunde zurück auf die Straße schauten, um zu sehen, wo er blieb. Er folgte ihnen in die Dunkelheit, begleitet vom Lärm betrunkener Gentlemen und dem Hufklappern von Pferden, die die Leute für die Nacht nach Hause brachten. Er brauchte nicht zu fragen, um zu wissen, dass sie auf dem Weg ins White's waren. So hatten sie es bereits vergangenes Jahr und die Jahre zuvor gemacht. Erst Almack's, dann White's. Natürlich war Almack's nicht ihre erste Wahl, wenn es um Unterhaltung ging, aber die Frauen – von den jungen koketten bis hin zu den angesehenen Müttern – zögerten nie, George und seine Freunde zu drängen, den Ball zu beleben, und dem Druck konnte man nur schwer widerstehen.

Als sie im Club ankamen, wurden sie lautstark von zwei Gentlemen an einem Tisch in der Mitte begrüßt. Diese beiden hatten kein schlechtes Gewissen, weil sie den Eröffnungsball der Gesellschaft verpasst hatten.

„Ihr kommt gerade rechtzeitig, um eure Wetten zu platzieren." Ralph Filbert, ein schlanker Mann mit seidigem Backenbart, hatte das Wettbuch vor sich aufgeschlagen und winkte mit der Feder in Richtung der Neuankömmlinge. „Ich wette darauf, dass Lord Hicks sich eine von den diesjährigen Frischlingen schnappt. Irgendjemand dagegen?"

Filberts Begleiter, Theophile Taylor, nahm einen Schluck von seinem Drink und hob ihn dann ermutigend an. „Ich sage, ihr solltet die Wette annehmen. Es ist ein garantierter Gewinn. Hicks wird es nie schaffen, eine Frau zu verführen, und der Himmel weiß, dass er es schon seit vielen Jahren versucht.“

Duck setzte sich neben sie. „Hicks war heute Abend bei Almack's und hat mehr als eine Dame beäugt.“ Im Sinne der Wette fügte er hinzu: „Muss es eine der Frischlinge sein oder tut es auch eine alte Jungfer?“

„Es muss eine der neuen sein“, antwortete Filbert entschlossen. „In jedem Fall würde ich mich nicht mit den alten herumschlagen. Sie sind seinem Spiel bereits auf der Spur. Keine von ihnen wird sich von ihm verführen lassen, also musste er sich den Jüngeren zuwenden.“

Amos öffnete seine Schnupftabakdose. „Ungeachtet seines Titels wird Hicks nur dann eine Frau finden, wenn eine Mutter ihre Tochter dazu zwingt. Mit seinen gelben Zähnen und seinem Atem, den man meilenweit riechen kann, würde kein Mädchen, das bei Verstand ist, freiwillig zustimmen.“

„So viel Gerede und keine Interessenten.“ Filbert hob eine Augenbraue. „Setzt ihr nun auf die Wette oder nicht?“

George lachte und schüttelte den Kopf, als er ihnen gegenüber Platz nahm. „Da passe ich. Es ist nicht klug, auf eine Frau zu wetten. Sie sind zu unbeständige Geschöpfe, als dass ein Mann darauf wetten könnte. Es wird sicher ein junges Mädchen geben, das nichts gegen seine Zähne hat, wenn sie im Austausch einen Titel erhält.“

„Das ist noch nicht geschehen“, erwiderte Taylor. „Außerdem ist ebendies der Zweck von Wetten. Der eine sagt, dass eine Sache nicht möglich ist. Ein anderer sagt, es geht doch.“

In diesem Moment kam Lord Hicks persönlich zur Tür herein und Filbert wechselte einen Blick mit Duck. Ohne ein Wort zu sagen, setzte er seinen Namen neben die Wette und reichte das Wettbuch an Duck, Amos und Taylor weiter, die jeweils unterschrieben. George schüttelte den Kopf. Filbert klappte das Buch zu und stellte es wieder ins Regal.

Lord Hicks ging zu seinen Kumpanen im hinteren Teil des Clubs und verspürte keine Neugier auf die letzte Wette und Filbert blickte mit einem bösen Grinsen in seine Richtung.

„Wie war es denn bei Almack's?“, fragte Filbert.

Amos nahm den verbleibenden Stuhl am Tisch. „Wenn du so neugierig auf Almack's bist, warum bist du dann nicht hingegangen und hast es dir selbst angesehen?"

„Ich verspüre keinerlei Lust darauf. Es ist jedes Jahr das Gleiche." Filbert rief den Diener herbei und bestellte eine Flasche Rotwein für den Tisch. Als der Diener gegangen war, fügte er hinzu: „Jedes Jahr im Frühling gibt es einen neuen Jahrgang von Mädchen, die in ihrer ersten Saison einen Partner finden wollen. Sie stehen da und starren mit großen Augen auf jedes Exemplar, das vorbeikommt, ihre Gesichter voller Hoffnung."

George verschränkte die Arme und verzog die Lippen zu einem Lächeln. „Haben sie diese großen Augen nicht oft genug auf dich gerichtet?" Das wurde mit Gelächter quittiert. Jeder wusste, dass Filbert, so sehr er auch gegen die Institution der Ehe protestierte, das Geld benötigte, das ihm eine gute Partie einbringen würde. Und sie wussten aus seinen jüngeren Jahren sogar, dass er eine romantische Ader besaß. Das war nichts weiter als Getöse.

„Spricht da nur die Verbitterung aus dir?", fügte Duck in freundlichem Ton hinzu, obwohl George wusste, dass auch ihm Verbitterung nicht fremd war. Die Fehler, die er in seiner Jugend gemacht hatte, steckten ihm noch immer in den Knochen und sorgten dafür, dass er eindeutig nicht an einer Ehe interessiert war.

Der Diener brachte den Rotwein und weitere Gläser und Duck drehte eines für sein Getränk um.

Filbert errötete leicht und verschränkte die Arme. „Das mag sein. Und vielleicht wurden nicht viele Blicke in meine Richtung geworfen, aber ich bleibe dabei, dass meine Armut attraktiver ist als gelbe Zähne."

George trank einen Schluck von dem Rotwein. „Manche Frauen wollen gar nicht heiraten, weder wegen eines Titels noch eines gewinnenden Lächelns."

„Nehmt zum Beispiel Lady Alice St. Claire", warf Duck ein. „Sie ist entschieden vom Markt."

George warf seinem Freund einen Blick zu und fragte sich, ob er ihn mit ihr hatte reden sehen. Er glaubte es zwar nicht, doch es war seltsam, dass sie noch nie über Lady Alice gesprochen hatten und ihr

Name nun an eben dem Abend erwähnt wurde, an dem er sie kennengelernt hatte.

„Lady Alice. Das ist ein Name, den ich schon lange nicht mehr hörte", meinte Filbert. „Kein Mann in London hat die geringste Hoffnung, ihre Hand zu gewinnen. Ich glaube, sie hat in der letzten Saison nicht ein einziges Mal getanzt."

„Ich kann bestätigen, dass sie das nicht getan hat", antwortete Taylor. „Ich kenne viele, die ein Auge darauf hatten, ob sie es tut. Das Mädchen – oder die *Lady*, sollte ich sagen – wird nicht heiraten."

„Oh, da bin ich mir nicht so sicher", warf George ein und lehnte sich zurück. Er hatte nicht vorgehabt, darauf einzugehen, aber da er seit ihrem Treffen nur noch an Lady Alice dachte, konnte er nicht widerstehen. Es war erfrischend, die Gesellschaft einer Frau zu genießen, ohne befürchten zu müssen, dass sie zu viel in seine Aufmerksamkeit hineininterpretieren würde. Und da Lady Alice nicht heiraten wollte, war er vor solcherlei Missverständnissen sicher. Gleichzeitig ärgerte es ihn etwas, dass seine Freunde sie vollkommen abgeschrieben hatten. Er nahm noch einen Schluck Rotwein und stellte sein Glas ab. „Vielleicht hat sie nicht den richtigen Kandidaten gefunden. Immerhin ist sie ein gutaussehendes Mädchen. Irgendein geeigneter Kandidat muss ihr früher oder später auffallen."

„Unmöglich", erwiderte Amos. „Diese Frau ist kalt wie ein Fisch und hat deutlich gemacht, dass sie über jedem steht. Sie wird eine Heirat erst dann in Betracht ziehen, wenn ein anderer Erbe eines Herzogtums auf der Bildfläche erscheint, und ich glaube nicht, dass es einen gibt, der es nicht bereits versuchte."

George war irritiert, dass sein Freund Lady Alice als kalt bezeichnete. Hatte Amos jemals ein einziges Wort mit ihr gewechselt? Das glaubte er nicht. Sie hatte sich als außergewöhnliche Frau herausgestellt und George konnte nicht schweigen. „Ich würde darauf wetten, dass sie heiraten wird – sogar noch in dieser Saison. Es erfordert nur den richtigen Mann."

„Lady Alice, sagten Sie?" Lord Harrowden war hinter George aufgetaucht. Offenbar hatte er ihr Gespräch mitangehört. Der Hauptraum im White's war nicht gerade ein intimer Ort und man musste damit rechnen, dass Gespräche unterbrochen wurden. George drehte sich um und grüßte Lord Harrowden mit einem höflichen Nicken, doch er mochte ihn ganz und gar nicht. Harrowden hatte Georges Schwägerin unangemessene Avancen gemacht, als sie noch unverheiratet und die Gesellschafterin von Harrowdens verwitweter Tante gewesen war.

Als ob seine Anwesenheit willkommen wäre, drängte Lord Harrowden darauf, dass jemand antwortete. „Ist das eine Wette, die Sie in Erwägung ziehen? Ist sie schon in den Büchern?"

„Ich denke, das wollte Clavering gerade tun", sagte Filbert mit einem Blick auf George. „Er ist nur noch nicht dazu gekommen."

Nun saß George fest. Er hatte nicht vorgehabt, tatsächlich eine Wette abzuschließen. „Wetten" war nur eine Redensart gewesen. Doch er hatte die Worte ausgesprochen und konnte nun keinen Rückzieher machen. Er nickte langsam. „Ja, ich bin bereit zu wetten, dass Lady Alice diese Saison heiraten wird."

Lord Harrowden hob den Kopf und schnauzte einen vorbeigehenden Diener an. „Bring das Wettbuch." Er wandte sich wieder an die Gruppe und sagte: „Ich nehme Ihre Wette an. Lady Alice ist bekannt dafür, stolz und unfreundlich zu sein. Selbst wenn sie über ihren eigenen Schatten springen könnte, müsste ein Gentleman sich gut überlegen, ob er sich auf eine Frau wie sie einlässt."

Duck sah Harrowden mit kaum verhohlener Abneigung an. „Wenn eine Frau den Wunsch geäußert hat, unverheiratet zu bleiben, kann sie das mit meinem Wohlwollen tun. Aber ich sage, wenn Lady Alice nicht heiratet, dann nicht, weil sie nicht in der Lage ist, eine Beziehung einzugehen."

Harrowden ignorierte ihn, und ehe George sich versah, tauchte er die Feder in das Tintenfass und schüttelte die überschüssige Tinte ab. Dabei wurde er von einem Gewissenskonflikt heimgesucht. Er hatte noch nie auf eine Frau gewettet, wenn er seine Wette auf Miss Chauncey nicht mitzählte. Er würde sie aber *nicht mitzählen*, weil es eine Wette mit einer Frau über eine Frau war. Abgesehen von dieser Merkwürdigkeit hielt er Wetten auf Frauen prinzipiell für keine gute Idee. Das hatte nichts mit der wankelmütigen Natur der Frauen zu tun, wie er zuvor behauptet hatte, sondern nur damit, dass es nicht ehrenhaft war.

Es war auch nicht ehrenhaft, von einer Wette zurückzutreten und das würde er auch jetzt nicht tun.

„Also nur fünfzehn Schillinge“, sagte George. „Das ist keine Wette, die mich genug interessiert, um mehr zu setzen.“ Es war ein dummes Eingeständnis, doch irgendwie hatte er das Gefühl, dass die Wette dadurch weniger anstößig wurde.

Harrowden spottete. „Kommen Sie. Solch eine läppische Summe? Machen Sie wenigstens dreißig daraus.“

George lächelte ihn angespannt an und schrieb die Bedingungen in das Wettbuch, gefolgt von den Worten *„Dreißig Schilling“*. Er setzte seinen Namen darunter und Lord Harrowden unterschrieb daneben. Dies hinterließ einen üblen Nachgeschmack bei George. Er beteiligte sich am Geplänkel seiner Freunde und nippte an seinem Rotwein, war mit seinen Gedanken jedoch ganz woanders. Kurz nach dem Gespräch verließ er den Club.

Als George am nächsten Tag erwachte, war sein Gewissen wegen der Wette, die er am Abend zuvor abgeschlossen hatte, etwas beruhigt. Lady Alice würde nie herausfinden, dass er eine Wette auf sie abgeschlossen hatte, und falls doch, würde sie sich bestimmt nicht dagegen sperren. Schließlich hatte sie mit ihm eine ähnliche Wette über Miss Chauncey abgeschlossen. Dennoch hatte er nicht so lange schlafen können wie sonst, und ein Ausritt im Hyde Park nahm nur einen Teil seines Tages in Anspruch. Er war nicht in der Stimmung, Freunde zu besuchen, also ging er zu seiner Schwester.

Philippa war mit Jack Blythefield verheiratet, der kürzlich zum Oppositionsführer im Unterhaus ernannt worden war. Er hatte länger gebraucht, als er gehofft hatte, um diese Position zu erlangen, obwohl er noch als jung für diese Position galt. George war sich sicher, dass Philippa bei der Ernennung ihres Mannes eine wichtige Rolle gespielt hatte. Sie hatte ein gutes Gespür für die Themen, die im Unterhaus aufkamen, und war in der Lage, Partys zu veranstalten, die genau die richtige Atmosphäre schufen, um sie in einer entspannten Umgebung zu diskutieren. Philippa hatte schon immer gesunden Menschenverstand besessen, aber George war wegen dieser zusätzlichen Fähigkeit stolz auf sie. Außerdem war er gerne in ihrer Gesellschaft, was man von manchen Frauen, die mehr Haare als Verstand hatten, nicht behaupten konnte.

„George", rief sie aus, als ihr Butler ihn ankündigte. „Was für eine Überraschung, dass du hier bist – und so früh. Was führt dich her? Jack ist nicht hier."

Er kam herein und gab seiner Schwester einen Kuss auf die Wange. „Kann ein Mann seine Schwester nicht besuchen, ohne Fragen aufzuwerfen?"

Philippas Blick war zweifelnd. „Im Allgemeinen schon. Doch bei dir wirft es Fragen auf, denn ich weiß, dass es hundert Orte gibt, an denen du lieber wärst. Jack ist im Unterhaus. Hattest du nicht auch einmal vor, dorthin zu gehen?"

George schüttelte den Kopf. „Ein Leben in der Politik ist einfach nichts für mich. Gerade du solltest das wissen."

„Ich weiß es. Ich läute nach Tee, wenn du welchen möchtest."

Philippa erhob sich, ehe George antwortete, doch er rief ihr zu: „Für mich nicht, danke." Sie nahm wieder Platz und wartete darauf, dass er ihr den Grund seines Besuchs nannte. Er hatte nicht genau gewusst, warum er seine Schwester besuchen wollte, bis er seine nächsten Worte aussprach. „Kennst du eine Miss Chauncey?"

Sie blickte nachdenklich auf und richtete ihre Augen nach einem Moment wieder auf ihn. „Nein. Der Name kommt mir nicht bekannt vor." Plötzlich keuchte sie auf und beugte sich vor. „George, ziehst du etwa eine Ehe in Betracht?"

Er war zu müde, um mit einer seiner üblichen neckischen oder ausweichenden Bemerkungen zu antworten. „Nein, nicht mit ihr."

Sie beobachtete ihn genau, als ob sie spürte, dass ihn etwas bedrückte. Sie war bemerkenswert scharfsinnig. „Dann mit einer anderen?"

George biss sich auf die Lippe. Die Antwort lautete natürlich Nein. Eines Tages, möglicherweise. Aber mit seinen sechsundzwanzig Jahren war er zu jung, um eine Heirat zu erwägen. Andererseits konnte er nicht aufhören, an seine Wette bei White's zu denken, und damit auch an Lady Alice. Als er seinen Blick wieder auf Philippa richtete, wartete sie auf seine Antwort. „Nein, ich habe nicht die Absicht, jemanden zu heiraten. Aber ich habe mit Lady Alice St. Claire gesprochen..."

„Die Tochter des Duke of Carr", rief Philippa in eifrigem Ton aus. „Du kennst sie?"

George hielt inne und rieb sich das Kinn. Er musste seine scharfsinnige Schwester rasch auf eine falsche Fährte locken. Wenn sie glaubte, dass er sich für Lady Alice interessierte, würde sie alles tun, um sie zusammenzubringen, und er wollte nicht, dass irgendetwas das gute Verhältnis, das er zu Lady Alice hatte, störte. „Wir wurden gewissermaßen miteinander bekannt gemacht. Wenn ich dich in dieser Angelegenheit um deine Diskretion bitten darf: Sie scheint zu glauben, dass Miss Chauncey eine ausgezeichnete Partie für Duck wäre."

Philippa runzelte verwirrt die Stirn. „Ich wusste nicht, dass Lady Alice Duckworth kennt. Es wundert mich, dass eine ihrer Freundinnen so weit unter ihrem Stand sucht. Duck hat außer seinem Charme wenig zu bieten – so sehr ich ihn auch liebe."

Georges Freunde, darunter auch Duckworth, waren alle wie große Brüder für Philippa, und er wusste, was sie meinte. „Duck ist in der Welt allerdings ein Vorreiter. Und ich sollte wohl klarstellen, dass Miss Chauncey nicht von solcher Herkunft oder Schönheit ist wie Lady Alice. Ehrlich gesagt, weiß ich nicht, wie oder warum sie überhaupt befreundet sind. Miss Chauncey ist die Art von Person, die mit dem Hintergrund verschmilzt."

„Dann wird sie nie etwas für Duck sein", antwortete Philippa entschlossen. „Sie könnte sein Interesse nicht halten."

„Ja, doch das Seltsame ist, Lady Alice scheint zu glauben, dass sie es schafft. Sie hat gewettet, dass Miss Chauncey in der Lage ist, Duckworth für sich zu gewinnen, und ich nahm ihre Wette an." George schlug sich mit der Hand gegen die Stirn. „Ich muss verrückt sein. Wie konnte ich nur auf meinen eigenen Freund wetten?" Das waren zwei unkluge Wetten an einem Abend. Diese Wette machte ihm wohl mehr zu schaffen als die, die er auf Lady Alice abgeschlossen hatte. Er hatte gestern wirklich seinen Verstand zu Hause gelassen.

Andererseits ergab die Wette gegen Duck und Miss Chauncey durchaus Sinn. Sein Freund war noch lange nicht bereit, sein Junggesellendasein aufzugeben.

„Wie lauteten die Bedingungen?", fragte Philippa. Sie zeigte sich nicht überrascht, dass er auf Duck gewettet hatte, aber George selbst konnte noch immer nicht glauben, dass er es getan hatte. Aus irgendeinem Grund widerstrebte es ihm, Philippa zu erzählen, dass er auch auf Lady Alice gewettet hatte.

„Die Bedingungen." George musste sich an die Bedingungen erinnern. „Sie sagte, wenn sie gewinnt, muss ich alles tun, was sie verlangt, solange es keiner Person oder jemandes Ruf schadet, und wenn ich gewinne, muss sie dasselbe tun."

„Interessant", sagte Philippa auf eine Weise, die George beruhigte. Es war kein Urteil, sondern eher Neugierde. „Nun, ich weiß, was du als Nächstes tun musst."

George wandte sich ausdruckslos an seine Schwester. „Und was wäre das?"

„Du musst mehr über diese Miss Chauncey herausfinden und was sie in den Augen von Lady Alice so wertvoll macht. Zeig sie mir auf dem Ball der Harris' am Freitag in einer Woche – das ist die nächste Gelegenheit, bei der alle Leute der *vornehmen Gesellschaft* zugegen sein werden – *und* ich werde sehen, ob ich nicht ihre Bekanntschaft machen kann."

„Du wirst aber nichts sagen", meinte George, der sich plötzlich Sorgen machte. Er hatte sich nicht mit seiner üblichen Umsicht verhalten und das könnte ihn in Schwierigkeiten bringen.

„George", erwiderte sie leicht verärgert. Das würde sie natürlich nicht tun.

KAPITEL 3

Alice blieb morgens gerne im Bett. Ihre Zofe Daisy wusste das und brachte ihr Kaffee und ein Brötchen und ließ sie dann noch zwei Stunden lang in Ruhe. Das war eine Routine, die Alice eingeführt hatte und die sie sehr schätzte. Zum einen musste sie niemandem gegenübertreten, ehe sie ihren Kaffee getrunken und sich in das Buch vertieft hatte, welches sie derzeit las. Sie hatte so wenig Zeit für sich selbst und erst nachdem sie die Gelegenheit hatte, die Dinge zu tun, die ihr wichtig waren, konnte sie anderen mit Anmut begegnen. Der Morgen war im Grunde ihr liebster Teil des Tages.

Und doch trieb sie etwas an der Begegnung mit Mr. Clavering am Vorabend aus dem Bett, noch ehe Daisy eintraf, und sie dazu bewegte, sich etwas zum Anziehen auszusuchen. Es war das erste Mal, dass sie die Gesellschaft bei einer Abendveranstaltung erträglich gefunden hatte, und das war eine neue Erfahrung. Als ihre Zofe den Kaffee brachte, wies Alice sie an, ihr beim Anziehen des Kleides zu helfen und sagte, sie würde ihr Frühstück unten einnehmen. Daisy war zu gut ausgebildet, um über eine plötzliche Veränderung ihrer Herrin die Augenbrauen hochzuziehen, doch Alice wusste, dass man unten über ihr Verhalten reden würde, da es von ihren üblichen Gewohnheiten abwich.

Sie entschied sich für ein altrosa Promenadenkleid mit Ärmeln, die an den Handgelenken gerafft waren. Alice' Mutter würde erwarten, dass sie sie später bei ihren Vormittagsbesuchen begleitete, und sie konnte sich genauso gut jetzt darauf vorbereiten. Sie überließ es Daisy, das Tablett in die Küche zurückzubringen und machte sich auf den Weg nach unten.

Im Frühstücksraum blinzelte Alice gegen das Sonnenlicht an, das unter der azurblauen Gardine hereinströmte. Ihr Bruder Bartholomew, der Marquess of Anley, saß am Tisch, und Alice hob überrascht die Augenbrauen, als sie ihn erblickte. Sie ging hinüber und zerzauste ihm das Haar.

„Bart – welch Schock. Ich hatte nicht erwartet, dass du hier sein würdest. Ich war mir sicher, dass du länger schlafen würdest als ich. Es ist doch erst neun Uhr."

„Morgen, Lis."

Sein Gesicht sah nicht ganz so frisch aus, wie sie es gewohnt war, und sie hatte den Verdacht, dass er gar nicht zu Bett gegangen war. Sie war sich sicher, dass er bis spät in die Nacht beim Glücksspiel, bei Hahnenkämpfen oder was auch immer Gentlemen sonst so taten, unterwegs gewesen war. Sie hoffte, dass ihr Bruder mit seinen zweiundzwanzig Jahren nicht so dumm war, sich in echte Schwierigkeiten zu bringen. Aber sie wusste, dass sie nicht naiv sein durfte. Sein Ehrendoktorat in Cambridge lag hinter ihm und er war nicht daran interessiert, sich um sein Anwesen zu kümmern. Es war nur logisch, dass er anfing, das zu tun, was die Gentlemen in seinem Bekanntenkreis taten.

Alice setzte sich und der Diener kam herüber und schenkte ihr Kaffee ein. Dann brachte er ihr einen Teller mit Brötchen, sowie Butter- und Marmeladentöpfe und stellte alles neben sie. Ihre Vorlieben waren der Dienerschaft wohlbekannt.

„Warum bist du bereits so früh auf?", fragte sie ihren Bruder, während sie Sahne in ihren Kaffee rührte. Sie war sich nicht sicher, ob sie es wissen wollte, doch sie vermisste ihre Nähe. Seit der Zeit vor Weihnachten hatte er sich zurückgezogen und sie nicht mehr an seinen Gedanken teilhaben lassen.

„Das könnte ich dich auch fragen. Ich glaube, ich sah dich noch nie vor Mittag aus deinem Zimmer kommen." Bartholomew biss erneut kräftig in den Schinken, während er sie ansah.

„Mittag ist eine Übertreibung. In Wahrheit hast du keine Ahnung, um wie viel Uhr ich mein Zimmer verlasse, denn du bist normalerweise auch kein Frühaufsteher." Sie wich der Frage aus. Alice nippte an ihrem Kaffee und dachte über ihren Bruder nach, den sie mehr als jeden anderen auf dieser Welt liebte. „Ich weiß es nicht, ehrlich gesagt. Ich war zu unruhig, um im Bett zu bleiben, wie ich es normalerweise tue. Aber das ist nicht früher als sonst, denn wie du weißt, lese ich morgens im Bett. Du kamst früher immer zu mir und hast es sicher nicht vergessen."

Bartholomew schüttelte den Kopf, schluckte und griff nach seinem Kaffee. „Nein, das habe ich nicht vergessen. Die Wahrheit ist, ich dachte, ich würde einfach etwas essen, ehe ich nach oben gehe und meine Augen für eine Weile schließe."

„Mein Verdacht war also richtig", erwiderte sie und war etwas enttäuscht, dass er erwachsen werden und sich verändern musste – und in mancher Hinsicht nicht zum Besseren. „Du bist nicht zu Bett gegangen. Du bist die ganze Nacht fortgeblieben und hast dir nicht einmal die Mühe gemacht, mir die Langeweile zu vertreiben, indem du zu Almack's gekommen bist."

Er schaute sie an, ein Grinsen lag auf seinem Gesicht. „Was erwartest du, Lis? Mit seiner Familie Bälle zu besuchen, steht nicht gerade weit oben auf der Liste der Vergnügungen eines Gentlemans."

„Vermutlich nicht." Alice' Stimmung sank. Warum wurde ihr nicht die gleiche Freiheit zugestanden? Sie musterte ihn und schimpfte mit sich selbst, weil sie es für möglich gehalten hatte, an alten Beziehungen und alten Gewohnheiten festzuhalten. „Du hast bei Almack's allerdings etwas Amüsantes verpasst. Ich habe eine Wette mit Mr. George Clavering abgeschlossen."

Bartholomew blickte auf, mit einem Funken von Interesse in den Augen. „Clavering. Ich kann nicht behaupten, dass ich ihn kenne. Sollte ich seine Bekanntschaft machen?"

Sie zuckte mit den Schultern. „Es gibt keinen Grund, das zu tun. Es war nur eine freundschaftliche Wette – nichts Besonderes. Ich dachte nur, du würdest es amüsant finden."

„Worum ging es?" Bartholomew nahm einen weiteren Bissen und schaute sie an, während er kaute.

„Ob Miss Chauncey die Aufmerksamkeit von Mr. Duckworth noch

vor Ende der Saison gewinnen kann", sagte sie und beobachtete seine Reaktion.

„Noch mehr Personen, die ich nicht kenne." Bartholomew schüttelte den Kopf. „Warum du dachtest, ich würde das amüsant finden, weiß ich nicht."

Verletzt schwieg Alice einen Augenblick lang mit dem plötzlichen Gefühl, allein auf der Welt zu sein. „Nun, wenn du mit mir zu einigen dieser Veranstaltungen kommen würdest, wüsstest du, wer all diese Personen sind, und wir hätten die Möglichkeit, sie zu analysieren, wie wir es früher taten."

Bartholomew legte seine Hand auf den Tisch und sein Blick wurde weicher. „Ja, die hätten wir. Es tut mir leid, Lis. Ich wünschte, ich wäre großmütiger, doch ich kann es nicht ertragen, meine Vergnügungen zu opfern, nur um meiner Mutter und meinen Schwestern wie ein dressierter Bär zu folgen – nicht einmal für dich."

Seine Worte besänftigten sie und sie schenkte ihm ein Lächeln. „Nun gut. Aber mach keine Dummheiten. Vater wird dir nie verzeihen."

Bartholomew antwortete nicht, sondern kratzte das letzte bisschen Essen von seinem Teller. Sie wussten beide, dass er der Augapfel seines Vaters war und nichts falsch machen konnte. Tatsächlich liebte der Duke of Carr seinen Erben so sehr, dass er sich im Übermaß um ihn kümmerte und seine fünf Töchter vollkommen vernachlässigte. Immerhin hatte es zweiundzwanzig Jahre gedauert, bis ihm seine Frau einen Sohn geschenkt hatte.

Ihre Mutter zeigte keine Vorlieben bei der Behandlung ihrer sechs Kinder. Alle profitierten gleichermaßen von ihrer Korrektur. Sie beteiligte sich gerne an der strengen Erziehung jedes ihrer Kinder, ganz gleich, ob es sich um den Erben des Herzogtums oder um eine ihrer Töchter handelte, die sonst den Familiennamen durch einen Fauxpas entehren könnte. Alice war es gelungen, dem Schlimmsten an Erziehung zu entgehen, da sie als fünfte Tochter geboren wurde. Obwohl ihre Mutter bei ihren Erziehungszielen nicht gerade die Energie ausgegangen war, wurde ihre Zeit aufgeteilt, und nun zählten auch Enkelkinder zu den Menschen, die sie anleiten musste. Alice wich einem Großteil der Aufmerksamkeit aus, indem sie wenig Widerspruch leistete.

Sie sah auf, als ihre Eltern den Raum betraten. Ihre Mutter ging so weit, überrascht ihre Augenbrauen hochzuziehen. „Alice, du bist heute Morgen zum Frühstück heruntergekommen. Auch wenn das Frühstück im Bett eine der Nachsichtigkeiten ist, die ich dir erlaube, freue ich mich sehr, dass du mehr Entschlossenheit zeigst. Ich glaube, es ist höchste Zeit, dass du in diesem Bereich reifer wirst. Eines Tages wirst du einen Ehemann haben und er wird von dir erwarten, jeden Morgen den Frühstücksraum mit deiner Anwesenheit zu beehren, damit er in den Genuss deiner Gesellschaft kommen kann.“

Lord Carr wartete, bis seine Frau zu Ende gesprochen hatte und sah nicht so aus, als ob er sich besonders über ihre Gesellschaft freuen würde. Mit einem „Guten Morgen“ an niemanden im Besonderen gerichtet, ging er hinüber und legte seinem Sohn die Hand auf die Schulter, ehe er sich an das Kopfende des Tisches setzte. Einer der Diener brachte die Teekanne herbei und goss das heiße Getränk in die Tasse des Dukes.

„Ich habe nicht vor zu heiraten, Mutter“, sagte Alice. Das war das einzige Thema, bei dem sie sich den Erwartungen ihrer Mutter widersetzt hatte. Sie nippte an ihrem Kaffee und wartete auf die Vorhaltungen, die sicher folgen würden. Sie wurde nicht enttäuscht.

„Rede keinen Unsinn. Natürlich wirst du heiraten. Was willst du sonst mit deinem Leben anfangen?“

„Ich weiß es nicht“, erwiderte Alice. „Wenn ich alt genug bin, kaufe ich mir vielleicht ein Cottage und kümmere mich dort um den Garten. Vielleicht kaufe ich sogar eines in der Nähe des Meeres, denn ich finde Brighton ist eine reizende Stadt. Ich werde lesen und malen, und vielleicht lerne ich auch, mir mein eigenes Essen zuzubereiten. In jedem Fall muss ich mir keine Sorgen um die Finanzierung meines Hauses oder meiner Bibliothek machen, wie Vater mir gnädigerweise erklärte. Ich habe mein eigenes Auskommen.“

Ihre Mutter wandte sich mit einem tadelnden Blick an den Duke. „Ich sagte dir ja, dass du einem Mädchen, das noch nicht verheiratet ist, solche Dinge wie Auskommen nicht erklären solltest. Das bringt sie auf merkwürdige Ideen, wie du sehen kannst.“

Es war das Ziel des Dukes, jeder Art von Unannehmlichkeit aus dem Weg zu gehen, wann immer möglich, und das tat er dieses Mal, indem er sagte: „Du hast vollkommen Recht, meine Liebe.“

Die Duchess richtete ihre Aufmerksamkeit wieder auf ihre Tochter. „Ich will nichts mehr davon hören, Alice. Eine Frau bleibt nur dann alleinstehend, wenn sie keine Angebote hat. Da du höchst begehrt bist – und zwar das begehrteste Mädchen auf dem Markt, was dich sicherlich ein wenig zufrieden stellen müsste – wirst du mit Sicherheit ein Angebot erhalten, das akzeptabel für dich ist.“

Alice‘ Mutter ließ sich von ihrer Aufmerksamkeit für ihr Frühstück nicht von ihrer Belehrung ablenken und bestrich ihr Brötchen mit Butter, während sie fortfuhr. „In der Vergangenheit gab es keinen Mangel an Bewerbern, die um deine Hand anhielten. Wenn wir dir bis jetzt erlaubten, deiner Marotte zu frönen, alle Angebote abzulehnen, dann deshalb, weil du zu Beginn noch jung warst. Und danach hatte sich kein wirklich wünschenswerter Anwärter vorgestellt. Dies kann jedoch nicht lange so weitergehen, und ich wollte ohnehin mit dir über dieses Thema sprechen. Wir erwarten, dass du bis zum Ende der Saison einen Antrag annimmst, nicht wahr, Duke?“

Als der Duke nicht antwortete, hob Alice‘ Mutter ihre Teetasse an die Lippen und wandte sich an ihren Sohn. „Bartholomew, es ist erfreulich, dass du dir meine Ermunterung, früh genug zum Frühstück aufzustehen, auch zu Herzen genommen hast. Ich hoffe, du hast einen arbeitsreichen Tag geplant. Vergiss nicht das Abendessen bei den Rembrakes, zu dem du eingeladen bist.“

Bartholomew wischte sich die Lippen ab und ließ seine Serviette neben seinen Teller fallen. „Ja, Mutter. Ich habe eine Reihe von Verpflichtungen geplant. Sogar derart viele, dass du Mr. und Mrs. Rembrake meine Entschuldigung überbringen musst.“

Er stand auf und wollte gerade gehen, als die Duchess ihn scharf anblickte.

„Ist das dieselbe Kleidung, die du gestern getragen hast?“ Sie wartete die Antwort ihres Sohnes nicht ab, ehe sie hinzufügte: „In deinem Alter muss ich dir nicht sagen, dass du jeden Tag neue Kleidung benötigst. Ich werde mit deinem Kammerdiener sprechen müssen.“

Ein Schreck huschte über Bartholomews Gesicht und war sofort wieder verschwunden. „Nicht nötig, Mutter. Ich verstehe vollkommen. Ich werde mich in jedem Fall umziehen, ehe ich das Haus verlasse.“

Ihre Mutter nickte zufrieden und wandte sich an Alice. „Dann muss ich niemanden nach oben schicken, um zu sehen, ob du für die Vormittagsbesuche bereit bist.“

„Nein, Mutter. Ich werde zur üblichen Zeit fertig sein.“ Alice schaute zu ihrem Vater hinüber, der die Morgenpost las. Er trug grundsätzlich selten etwas zu ihrer Unterhaltung bei, doch morgens war er noch zurückhaltender. Zumindest diesen Charakterzug teilten sie.

Kurz nach Mittag folgte Alice der Duchess in die Kutsche und machte sich nicht die Mühe, ihre Mutter zu fragen, wohin sie fahren würden. Sie wusste, dass sie zuerst zu Lady Jersey nach Hause fuhren, da sie nach einer Nacht bei Almack‘s immer zu einem Vormittagsbesuch in ihren Salon kamen. Nach einer fünfminütigen Kutschfahrt kamen sie am Berkeley Square 38 an und wurden alsbald in das Haus geführt.

„Sally, es ist mir ein Vergnügen“, grüßte die Duchess. „Ich konnte nicht widerstehen zu kommen und zu sehen, wie es dir nach dem Eröffnungsball gestern Abend geht.“

Lady Jersey lachte. „Ich wusste, du würdest kommen, um den neuesten Klatsch zu hören. Kommt und setzt euch zu uns in den Salon. Barbara Gower ist hier, Alice, und auch Teresa Wolfe. Ich bin sicher, dass du dich zu ihnen setzen möchtest.“

Obwohl Alice‘ Mutter etwas Derartiges nie zugeben würde, war die Duchess süchtig nach Klatsch und Tratsch und wollte unbedingt wissen, was die neuesten Skandale sein könnten. Sie konnte es nicht ertragen, bei solch privilegiertem Wissen zurückzustehen. Lady Jersey erzählte auch ohne Aufforderung genug, und die Duchess musste nicht übermäßig vulgär erscheinen, indem sie nachfragte, sondern wurde stattdessen mit einem steten Strom an Klatsch versorgt.

Alice verließ sie und ging zu den jüngeren Damen hinüber, die in einem kleinen Kreis versammelt waren. Manchmal herrschte im Salon von Lady Jersey eine angenehme Gesellschaft, doch heute war keiner dieser Tage. Sie setzte sich und nahm einen Teller mit Kuchen und eine Tasse Tee entgegen, die der Lakai der Gastgeberin brachte. Sie war nicht hungrig, benötigte jedoch etwas, womit sie ihre Hände beschäftigen konnte, während sie das Gespräch ertrug. Im Gegensatz zu ihrer Mutter mochte sie es nicht, ständig mit Klatsch und Tratsch gefüttert zu werden.

„Wir sprachen gerade über Mr. Clavering, als du hereinkamst“, sagte Teresa und überraschte Alice mit dem Namen des Mannes, der ihr mehr im Kopf herumging, als sie zugeben wollte. Teresa fügte hinzu: „Nicht Sir Lucius Clavering, der natürlich verheiratet ist, sondern sein jüngerer Bruder George Clavering.“

Alice war dankbar für ihren fahlen Teint, der nicht so leicht errötete. Sie hatte kein Interesse an Mr. Clavering, hatte aber seine Gesellschaft als angenehm empfunden. Dass Teresa und Barbara ausgerechnet über den Mann sprachen, der zum ersten Mal seit Jahren ihr Interesse geweckt hatte, war derart ungewöhnlich, dass es fast schon verdächtig war. Es war, als wüssten sie, was in ihr vorging. Oder hatten sie vielleicht gesehen, wie sie gestern Abend mit ihm gesprochen hatte?

Sie nahm ihre Gabel auf und aß einen Bissen vom Mandelkuchen. „Ach? Und was habt ihr über Mr. Clavering herausgefunden?“ Sie war sich recht sicher, dass niemand das Gespräch der beiden in der Nische bemerkt hatte – zumindest niemand von Bedeutung, der Gerüchte verbreiten würde. Doch sie konnte sich nicht ganz sicher sein, denn in London gab es viele Augen.

„Wir meinten, es wäre höchste Zeit, dass er sich niederlässt. Ich bin natürlich verheiratet“, fügte Barbara hinzu, legte ihre Hand auf ihr Herz und lächelte herablassend. „Aber Teresa hier ist es nicht, also sagte ich ihr, sie solle versuchen, seine Bekanntschaft zu machen. Er könnte ein guter Heiratskandidat sein.“

Teresa fügte hinzu: „Und *ich* sagte, dass er in der Tat ein guter Kandidat ist. Zumindest wäre es schön, ihn jeden Morgen anzusehen. Aber ich kann nicht behaupten, dass er zu meiner Bedeutung beitragen würde. Er ist nur ein jüngerer Sohn.“

Alice hatte keine Geduld mehr mit ihnen. Und ihr entging nicht die Ironie dessen, dass hier Frauen über die Bedeutung eines ansprechenden Gesichts am Frühstückstisch sprachen – eben die Art von Bemerkung, für die sie Mr. Clavering gescholten hatte.

Sie spielte mit dem Griff ihrer Gabel herum. „Ich bin sicher, du hast genug Bedeutung für euch beide, wenn du wünschst, ihn zu heiraten. Hat er dir Blicke zugeworfen?“

Teresa war eine gutaussehende junge Dame, auch wenn ihr mangelnder Wohlstand ihre Heiratsaussichten beeinträchtigte. Dennoch antwortete sie ohne jede Spur von Bescheidenheit. „Tatsächlich ziehe ich ihn nicht ernsthaft in Betracht und habe auch nicht versucht, ihn auf mich aufmerksam zu machen." Sie reckte ihr Kinn und fügte hinzu: „Aber wenn ich es wünschte, wäre es sicher nur eine Frage der Zeit. Vielleicht werde ich es tun – einfach um den Flirt zu genießen."

„Da hast du sicher recht", murmelte Alice. Kurz kam ihr der Gedanke, Mr. Clavering vor der inszenierten Verfolgung zu warnen, aber dann fragte sie sich, warum sie das tun sollte. Er ging sie nichts an.

Der Butler trat ein und kündigte weitere Besucher an, ehe er zwei junge Damen mit ihren Müttern hereinführte. Die erste war Diana Moore, die den verbleibenden Platz neben Alice einnahm. Gwendolyn Chauncey war die andere, die sich hinter ihrer Mutter einreihte. Es war das erste Mal, dass Alice sie im Haus von Lady Jersey sah. Doch schließlich war es auch ihre erste Saison. Ihre Mutter war wohlhabend genug, um akzeptiert zu werden, entstammte jedoch keiner Blutlinie, die ihr den Zugang zum innersten Kreis ermöglichte.

Miss Chauncey warf einen Blick in die Runde junger Damen, die nun vollzählig war. Ohne ein Zeichen des Bedauerns nahm sie allein am Fenster Platz und lächelte dem Diener zu, als er ihr Erfrischungen brachte.

„Ich denke, ich werde mit Miss Chauncey sprechen gehen", verkündete Alice.

„Wem?" Diana Moore warf einen Blick auf Miss Chauncey und runzelte dann die Stirn. „Aber sie ist doch kaum aus dem Schulzimmer heraus. Sicherlich hat sie nichts Interessantes zu erzählen."

„Viel Spaß bei eurer Unterhaltung", gab Alice freundlich zurück und ging hinüber, um sich auf den freien Stuhl neben Miss Chauncey zu setzen, die überrascht aufblickte.

„Lady Alice", grüßte sie einigermaßen verwirrt. Sie setzte sich aufrecht hin und wartete darauf, dass Alice sprach.

Alice lächelte sie an. „Ich sah Sie hier alleine sitzen sehen und wollte mich Ihnen vorstellen. Wir wurden bei der Kartenparty der Mayfairs nicht miteinander bekannt gemacht, doch das lässt sich leicht nachholen. Und ich dachte, ich könnte mich gut mit Ihnen unterhalten."

Miss Chauncey ließ ihren Blick zu dem Kreis der Frauen schweifen, den Alice gerade verlassen hatte, und wandte sich ihr dann mit ernster Miene wieder zu. „Vielleicht. Es kommt darauf an, über welche Dinge Sie gerne sprechen."

Alice' Wertschätzung für Miss Chauncey wuchs von Minute zu Minute. Offensichtlich gehörte sie nicht zu den Frauen, die Menschen schmeichelte, welche gesellschaftlich höhergestellt waren. Das sollte sich als fruchtbare Beziehung erweisen, wenn man ihr die Chance gab, sich zu entwickeln. „Ich spreche gerne über alle möglichen Themen, obwohl ich Klatsch und Tratsch nicht sonderlich schätze."

Miss Chauncey lächelte zum ersten Mal und Alice dachte, wenn Mr. Clavering in diesem Moment nur ihr Gesicht gesehen hätte, würde er sie nicht als eine Frau abschreiben, die nicht über die Reize verfügte, einen Mann anzuziehen. Zwar kleidete sie sich ohne viel Aufsehen, obwohl ihre Familie wohlhabend war, doch das konnte nur bedeuten, dass sie mit wichtigeren Dingen beschäftigt war.

„Dann sind wir einer Meinung", gab Miss Chauncey zurück. „Obwohl dies der Grund war, warum meine Mutter Lady Jersey zu besuchen wünschte: um alles zu erfahren, was möglich ist. Sie hofft, mich gut in meine erste Londoner Saison einzuführen. Es wird ihr Triumph sein, wenn es ihr gelingt. Wenn sie nur nicht solch eine widerspenstige Tochter hätte."

Alice lachte. „Wie ähnlich wir uns darin sind. Gelingt es Ihnen, ihren Bemühungen zu entgehen?"

Miss Chauncey sah zu ihren auf dem Schoß gefalteten Händen hinunter. „Bis zu einem gewissen Grad. Aber ich bin nicht unabhängig. Das Vermögen meiner Mutter gehört ihr und sie kann damit verfahren, wie es ihr beliebt, und nicht einmal mein Vater wagt es, sich ihrem Willen zu widersetzen. Ich fürchte, sie wird mich in die Ehe zwingen."

„Wenn Sie mir erlauben, mich in Ihre Angelegenheiten einzumischen", sagte Alice vorsichtig, „glauben Sie, es besteht die Möglichkeit zu heiraten, um Ihre Mutter zufriedenzustellen, aber den Ehemann so zu wählen, dass Sie zufrieden sind?"

Miss Chauncey erwiderte Alice' Blick. „Das würde ich gerne, doch ich weiß nicht, wen ich heiraten könnte, der sowohl für meine Mutter als auch für mich akzeptabel wäre. Wir haben solch unterschiedliche Vorstellungen davon, was akzeptabel ist."

„Was wünschen Sie sich in einem Ehemann?", fragte Alice, um von

Mr. Duckworth zu hören, aber auch um mehr über Miss Chauncey zu erfahren, die sie instinktiv mochte.

Ein flüchtiges Lächeln zog über Miss Chaunceys Gesicht. „Jemand, der gut aussieht und amüsant ist. Jemand, der mich zum Lachen bringt."

Die Duchess erhob sich und signalisierte damit das Ende ihres Besuchs, und ausnahmsweise war Alice nicht bereit zu gehen. Sie hatte ihr Ziel, alles über Miss Chauncey zu erfahren, noch nicht erreicht. Obwohl ihr Gespräch zu einem Ende kommen musste, konnte sie nicht anders, als zu fragen: „Haben Sie jemanden im Sinn?"

Miss Chauncey zögerte, schüttelte aber den Kopf und war offensichtlich nicht bereit, ihr Herz zu öffnen. Alice konnte es ihr nicht verdenken. Sie hätte nicht anders gehandelt.

„Ich will Sie nicht drängen", sagte Alice, um sie zu beruhigen. „Ich glaube, meine Mutter wartet auf mich. Ich hoffe, wir sehen uns bald wieder. Ich hatte Vergnügen daran, mit Ihnen zu sprechen."

„Ich auch." Miss Chaunceys Gesicht zeigte aufrichtige Freude. „Ich hoffe, wir bekommen die Gelegenheit dazu."

Alice lächelte und richtete sich auf. Sie gesellte sich zu ihrer Mutter und war von einem Gefühl der Zufriedenheit erfüllt. Sie hatte sich mit ihrer Einschätzung nicht geirrt. Miss Chauncey wollte jemanden, der gut aussah und amüsant war. Mr. Duckworth war der perfekte Kandidat für sie. Und sie war zuversichtlich, dass Mr. Clavering bald erkennen würde, dass Miss Chaunceys Reize nicht weniger präsent waren, nur weil sie versteckt waren.

KAPITEL 4

George klopfte bei seinem Bruder Lucius an und Briggs öffnete die Tür mit einem spröden Lächeln. „Guten Morgen, Mr. Clavering. Sie sind früh dran, wenn ich das so sagen darf."

George trat ein und reichte dem Butler seinen Hut, dann ließ er sich von ihm den Mantel abnehmen. „Guten Morgen, Briggs. Ich nehme an, Sie wissen bereits, dass mein Bruder mir eine Einladung schickte, ihm meine Aufwartung zu machen. Sonst würden Sie mich um diese Zeit nicht hier sehen."

Der Butler verbeugte sich, dann wandte er sich ab, um den Hut auf den Stuhl unter der Treppe zu legen und den Mantel an den dortigen Ständer zu hängen. „Sir Lucius hat mich über Ihre wahrscheinliche Ankunft informiert."

„Meine sichere Ankunft, wollten Sie sagen", sagte George lachend. „Wenn mein Bruder die Bitte geschickt hat, wissen Sie genau, dass ich kommen muss." Er trabte die Treppe hinauf und lehnte sich über das Geländer, um hinzuzufügen: „Da Sie mich erwarten, werde ich mich ankündigen."

Lucius' Frau Selena ließ ihr Kleinkind auf einem sehr runden Bauch ruhen, der aussah, als stünde ihre Niederkunft unmittelbar bevor, doch George war darüber informiert worden, dass es erst in zwei Monaten so weit sein würde. Sie lächelte ihn an, als er hereinkam, und hielt ihm ihre Hand hin. Er beugte sich über sie und kitzelte das Kinn seines Neffen.

„Hugh, du entwickelst dich zu einem prächtigen jungen Mann." George hob das Spielzeug auf, das sein Neffe hatte fallen lassen, und reichte es ihm. Hugh kletterte von dem Sofa herunter, auf dem seine Mutter saß, steckte das Spielzeug wieder in den Mund und sah George an. Obwohl er ein paar Worte sagen könnte, entschied er sich dafür, dies im Moment nicht zu tun.

„Begrüße deinen Onkel George, Hugh", riet ihm seine Mutter.

„So", fügte George hinzu und verbeugte sich vor seinem Neffen. „So begrüßt man jemanden ordentlich."

Hugh blickte ihn weiter an und Selena lächelte und schüttelte den Kopf. „Verzeih ihm. Ich glaube, er bekommt hinten ein paar Zähne und ist nicht so fröhlich wie sonst. Lucius hat dich zu uns eingeladen, habe ich mir sagen lassen?"

George setzte sich auf einen freien Stuhl und warf seiner Schwägerin einen Blick zu. „Wir wissen beide, dass eine Bitte von Lucius nichts anderes als eine Aufforderung ist. Ich versichere dir, dass mich nichts derart früh aus dem Bett geholt hätte, wenn Lucius nicht in seiner hochnäsigen Art ‚sobald es dir möglich ist' hinzugefügt hätte."

Selena lachte. „Es tut mir leid, das zu hören, aber ich freue mich, dich zu sehen. Es ist eine Ewigkeit her. Zum Glück hält mich Philippa über dich auf dem Laufenden, sonst könnte ich fast meinen, du hättest London verlassen, so selten wie wir dich sehen."

Hugh entdeckte ein Spielzeug und begann, schneller darauf zuzulaufen, als seine Reflexe es zuließen. George streckte seine Hände aus und fing seinen Neffen auf, kurz bevor er stolperte. „Wo ist Lucius?"

Selena schaute hinter sich, als sich der Türknauf zum Kinderzimmer drehte. „Ach, da ist er ja gerade." Ihr Gesicht erhellte sich, als ihr Mann hereinkam, was seinen Bruder nach Georges Ansicht zu einem glücklichen Mann machte. Lucius hatte es verpatzt, als er begann, Selena den Hof zu machen, doch sie war gnädiger, als ihr Mann es verdiente, und hatte ihm verziehen. Soweit George sehen konnte, gab Lucius ihr nie Anlass, es zu bereuen.

Lucius ging zu Hugh hinüber, nahm ihn in die Arme und küsste ihn auf den Kopf. Dann ging er mit ausgestreckter Hand zu seinem Bruder hinüber. „George, es ist nett von dir, dass du so schnell gekommen bist."

Hugh starrte George aus der Sicherheit der Arme seines Vaters an, die Finger im Mund. Er war das Ebenbild von Lucius, sogar in der Art, wie er einen Menschen ansah. Zum ersten Mal in seinem Leben kam George der Gedanke, wie es wohl wäre, seinen eigenen Sohn so zu halten, wie Lucius Hugh hielt – der Mensch zu sein, der im Leben eines Kindes die größte Bedeutung hatte. Er verwarf den Gedanken. Ein Mann in seinem Alter war zu jung, um ein Kinderzimmer einzurichten.

Dann lehnte sich Hugh zu Georges Überraschung aus den Armen seines Vaters und zeigte damit seine Bereitschaft, sich von George halten zu lassen.

George hielt seinen Neffen im Arm und schaukelte ihn auf und ab und seine Augen waren auf das Kind gerichtet, als er Lucius schließlich antwortete. „Bei so einer Bitte wagte ich nicht, abzulehnen. Ich glaube, ich kann mir das Gesprächsthema denken."

„Das wird mir die Aufgabe sehr erleichtern", antwortete Lucius. „Komm mit mir in die Bibliothek."

George küsste seinen Neffen auf den Kopf. „Ich werde dich nicht mitnehmen, denn das würde dir gar nicht gefallen. Ich bin mir sicher, dass wir über *Verantwortung* sprechen werden." Er sprach das Wort mit einer übertriebenen Verzweiflung aus, die Selena zum Lachen brachte. George übergab Hugh an dessen Mutter und verbeugte sich noch einmal lässig vor Selena, ehe er seinem Bruder aus dem Zimmer folgte.

„Möchtest du etwas zu trinken?", fragte Lucius, als sie beide in der Bibliothek waren und die Tür hinter sich geschlossen hatten.

„Nein, ich habe erst vor kurzem gefrühstückt." George nahm Platz, ohne dazu aufgefordert worden zu sein.

Lucius setzte sich auf den Platz gegenüber von George und faltete die Hände in seinem Schoß. „Du sagtest, du glaubst zu wissen, warum ich dich hierher bestellte. Möchtest du eine Vermutung wagen?"

George hob seinen Blick in Richtung Decke, als würde er nachdenken. „Entweder hörtest du ein Gerücht über mich, einen schockierenden Skandal, und ich soll eine Kaufmannstochter heiraten, die ich kompromittiert habe..." George hob fragend die Augenbrauen und Lucius schüttelte amüsiert den Kopf. „Oder einige meiner Schulden wurden versehentlich an dein Haus geschickt und du bist schockiert über ihr Ausmaß. Ich habe meine vierteljährlichen Einnahmen verjubelt und dich dabei ruiniert." George hielt inne und schaute wieder zu Lucius, der in müder Geduld den Kopf schüttelte.

George seufzte und faltete seine Hände. „Nun, das kann nur zu einer Schlussfolgerung führen. Du möchtest, dass ich mich um die Angelegenheiten meines Anwesens kümmere."

„Siehst du, da hast du es", sagte Lucius. „Es ist schließlich dein Anwesen, und da muss etwas geschehen. Twinings kann sich nicht selbst verwalten, und insbesondere nicht mit dem Verwalter, den ich einsetzte, als du noch minderjährig warst. Der Mann wurde nicht richtig überwacht, und ich bin mir nicht sicher, ob er das Beste für das Anwesen tut. Grundgütiger, ich fühle mich alt."

Lucius hielt inne, und George brach das Schweigen nicht. Er schaute zum Kamin hinüber, wo ein fröhliches Feuer auf dem Rost knisterte, und wartete darauf, dass sein Bruder fortfuhr.

„Ich muss dich nicht daran erinnern, wie glücklich du dich schätzen kannst, dass Vater dir etwas vererbte. Nur wenige Menschen haben die Vorteile, die du hast, wenn sie keine direkten Erben sind. Doch wenn du etwas aus Twinings machen willst, musst du es bald in die Hand nehmen."

Lucius schimpfte selten und George war es höchst unangenehm, darauf zu warten, dass er zum Ende kam.

„Im Moment lebst du nur von dem Land. Du vermehrst weder sein Kapital noch investierst du in irgendeiner Weise in es. Und du hast dir die Pächter nicht selbst angeschaut. Wenn du nicht anfängst, deinen Besitz zu verwalten, wirst du deinem Erben am Ende nur ein klägliches Erbe hinterlassen."

George blieb still. Er wollte protestieren, doch er wusste, an dem, was Lucius sagte, war viel Wahres. Aber warum konnte er nicht noch ein paar Jahre in Frieden leben, ohne diese Verantwortung übernehmen zu müssen? Georges Stimmung trübte sich. Er hatte gewusst, dass dieses Gespräch kommen würde, doch es war deswegen nicht leichter mitanzuhören.

Lucius legte seine Hände auf die Armlehnen seines Stuhls und begegnete Georges Blick. „Ich weiß, dass du keine Schelte von deinem älteren Bruder brauchst. Glaub mir, wenn ich sage, dass ich es nicht gerne tue. Ich habe in meinem eigenen Leben schon genug um die Ohren, ohne mich auch noch um dein Leben kümmern zu müssen. Aber ich dachte, ich würde dir eine Warnung ins Ohr flüstern. Auch ich war einmal jung..."

„*Ha!* Da muss ich dir widersprechen, Lucius." George hatte es als Scherz gemeint, aber in seiner momentanen Stimmung wirkte es etwas ungeschickt. „Ich glaube nicht, dass du jemals jung warst. Du wurdest schon als Oberhaupt der Familie geboren und Vater hat diese Position nur für dich gehalten."

Amüsement umspielte die Lippen seines Bruders. „Nein, Halbling. Ich hatte meine eigenen Wünsche. Ich wollte eine schöne Zeit verleben, doch es gab Verpflichtungen, denen ich mich nicht entziehen konnte. Ich nehme an, du hast Glück, dass du keinen solchen Druck hattest." Lucius rieb sich das Kinn und sah ihn an. „Andererseits, wo es keinen Druck gibt, Verantwortung zu übernehmen, gibt es auch keinen Druck, zu wachsen. Ich glaube, es wäre verlockend für dich, Twinings ein weiteres Jahr links liegen zu lassen. Aber je länger du es vernachlässigst, desto schwieriger wird es sein, etwas aufzubauen, das es wert ist, weitergegeben zu werden. Du bist jetzt volljährig und kannst natürlich tun, was du willst. Aber wenn du ein Wort der Warnung deines älteren Bruders nicht verschmähst..." Er ließ seine Worte allmählich verstummen.

George starrte durch den Raum, seine Gedanken düster. Er stützte sein Kinn auf seine Hand. „Nein, natürlich nicht. Du weißt, wie dankbar ich für alles bin, was du getan hast. Aber ich hoffe, du erwartest nicht, dass ich sogleich zu meinem Anwesen eile. Die Saison hat eben erst begonnen. Das kann doch sicher bis zum Sommer warten."

Lucius' Lippen spannten sich an. Er schien mit sich selbst zu ringen, doch schließlich antwortete er. „Es kann bis zum Sommer warten. Doch vielleicht nicht viel länger. Ich trage die Verantwortung schon so lange, wie sie mir rechtlich zusteht, und – wie ich bereits sagte –habe meine Zweifel an diesem Verwalter. Ich erhalte noch immer die Berichte, obwohl das Anwesen seit drei Monaten vollständig dir gehört."

George atmete aus. „Nun gut. Ich gebe dir mein Wort, dass ich mir die Sache ansehen werde."

ALS ER LUCIUS' verließ, verdrängte George das Gespräch aus seinem Kopf. Das konnte warten, bis die Saison vorüber war. Er hatte dringendere Dinge zu erledigen, wie zum Beispiel einen überfälligen Besuch bei seinem Schneider und die Beantwortung der Einladungen, die sich auf seinem Schreibtisch stapelten.

An diesem Abend trafen George und seine Freunde zu einem privaten Ball bei den Blakelys ein, der unterhaltsam zu werden versprach, da es einen separaten Raum mit Tischen zum Kartenspielen geben würde. Er fragte sich vage, ob Lady Alice auch eingeladen war. Er hatte sich so gut mit ihr unterhalten, dass er wusste, dass sie zur Unterhaltung des Abends beitragen würde. George hatte nie zuvor darüber nachgedacht, mit wem sie befreundet sein könnte und welche Verbindungen sie haben mochte. Er hatte ihr nie die geringste Beachtung geschenkt. Aber in diesem Fall, da Mrs. Drummond-Burrell anwesend war und sie und die Duchess of Carr befreundet waren, wagte er zu hoffen, dass Lady Alice auch anwesend sein könnte.

Der intime Ballsaal war mit Menschen gefüllt und ein Strom von ihnen zog an ihm vorbei. Miss Chauncey folgte der Menschenmenge und ihr Weg kreuzte den seinen. George konnte nicht umhin, einen Blick auf Duck zu werfen, um zu sehen, ob er das Mädchen bemerken würde, und er war nicht überrascht, als dieser es nicht tat. Als Miss Chauncey an ihm vorbeiging, starrte Duck direkt durch sie hindurch, bis sie vor ihm einen Knicks machte. Das ließ Duck aufhorchen und seinen Blick auf sie richten. Er verbeugte sich und sein Gesichtsausdruck wurde interessiert.

„Guten Abend, Miss Chauncey. Sie sehen heute Abend sehr gut aus."

Sie trug ein Lächeln, das sie aufwertete und bei Ducks Worten errötete Miss Chauncey vor Freude. Das verbesserte ihr Äußeres noch weiter. „Guten Abend, Mr. Duckworth."

Mit einem leichten Nicken ging sie weiter und versuchte nicht, das Gespräch fortzusetzen, in der Hoffnung, dass Duck sie zum Tanzen auffordern würde, was George für klug hielt. Wenigstens hatte das Mädchen etwas Verstand. Er hatte mit Duck noch nicht über seine seltsame Unterhaltung mit Lady Alice gesprochen und hatte das auch nicht vor. Als sie jedoch ging, konnte er nicht anders als zu fragen: „Woher kennst du Miss Chauncey?"

Duck sah zu, wie sie wegging. „Du kennst sie? Sie ist ein bezauberndes Mädchen, nicht wahr? Wir wurden bei der Kartenparty der Mayfairs zusammengesetzt. Ich hatte Glück bei der Wahl meiner Partnerin. Sie erzählt nicht zu viel, ist aber sehr amüsant. Und sie versteht es, Karten zu spielen. Tatsächlich haben wir sogar gewonnen."

George nickte. Ducks Fokus auf Miss Chaunceys Fähigkeiten beim Kartenspiel war nicht gerade vielversprechend für Lady Alice, die sich sicher war, dass er vernarrt war. Gleichzeitig konnte George bei Duck aber auch keine starke Abneigung gegen das Mädchen feststellen. Er musste herausfinden, warum Lady Alice so viel von ihr hielt. „Du musst mich ihr vorstellen."

Duck trat zurück, um George anzusehen, und stieß mit Amos zusammen, der protestierte und beinahe sein Getränk verschüttete. Nachdem er sich kurz bei Amos entschuldigt hatte, blickte Duck überrascht zu George zurück. „Willst du wirklich einer jungen Dame vorgestellt werden? Sag mir nicht, dass du an ihr interessiert bist."

George wollte nur das Terrain erkunden und herausfinden, was Lady Alice hatte aufhorchen lassen, aber er könnte einen Fehltritt begangen haben. Duck sah beinahe eifersüchtig aus. Doch sicherlich musste es eine andere Emotion sein, denn Duck hatte noch nie einen zweiten Blick auf ein Mädchen geworfen, das derart schlicht gekleidet war und sich wenig Mühe gab, sein eher unscheinbares – wenn auch nettes– Gesicht zu verschönern.

„Du weißt recht gut, dass ich an niemandem interessiert bin. Aber wenn sie eine gute Gesprächspartnerin ist, könnte ich vielleicht mit ihr tanzen."

Duck schaute Miss Chauncey an, als ob sie mit neuen Augen sah und dachte über die Idee nach. „Das ist wirklich wahr. Vielleicht sollte ich sie ebenfalls zum Tanzen auffordern. Wir lachten viel, als wir Karten gespielt haben. Es ist viel besser, mit jemandem zu tanzen, der sich unterhalten kann, als mit jemandem, der nur eine schöne Figur hat."

George erkannte seinen strategischen Fehler mit Verdruss. Er hatte Ducks Interesse an Miss Chauncey nur noch gesteigert, indem er eine

Konkurrenz darstellte. Er versuchte, wieder Boden gutzumachen. „Ich hätte nie gedacht, das von dir zu hören. Ich war mir sicher, dass du ein schönes Gesicht und eine gute Figur als die wichtigsten Eigenschaften einer Tanzpartnerin nennen würdest.“

Duck schüttelte den Kopf. „Nein, schöne Figuren würdigt man besser vom Rand aus, wenn sie mit anderen tanzen. Aber bei denen, mit denen ich stehen muss, wäre es mir lieber, sie hätten zwei intelligente Worte zu sagen.“

„Vielleicht bist du gar nicht solch ein Charmeur, wie alle behaupten“, sagte George mit hochgezogener Augenbraue. Duck war stolz auf seine Fähigkeit, Frauen zu verzaubern.

„Da spricht nur die Eifersucht“, neckte Duck mit seinem üblichen Grinsen. „Natürlich bin ich das. Aber ich werde dich Miss Chauncey vorstellen, ehe ich sie zum Tanzen auffordere − als Zeichen meines guten Willens.“

Er lief Miss Chauncey hinterher, die nicht weit entfernt am Rand der Tanzfläche stehengeblieben war. George sah, wie sie sich freute, dass Duck sich ihr näherte, ehe sie ihre Gesichtszüge kontrollierte. Das überraschte George kaum, was er jedoch nicht erwartet hatte, war, dass Duck den Blick erwiderte. Es gab nur eine kurze Pause, bevor Duck auf George zu seiner Linken deutete. „Darf ich Ihnen Mr. Clavering vorstellen? George, das ist Miss Chauncey.“

Miss Chauncey löste ihre Aufmerksamkeit von Duck, machte einen Knicks und schenkte George ein Lächeln. Ihr Gesicht war viel hübscher und lebhafter, wenn sie lächelte.

Duck verbeugte sich förmlich, streckte seine Hand aus und hob den Kopf mit einem Lächeln, von dem George wusste, dass er es einsetzte, wenn er Herzen erobern wollte. „Erweisen Sie mir die Ehre des nächsten Tanzes?“

Zu Miss Chaunceys Ehrenrettung war zu sagen, dass sie mit gedämpfter Freude antwortete und nicht besonders erobert wirkte. Hätte Lady Alice ihn nicht auf die Idee gebracht, wäre es ihm schwergefallen, ihre Verliebtheit zu bemerken. Ihre Zurückhaltung veranlasste Duck nur dazu, seinen Charme zu verstärken und er begann, sie mit einer lustigen Geschichte zu unterhalten, als sie die Tanzfläche betraten. George hatte nun reichlich Zeit, sich dafür zu schelten, dass er Ducks Aufmerksamkeit auf Miss Chauncey gelenkt hatte, nachdem sie vorbeigegangen war, anstatt ihn von ihr abzulenken.

Er wandte sich der Menge zu und sah zum ersten Mal Lady Alice auf der anderen Seite des Raumes. Sie war also gekommen. Lady Alice beobachtete, wie Duck und Miss Chauncey mit den Tanzfiguren begannen. Sie fing seinen Blick auf und ihre gewölbte Braue begleitete ein selbstzufriedenes Grinsen, ehe sie sich abwandte.

George war frustriert, wusste aber auch, dass es seine eigene Schuld war. Er sehnte sich danach, Lady Alice zu überrumpeln, sie irgendwie zu reizen, doch er war sich nicht sicher, ob das möglich war. Konnte er mit ihr sprechen, wenn sie einander nicht offiziell vorgestellt worden waren? Alles, was er in diesem Moment wusste, war, dass er den Drang verspürte, sich mit ihr zu messen, und er riskierte fast, es zu versuchen, ungeachtet der Konsequenzen. Zum Glück besann er sich auf seinen Plan. Er würde wahrscheinlich brüskiert werden, denn es war eine Sache, sie in einer ungewöhnlichen Situation anzusprechen, aber eine ganz andere, sich ihr dreist auf einem privaten Ball zu nähern. Stattdessen suchte er Mrs. Drummond-Burrell auf.

Er verbeugte sich vor der mächtigen Matrone, der Schirmherrin von Almack's. Auch wenn es sich um ein privates Treffen handelte, hatte sie immer noch die Oberhand. „Ma'am, würden Sie mir die Ehre erweisen, mich Lady Alice St. Claire vorzustellen?"

Mrs. Drummond-Burrell betrachtete ihn, wog seinen Wert ab und überlegte, ob sie seiner Bitte nachkommen sollte. Einerseits stand Lady Alice weit über ihm, aber andererseits war sie alt genug, um unangemessene Annäherungsversuche abzuwehren. Und zu Georges Vorteil wusste er, dass er mit seinen höflichen Manieren und seiner freundlichen Art eine wertvolle Bereicherung für jede Party war, weshalb ihn so viele Gastgeberinnen einluden. Letztendlich schien diese Kombination von Fakten zu seinen Gunsten auszufallen und sie zu überzeugen.

„Nun gut, Mr. Clavering. Sie wird nicht mit Ihnen tanzen; das kann ich Ihnen versichern, denn das hat sie seit der vorletzten Saison nicht mehr getan. Aber wenn Sie mit mir kommen, werde ich Sie ihr vorstellen."

Sie führte ihn zu Lady Alice, die mit dem Rücken zu ihnen stand, während sie sich mit einer Gruppe von zwei anderen Frauen unterhielt.

Ihr champagnerfarbenes Kleid fiel ihr über den Rücken und gab den Blick auf ihre hübschen Schulterblätter frei, auf denen eine lange Locke ruhte, die strategisch aus ihrem Chignon gezogen worden war.

„Lady Alice", sagte Mrs. Drummond-Burrell. Als sie sich umdrehte, konnte George einen Blick auf ihr Gesicht werfen, das schwer zu lesen war. „Erlauben Sie mir, Ihnen Mr. George Clavering vorzustellen."

George verbeugte sich. Als er den Kopf hob, hatte die junge Frau vor ihm einen misstrauischen Blick in ihren Augen. Es war nicht die warmherzige Lady Alice, die er gesehen hatte, als sie sich in der Nische unterhalten hatten. Es war die Lady Alice der Gesellschaft. Sie musterte ihn distanziert, als stünde sie über ihm, als zweifelte sie an seiner Absicht, sie aufzusuchen, und fürchtete, zu einer Intimität gezwungen zu werden, die ihr nicht gefallen würde. George fragte sich, ob er sich ihre Verbindung bei Almack's neulich abends nur eingebildet hatte – ob er sich eingebildet hatte, dass ihr Vergnügen an ihrer Unterhaltung dem seinen entsprochen hatte. Ihn verließ beinahe der Mut.

„Mr. Clavering, das ist Lady Alice St. Claire", fuhr Mrs. Drummond-Burrell fort.

Lady Alice knickste, ihr Gesichtsausdruck war noch immer zurückhaltend. „Es ist mir ein Vergnügen."

„Das Vergnügen ist ganz meinerseits", sagte George. Mrs. Drummond-Burrell nickte ihm zu und ging weiter, nachdem ihre Aufgabe erledigt war.

Als sie ging, deutete George auf einen Bereich mit mehr Platz in dem überfüllten Raum und Lady Alice ging an seiner Seite. Er kam gerade zu der Erkenntnis, dass er sich nicht überlegt hatte, was er ihr sagen sollte, als Lady Alice das Schweigen mit kühler Stimme brach.

„Warum baten Sie um eine Vorstellung?"

„Weil ich mit Ihnen sprechen wollte", erwiderte er und sah sie überrascht an. Dann kehrte sein Humor zurück, zumindest ein wenig. „Und wie Sie wissen, darf man nicht mit einer Frau sprechen, wenn man ihr nicht ordnungsgemäß vorgestellt wurde – abgesehen von den mildernden Umständen, von denen ich Ihnen erzählte."

„Ich verstehe." Sie warf einen Blick in die Menge und machte keinerlei Anstalten, ihm bei dem Gespräch zu helfen. Die Verantwortung sollte bei ihm liegen. George fiel nichts ein, abgesehen von dem einzigen Thema, das sie verband – ein Thema, bei dem er im Moment nicht sehr zuversichtlich war.

„Ich fragte mich, ob Sie Fortschritte gemacht haben, um die Verbindung zu erreichen, von der Sie überzeugt waren."

Ihr Blick wurde interessierter und weniger misstrauisch. „Tatsächlich lernte ich Miss Chauncey vor zwei Tagen bei einem Vormittagsbesuch näher kennen. Das ist bereits ein Schritt in die richtige Richtung."

George nickte, als würde er dies verarbeiten. Dann zuckte er plötzlich zusammen, als er begriff, was sie sagte. „Ich dachte, Miss Chauncey wäre eine Freundin von Ihnen."

Lady Alice lächelte rätselhaft. „Das ist sie nun auch."

Was bewog Lady Alice dazu, sich für das Schicksal einer Frau zu interessieren, die sie kaum kannte? Es war eine Sache für ihn, sich für einen Freund einzusetzen, dessen Geschmack er kannte, doch wie konnte es Lady Alice nützen, wenn sie Miss Chauncey half? Das würde George irgendwann herausfinden müssen. Stattdessen konzentrierte er sich auf sein eigentliches Anliegen.

„Ich sage es Ihnen nur ungern, aber ich sah heute Abend, wie Miss Chauncey und Mr. Duckworth miteinander umgegangen sind. Sie kreuzte seinen Weg und er hat förmlich durch sie hindurchschaut. Ich würde nicht sagen, dass das ein vielversprechender Anfang ist."

Das war ein Glücksspiel. Im Moment hatte sie das stärkere Blatt, denn Duck tanzte gerade mit ihrem Schützling. Es war eine schwache Eröffnung und das wusste er. Er fragte sich, wann sie ihren Trumpf ausspielen würde.

Stattdessen schenkte Lady Alice ihm einen nachsichtigen Blick und sagte: „Natürlich hat er das getan. Männer reagieren nur oberflächlich, bis man ihnen zeigt, worauf es ankommt."

George tastete sich durch das Gespräch und hoffte, dass er die Oberhand gewinnen würde. Das würde ihm große Befriedigung verschaffen. Wenn er nur Zweifel in ihrem Kopf säen könnte, warum Duck und Miss Chauncey miteinander tanzten, könnte er vielleicht den Schaden begrenzen. Es war Zeit zu bluffen.

„Trotz seines mangelnden Interesses sagte Duck etwas Vorteilhaftes über Miss Chauncey. Er sagte, sie sei anständig im Kartenspiel und belästige ihn nicht mit langweiligen Gesprächen. Für eine Heirat wird es bei ihm nicht reichen, doch zumindest schätzt er sie als harmlose Gefährtin, die ihn nicht durch Verliebtheit belästigen wird."

„Ja." Lady Alice blickte ihn scharfsinnig an. „Ist das der Grund, warum sie jetzt zusammen tanzen? Damit sie sich unterhalten können?"

Ah. Die Trumpfkarte. Ich muss vorsichtig vorgehen. George gab sich lässig. „In der Tat, Duck sagte etwas in diese Richtung. Wenn er mit jemandem tanzen wollte, zog er eine Unterhaltung einer schönen Figur vor."

Das sollte sein Gegenschlag sein, doch Lady Alice vereitelte ihn. „Ich bleibe dabei. Sie sind perfekt geeignet. Ein schönes Gesicht wird nur die Augen eines Mannes umgarnen. Ein schönes Gespräch wird sein Herz gewinnen."

George konnte gerade noch zwei Worte herausbringen: „Wohl kaum!", als Lady Alice ihn mit plötzlichem Misstrauen unterbrach.

„Haben Sie mit Mr. Duckworth über unsere Wette gesprochen?"

Er legte seine Hand auf die Brust, als ob er beleidigt wäre. „So etwas Dummes würde ich nicht tun. Nichts würde ihn mehr gegen diese Idee aufbringen, als wenn ich sie zur Sprache bringe."

„Aber dann würden Sie die Wette gewinnen. Sie würden in Ihrem eigenen Interesse handeln." Lady Alice hatte ihren eisigen Ton, der für die Gesellschaft reserviert war, aufgegeben und ihre Neckerei war wieder in vollem Gange.

George schüttelte den Kopf. „Aber ich würde nicht nach den Regeln spielen. Wir müssen sehen, ob sie – wenn sie sich selbst überlassen sind – die Nähe des anderen suchen und eine Bindung eingehen werden."

Lady Alice lächelte zum ersten Mal an diesem Abend und er dachte, wie viel charmanter und zugänglicher sie wirkte, wenn sie lächelte. Das war eine Eigenschaft, die sie mit Miss Chauncey teilte. Doch wenn Miss Chauncey lächelte, sah sie nur annehmbar aus. Wenn Lady Alice lächelte, sah sie ... nun, das war kein Gedanke, den man weiterverfolgen sollte.

„Sie spielen also nach den Regeln", sagte sie und ihre Augen funkelten vor guter Laune und Spekulation.

„Ich spiele immer nach den Regeln", antwortete er und ließ zu, dass sein Tonfall von Empörung geprägt war, obwohl er es nicht ernst meinte. Er sollte besser aufhören, solange er noch im Vorteil war. George schaute auf ihre Schleppe hinunter und sah, dass sie sie unten gelassen hatte. „Wie ich sehe, ist Ihre Schleppe nicht hochgesteckt, also werde ich Sie nicht zum Tanzen auffordern. Aber ich habe die wenigen Minuten der Unterhaltung mit Ihnen genossen. Und ich freue mich darauf, unser Spiel fortzusetzen."

„Das tue ich auch, Mr. Clavering."

George verbeugte sich und ging, mit dem Gefühl, dass er sich am Ende ihres Gesprächs gut genug geschlagen hatte. Gleichzeitig musste er sich eingestehen, dass sein Blatt in dieser Runde nicht stark gewesen war. Nächstes Mal würde er besser vorbereitet sein und sich angemessen schlagen. Er freute sich schon jetzt darauf.

KAPITEL 5

Alice wartete in der Eingangshalle auf ihre Mutter. Sie trug ein Promenadenkleid mit niedriger Taille und breit geschnittenen Schultern, das gerade in Mode kam. Es war die Stunde, in der sie mit der Kutsche zum Hyde Park fahren sollten. Es gab keine interessierten Herren mehr, die sie zu diesen Spazierfahrten einluden, was hervorragend zu ihrem langfristigen Ziel passte, nicht zu heiraten, obwohl ihre Mutter darauf bestand, dass sie sich mehr bemühte.

Von Jahr zu Jahr begehrten immer weniger Anwärter ihre Gesellschaft, weil sie sie für unnahbar hielten und wussten, dass sie eine Heirat strikt ablehnte. Mit ihrer Schleppe, die sie bei jeder Veranstaltung, bei der getanzt wurde, demonstrativ lang trug, verstärkte sie diese Botschaft noch. So sehr sich Alice auch darüber freute, dass die Herren endlich ihre Wünsche respektierten, musste sie doch feststellen, dass ihre Entscheidung, nicht zu heiraten, einen Nachteil mit sich brachte. Solange sie nicht alt genug war, um sich einen eigenen Wohnsitz zuzulegen, war sie in Sachen Unterhaltung ihrer Mutter und ihren Schwestern ausgeliefert. Sie konnte nicht allein in den Hyde Park fahren.

Ihre Mutter kam aus dem Salon, begleitet von Elizabeth, Alice' zweitältester Schwester. Elizabeth schätzte Mutters Gesellschaft sehr und fand immer eine Ausrede, um sie zu besuchen. Ihre Kinder brachte sie nur selten mit, da Elizabeth ihren jugendlichen Überschwang nur in kleinen Dosen ertragen konnte und ihre Mutter nicht gerade eine liebevolle Großmutter war. Die Duchess machte aus ihrer Zuneigung gerne eine große Angelegenheit, sei es durch Zärtlichkeit oder durch Zurechtweisung, aber schon nach wenigen Augenblicken in ihrer Gesellschaft war sie glücklich, wenn die hingebungsvollen Sprösslinge von ihrer Amme weggebracht wurden.

„Gut. Du bist bereit", verkündete Elizabeth, als sie Alice entdeckte. Elizabeth wandte sich an ihren Butler und sagte als jemand, der in diesen Haushalt geboren worden war, wenngleich sie nicht mehr dort lebte: „Horace, Sie können die Kutsche holen lassen. Wir sind bereit zur Abfahrt."

Alice fuhr mit ihrer Mutter und ihrer Schwester auf dem nach hinten gerichteten Sitz in der Barouche mit und war erleichtert, an der frischen Märzluft, anstatt im Salon eingesperrt zu sein. Obwohl sie sich nicht für Klatsch interessierte, wie die anderen Frauen in ihrer Familie, war es interessant zu sehen, wer mit wem spazieren ging und was die Leute trugen. Der Weg war schlammig und auf den Rasenflächen zu beiden Seiten des breiten Weges schmolzen Schneereste. Alice brauchte noch immer ihren Muff, um sich warm zu halten.

Ihre Mutter und ihre Schwester unterhielten sich über die Frau des Earls of Gradely, die schockierend viel Zeit mit einem unverheirateten Gentleman – einem eingefleischten Junggesellen – verbracht hatte, den sie, wie es schien, schon vor ihrer Heirat geliebt hatte. Sie unterbrachen dieses Gespräch mit Bemerkungen über die Leute in den nahen Kutschen, die ihrer Meinung nach völlig unmodern gekleidet waren. Keiner blieb von ihrem kritischen Blick verschont.

Alice blendete ihre Unterhaltung aus und begnügte sich damit, die Menschen zu beobachten und die Düfte des ausklingenden Winters und der Blumen, die durch die Erde sprossen, einzuatmen. Die Spazierfahrten im Hyde Park gehörten ebenso zu den kleinen Freuden, die sie genoss, wie die morgendliche Lektüre im Bett. Schon allein deshalb, weil ihre Zeit im Park zur beliebten Stunde bunt war, wenig von ihr verlangte und an der frischen Luft stattfand.

Eine Kutsche fuhr in schnellem Tempo von hinten auf sie zu und kam immer näher. Da Alice nach hinten blickte, konnte sie das Paar sehr deutlich sehen, obwohl sie ihren Augen kaum trauen konnte. Die

Kutsche gehörte Bertram und Cleophas Bell – oder Cleda, wie sie sie immer genannt hatte. Alice' Mund klappte auf.

„Aber nein, Lady Alice", rief Cleda und lachte. „Deine Augen trügen dich nicht. Ich bin aus Paris zurückgekehrt, wie du sehen kannst. Überrascht?"

„Erstaunt!", rief Alice aus. Ihr Tag war plötzlich viel strahlender geworden. Cleda Bell war ihre engste Freundin und die einzige, bei der sie wirklich sie selbst sein konnte. Alice hatte sich vor der langen Saison ohne Cledas Gesellschaft gefürchtet, mit der sie über Verehrer lachen und wegen unhöflicher junger Frauen in ihrem Bekanntenkreis seufzen konnte. Sie sollte eigentlich ihre Flitterwochen in Paris verbringen und wurde erst nach dem Sommer zurückerwartet. Schließlich hielt Cledas Kutsche neben der ihren an.

„Guten Tag, Euer Gnaden, Lady Elizabeth. Ich hoffe, Sie erlauben Alice, mich in meiner Kutsche zu begleiten. Es ist schon viele Monate her, dass wir ein ungezwungenes Beisammensein genossen, und ich würde dies nun gerne nachholen." Dann wandte sich Cleda an ihren Mann. „Es macht dir doch nichts aus, nicht wahr, Bertie?"

Ihre Ehe war von Cledas Eltern arrangiert worden, aber während des Werbens hatte sich Mr. Bell als freundlicher und großzügiger Mann erwiesen. Wenn Alice überhaupt heiraten wollte, hätte sie nichts einzuwenden gegen einen Mann, der Bertram Bell ein wenig ähnelte – ein Mann, der nicht nur auf sein eigenes Wohlbefinden achtete, sondern auch auf die Bedürfnisse seiner Frau. Etwas Derartiges fand sich bei der männlichen Spezies selten.

„Keineswegs", antwortete er. „Da ich weiß, dass ihr euch viel zu erzählen habt, werde ich mich in den Schlamm wagen und hinübergehen, um meine Freunde zu begrüßen, die zu Fuß gekommen sind."

Alice sah ihre Mutter an und war sich sicher, dass sie es billigen würde. Sie hatte Cleda schon immer gemocht. Und was noch wichtiger war; als ehemalige Langley entstammte Cleda einer langen, tadellosen Ahnenreihe.

Ihre Mutter nickte gnädig. „Cleophas, wie schön, dass du wieder auf englischem Boden weilst. Alice hat dich vermisst, und ich bin mir sicher, dass sie sich sehr über deine Neuigkeiten freuen wird."

Mr. Bell sprang hinunter, öffnete die Tür von Alice' Barouche und half ihr, in die andere Kutsche umzusteigen, ohne einen Fuß auf den schlammigen Boden setzen zu müssen. Als der Umstieg erfolgreich abgeschlossen war, sagte er: „Auch wenn mein Kammerdiener mich sicher tadeln wird, mir die Stiefel schmutzig gemacht zu haben, glaube ich, dass mir ein Spaziergang recht gut tun wird. Euer Gnaden, ich werde Lady Alice mit unserer Kutsche nach Hause bringen lassen, wenn sie und meine Frau ihre gemeinsame Zeit beendet haben, wenn Ihnen das recht ist.“

„Sie sind zu freundlich“, erwiderte Alice' Mutter. Sie nickte dem Stallburschen zu, der die Kutsche anfuhr, und Alice' Laune hellte sich auf, als sie sie davonfahren sah.

„Du bist ein Schatz, Bertie“, sagte Cleda zu ihrem Mann und hielt ihm ihre Hand hin, damit er sie küssen konnte. Das tat er und lächelte den beiden Damen zu, ehe er ging. Die Kutsche setzte sich in Bewegung und Alice ignorierte alles um sich herum, um sich ihrer Freundin zu widmen.

„Wie kommt es, dass du mir nicht gesagt hast, dass du früher zurückkommen würdest, Cleda? Ich beginne, die Tiefe deiner Zuneigung in Frage zu stellen“, neckte Alice. Sie hatte nicht einen Augenblick an ihrer Freundschaft gezweifelt, doch sie war wirklich höchst neugierig, da es ungewöhnlich für ihre Freundin war, ihre Meinung zu ändern. Zudem waren die Flitterwochen lange geplant und ersehnt gewesen.

Cleda hakte sich bei Alice unter und beugte sich so nah zu ihr heran, dass der Kutscher vor ihnen sie nicht hören konnte. „Ich weiß, du wirst dies für dich behalten, aber mir steht ein freudiges Ereignis bevor.“ Sie hob bedeutungsvoll den Blick, als Alice verstand und ihr Herz einen Satz machte. „Es war kein leichter Anfang und Bertie fürchtete um mein Wohlergehen. Er beschloss, die Reise auf das Festland abzukürzen und zurückzukehren, wo man sich besser um mich kümmern kann.“

Alice wusste es besser, als dass sie die Freude, die sie empfand, zeigen würde. Das könnte Blicke provozieren. Sie beschränkte sich darauf, die Augenbrauen hochzuziehen und Cledas Arm noch fester zu drücken, während sie schmunzelte. „Wie aufregend. Und so wenig ich auch wünsche, dass du wegen irgendetwas leiden musst, bin ich dem glücklichen Ereignis zu Dank verpflichtet, denn es bewahrt mich vor einer Saison der Langeweile.“ Sie schielte zu Cleda hinüber. „Vorausgesetzt, dir geht es noch genug, um an den Veranstaltungen der Gesellschaft teilzunehmen."

„Du siehst mich hier, nicht wahr?", sagte Cleda. Sie sah tatsächlich aus wie das Ebenbild eines gesunden Menschen. „Also erzähl mir, was habe ich verpasst? Halte nichts zurück. Es wird so sein, als wäre ich von Anfang an hier gewesen. Die Wahrheit ist, so sehr ich Paris und Rom auch geliebt habe, bin ich doch froh, zurück zu sein und das Vertraute wiederzufinden."

Alice ließ ihren Blick nach vorne schweifen. „Es gibt kaum etwas Neues. Die Saison hat gerade erst begonnen. Bei den Mayfairs fand eine Kartenparty statt."

„Und mit wem spieltest du zusammen?", drängte Cleda.

Alice stöhnte. „Zwing mich nicht, es noch einmal zu durchleben. Mein Partner war Lord Hicks. Er fragte mich, ehe ich die Gelegenheit hatte, einen anderen Partner zu finden. Tatsächlich war seine Aufmerksamkeit so ausgeprägt, dass ich mir sicher bin, er kam mit der Absicht, an mich heranzutreten. Und wenn man bedenkt, dass er mich nie zu mehr als einem Tanz aufgefordert hat, nicht einmal als wir uns vor all den Jahren vorgestellt wurden. Ich wähnte mich in Sicherheit."

Cledas Gesicht zeigte Mitgefühl. „Er hat nur auf die rechte Zeit gewartet. Er hat ein paar Saisons lang gewartet und dein Desinteresse beobachtet und gedacht..." Sie hielt mit lachenden Augen inne. „Ich nehme an, er dachte, dass es niemanden gab, der verlockend genug war, um dich für sich zu gewinnen, da dich noch niemand an sich gerissen hat. Es brauchte nur ihn, um es zu versuchen – so dachte er jedenfalls."

Alice lachte. „Wenn es einen Segen gab, so war es der, dass wir uns an einem langen Tisch gegenübersaßen und ich seinen Atem kaum riechen konnte. Also wirklich, der Mann hat einen Kammerdiener. Sicherlich ist sein Diener optimistisch genug, um das Zahnpulver bereitzulegen."

„Ach, du kennst doch Männer, die solch begehrenswerte Fänge sind. Sie haben es nicht nötig, etwas derart Banales zu tun wie Zähne zu putzen oder sich zu waschen, um für junge Frauen akzeptabel zu sein."

Alice erschauderte. „Widmen wir uns lieber gleich dem nächsten Thema. Als Nächstes kam Almack's Eröffnungsabend."

„Wo du mit Sicherheit jemanden gefunden hast, der so verlockend war, dass du deine Schleppe hochgesteckt und getanzt hast."

Alice lachte erneut. Mit Cleda fiel ihr das so leicht. „Du wärst wirklich überrascht. Ich hatte die Gelegenheit, Gwendolyn Chauncey dort und später auf dem privaten Ball der Blakelys zu beobachten – sie ist die jüngere Schwester von Dorothy Chauncey – du wirst dich an sie erinnern. Miss Chauncey war bei der Kartenparty mit Mr. Oswald Duckworth zusammengesetzt worden. Wie ich sehe, weißt du nicht, wer er ist, doch er ist schon seit ein paar Saisons in der Gesellschaft und als Charmeur bekannt. Allerdings beobachtete ich ihn und er hat ein freundlicheres Wesen, als er vorgibt. Er ist mittelgroß, hat hellbraunes Haar und ein unwiderstehliches Lächeln."

„Und du bist endlich von jemandem eingenommen", sagte Cleda ohne wirkliche Überzeugung in ihrer Stimme.

„Du bist voreilig. Es war Miss Chauncey, die eingenommen war. Und bei Almack's flehte ich sie lediglich vom Rand der Tanzfläche an, den sich nähernden Mr. Lloyd nicht zu akzeptieren..."

„Um Himmels willen", warf Cleda ein. „Kein Wunder, dass du dich nicht an den Altar locken lässt, wenn das deine einzigen Aussichten sind."

„Du hast die Angelegenheit wunderbar zusammengefasst. Ich beobachtete die Szene auch in der Hoffnung, dass Mr. Duckworth den wahren Wert direkt vor seiner Nase sieht."

Cleda hob die Hand, um jemandem zuzuwinken, doch obwohl die andere Kutsche langsamer wurde, wandte sie sich wieder Alice zu. „Ich nehme an, dass Gwendolyn Chauncey nicht viel hübscher ist als Dorothy."

„Leider nicht, obwohl sie Ausstrahlung hat. Dennoch war ich beeindruckt von ihr, als wir bei den Mayfairs an benachbarten Tischen saßen, denn sie war stets höflich zu Lord Hicks, wenn er so tölpelhaft war, mit der Partei an unserem Nachbartisch zu sprechen – obwohl sie viel näher bei ihm saß als ich und unter seinem stechenden Geruch gelitten haben muss. Sie folgte nicht dem Beispiel von Lord Hicks und behandelte mich mit unangemessener Vertraulichkeit. Und obwohl sie viel mit Mr. Duckworth lachte, verbarg sie alle Anzeichen ihrer Verliebtheit vor der Gesellschaft und auch ich hätte sie übersehen, wären da nicht meine scharfen Augen."

„Ich weiß alles über diese scharfen Augen.“ Cleda hielt sich selbst davon ab, mehr zu sagen, und hielt sich kurz die behandschuhte Hand vor den Mund, ehe sie sich Alice zuwandte, als wäre sie entschlossen, dass es ihr gut ging. „Und das war also alles, was bei Almack's von Interesse war?“

„Nicht ... ganz.“ Alice errötete. „Ich sinnierte lediglich laut darüber, was Miss Chauncey tun sollte, als hinter mir plötzlich Mr. Clavering hinter den Fenstervorhängen hervorkam.“

Cleda sah sie verwirrt an. „Sir Lucius Clavering? Der mit der früheren Selena Lockhart verheiratet ist?“

Alice schüttelte den Kopf. „Ich kenne die beiden nicht. Aber ich denke, es muss sein jüngerer Bruder sein, George. Obwohl wir einander nicht vorgestellt worden waren, nahm er mein lautes Reden als Vorwand, mir zu antworten. Und es fiel mir schwer, ihm eine Abfuhr zu erteilen.“

Cleda zog sich zurück und sah sie an. „Schwer, ihm eine Abfuhr zu erteilen? Nun, das ist ja interessant. Du hast endlich jemanden gefunden, der dich anspricht. Gestehe es.“

„Ich werde nichts gestehen“, antwortete Alice. „Es hat sich nichts geändert. Ich habe sehr deutlich gemacht, dass ich nicht tanzen werde – *und* dass ich nicht heiraten werde.“

Cledas Augen funkelten. „Nur du kannst so etwas zu einer zufälligen Bekanntschaft sagen.“

Alice lächelte und schüttelte den Kopf. „Doch am Ende haben wir gewettet, ob jemand mit so wenig äußerlichen Reizen wie Miss Chauncey jemanden wie Mr. Duckworth anziehen kann. Ich weiß nicht, warum ich mich auf eine Wette mit einem Mann einließ, dem ich noch nie zuvor begegnete. Es ist nur so, dass mich in diesem Moment der Gedanke besonders ärgerte, dass nur die bestaussehenden Frauen jemanden anziehen sollten – oder nur die mit dem besten Einkommen. Das verärgert mich für unser Geschlecht. Wir sind nichts weiter als eine Ware, auf die man bieten und die man der Sammlung eines Mannes hinzufügen kann.“

Cleda seufzte. „Ich kenne deine Gefühle in dieser Angelegenheit. Und ich stimme dir zu. Ich verstehe, warum du nicht heiraten willst, wenn es für dich nicht notwendig ist, um in der Gesellschaft zu überleben. Außerdem vermute ich, dass es noch einen anderen Grund gibt, warum du kein Interesse an einer Heirat hast, auch wenn du dich selbst nie diesbezüglich geäußert hast.“

Ein Gespräch mit Cleda war immer interessant und oft aufschlussreich. „Und der wäre?“

„Wenn ich das sagen darf: Du hast einen sicheren Platz zu Hause, aber du wirst nicht übermäßig ... ich würde sagen, wertgeschätzt? Du verspürst keinen Wunsch, in einen anderen Haushalt zu gehen, in dem du möglicherweise nicht nur nicht geschätzt wirst, sondern dein Auskommen zum Eigentum deines Mannes wird. Du befürchtest, dass du mit nichts zurückbleiben wirst.“ Cleda hatte ihre Stimme wieder gesenkt, damit der Stallbursche nicht mithören konnte.

Die Worte trafen ihr Ziel. Alice hatte nie wirklich herausfinden können, warum sie nicht heiraten wollte, abgesehen von einem allgemeinen Gefühl der Sturheit, wie es ihr schien – und die ihre Mutter ihr vorwarf. Doch was Cleda sagte, traf durchaus zu. Warum sollte sie die Freiheit, wie sie sie kannte, für eine Situation aufgeben, die vermutlich keine Verbesserung bringen würde?

Natürlich konnte es manchmal einsam sein, wie heute, als sie gedacht hatte, sie müsste die Gesellschaft ihrer Mutter und ihrer Schwester ertragen, nur um im Park an die frische Luft zu kommen. Aber wenigstens hatte sie ihren Platz im Haushalt, und sie wusste, dass ihr Bruder sie nie dazu zwingen würde, ihn zu verlassen, selbst wenn er sich eine Frau nehmen würde. Außerdem hatte sie ihr Auskommen und konnte sich woanders ein Leben aufbauen, wenn sie das wünschte. Sie hätte eine stattliche Unabhängigkeit, durch die sie nicht in finanzielle Schwierigkeiten gelangen würde. Wenn sie heiratete, würde sie all das aufgeben im Austausch für – was? Ein Leben, angekettet an jemanden, der sie wahrscheinlich nicht mehr beachten würde, sobald er Zugriff auf ihr Geld hätte. Und dann würde sie allein und mittellos zurückbleiben.

„Ich glaube, du hast recht“, sagte sie. Sie brauchte ihre Stimme nicht zu senken. Das geschah von allein.

„Nun, nur nicht in Melancholie verfallen.“ Cleda stupste sie in die Seite. „Ich sprach ein so schwieriges Thema nicht an, nur um deine Laune zu trüben. Vielmehr wollte ich dir sagen, dass da draußen die ganze Welt auf dich wartet – eine Welt voll *unvorstellbarer Freuden*, wenn du verheiratet bist, wenn du nur eine Liebesheirat eingehen würdest."

Alice seufzte und schaute zu der Parade an Kutschen hinüber, die vor der Baumreihe vorbeifuhr. „Eine Liebesheirat. Du kannst nicht erwarten, dass ich glaube, dass so etwas existiert. Am ehesten kann ich auf so etwas wie eine Beziehung zwischen dir und Mr. Bell hoffen. Ihr habt ein sehr herzliches Verhältnis zueinander. Ich weiß, dass eure Ehe arrangiert wurde, also wirst du mich nicht davon überzeugen, dass es so etwas wie eine Liebesheirat ist."

Ihre Freundin überraschte sie, indem sie ihren Arm ergriff. „Sieh mich an, Alice", befahl sie. Als Alice dies tat, sprach Cleda mit tiefer, entschlossener Stimme. „Wir sind ein Liebespaar. Auch wenn ich keine Vorstellung davon hatte, was das ist, und auch wenn wir die Ehe nicht mit dieser Absicht eingingen, ist es das, was wir nun sind."

Alice hob die Brauen. Sie konnte nicht glauben, was sie da hörte. „Cleda, wie konnte das geschehen? Wie ist das möglich?"

Cleda lachte und errötete ein wenig. „Lass es mich so sagen: Es ist sehr schwer, sich fremd zu bleiben, wenn man verheiratet ist, und ich glaube, so war es auch. Aber wir stellten fest, dass wir uns in der Gesellschaft des anderen sehr wohl fühlen." Sie richtete ihren Blick auf Alice. „Und ich möchte nicht, dass du dir diese großartige Sache entgehen lässt, die mit nur einem Quäntchen Vertrauen und ein wenig Entschlossenheit dir gehören könnte. Nein, ich schlage nicht vor, dass du die erstbeste Person heiratest, die dir über den Weg läuft. Aber ich möchte, dass du das tiefe Glück empfindest, das ich empfinde, und ich glaube, dir entgeht etwas, wenn du es nicht versuchst."

Zwei Herren ritten auf sie zu und zogen Alice' Blicke auf sich. Derjenige, der ihr am nächsten war, zog seinen Hut und sie erkannte seine kantige Kieferpartie, die von der frischen Luft nun geröteten Wangen und die strahlenden Augen unter den dunklen Locken. Sein Atem kam in einer Wolke heraus, und als er sie ansah, verzogen sich seine Lippen zu einem frechen Grinsen. Ihr Herz machte einen kleinen Satz.

Es war eine Sache, bei Almack's dicht neben ihm zu stehen und sich an eine Intimität zu klammern, die eigentlich nicht die ihre war. Es war eine andere Sache, ihn in Bewegung zu sehen, wie er wie sie die frische Luft genoss und zu beobachten, wie seine Augen aufleuchteten, wenn sie sie erblickten. Sie konnte nicht anders, als sich in dieser Kollision der Momente von Cledas Worten beeinflussen zu lassen und sich zu fragen, ob sie nicht tatsächlich etwas verpasste.

Im nächsten Augenblick kehrte ihr gesunder Menschenverstand zurück.

Mr. Clavering hielt an. „Lady Alice, bitte erlauben Sie mir, Ihnen meinen Freund Matthew Evans vorzustellen. Er ist verheiratet mit" —er zog die Augenbrauen hoch, als ob er darüber nachdachte, wie er die Beziehung erklären sollte – „der Schwester des Mannes meiner Schwester. Aber er ist auch ein Freund aus Kindertagen."

„*Enchantée*", antwortete Alice und lächelte Mr. Evans und dann wieder Mr. Clavering an. Nachträglich wandte sie sich zu Cleda. „Mr. Clavering, darf ich Ihnen ebenfalls eine enge Freundin von mir vorstellen: Mrs. Cleophas Bell, früher Mitglied der Familie Langley." Warum erzählte sie ihm das? Cledas Familie würde ihn nicht interessieren.

„*Enchanté*", erwiderte Mr. Clavering seinerseits. Es entstand eine Pause, die sich immer drückender anfühlte, als keiner sich bewegte oder sprach. Sie sehnte sich danach, sich weiter dem spielerischen Geplänkel hinzugeben, das sie bei ihren beiden Treffen geteilt hatten, aber das konnte sie nicht, wenn zwei Zeugen zugegen waren.

Bevor sie in Versuchung geriet, sich ungewöhnlich zu verhalten und etwas Dummes zu tun, wie zum Beispiel zu flirten, setzte sich Alice aufrechter hin. Sie warf sich ihr Gesellschafts-Verhalten über. „Einen schönen Nachmittag, Mr. Clavering, Mr. Evans." Sie wandte sich Cleda zu und sagte: „Wollen wir weiterfahren?"

Die Kutsche fuhr vorwärts, aber nicht so schnell, dass sie nicht mitbekam, wie Mr. Claverings Freund trocken sagte: „Wir sprechen jetzt also Französisch, ja?"

Cleda schaute Alice aufmerksam an. „Mr. Clavering. *Nun* weiß ich, wer das ist. Das ist sehr, sehr interessant."

KAPITEL 6

George zog sich für Mrs. Harris' Ball um, auf dem er Philippa Miss Chauncey vorstellen sollte. Er fragte sich noch immer, ob es klug gewesen war, seine Schwester mit dem Problem zu konfrontieren, denn sie konnte nicht anders, als sich einzumischen. Er hoffte, dass sie die nötige Zurückhaltung besitzen würde, es zu unterlassen.

Nach dem Ball würde er wie üblich mit Freunden in den Club gehen. In seinen früheren Jahren in London war der Ball eine Art Buße gewesen, die er tun musste, um die Gastgeberinnen der Gesellschaft nicht zu beleidigen, ehe er den Rest des Abends wie ein Gentleman verbringen konnte – im Club, bei einem Kampf oder beim Glücksspiel mit moderaten Einsätzen. George spielte nie mit dem Ziel, Geld von seinen Freunden zu gewinnen. Er tat es aus Freude daran, Zeit mit den Menschen zu verbringen, die er am liebsten mochte. Bis jetzt hatte er noch nichts gefunden, womit er seine Zeit sinnvoller verbringen konnte.

Der Haushalt, in dem er aufgewachsen war, hatte ihn weiß Gott nicht gelehrt, dass das Glück im Schoß der Familie zu finden war. Dort hatte der Bruder, zu dem er aufschaute, kaum Zeit für ihn gehabt, seine Mutter hatte ihm Strafpredigten gehalten oder ihn verhätschelt und die scharfe Zunge seiner Schwester Maria hatte ihn gescholten.

Philippa und er standen sich schon immer nahe, hatten jedoch nicht die gleichen Interessen. Die beste Quelle für Spaß und Vergnügen waren die Freunde, die er in Oxford gefunden hatte. Das hatte sich über seine Schulzeit hinaus bis in sein Leben als Gentleman fortgesetzt und ihm den etwas verwegenen Ruf eingebracht, den er nicht ganz verdient hatte. Nur seine engsten Freunde wussten, dass er sich nie eine Mätresse gehalten hatte.

George trug schwarze Seidenhosen, eckige Ballsaalschuhe und eine schwarze Weste, die von einem schwarzen Mantel gekrönt wurde, dessen spitzer Schwanz ihm bis zu den Kniekehlen reichte. Er war erleichtert, dass sich die Männermode änderte, so dass er auf die Kniebundhosen und Seidenstrümpfe verzichten konnte, die früher für private Bälle nötig gewesen waren − obwohl Almack's wahrscheinlich bis ans Ende aller Zeiten Kniebundhosen verlangen würde. Er konnte sich nicht vorstellen, dass diese gigantische Institution jemals einen modernen Kodex einführen würde.

Heute Abend freute sich George mehr auf den Ball als auf den Club, was eine Abwechslung war. Während er sein Halstuch band, dachte er darüber nach, warum das so sein könnte. Zum einen würde Philippa dort sein, was immer eine Abwechslung zu den langweiligen Bällen war. Aber er vermutete, dass sein besonderes Interesse heute Abend darin bestehen würde, Philippa dabei zuzusehen, wie sie versuchte, aus Miss Chauncey alles herauszuholen, was sie konnte − und sich über Lady Alice' Gewissheit zu amüsieren, dass Miss Chauncey sich Duck als Ehemann sichern könnte. George war ebenso gewiss, dass Lady Alice falsch lag. Schließlich war außer Matthew Evans keiner von ihnen bereit, sich niederzulassen, Duck am wenigsten. Sie wollten noch mindestens fünf Jahre lang als Junggesellen leben.

George kam alleine an und nachdem er die Gastgeberin begrüßt hatte, warf er einen ersten Blick durch den Raum, um nach Lady Alice Ausschau zu halten, nicht etwa nach seinen Freunden. Diese Erkenntnis war ihm nicht ganz geheuer, bis er sich den Lapsus damit erklärte, dass für ihn etwas auf dem Spiel stand und nur sie beide den Verlauf ihrer Wette besprechen konnten. Philippa war bereits auf dem Ball, in Gesellschaft anderer Ehefrauen einflussreicher Männer aus der Politik, und ihr elegantes Kleid verbarg nicht länger die Rundung, die zeigte, dass sie guter Hoffnung war. Er legte ihr die Hand auf die Schulter, und als sie sich umdrehte, verbeugte er sich vor den Frauen.

„George", rief sie aus und verabschiedete sich von ihren Freundinnen, ehe sie seinen Arm ergriff und mit leiser Stimme sagte: „Ich habe niemanden gefunden, der mich mit Miss Chauncey bekannt machen kann." Sie beugte ihren Kopf zu ihm und fuhr fort, während sie ihn wegführte. „Keiner scheint zu wissen, wer das Mädchen ist. Dafür gibt es nur eine Lösung. Du musst mich Lady Alice vorstellen, damit ich Miss Chauncey durch sie kennenlernen kann."

George brachte sie zum Stehenbleiben und starrte sie einen Moment lang an, ehe er ein trockenes Lachen von sich gab. „Ja, natürlich. Eine brillante Idee. Dann wird Lady Alice wissen, dass ich mit meiner Schwester über unsere Wette gesprochen habe. Und natürlich wird sie dich liebend gerne Miss Chauncey vorstellen – einer Frau, die sie kaum kennt – und ihr so unsere Intrige wegen einer Verliebtheit enthüllen, die Miss Chauncey offensichtlich geheim zu halten wünscht. Was für eine wunderbare Idee."

Philippa ließ sich von dieser spöttischen Zusammenfassung ihres Plans nicht im Geringsten abschrecken. „Glaube nicht, dass ich in politischen Kreisen verkehrte, ohne etwas zu lernen – falls es etwas zu lernen gibt, was ich nicht schon weiß. Stell mich nur Lady Alice vor und ich sorge für den Rest."

George blieb stehen und drehte sich zu Philippa um. „Ernsthaft, etwas Derartiges kann ich nicht tun. Wir kennen uns kaum gut genug, als dass ich behaupten könnte, ich hätte eine Beziehung zu ihr. Ich stellte sie bereits Evans vor. Wenn ich sie meiner *Schwester vorstelle, sieht es aus, als ob* ich eine intimere Beziehung anstrebe."

George war normalerweise von zuversichtlichem Temperament, doch er wusste, dass er sich zu sehr aufgeregt hatte, als sie in einem begeisterten Flüsterton ausrief: „Aber George! Du magst sie *wirklich*."

Zum Glück musste George nicht auf eine Aussage reagieren, die so offensichtlich falsch war, denn Philippa entdeckte Duck und Amos, die auf sie zukamen. Sie hielt ihnen die Hand hin und erlaubte ihnen, sich darüber zu beugen. „Guten Tag, meine Herren. Euer üblicher Auftritt bei der Veranstaltung der *vornehmen Gesellschaft*, bevor ihr in den Club geht? Wie ich sehe, ist diese Saison nicht anders und ihr amüsiert euch weitgehend wie immer." Sie warf Duckworth einen direkten Blick zu, als sie hinzufügte: „Hast du nicht daran gedacht, dich irgendwann einmal niederzulassen?"

Philippa provozierte. Arbeitete Georges Schwester für ihn oder gegen ihn? Er hätte ihrem Plan nicht zustimmen sollen, Miss Chauncey kennenzulernen. Er hatte nur gewollt, dass sie ihm zustimmte, dass er mit der Wette richtig lag. Warum? Das konnte er nicht sagen. Vielleicht nur, um sich heimlich daran erfreuen zu können.

Duck legte sich die Hand auf das Herz. „Philippa, du weißt es doch sicherlich besser, als solch eine Frage zu stellen. Nur weil du und Evans beide das Eheglück gefunden habt, heißt das nicht, dass wir alle danach streben. Ich habe noch viele Jahre auf dem Spielfeld vor mir, bevor es an der Zeit ist, über die Ehe nachzudenken."

George warf seiner Schwester einen vielsagenden Blick zu.

„Ich für meinen Teil würde gerne heiraten", sagte Amos. Diese Worte hatten eine Wirkung auf die Gruppe als wäre eine Bombe hochgegangen und alle drehten sich um und schauten ihn an. Als er die fragenden Blicke sah, die auf ihn gerichtet waren, errötete er bis auf die Haarwurzeln. „So sehr ich eure Gesellschaft auch genieße, muss ich leider sagen, dass ich es langsam leid bin, jeden Abend mit euch zu spielen. Ich fange an zu denken, es wäre vielleicht gar nicht so schlecht, sich mit einer jungen Frau niederzulassen, die etwas im Kopf hat, damit ich mich nicht zu Tode langweile und die noch dazu ein recht hübsches Gesicht hat. Das ist doch nicht zu viel verlangt, oder?"

George war zwar erschüttert von dieser Äußerung, die eine unerwartete Abweichung von Amos' gewohnter Sichtweise darstellte, wechselte aber heitere Blicke mit Duck.

„Nun, wir werden in den Clubs nicht dagegen wetten, dass du dich niederlässt. Wir wollen deinetwegen nicht unser Geld verlieren." Duck lächelte eine Frau an, die vorbeiging, und verbeugte sich in ihre Richtung. Sie blieb stehen, knickste und warf einen Blick über ihre Schulter. George beobachtete die Begegnung mit Genugtuung. Wenigstens einer von ihnen würde seine Flirts nicht so bald aufgeben.

Lady Alice trat in Georges Blickfeld, was seine Aufmerksamkeit erregte, und er fragte sich, ob sie soeben erst angekommen war. Ihr

Rücken war ihm zugewandt, da sie in die entgegengesetzte Richtung
ging.

Philippa hatte sie offensichtlich auch gesehen, denn sie sagte:
„Meine Herren, wenn ihr uns entschuldigen würdet, George und ich
waren gerade auf dem Weg, um mit jemandem zu sprechen.“

Ohne eine Antwort abzuwarten und zu Georges Beunruhigung,
hakte sie ihren Arm bei seinem unter und begann Lady Alice zu folgen,
die mit ihrer Begleiterin aus dem Park zusammen war. Sie schienen
sich sehr nahezustehen, so wie sie ihre Köpfe zusammensteckten. Lady
Alice lachte und George war froh, dass sie jemanden hatte, dem sie so
nahestand. Als er mit ihr gesprochen hatte, hatte er das vage Gefühl
gehabt, sie litte unter Einsamkeit – obwohl er nicht wusste, warum das
so sein sollte. Ihr stand alles, was sie brauchte, zur Verfügung.

Alice und ihre Freundin blieben plötzlich stehen und weil der
Raum überfüllt war, erlaubte Philippa sich, mit den beiden Frauen
zusammenzustoßen. „Bitte verzeihen Sie mir“, sagte sie mit einem
freundlichen Lächeln. „Ich habe nicht darauf geachtet, wohin ich gehe.
George, wollen wir zum Erfrischungstisch gehen?“

Nun, da die beiden Frauen ihn ansahen, konnte er nicht schweigen.
„Unbedingt. Doch zuerst möchte ich dir Lady Alice St. Claire vorstellen. Lady Alice, das ist meine Schwester, Mrs. Philippa Blythefield.“

Lady Alice warf ihm einen prüfenden Blick zu, ehe sie einen
Knicks vor Philippa machte. „Es ist mir ein Vergnügen. Das ist meine
Freundin, Mrs. Cleda Bell. Sie ist gerade mit ihrem Mann von einer
Reise durch das Festland zurückgekehrt.“

„Das ist etwas, das ich auch gerne tun würde“, sagte Philippa, die
offensichtlich in ihrem Element war, wenn es darum ging, ein
Gespräch aus dem Nichts zu beginnen. „Nachdem Mr. Blythefield und
ich heirateten, überlegten wir, was wir in den Flitterwochen tun könnten. Leider konnte er das Parlament nicht für längere Zeit verlassen
und wir wollten nicht so weit reisen, nur um kurz dort zu sein. Wir
hätten wohl gehen sollen, als wir die Gelegenheit dazu hatten.“ Philippa schaute zur Erklärung auf ihren Bauch hinunter.

Mrs. Bell lächelte mitfühlend. „Ja, das macht es unendlich viel
schwieriger. Gehe ich recht in der Annahme, dass Ihr Mann der Mr.
Blythefield ist, der die Opposition anführt?“ Philippa nickte und Mrs.
Bell fuhr fort. „Mein Mann ist einer seiner Unterstützer. Er hat keine

große Rolle im Parlament, aber er besucht die Debatten und bewundert die Leidenschaft Ihres Mannes für unpopuläre Angelegenheiten."

Philippa lachte über den unerwarteten Anflug von Humor in Mrs. Bells Stimme. „Dann muss ich Ihren Mann mit meinem bekannt machen. Ist er hier?"

„Das ist er. Auf der anderen Seite des Raumes." Mrs. Bell schaute Lady Alice zögernd an.

„Ja, macht sie miteinander bekannt", sagte Lady Alice. „Ich komme schon zurecht."

Philippa wandte sich zum Gehen und George war froh, dass er Philippas Beobachtung von seinem Verhalten gegenüber Lady Alice entronnen war. Doch ehe seine Schwester ging, drehte sie sich noch einmal um und sagte: „Lady Alice, sollten wir heute Abend keine Gelegenheit haben, uns weiter zu unterhalten, war es mir ein Vergnügen, Ihre Bekanntschaft zu machen. Ich hoffe, wir werden uns noch besser kennenlernen."

Lady Alice überraschte George mit ihrer herzlichen Antwort. „Das klingt reizend. Ich bin häufig im Hyde Park. Ich verpasse die beliebte Zeit nur bei schlechtem Wetter."

„Ich mag es auch, dort zu paradieren." Philippas Augen leuchteten auf und sie atmete tief durch. „Ich hatte gerade eine Idee. Wenn es Ihnen passt, könnte ich Sie an einem der nächsten Tage mit meiner Kutsche abholen. Dann könnten wir zusammen fahren."

„Gewiss", erwiderte Lady Alice so rasch, dass George sie kaum als dieselbe Frau erkennen konnte, mit der er sich verbal auseinandergesetzt hatte. Entweder war sie deutlich freundlicher im Umgang mit Frauen oder sie war von Philippa besonders angetan. Oder – so kam George der plötzliche Verdacht – sie hoffte, die Oberhand bei ihrer Wette zu gewinnen, indem sie seine Schwester zu Informationen drängte.

„Donnerstag, wenn Ihnen das passt", sagte Lady Alice.

Philippa verschränkte die Arme mit ihrer neuen Freundin, Mrs. Bell. „Das tut es. Ich bin sicher, mein Stallbursche weiß, wie er Ihr Haus findet." Sie nickte und machte einen Knicks. „Bis dahin."

Als sie davongingen, war George fassungslos darüber, wie seine Schwester die Begegnung gelenkt hatte und fragte sich, was das bedeuten könnte. Er dachte darüber nach, wie Philippa von der

Freundschaft profitieren könnte. Würde sie in Miss Chauncey einfach nur sehen, was Lady Alice in ihr sah, oder würde sie versuchen, die Verbindung zu unterstützen und ihn damit seine Wette verlieren lassen? Apropos...

„Wo ist der Gegenstand unserer Wette heute Abend?"

„Ich sehe sie nicht. Aber ich habe mich gefreut, Ihre Schwester kennenzulernen. Ich glaube, sie ist auch mit Mr. Duckworth befreundet und wird mir eine Vorstellung verschaffen können. Als Frau hat sie außerdem ein gewisses Maß an gesundem Menschenverstand, das den meisten Männern fehlt, was sie zu einer angenehmen Ergänzung meines Freundeskreises machen wird. Ich freue mich schon auf unseren Ausflug am Donnerstag." Lady Alice schenkte ihm ein rätselhaftes Lächeln, knickste und ging. George beobachtete, wie sich die zierliche Frau durch die Menschenmenge schlängelte, als ob sie kein Hindernis darstellen würde.

Ein gewisses Maß an gesundem Menschenverstand, das den meisten Männern fehlt? Er war so sehr damit beschäftigt, ihr beim Fortgehen zuzusehen, dass er ihre Worte erst jetzt registrierte. Lady Alice war eine viel zu aufgeweckte Gegnerin, und er würde gut daran tun, sie von Philippa fernzuhalten.

George würde seine Schwester aufsuchen, sobald sie und Mrs. Bell getrennter Wege gingen. Und er würde sie wissen lassen, dass er sie bei ihrem Ausflug in den Hyde Park begleiten würde.

AM DONNERSTAG TAUCHTE George ungefähr zu der Zeit bei Philippa auf, von der er annahm, sie würde aufbrechen, um Lady Alice abzuholen.

Philippa kam aus dem Salon und hob überrascht ihre Augenbrauen. „George, ich hätte nicht gedacht, dass es dir ernst damit ist, uns zu begleiten. Das ist albern. Ich bin eine verheiratete Frau, und wir sind im Hyde Park – mitten am Tag. Lady Alice und ich brauchen keinen Aufpasser."

George setzte seinen übermäßig gönnerhaften großer-Bruder-Blick auf, von dem er wusste, dass Philippa ihn hasste. „Du, meine Liebe, befindest dich in einer heiklen Lage. Ich möchte nicht, dass meiner zukünftigen Nichte oder meinem Neffen etwas zustößt. Ich muss darauf bestehen, für dein Wohlergehen zu sorgen."

Philippa musterte ihn mit zusammengekniffenen Augen, die in diesem Moment genauso aussahen wie die von Lucius. „Seltsam, dass diese Seite von dir, der liebevolle Onkel, erst jetzt zum Vorschein kommt."

Der Lakai öffnete ihnen die Tür und George gab ihr einen kleinen Stups nach draußen. „So bin ich bei dem kleinen Hugh immer. Du hattest nur noch nicht viel Gelegenheit, es mitzuerleben, das ist alles. Aber du wirst keinen liebevolleren Onkel als mich finden."

„*Hmpf*", sagte sie und presste ungläubig die Lippen zusammen, als er sie zur Kutsche führte und ihr hineinhalf.

Eine kurze Fahrt brachte sie vor Lady Alice' Tür und George hielt seine Hand hoch, um den Lakaien davon abzuhalten, abzusteigen. „Ich werde gehen und klopfen."

„Und mich allein den Gefahren der Straße überlassen, lieber George?", rief Philippa ihm in allzu liebenswürdigem Ton hinterher.

Er ignorierte sie und klopfte an die Tür, wo er vom Butler eingelassen wurde. Als er in der Eingangshalle stand und auf Lady Alice wartete, kam die Duchess aus dem Salon. „Horace, wir..."

Bei Georges Anblick hielt sie kurz inne, dann ging sie auf ihn zu. „Guten Tag. Ich glaube, wir sind einander nicht vorgestellt worden."

George verbeugte sich. „Guten Tag, Euer Gnaden. Meine Schwester wird heute mit Lady Alice in den Hyde Park ausfahren. Und da die beiden Frauen ohne Begleitung sind, wollte ich ihnen meinen Schutz anbieten."

Die Duchess starrte ihn einen Moment lang ausdruckslos an. Es schien, als wüsste sie nichts von den Plänen ihrer Tochter und er fragte sich, ob sie ihre Zustimmung verweigern würde.

„Und wer ist Ihre Schwester?"

„Mrs. Philippa Blythefield", antwortete er und fühlte sich in ihrer Gegenwart so grün wie ein Junge auf seinem ersten Ball.

Die Duchess kniff nachdenklich die Augen zusammen. „Blythefield. Ist sie die Frau von Mr. Jack Blythefield im Parlament?"

Obwohl Jack als Oppositionsführer eine prominente Position innehatte, war George doch etwas überrascht, dass die Duchess diese Verbindung hergestellt hatte. „Das ist sie, Euer Gnaden."

„Das Unterhaus", war alles, was die Duchess dazu sagte. Er konnte sehen, dass es für sie ein großes Versäumnis war, dass sie nicht vom Oberhaus sprachen.

George nickte. „Das ist richtig."

Nicht viele Menschen machten ihn nervös, aber er begann, auf die Ankunft von Lady Alice zu hoffen. Er wagte es nicht, ein anderes Gesprächsthema anzuschneiden. Nach einer Minute unangenehmen Schweigens wandte die Duchess ihm ihren Blick zu. Obwohl sie zierlich war, machte sie den Eindruck, als würde sie auf ihn herabsehen. „Und Sie sind?"

„Mr. George Clavering, Euer Gnaden. Mein Bruder ist Sir Lucius Clavering, Baronet of Mardley."

Die Duchess hob den Blick, als würde sie ihr Gedächtnis durchsuchen, und fügte hinzu: „Und er ist verheiratet mit..."

George fand es seltsam, dass sie sich für all diese Einzelheiten interessierte, aber er gab bereitwillig Antwort. „Mit Lady Selena Clavering, *geborene* Lockhart."

Die Augen der Duchess of Carr blitzten verstehend auf. Sie war eine Frau, die am Puls des Klatschs der Gesellschaft war. Er konnte nur erahnen, was sie von seiner Schwägerin hielt, die einst wegen der Indiskretionen ihres Vaters in Ungnade gefallen war. Lucius hatte ihr wieder Ansehen verschafft, doch sie begnügte sich damit, ruhig an der Seite ihres Mannes zu leben, anstatt ihren Platz in der *vornehmen Gesellschaft* zurückzuerobern.

Endlich erschien Lady Alice am oberen Ende der Treppe und kam die Stufen hinunter, die Augen auf den Inhalt ihres Pompadours gerichtet, während sie nach etwas suchte. Auf halbem Weg hielt sie inne, erblickte George und hob eine Augenbraue, ehe sie weiterging. „Mr. Clavering. Welch ein Vergnügen. Ich dachte, ich würde heute mit Ihrer Schwester unterwegs sein."

George verbeugte sich und war noch immer nicht in seinem Element. Lady Alice hatte keine Freude gezeigt, ihn zu sehen. „Das sind Sie. Aber da meine Schwester in einer heiklen Lage ist, wollte ich sie begleiten. Ich hoffe, es macht Ihnen nichts aus."

Lady Alice musterte ihn scharfsinnig auf eine Art, die der ihrer Mutter höchst ähnlich war. „Ganz und gar nicht." Sie wandte sich an die Duchess. „Mutter, ich werde rechtzeitig zu Hause sein, um mich zum Abendessen anzukleiden.“

„Sieh zu, dass du das bist, denn wir gehen in die Oper“, gab ihre Mutter zurück, als der Butler die Tür öffnete und sie hinausgehen ließ.

Draußen angekommen, ignorierte Lady Alice George, lächelte aber Philippa an und ließ sich vom Lakaien in die Kutsche helfen. George war das egal. Er würde nicht zulassen, dass sich seine Schwester und Lady Alice näher kennenlernten, ohne zu wissen, worüber sie reden würden. Er konnte sehen, dass seine Wette, dass Duck nicht heiraten würde, alles andere als eine sichere Angelegenheit war. Und wie er seine Schwester kannte, würde sie sich gegen ihn wenden, bei Miss Chaunceys Heirat helfen und dann die von Lady Alice planen, ehe ihre Kutschfahrt vorüber war. George hatte nicht vor, die erste Wette zu verlieren. Und was die zweite anging, so glaubte er kaum, dass Lady Alice Hilfe benötigte.

„George, du musst auf dem Sitz mit Blick nach hinten Platz nehmen, da du uns deine Anwesenheit aufgedrängt hast.“ Philippa schenkte Lady Alice ein verschwörerisches Grinsen, welches diese erwiderte.

George nahm den Platz gegenüber von ihnen ein. „Die Freude an eurer Gesellschaft ist genug, um die Unannehmlichkeiten meiner Position auszugleichen“, sagte er.

„Wie schmeichelhaft“, gab Lady Alice trocken zurück. Aber ihr Blick war neugierig. Wahrscheinlich fragte sie sich, was ihn veranlasst hatte mitzukommen. Doch egal. Er hatte nicht vor, seinen Vorteil jetzt aufzugeben.

Sie fuhren in den Hyde Park und da sie alle drei höchst bekannt waren, wurde ihnen auf ihrem Weg durch die Rotten Row ständig von der einen oder anderen Seite zugerufen.

„Ich glaube, es sind Miss Chauncey und ihre Mutter“, bemerkte Lady Alice mit einem wissenden Blick auf George.

Philippa klappte ihren Sonnenschirm zu. „Es ist ein wunderschöner Tag und es gibt keinen einzigen Fleck Schlamm. Lady Alice, was halten Sie davon, wenn wir zusammen spazieren gehen?“

„Das ist eine gute Idee“, warf George ein. „Wir werden alle von der Bewegung beim Gehen profitieren.“

Philippa warf ihm einen strengen Blick zu. „Meine Einladung galt nicht für dich, lieber Bruder."

George gab sich verletzt. „Aber du würdest mich wohl kaum allein in der Kutsche zurücklassen."

„Ein solch sympathischer und gutaussehender Gentleman wie Sie würde sicher nicht lange allein in der Kutsche sitzen", bemerkte Lady Alice. „Der Park muss voll von Ihren Flirts sein."

Lady Alice findet mich gutaussehend?

„Ich glaube, ich sehe Mr. Duckworth dort drüben", fuhr sie fort.

„Ja, tatsächlich, da haben Sie recht", sagte seine Schwester mit einem Funkeln in den Augen.

Lady Alice hob ihre Hand an ihre Schute, um sie gegen die Sonne zu richten. „Lassen Sie uns aussteigen und zu Fuß gehen."

Diese beiden Frauen sollten nicht zusammen alleine gelassen werden, beschloss George. Sie waren viel zu gefährlich. Er stieg aus der Kutsche und folgte den beiden Damen zu Miss Chauncey, deren Gesicht sich bei ihrem Anblick aufhellte. Sie drehte ihrem Begleiter den Rücken zu. Ihre Mutter ging mit einer Bekannten weit voraus und überließ Miss Chauncey dem zweifelhaften Vergnügen der Gesellschaft von Lord Hicks. George hatte weder auf noch gegen Lord Hicks gewettet, doch er verspürte keinerlei Verlangen zu sehen, wie Miss Chauncey seine Gesellschaft länger als nötig ertrug. Sie stießen auf die Gruppe.

„Miss Chauncey", grüßte Lady Alice und ignorierte Lord Hicks. „Erlauben Sie mir, Sie Mrs. Blythefield vorzustellen."

Philippa lächelte breit. „Es ist mir eine Freude, Ihre Bekanntschaft zu machen, Miss Chauncey."

Miss Chauncey erwiderte es und sagte mit einem Blick auf Lord Hicks: „Mylord, es war freundlich von Ihnen, mich zu begleiten, doch nun, da ich meine Freunde gefunden habe, möchte ich Sie nicht mehr um Ihre Begleitung bemühen. Ich wünsche Ihnen einen schönen Tag."

Sie knickste und drehte sich um, um mit Philippa und Lady Alice zu gehen. Als sie aus Lord Hicks' Hörweite waren, sagte Lady Alice: „Miss Chauncey, Sie haben das Zeug zur Duchess. Schade, dass mein Bruder zu jung für Sie ist."

Sie lachten. George wurde es langsam *de trop* mit drei Frauen, die entschlossen waren, ihn zu ignorieren, aber er würde seine Beute nicht aus den Augen verlieren. Da entdeckten Duck und Amos ihn und als Ducks Blick zu Miss Chauncey hinüberglitt, bedauerte George, darauf bestanden zu haben, die Frauen zu begleiten. Duck hätte sie nie bemerkt, wenn George nicht bei ihnen gewesen wäre.

„George!" Duck kam herüber, Amos hinterher. „Guten Tag, Philippa. Du hast soeben Whitmore verpasst, der zu einem Treffen mit seinem Vater unterwegs ist. Das Leben in der Politik ist so langweilig", fügte Duck hinzu und grinste Philippa schalkhaft an. „Wenn ich in der Politik wäre, sähe die Sache natürlich ganz anders aus. Ich würde höchst feurige Debatten führen."

„Wenn, wenn, wenn", spottete sie grinsend.

„Lady Alice, darf ich Ihnen Mr. Duckworth und Mr. Amos vorstellen?" Philippa wandte sich an George. „Ich nehme an, dass du sie vorstellen solltest, da sie zuerst deine Freunde waren, aber da ich angefangen habe, werde ich fortfahren. Das ist Lady Alice St. Claire und das ist Miss Chauncey. Miss Chauncey, erlauben Sie mir, Ihnen Mr. Duckworth und Mr. Amos vorzustellen."

„Wir haben uns bereits..."

„Wir kennen uns..."

Duck und Miss Chauncey sprachen beide gleichzeitig und sahen dann leicht verlegen aus.

Nachdem die Knickse und Verbeugungen ausgetauscht worden waren, gingen sie alle gemeinsam weiter. Als sich der Weg vor ihnen verjüngte, bot Duck Miss Chauncey seinen Arm an, und George hatte das zweifelhafte Vergnügen, zu beobachten, wie die beiden mit einander zugeneigten Köpfen weitergingen. Philippa fiel etwas Dringendes ein, das sie mit Amos besprechen musste – zumindest behauptete sie das –, aber George traute ihr zu, die Wahrheit zu verdrehen, wenn es ihr passte. Es schien nur logisch, dass George Lady Alice seinen Arm anbot.

Es war das erste Mal, dass Lady Alice dicht an seiner Seite ging, so als wäre es eine richtige Brautwerbung, und das Gefühl raubte ihm für ein paar Augenblicke die Worte. Er hatte mit ihr reden wollen, doch nun, da er die Gelegenheit dazu hatte, wusste er nicht, was er sagen sollte. Er war sich nicht sicher, ob er versuchen sollte, sie mit sich nach vorne zu nehmen, um Duck und Miss Chauncey abzufangen oder ob er sich die paar Minuten Zeit nehmen sollte, um herauszufinden, was Lady Alice dachte.

Während sich diese Gedanken in seinem Kopf drehten, wurde sich George mehr und mehr ihrer Berührung an seiner Seite bewusst. Er befürchtete, dass er sie nur ungern loslassen würde, wenn es an der Zeit war, sie zurück zur Kutsche zu bringen. Das war ein unlogischer und zermürbender Gedanke.

KAPITEL 7

Alice hätte nicht eine solche Freude an Mr. Claverings Gesellschaft haben dürfen, doch sie konnte nicht leugnen, dass dem so war. Als ihr Blick auf seine Gestalt gefallen war, die so unpassend im Eingangsbereich ihres Hauses stand, hatte ihr Herz bei seinem Anblick entschieden geklopft. Es ärgerte sie, dass ihr Körper sie derart verriet und sie konnte diese seltsame Reaktion nur auf ihre Überraschung zurückführen. Es kamen keine Gentlemen mehr zu ihr, um sie zu besuchen. Und nun, da dort ein solcher Mann war, erinnerte sie sich daran, welch angenehmes Gefühl es gewesen war. Natürlich war es hilfreich, dass der Gentleman eine gute Gesellschaft war − auch wenn sie immer noch nicht heiraten wollte.

Sie waren lange genug schweigend gegangen und sie begann, sich seiner körperlichen Anwesenheit auf eine Weise bewusst zu werden, die ihr nicht gefiel. Es war an der Zeit, zu sprechen.

„Es ist schön zu sehen, dass Mr. Duckworth und meine neue Freundin sich so gut verstehen. Ich muss beginnen, mir zu überlegen, was ich von Ihnen verlangen werde. Eine Locke von Ihrem Haar?" Alice tat so, als würde sie grübeln. „Nein, so etwas ist nur etwas wert, wenn es von einer Frau kommt. Soll ich Ihnen befehlen, mit fünf meiner engsten unverheirateten Freundinnen zu tanzen?"

„Haben Sie so viele?", fragte Mr. Clavering mit unschuldiger Stimme.

Alice fuhr fort, als hätte sie ihn nicht gehört. „Vielleicht müssen Sie mir jedes Mal zur Rettung kommen, wenn ich gezwungen bin, mich mit jemandem zu unterhalten, den ich nicht mag. *Hmm.* Auf jeden Fall ist mir der Sieg so gut wie sicher, und ich freue mich bereits darauf, meinen Preis einzufordern."

„Lady Alice", sagte er und hob seinen Blick gen Himmel. Sie konnte die Verspieltheit in seiner Stimme hören. „Wenn ich tatsächlich Angst hätte, diese Wette gegen Sie zu verlieren, wäre ich entsetzt von der Aussicht. Da ich aber keine derartige Angst habe, muss ich mir überlegen, was ich von *Ihnen* verlange. Vielleicht müssen Sie endlich eine Aufforderung zum Tanz annehmen − und zwar mit einem Mann meiner Wahl."

„Wie unoriginell", antwortete Alice, schürzte die Lippen und schaute geradeaus.

„Oder Sie akzeptieren den Antrag des Ersten, der Sie um Ihre Hand bittet", fuhr Mr. Clavering fort und sah aus, als würde er sich amüsieren.

Das fand Alice nicht amüsant. „Die Bedingungen lauten, dass keine der beiden Parteien Schaden nimmt."

„Nun gut", antwortete Mr. Clavering und lenkte sofort ein. „Doch die Möglichkeiten sind endlos. Ich freue mich schon darauf, weitere Ideen zu entdecken und sie mit Ihnen zu teilen. Wenn ich so darüber nachdenke, war es ein Segen, dass Sie die Bedingungen so allgemein formulierten. Es kann nur zu meinem Vorteil sein, wenn ich gewinne."

Alice wollte gerade etwas erwidern, doch Mrs. Blythefield drehte sich um. „Meine Herren, meine Damen. Verzeihen Sie, aber ich bemerke gerade, dass mich der Spaziergang ermüdet. Würde es Ihnen etwas ausmachen, wenn wir zur Kutsche zurückgingen?"

„Nicht im Geringsten", erwiderte Alice und überlegte, wie sie Mr. Clavering entlassen konnte, bevor sie sich an seiner Seite zu wohl fühlte. „Aber meine Herren, lassen Sie sich nicht den Spaß verderben. Wir werden Miss Chauncey zu ihrer Mutter zurückbringen und Sie entlassen, damit Sie sich im Park andere Gesellschaft suchen können. Wir würden nicht im Traum daran denken, Ihr Vergnügen in irgendeiner Weise zu beeinträchtigen."

„Lady Alice ist höchst freundlich, meine Herren", sagte George. „Doch sorgt euch nicht. *Ich* werde hier sein und darauf achten, dass meiner Schwester und Lady Alice nichts geschieht, sobald wir Miss Chauncey zu ihrer Mutter gebracht haben. Ihr könnt sie getrost in meiner Obhut lassen."

„Wie aufmerksam", sagte seine Schwester mit fester Stimme, die klang, als würde sie sich ein Lachen verkneifen.

Nachdem Duck und Amos sich verabschiedet und sie Miss Chauncey zu ihrer Mutter gebracht hatten, wich Mr. Clavering nicht von Alice' Seite, bis er und seine Schwester sie wieder vor ihrer Haustür abgesetzt hatten. Sie wusste nicht, ob sie sich über die Aufmerksamkeit freuen sollte, darüber glücklich sein sollte, ausnahmsweise einmal einen Ausflug in den Hyde Park mit ungetrübtem Vergnügen genossen zu haben oder ob sie sich darüber ärgern sollte, dass er an ihrer Seite klebte wie Leim. Ihm gefiel eindeutig der Gedanke nicht, dass sie seine Schwester besser kennenlernte, was nur eine Schlussfolgerung zuließ.

Sie würde Mrs. Blythefield in ihren inneren Kreis aufnehmen müssen.

AN DIESEM ABEND betrat Alice den Salon, um mit ihrer Mutter in die Oper zu gehen. Dort warteten sowohl der Duke als auch die Duchess auf sie und sie wich überrascht zurück.

„Vater, wirst du uns heute Abend begleiten?" Das war höchst ungewöhnlich. Der Duke besuchte nur selten die Oper oder andere gesellschaftliche Aktivitäten, bei denen er seine Frau und seine Töchter begleiten musste, abgesehen von formelleren Anlässen wie einer Präsentation bei Hofe.

Er blickte von der Taschenuhr auf, die er bei ihrer Ankunft hervorgeholt hatte. „Ich dachte, ich würde mitgehen, ja. Es ist bereits eine Weile her, dass ich in der Oper war."

Die Stimme des Dukes verriet keine Begeisterung bei der Vorstellung; er wirkte sogar besonders streng. Alice runzelte die Stirn, als ihre Mutter ihm einen Blick zuwarf. Zwischen ihrer Mutter und ihrem Vater schien es eine unterschwellige Strömung zu geben. Da sie ihr, ihrer Tochter, nichts verraten wollten, schob sie es beiseite. Es war deren Problem, was auch immer es sein mochte – falls es denn ein Problem gab.

Alice ging zum Beistelltisch hinüber und öffnete die Schublade, in der sich das Lorgnette befand, das sie in der Oper nutzte. Sie trug ein bordeauxfarbenes Kleid mit langen Ärmeln aus durchsichtigem Musselin, die an den Handgelenken mit einem Band aus Spitze abgeschlossen waren. Eine Schärpe verlief schräg über ihren Busen, asymmetrisch, was sie sehr modisch fand. Das Kleid war locker genug, um beim Gehen um ihre Füße zu wirbeln, und sie wusste, dass die Farbe besonders gut zu ihrem braunen Haar und ihrem Teint passte. Es gefiel ihr. *Eine Frau sollte sich selbst hübsch fühlen, auch wenn es nicht dem Zweck dient, einen Mann anzuziehen.*

In der Stille der Kutsche überlegte sie, ob sie Miss Chauncey enger in ihre Freundschaft mit Cleda einbeziehen sollte. Gemeinsam könnten sie ihr besser helfen, die gewünschte Beziehung zu erreichen. Alice war noch immer in Gedanken bei diesem Vorhaben, als sie bei der Oper ankamen. Sie folgte ihren Eltern die breite Marmortreppe hinauf und begrüßte die Wärme, die von den Kerzen und der Menschenmenge ausging. Nun, Ende März, war es draußen immer noch kalt und es war eine besonders bitterkalte Woche gewesen.

Alice freute sich darauf, Cleda und nun auch Mrs. Blythefield zu sehen, die sie bereits als Freundin zu betrachten begann. Sie musste fast lachen, als sie sich daran erinnerte, wie Mr. Clavering an diesem Nachmittag besorgt über ihre wachsende Vertrautheit gewacht hatte. Aber sie suchte die Gesellschaft von Mrs. Blythefield nicht nur, um seine Pläne zu durchkreuzen. Abgesehen von Cleda hatte Alice noch nie jemanden getroffen, der ihr vom Temperament her so ähnlich war. Nach ihrem gemeinsamen Nachmittag glaubte sie, dass sie sich in allen Fragen einig waren – auch wenn sie vermutete, dass Mrs. Blythefield ein ausgeprägteres Gespür für Eheschließungen hatte als sie selbst.

Während Alice es aus spielerischen Gründen tat – ausgelöst durch ein Treffen mit einem gewissen jungen Gentleman und dem Wunsch, Miss Chauncey zu helfen, die wie ein Lamm auf dem Weg zur Schlachtbank ausgesehen hatte –, schien Mrs. Blythefield Ehen zu stiften, weil sie meinte, jeder sollte so glücklich sein wie sie. Noch vor dem Ende ihrer gemeinsamen Kutschfahrt hatte Alice deutlich gemacht, dass sie keinerlei Interesse daran hatte.

Zwar hatte Mrs. Blythefield mit „Natürlich" geantwortet, doch Alice beschlich der leise Verdacht, dass sie nicht überzeugt war.

Sie suchte in der Menschenmenge nach Cleda, hatte aber das Pech, zuerst Teresa Wolfe zu begegnen. Sie hatte jetzt keine Zeit für müßiges Geschwätz.

„Lady Alice, du siehst bezaubernd aus. Wie ich sehe, begrüßt du die neueste Mode."

Alice lächelte ungeduldig, als sie nach vorne blickte, begierig darauf, die Suche nach ihrer Freundin fortzusetzen.

Teresa warf einen Blick hinter Alice auf deren Eltern, die stehen geblieben waren, um sich mit einem Paar zu unterhalten, das sie kannten. Sie beugte sich vor und sagte: „Wie ich sehe, hat der Duke die Versammlung heute Abend mit seiner Anwesenheit beehrt. Wie ungewöhnlich."

Offenbar war Alice nicht die Einzige, der aufgefallen war, wie seltsam es war, dass ihr Vater die Oper besuchte. „Er mag Opern nicht besonders, doch diese hier wollte er sehen." Da sie sich beim besten Willen nicht daran erinnern konnte, welche Oper sie dort sehen wollten, konnte Alice seine Anwesenheit nicht mit seiner berüchtigten Leidenschaft für Händel oder Mozart rechtfertigen.

„Ist das so?" Teresa hob eine Augenbraue. „Ich dachte eigentlich, es sei aus dem *anderen* Grund."

Alice sah, dass sie die Neuigkeiten kaum für sich behalten konnte, und eine Vorahnung beschlich sie, dass die Neuigkeiten in irgendeiner Weise mit Alice' Familie zu tun hatten. Sie wollte Teresas Verlangen, zu tratschen, nicht befriedigen, doch sie konnte nicht umhin, wissen zu wollen, was es war. Sie sagte nichts und hoffte, dass ihr Schweigen Teresa zur Offenheit bewegen würde.

„Du musst natürlich wissen, worauf ich anspiele." Teresa beugte sich vor und verlieh ihrem Gespräch eine Intimität, die Alice nicht wünschte.

Sie nickte mit ausdrucksloser Miene, während Teresa eine Hand an ihre Stirn legte. „Das ist eine große Erleichterung. Ich bin froh, dass ich nicht diejenige war, die es dir erzählen musste. Ich hoffe, deine Familie hat sich der Angelegenheit angenommen, denn Lord Anley ist

viel zu jung, um sich von jemandem wie Mary Morgan in die Falle
locken zu lassen."

Alice' Gedanken wirbelten durcheinander. Mary Morgan war kein
Name, den sie in irgendeinen Zusammenhang bringen konnte. Sollte
sie diese Frau kennen? Steckte ihr Bruder in irgendwelchen Schwierigkeiten?

Sie suchte nach den richtigen Worten, die ihre Unwissenheit nicht
verraten würden. „Du wirst gewiss verstehen, dass ich mit niemandem
über die Angelegenheiten meiner Familie spreche."

„Nicht einmal mit alten Freundinnen?", fragte Teresa und legte eine
behandschuhte Hand auf Alice' Arm, die in ihr den Wunsch weckte,
sie wegzuschlagen. „Ich muss dir leider sagen, dass diese Geschichte
heute Abend im gesamten Publikum zirkuliert. Ich bin mir sicher, dass
alle Augen auf deine Familie gerichtet sein werden. Wo ist dein
Bruder?"

Alice wusste es nicht, sehnte sich aber in diesem Moment danach,
ihn zu sehen. In was für Schwierigkeiten war er geraten? Sie war ihm
nicht einmal zu Hause häufig genug begegnet, um es erraten zu
können.

„Er ist in einem Alter, in dem er lieber mit Freunden ausgeht als
mit seiner Familie die Oper zu besuchen." Diese Aussage frustrierte sie
nur, denn sie rief ihr in Erinnerung, dass sie – im Grunde – ebenfalls alt
genug war. Sie war nur zufällig eine Frau.

„Ja, ich bin sicher, du hast recht." Teresa schaute sich suchend in
der Menge um, während sie hinzufügte: „Aber er ist nicht alt genug,
um den Fängen einer Opernsängerin zu entgehen."

Eine Opernsängerin! Das war also Mary Morgan. Ihr Vater musste
davon wissen, deshalb war er mitgekommen – und deshalb sah er so
ernst aus. Bartholomew setzte die Stadt wegen einer Frau in Brand, die
absolut ungeeignet war, und brachte damit den Namen seiner Familie
in Verruf. Alice wurde das Herz schwer. Sie war sich sicher, ihr Vater
würde über jedes Gerede, das es über das Verhalten seines Sohnes gab,
verärgert sein. Sie fragte sich, was ihre Mutter von der Situation hielt
und ob sie versuchen würde, ihren Sohn zu Gehorsam zu ermahnen.
Alice hatte beobachtet, wie Bartholomew vom Jungen zum Mann
heranwuchs und kannte seine sture Ader, die seine Mutter nicht zu
bemerken schien, nur zu gut.

Alice' Gedanken wirbelten durcheinander und sie wollte nicht länger in Teresas Gesellschaft verweilen. „Es klingt, als würde die Oper bald beginnen. Einen schönen Abend, Teresa." Sie lächelte leicht und nickte, als sie weiterging.

Ihre Eltern waren inzwischen vorausgegangen und ihre Mutter drehte sich um und sagte: „Komm, Alice. Wir müssen unsere Plätze einnehmen."

Alice machte sich nicht die Mühe, sich zu widersetzen, obwohl sie gehofft hatte, Cleda zu finden und mit in ihrer Loge zu sitzen. Sie befand sich noch auf dem Gang vor ihrer eigenen Loge, als eben diese Freundin ihr den Weg abschnitt.

„Du bist hier. Ich bin gekommen, um dich zu suchen." Obwohl Cledas Lächeln bereitwillig kam, hatte es nichts von seinem üblichen Strahlen.

„Du hast davon gehört, nicht wahr?"

Cleda zögerte nur kurz, ehe sie nickte. „Wie ich sehe, ist dein Vater gekommen. Er wird die Angelegenheit im Keim ersticken, da bin ich sicher. Niemand wird es wagen, im Angesicht eines Dukes zu tratschen. Zudem ist dein Bruder nicht der Erste, der sich von einer leichten Frau verführen lässt. Es ist wahrscheinlicher, dass er dem entwächst, als dass er mit ihr nach Gretna Green reist, das versichere ich dir."

Ihre Mutter kam aus der Loge und blieb stehen, als sie Cleda sah. „Guten Abend, Cleophas. Alice, komm herein."

Es war ein Befehl, doch Alice war zu erschrocken, um zu protestieren. *Gretna Green?* Ihre Freundin hatte sie beruhigen wollen, aber dadurch nahm das Problem nur noch beunruhigendere Ausmaße an. Kaum hatte sie Platz genommen, verdunkelte sich das Licht und die Komödie begann, gefolgt vom ersten Akt.

Alice konnte sich auf nichts anderes konzentrieren als auf die alarmierende Neuigkeit. Was bedeutete es, dass ihr Bruder umgarnt wurde? Sicherlich würde Bart niemals eine Frau mit schlechtem Ruf heiraten. Aber welche andere Konsequenz könnte es für eine solch furchtbare Situation geben, dass sie ihren Vater auf den Plan rief? Alice betrachtete ihre Eltern. Auch sie schienen den Abend nicht zu genießen.

In der ersten Pause konnte Alice ihren Logenplatz nicht ohne

Begleitung verlassen, und ihre Eltern zeigten keinerlei Interesse, sich von ihren Plätzen fortzubewegen. Der Blick ihres Vaters war auf etwas auf den Orchestersitzen gerichtet und sie schaute nach unten.

Bartholomew ging die Fops Alley zum Orchestergraben entlang. Er drehte sich um und lächelte jemanden an, der ihm auf die Schulter klopfte. Er begrüßte jemand anderen und sah dabei vollkommen entspannt aus, als wüsste er nicht, was für ein Aufsehen er erregte. Aber seine Schritte waren fest und sie dachte, dass er wohl zu seiner Opernsängerin ging. Alice warf einen Blick auf ihren Vater, dessen Miene grimmiger war als je zuvor.

„Guten Abend." Als die Stimme am Eingang zu ihrer Loge ertönte, drehten sich die drei um. Alice sah mit Erleichterung in das fröhliche Gesicht von Mrs. Blythefield. „Entschuldigen Sie bitte meine Unterbrechung, Euer Gnaden." Sie verbeugte sich zuerst vor dem Duke, dann vor der Duchess und fügte hinzu: „Euer Gnaden. Ich dachte, Lady Alice möchte vielleicht eine Erfrischung mit mir einnehmen."

Alice warf einen Blick auf ihre Eltern. Normalerweise würde sie sie nicht um Erlaubnis bitten – nicht in ihrem Alter –, doch heute Abend schien alles auf dem Kopf zu stehen. Ihre Mutter nickte, ohne zu lächeln, aber es war genug der Zustimmung. Alice stand auf, erleichtert, dass sie für ein paar Minuten frei sein würde.

Als sie durch den Korridor gingen, nahm Mrs. Blythefield ihren Arm. „Ich bin nicht mit der Absicht vorbeigekommen, Sie zu stören, doch als ich Sie dort sitzen sah, dachte ich, Sie möchten vielleicht ein wenig umherlaufen."

„Sie haben mich gerettet, Mrs. Blythefield", sagte Alice. „Das war genau das, was ich tun wollte, aber wenn meine Eltern sich nicht bewegen und ich niemanden habe, der mich begleitet, dann sitze ich fest."

„Einer der Nachteile, wenn man als unverheiratete Frau noch im Elternhaus wohnt", bemerkte Mrs. Blythefield und führte sie zum Erfrischungstisch.

Lady Alice schaute sie scharf an und fragte sich, ob sie Kritik in ihrer Stimme gehört hatte, aber Mrs. Blythefield sah ihren Blick und schüttelte nur den Kopf über die unausgesprochene Frage. „Meine Mutter war nie sehr präsent in unserem Leben, aber meine ältere

Schwester hat diese Aufgabe gut erfüllt. Maria hat eine sehr starke Hand.“

Alice konnte nicht anders, als zu fragen: „Nun, da Sie verheiratet sind, sehen Sie sie oft?“

Mrs. Blythefield biss sich auf die Lippe und lächelte. „Maria gehört zur Familie, also muss ich ihr meinen Respekt erweisen. Aber mich verlangt nicht nach ihrer Gesellschaft.“ Sie wandte sich an Alice. „Wenn es nicht zu kühn ist, möchte ich Sie bitten, mich Philippa zu nennen. Ich bin nicht übermäßig förmlich.“

Alice lächelte sie an. „Das wäre schön.“ Sie bot nicht an, ihren Namen ohne den Titel zu verwenden, denn ihre Mutter hatte ihr eingeprägt, dass nur wenige Menschen sie so ansprechen konnten, doch Philippa schien das nicht zu stören.

Alice fühlte eine Verbundenheit zu Philippa. Wie konnte es sein, dass sie sich nicht schon früher begegnet waren? Sie mussten ungefähr im gleichen Alter sein. Andererseits beschränkten Alice‘ Eltern ihre Freundschaften auf diejenigen, die sich im gleichen sozialen Kreis bewegten und dieser Kreis war klein. Das war sicher der Grund.

Sie nahmen sich Champagner und beobachteten die vorbeilaufenden Leute. Viele von ihnen blickten in Alice‘ Richtung und nun wusste sie, warum. Es störte sie, doch es gab nichts, was sie dagegen tun konnte. Philippa sprach die Gerüchte um Lord Anley nicht an, sondern lenkte das Gespräch auf gleichgültige Themen, was Alice erfreute. Wenigstens war nicht jeder in der *vornehmen Gesellschaft* an Klatsch und Tratsch interessiert.

Sie standen in der Nähe einer der Marmorsäulen an der Seite des breiten Korridors, auf dem sich eine große Anzahl von Menschen in beide Richtungen bewegte. Alice entdeckte Mr. Clavering, der mit einem anderen Gentleman unterwegs war, und auch Philippa strahlte bei diesem Anblick. „Sie werden gleich Mr. Blythefield kennenlernen. Er ist der gutaussehende Mann, der neben meinem Bruder geht.“

Alice lächelte. Mr. Blythefield war in der Tat ein gutaussehender Mann, doch dies war ein entzückendes Zeichen von Voreingenommenheit gewesen. Als unparteiische Richterin musste sie Mr. Clavering den Vorzug geben.

Die Männer kamen an und Mr. Clavering verbeugte sich vor ihr. „Lady Alice, es ist schön, Sie wiederzusehen.“

„Jack, hier bist du." Mrs. Blythefield nahm den Arm ihres Mannes. „Lady Alice St. Claire, darf ich Ihnen meinen Mann vorstellen, Mr. Jack Blythefield."

Sie tauschten einen Gruß aus, dann wandte sich Mr. Blythefield an seine Frau und sagte: „Ich wünsche, dass du mir erlaubst, dich zurück zu deinem Platz zu begleiten. Du beklagtest vorhin, dass du müde bist, und kaum hatte ich mein Gespräch mit Whitmore beendet, entdeckte ich, dass du bereits verschwunden warst."

Der Ton seiner Stimme war spielerisch, als ob er seine Frau nur zu gut kennen würde. Dann wandte er sich an sie. „Lady Alice, wenn Sie mir gestatten, Sie in Georges Obhut zu lassen, möchte ich zusehen, dass meine Frau von diesem Abend nicht allzu erschöpft wird. Sie tut so, als hätte sie grenzenlose Energie, doch davon bin ich nicht ganz überzeugt."

„Ja, natürlich." Alice wandte sich an Mr. Clavering. „Das heißt, wenn Mr. Clavering nichts gegen eine solch beschwerliche Aufgabe hat. Schließlich hat er mir versichert, dass kein Gentleman in irgendeiner Weise eingeschränkt sein möchte. Wie käme ich dazu, darauf zu bestehen, dass er mich den ganzen Weg zurück zu meinem Platz begleitet, wenn das als Einschränkung ausgelegt werden könnte?"

Mr. Blythefield klopfte ihm lachend auf die Schulter. „Ich vertraue darauf, dass sein Sinn für Ritterlichkeit siegen wird." Mit seiner Frau am Arm verabschiedete er sich von ihnen und Philippa drückte Alice' Hand, bevor sie ging.

Mr. Clavering wandte sich an Alice. „Sie haben bereits etwas zu trinken, also werde ich nicht fragen, ob Sie etwas wünschen."

„Welch ein Glücksfall für Sie. Ihre Pflichten sind dadurch begrenzt." Sie lächelte, weil sie wusste, dass sie albern war, aber Mr. Clavering brachte das in ihr zum Vorschein.

Er grinste anerkennend. „Ich sah Miss Chauncey heute Abend. Ich gebe zu, sie macht sich besser, wenn man sie kennt."

„Ah." Alice hob die Brauen. „Sie sind also stehen geblieben, um mit ihr zu sprechen und stellten fest, dass ihre intelligente Unterhaltung und ihr charmantes Lächeln sie in Ihren Augen würdiger machen, als wenn Sie nur ihr Gesicht und ihre Figur als Maßstab hätten."

„So weit würde ich nicht gehen", entgegnete er und sein Lächeln wurde zögerlich. „Aber ich gebe zu, dass ich ein bisschen mehr

Verständnis dafür habe, warum Sie dachten, sie wäre eine gute Partie für Duck." Als ihr Gesicht triumphierend aufleuchtete, hob er einen Finger. „*Nicht*, dass ich von meinem Standpunkt abgewichen wäre. Duck ist genauso wenig bereit zu heiraten wie ich und sie wird von ihrer entschlossenen Mutter verheiratet werden, ehe auch nur die Andeutung dieses Gedankens sein Gehirn erreicht."

Alice zuckte mit den Schultern. „Vielleicht. Aber ein wenig Wettbewerb hat noch niemandem geschadet. Vielleicht weckt der Anblick eines entschlossenen Verehrers in ihrer Umgebung etwas in Mr. Duckworth' Brust."

„Das ist also Ihr nächster Schritt? Ich hatte mich bereits gefragt, was Sie planen." Mr. Clavering sah selbstzufrieden aus.

Alice lächelte sittsam. „Sie denken, dass Sie mich hereinlegen, doch ich verrate nie etwas, was ich für mich behalten will."

Er lachte. „Nun gut, Lady Alice. Soll ich Sie zu Ihrem Platz begleiten?"

Sie stellte ihr Champagnerglas auf ein Tablett, ließ ihren Arm in seinen gleiten und sie begannen, sich zu ihrem Logenplatz zu bewegen. Er hatte sie für diese paar Minuten die Sorgen um ihren Bruder vergessen lassen. Als sich die Pause dem Ende zuneigte, kamen die Sorgen mit voller Wucht zurück. Sie hatte sie nicht mit Mrs. Blythefield teilen wollen, obwohl sie ihr vertraute. Doch nun hatte sie das starke Bedürfnis, sich jemandem anzuvertrauen, der nicht so eng mit ihrer Familie verbunden war. Auf eine seltsame Weise vertraute sie Mr. Clavering mehr. Zumindest in dieser Situation. Er war ein Mann und würde ein anderes Verständnis haben.

Sie zog sanft an seinem Arm, um ihn zum Stehenbleiben zu bewegen, als die erste Glocke in der Halle ertönte. „Mr. Clavering, haben Sie das Gerede über meinen Bruder gehört?"

Er blieb stehen und begegnete ihrem Blick und sein üblicher neckischer Ausdruck wurde ernst. In diesem Moment nahm sie zum ersten Mal eine Tiefe und Freundlichkeit in ihm wahr, von der sie fast sicher war, dass sie echt war. Er warf einen Blick auf die Menge, und die Augenpaare, die auf sie gerichtet waren, entfernten sich wieder.

„Ihr Bruder ist jung. Und er zeigt besondere Aufmerksamkeit für eine bestimmte Frau – über das hinaus, was man normalerweise als jugendliche Schwärmerei bezeichnen würde. Doch er ist nicht der

Erste, der sich von einer Frau versuchen lässt, die er nicht heiraten kann. Er ist nicht einmal der Jüngste."

Alice hob ihren Blick und studierte sein Gesicht. „Sie?"

Er lächelte und zögerte, ehe er antwortete, schüttelte aber schließlich den Kopf. „Nicht ganz. Nicht ganz so naiv oder – sagen wir mal öffentlich, wie Ihr Bruder. In gewisser Weise ist es ein Initiationsritus für junge Männer." Er legte seine Hand auf ihre, die auf seinem Arm ruhte. Seine Hand war warm, und das spendete ihr immensen Trost. „Doch ich würde mir im Augenblick keine allzu großen Sorgen machen. Ich kenne Ihren Bruder nicht, aber ich glaube nicht, dass er sich mit der Verbindung in große Gefahr begibt."

Ihr Herz wurde unmerklich leichter, als er sie beruhigte, aber es gab noch etwas anderes, das sie an ihrem Gespräch störte und das sie später identifizieren musste. Alice ließ sich von Mr. Clavering zu ihren Eltern zurückzubringen. An ihrer Loge beugte er sich über ihre Hand. Als ihre Mutter und ihr Vater sich zum Eingang drehten und ihn erblickten, verbeugte er sich vor ihnen ebenfalls und grüßte beide jeweils mit: „Guten Abend, Euer Gnaden."

„Einen guten Abend, Lady Alice", sagte er zu ihr, bevor er ging.

Alice setzte sich, als die Zuschauer ihre Plätze wieder einnahmen und die zweite Glocke ertönte. Die Stimme ihrer Mutter drang an ihr Ohr, als sich vorbeugte, um zu sprechen. „Das ist das zweite Mal, dass Mr. Clavering es für angebracht hielt, dich zu begleiten."

Es schien nur eine Feststellung zu sein, aber Alice wusste, dass es bei ihrer Mutter nie nur eine Feststellung war. Als Antwort zuckte sie mit den Schultern.

„Es ist galant von ihm, nicht wahr? Er steht eindeutig unter dir, aber nicht so sehr, dass es Anlass für Gerede geben würde", sagte ihre Mutter und lehnte sich in ihrem Sitz zurück.

Ihre Mutter dachte *immer noch über* Verehrer nach, und Alice hoffte, dass sie es dabei belassen würde. Sie hoffte, dass ihr Vater zu abgelenkt war, um überhaupt etwas mitbekommen zu haben.

Der zweite Akt begann, und während die Musik um sie herumwirbelte, wurde Alice endlich klar, was sie bedrückte. Sie dachte einen Moment lang an die Enttäuschung, die sie empfunden hatte, als Mr. Clavering ihr gestanden hatte, dass auch er in die Fänge einer Opernsängerin geraten war. Sie wusste nicht, warum sie gehofft hatte, dass er über so etwas erhaben sein würde. Aber zumindest hatte sie das Gefühl erkannt, das sich mit der Erleichterung über ihren Bruder vermischt hatte: Enttäuschung.

Alice atmete leise aus und war dankbar für den Mantel der Musik. Das war ein weiterer Grund, warum sie niemals eine Ehe in Betracht ziehen würde. Sie wollte – und konnte – ihre Seele nicht auf diese Weise mit einem Mann teilen, der doch nur untreu sein würde. Und da Mr. Clavering sie nur in ihrer Überzeugung bestärkt hatte, dass alle Männer zur Treue unfähig waren, war sie entschlossen, sich an ihr Jungfernsein zu klammern, als wäre es das letzte Kleidungsstück, das sie besaß.

KAPITEL 8

George zog sich für einen Abend im Almack's an und fragte sich, ob er Lady Alice dort begegnen würde. Es war schon fast eine Woche her, dass er in der Oper mit ihr gesprochen hatte. Es gab keinen Grund, warum er sie heute Abend nicht sehen sollte. Schließlich war sie eine ungebundene junge Dame der „Oberen Zehntausend" und auch wenn sie nicht mehr in der Blüte ihrer Jugend stand, war sie wohl kaum zu alt für die Mittwochzusammenkünfte.

Widerwillig zog er seine Seidenstrümpfe und Kniebundhosen an – die obligatorische Kleiderordnung, die toleriert werden musste – während er an sein Gespräch mit Lady Alice in der Oper zurückdachte. Sie hatte verletzlich gewirkt, als sie ihn gefragt hatte, in welchen Schwierigkeiten ihr Bruder stecken könnte. George hatte Lady Alice trösten wollen und ihm gefiel das Gefühl, dass sie bei ihm Trost suchte. Er genoss ihr freundschaftliches Geplänkel, doch an diesem Abend hatte es einen tieferen Unterton in ihrer Beziehung gegeben und auch der gefiel ihm.

Die Wahrheit war, dass Lord Anley sich einen Namen machte und sich das in der Stadt herumsprach. Überallhin folgte er der Opernsängerin, die für ihn alle ihre älteren, bekannteren Gönner vertrieben hatte. Lord Anley benahm sich, als wäre er fest entschlossen, eine Liebesheirat einzugehen und man munkelte, dass nichts, was seine

Familie oder Freunde sagen würden, ihn beeinflussen könnte. George war sich nicht sicher, was für Ratschläge der Marquess of Anley von seinen jungen Freunden bekam, aber vielleicht würde er auf George hören, wenn sich die Gelegenheit ergäbe.

Als Lady Alice ihn gefragt hatte, ob er es gewesen war, der in die gleiche missliche Lage geraten gewesen war wie ihr Bruder, hatte er nicht näher darauf eingehen wollen. Aber nein, seine Schwärmereien als Schuljunge waren viel unschuldiger gewesen und hatten nie die Grenze überschritten. Er war versucht gewesen, ihr alles zu erzählen – ihr zu sagen, dass das Halten von Mätressen gegen etwas verstieß, das tief in ihm verankert war. Doch das konnte er ihr kaum sagen. Zum einen war das nicht für die Ohren einer Dame bestimmt, selbst wenn es so leicht war, sich mit ihr zu unterhalten, wie mit Lady Alice. Zum anderen war es Duck gewesen, der in die Falle gegangen war. Duck war nicht nur in die gleiche Falle getappt, sondern auch noch im Alter von neunzehn Jahren – *und* das mit keiner anderen Frau als Mary Morgan. George konnte seinen Freund nicht auf diese Weise verraten, so verlockend es auch war, dies zu tun, wenn man die Ironie der Situation bedachte.

Aber vielleicht würde der Zufall ihm eine Möglichkeit geben, mit Lord Anley zu sprechen. George sah den Marquess häufig in Gentleman Jackson's Boxsalon, obwohl sie einander nie bekannt gemacht worden waren. Wenn sich die Gelegenheit bot, würde er versuchen, sich ihm vorstellen zu lassen und sehen, wohin das Gespräch führte. Es könnte sein, dass er seine Weisheit auf eine Weise einbringen könnte, gegen die der junge Mann nichts einzuwenden hätte.

Als George eine Stunde später bei Almack's ankam, schaute er sich nach seinen Freunden um, hatte aber zunächst kein Glück. In einem solchen Gedränge war es schwierig, jemanden zu finden, mit dem er sprechen wollte. Es war schlimmer als am Eröffnungsabend. Er entdeckte zuerst Amos und ging auf ihn zu.

„Wo ist Duck?", fragte er.

Whitmore stand neben Amos und deutete mit dem Kinn auf die andere Seite des Raumes. „Er und Miss Chauncey haben ein Gespräch begonnen und er ist seit zwanzig Minuten nicht von ihrer Seite gewichen."

George sah Whitmore alarmiert an. „Ein Gespräch? Worüber

könnten sie sich denn so lange unterhalten?" Schließlich entdeckte er die beiden am Rande der Tanzfläche und Ducks Gesicht hatte einen Ausdruck von konzentriertem Interesse, der sich von dem unterschied, den er beim Flirten hatte. „Also nur ein Gespräch, aber warten sie auf einen Tanz?"

„Nein." Whitmores Gesichtsausdruck wurde grimmig. „Das ist das Schlimmste daran. Du kennst Duckworth. Er spricht nie mit einer Dame, es sei denn, sie befinden sich zwischen Tanzsets. Wenn er dort steht und mit ihr redet, anstatt sie zum Tanzen aufzufordern, ist er in größerer Gefahr, als wir ahnen."

Es war lächerlich, eine derartige Unterhaltung zu führen. Eines Tages mussten sie alle heiraten – und es als Gefahr zu bezeichnen, eine Unterhaltung mit einer sympathischen jungen Frau zu führen? Das war töricht.

Aber sie sprachen hier von Duck! Und nach dem, was er sehen konnte, redete Duck nicht nur mit Miss Chauncey, sondern sie lachten auch noch miteinander. George kniff die Augen zusammen. „Dagegen werde ich etwas unternehmen."

Als er auf das Paar zuging, fragte er sich, ob Lady Alice hier war und ob sie diese ungewöhnliche Wendung der Ereignisse bemerkte. Er wollte nicht, dass sie sich über etwas freute, was sie sicherlich als Sieg ansah. Er konnte sich gut vorstellen, dass sie so etwas tun würde.

Nun, Lady Alice, wenn Sie das einen Sieg nennen, dann ist es ein kleiner. Ich werde dafür sorgen, dass dies nicht weitergeht.

Man konnte kaum von einer Ehe ausgehen, nur weil ein Mann und eine Frau am Rande des Ballsaals ein Gespräch führten. Das war jedenfalls das Argument, das er anführen würde. George wusste jedoch, dass es höchst ungewöhnlich war, dass Duck längere Zeit mit einer Frau sprach. Und als der Beweis vor ihm lag, konnte George nur daran denken, dass sein bester Freund keine Zeit mehr für ihn haben würde.

Er marschierte weiter, den Blick auf das Paar gerichtet, als Lady Alice sich ihm in den Weg stellte. Auch ihre Augen waren auf Duck und Miss Chauncey gerichtet und sie warf kaum einen Blick in seine Richtung.

„Ein bezaubernder Abend, nicht wahr, Mr. Clavering?"

George presste die Lippen zusammen. Genau wie er erwartet hatte. Natürlich würde sie sich diebisch freuen. Er blieb stehen und verschränkte die Arme. „Ihnen ist klar, dass es nichts zu bedeuten hat, wenn sie sich schlicht unterhalten."

Nun hob sie ihren Blick zu ihm und das sardonische Glitzern in ihren Augen machte ihn wütend und reizte ihn zugleich, obwohl er sich *damit* nicht weiter beschäftigen wollte.

Er fuhr mit seinem Protest fort. „Sie wissen schon, dass dies kein Grund zum Heiraten ist? Es ist noch nicht einmal ein Grund für eine Verlobung. Sie führen lediglich seit ein paar Minuten ein Gespräch. Sie, meine Liebe, sind weit davon entfernt, unsere Wette zu gewinnen."

Er rechnete fest damit, dass sie ihm antworten würde: „Sehen Sie deshalb so besorgt aus?", was der Wahrheit entsprach.

Stattdessen blitzten ihre Augen vor Wut. „Kommen Sie mir bitte nicht mit ‚meine Liebe', Sir."

George hielt inne, getroffen von ihrem Unmut. Sie hatte ihn falsch verstanden. Er hatte es nicht böse gemeint. Doch nach kurzem Nachdenken vermutete er, dass es herablassend gewesen war. Deshalb meinte er es aufrichtig, als er sagte: „Ich bitte Sie, mir zu verzeihen, Lady Alice. Ich werde diese Bezeichnung nicht mehr für Sie verwenden."

Sie starrte ihn für den Bruchteil einer Sekunde an, ehe er sah, wie ihre Gesichtszüge weicher wurden. Er hatte sie mit seiner Entschuldigung überrascht. Aber was hatte sie gedacht – dass er ein Rüpel war, der nicht wusste, wie man sich entschuldigte, wenn man eine Frau beleidigt hatte?

„Entschuldigung angenommen." Lady Alice' Stimme war leise und sie blickte beim Sprechen nach unten, so dass er ihre Worte kaum verstand.

Als sie ihr Gesicht wieder hob, war ihr frecher Ausdruck zurückgekehrt. „Nicht jeder ist so fest entschlossen, unverheiratet zu bleiben wie wir." Sie wandte ihren zufriedenen Blick wieder Duck und Miss Chauncey zu. „Ich habe mich umgehört, und ich glaube nicht, dass Mr. Duckworth jemals zuvor einer Frau derart viel Aufmerksamkeit geschenkt hat."

„Sie können wohl kaum mit jemandem gesprochen haben, der ihn so gut kennt wie ich", erwiderte George, obwohl er pikiert war. Er versuchte noch immer, seine Gefühle darüber einzuordnen, dass er

Lady Alice verärgert hatte und die Erkenntnis, dass ihn diese Tatsache zutiefst störte.

„Nun, denn?" Lady Alice drehte sich zu ihm um, ihre Lippen verzogen sich zu einem Lächeln. „Sagen Sie es mir. Haben Sie schon einmal erlebt, dass er so viel Interesse an jemandem gezeigt hat?"

Sie hatte ihn in die Enge getrieben. George wandte sich ihr mit wütendem Blick zu und wurde sich plötzlich bewusst, dass sie viel näher beieinanderstanden, als er es mit einer Frau gewohnt war, mit der er nicht tanzte. Sie reichte ihm nur bis zum Kinn. Aber sie hatte eine solch schmale Taille, dass es ein Leichtes wäre, sie hochzuheben und zu küssen...

Gütiger Himmel! Woher war dieser Gedanke gekommen? Georges Gedanken bewegten sich in keine angemessene Richtung. *Nur weil du vorübergehend den Wunsch verspürst, ein Mädchen zu küssen, heißt das noch lange nicht, dass du sie heiraten willst,* rief er sich in Erinnerung.

Er brachte seine wirbelnden Gedanken unter Kontrolle. „Mylady, ich habe bereits klargestellt, dass ich Ihnen nicht helfen werde, diese Wette zu gewinnen, indem ich Ihnen mehr über Duck erzähle, als Sie wissen müssen."

„Ich verstehe." Lady Alice' Stimme klang trügerisch beruhigend. „Sie fühlen sich bedroht und versuchen, sich zurückzuziehen. Wenn Sie mir nicht mehr über Mr. Duckworth erzählen wollen, habe ich andere Möglichkeiten, es herauszufinden."

Ich fühle mich nicht bedroht. George verschränkte wieder seine Arme. Das war zu seiner natürlichen Haltung geworden, wenn er vor dieser Frau stand, so als würde er sich selbst schützen müssen. „Und was für Möglichkeiten sind das?"

Lady Alice war weder zurückgewichen noch gab sie nach und er ertappte sich dabei, wie er in ihre braunen Augen blickte. Sie zeigten eine Reihe von Emotionen und er konnte sie nicht alle lesen. Aber er glaubte, dass Trotz und Humor zu sehen war. War da auch die gleiche Anziehungskraft, die er spürte?

Sie hob eine Augenbraue. „Sehen Sie mir einfach zu." Er hatte bereits vergessen, was er gesagt hatte, um sie zu einer solchen Reaktion zu bewegen.

Lady Alice griff nach unten, nahm die Schleppe ihres Kleides, hakte ihr Handgelenk in die Schlaufe und zog die Schleppe hoch. Sie

drehte sich um und marschierte zu Georges großem Erstaunen dorthin, wo seine Freunde standen. Er konnte ihr nur benommen folgen,
um zu sehen, was sie vorhatte. Sie beschloss, Robert Whitmore anzusprechen.

„Mr. Whitmore." Lady Alice knickst vor seinem Freund.

Whitmore verstummte und legte die Hand auf seine Brust. Er sah
erstaunt aus, dass sie mit ihm gesprochen hatte, und das überzeugte
George noch mehr davon, dass sie etwas vorhatte. Doch er hatte keine
klare Vorstellung davon, was es war.

„Ich nehme an, Sie erinnern sich an unser Treffen", sagte sie zu
Whitmore und zögerte ein wenig wegen ihrer Dreistigkeit – wenn
George sie richtig verstand –, straffte aber tapfer ihre Schultern, wie es
sich für die beeindruckende junge Frau, die sie war, gehörte. „Es war
vor vier Jahren bei einer Versammlung von Almack's. Prinzessin Ester-
hazy stellte Sie mir vor, damit wir Walzer tanzen konnten."

Whitmore hatte sich endlich seiner Manieren besonnen und
verbeugte sich. „Verzeihen Sie mir, Lady Alice. Natürlich erinnere ich
mich. Wer würde sich nicht daran erinnern, mit Ihnen getanzt zu
haben?" Er schaute zur Seite, als ob er Amos plötzlich bemerkte. „Darf
ich Ihnen Mr. Nicholas Amos vorstellen?"

Lady Alice nickte mit einem zufriedenen Lächeln im Gesicht und
knickste vor ihm. „Es ist mir ein Vergnügen, Mr. Amos."

Amos war noch nie ein Frauenheld gewesen und er war einigermaßen eingeschüchtert von der erhabenen Gestalt vor ihm. „Mylady",
murmelte er und seine Wangen glühten, als er sich verbeugte.

Lady Alice ignorierte George gezielt zugunsten seiner Freunde und
wandte sich mit einem Lächeln auf den Lippen wieder Whitmore zu.
Der Mann war Politiker, doch nun fehlten ihm die Worte. George
hätte lachen mögen, hätte er sich nicht so sehr über Lady Alice'
Hinterhältigkeit geärgert. Endlich bemerkte Whitmore ihre hochgezo-
gene Schleppe und öffnete den Mund, um zu sprechen.

„Lady Alice, ich würde mich freuen, wenn Sie mit mir tanzen
würden. Das heißt – tanzen Sie? Ich glaube, gewöhnlich tun Sie das
nicht, doch wie ich sehe, ist Ihre Schleppe gerafft und ich habe
geschlussfolgert ... Ich möchte nicht nachlässig sein." Whitmore strau-
chelte mächtig und George musste sich abwenden, um seine Belustigung zu verbergen.

Er drehte sich rechtzeitig wieder zurück, um zu sehen, wie Lady Alice Whitmore ein strahlendes Lächeln schenkte. „Es stimmt, dass ich das für gewöhnlich nicht tue. Doch es wäre mir eine Freude, heute Abend mit Ihnen zu tanzen. Ich danke Ihnen für die Aufforderung."

Whitmore warf George einen verwirrten Blick zu, während er Lady Alice an die Seitenlinie führte, um auf den Beginn des Sets zu warten.

George sah ihnen halb amüsiert und halb irritiert hinterher. „Letztes Jahr tanzte sie gar nicht. Und nun tanzt sie mit Whitmore, nur um Informationen aus ihm herauszubekommen."

Amos stellte sich mit noch immer offenem Mund neben ihn. Auf Georges Kommentar hin schloss er ihn und drehte sich verwirrt zu George um. „Informationen herauszubekommen? Worüber?"

Verflixt. George hatte vergessen, dass er ihre Wette verheimlicht hatte. „Nichts. Über etwas Politisches, nehme ich an."

Amos drehte sich um und starrte das Paar an, das am Rande der Tanzfläche wartete. „Lady Alice verhält sich seltsam, das musst du zugeben. Letztes Jahr tanzte sie kein einziges Mal, und nun tanzt sie mit Whitmore? Vielleicht gefällt er ihr. Und du sagst, sie will Informationen? Ich kann mir nicht vorstellen, dass er Informationen hat, die sie nicht auch auf andere Weise bekommen könnte."

George schwieg und weigerte sich, weiter darauf einzugehen, während er zusah, wie Whitmore und Lady Alice sich dem Set anschlossen. Amos wandte sich mit einem berechnenden Blick an George.

„Hast du nicht eine Wette auf Lady Alice abgeschlossen, dass sie heiraten wird?" Er schüttelte den Kopf. „Ich wünschte, ich hätte die Weitsicht gehabt, mich auf deine Seite zu stellen. Ich frage mich, ob es zu spät ist, meine Wette zu ändern."

George warf ihm einen Blick zu. „Du wirst deine Wette nicht ändern müssen, glaube mir. Ich weiß, was sie vorhat, und das ist nicht die Suche nach einem Ehemann – und schon gar nicht in Form von Whitmore. Es würde mich nicht wundern, wenn sie sich seiner entledigt, sobald sie gefunden hat, wonach sie sucht, und dann ihre Schleppe wieder hinunterlässt, um jede weitere Aufforderung zum Tanz zu unterbinden."

Sobald Lady Alice den Tanz mit Whitmore beendet hatte, war überraschtes Raunen in den Gesprächen im Raum zu hören. Lady

Alice hatte endlich zugestimmt, wieder zu tanzen. Was hatte dies zu bedeuten? War sie jetzt auf der Suche nach einem Ehemann? Dafür konnte es nur einen Grund geben. Kaum war der Tanz zu Ende, wagte es eine Handvoll Gentlemen, sich ihr zu nähern. George verschränkte amüsiert und selbstgefällig die Arme.

Das hatte sie davon. Nun musste sie mit jedem von ihnen tanzen. Als sich der nächste Gentleman vor ihr verbeugte, zeigte der Ausdruck auf Lady Alice' Gesicht jedoch ungetrübte Freude, als sie ihre Hand auf den Arm des Mannes legte. Sie machte den Anschein einer Frau, die sich amüsierte, selbst als sie mit dem nächsten Mann tanzte.

Lady Alice' Schritte waren anmutig und sie tanzte sehr hübsch. Sie war so leichtfüßig wie ein Vogel und würde bald mit Aufforderungen überhäuft werden. Er ballte seine Hände zu Fäusten.

Whitmore machte sich auf den Weg zurück auf ihre Seite des Raumes, nachdem er seine gewohnte Weltgewandtheit wiedergefunden hatte. Er blieb stehen, um mit einem Herrn zu sprechen, dann verbeugte er sich noch einmal vor einer Dame, ehe er sich schließlich näherte.

Bevor er angekommen war, fragte George ihn aus. „Worüber habt ihr beide gesprochen?"

Whitmore sah ihn an, ein neuer Schimmer von Verständnis in seinen Augen. „Mach dir keine Sorgen. Wir sprachen nur über Duck und Amos – und sie stellte Fragen über mich. Es ist sehr einfach, mit ihr zu reden, mit Lady Alice. Seltsam, aber sie hat nichts über dich gefragt."

George ließ sich nicht beirren. „Was wollte sie über Duck wissen?"

Whitmore nickte weise, als hätte er mit einer solchen Frage gerechnet. „Ah, du bist sehr scharfsinnig. Wie du schon sagst, war sie sehr an Duck interessiert. Ich kann nur vermuten, dass sie mehr über ihn erfahren wollte, denn er scheint ein gewisses Interesse an Miss Chauncey zu haben, die, wie ich hörte, eine besondere Freundin von ihr ist."

„Wohl kaum", murmelte George.

Whitmore fuhr fort. „Sie wollte wissen, ob Duck jemals eine Bindung aufgebaut hat. Sie versicherte mir, dass sie nicht den Wunsch hatte, zu vertraut zu wirken. Und obwohl die Fragen nahezu persönlich waren, ging sie so behutsam vor, dass man ihr das nicht hätte vorwerfen können. Sie wollte auch wissen, wie wir alle Freunde geworden waren. Ehrlich gesagt, hat sie mich nichts gefragt, was mir besonders vertraulich vorkam. Ich glaube nicht, dass du dir Sorgen machen musst – wenn es das ist, was du tust."

George schaute finster drein. „Ich mache mir keine Sorgen."

Er hatte an diesem Abend keine Gelegenheit mehr, mit Lady Alice zu sprechen, obwohl er nur ungern ging und viel länger als sonst bei Almack's blieb. Sie ging von einem Partner zum anderen, ohne ihn eines Blickes zu würdigen. Schließlich kam Duck zu ihm und klopfte ihm auf die Schulter. „Wollen wir in den Club gehen?"

George war erleichtert, dass Duck endlich aufgehört hatte, sich auf Miss Chauncey zu konzentrieren, aber er hoffte immer noch, ein Wort mit Lady Alice zu wechseln. Da er jedoch keinen guten Grund hatte, warum er in diesem Augenblick nicht gehen wollte, folgte er seinen Freunden zur Tür hinaus. Er warf noch einen letzten Blick auf Lady Alice, doch sie unterhielt sich zwischen den Sets mit ein paar Herren und schaute nicht einmal in seine Richtung.

Er presste seine Lippen zusammen. Er würde bis zum nächsten Mal warten müssen, um sich ihre Aufmerksamkeit zu sichern. Schließlich wollte er nicht darum betteln. Er hoffte nur, dass sie die Leute nicht zu genau über Duck ausfragte. Das ganze Gerede würde irgendwann auf ihn zurückfallen und Duck würde neugierig werden und sich dazu verleiten lassen, tiefer in die Materie einzudringen. Dann würde er herausfinden, dass George auf seinen eigenen Freund gewettet hatte. Das durfte einfach nicht geschehen.

KAPITEL 9

Alice hatte den Rest des Abends keinen Blick mehr für Mr. Clavering gehabt. Es hatte zu viel Spaß gemacht, ihn zu quälen, besonders nachdem sie seinen Gesichtsausdruck gesehen hatte, als sie ihre Schleppe über den Arm gehängt hatte. Das Letzte, was er erwartet hatte, war, dass sie sich wieder zum Tanzen herablassen würde, um mehr Informationen über Duck zu bekommen.

Aber warum musste sie sich überhaupt dazu herablassen? Sie benötigte nicht mehr Informationen über Mr. Duckworth als das, was sonnenklar war: Er und Miss Chauncey würden gut zusammenpassen. Am Ende war es nur wichtig, dass die beiden einander fesselten. Der Versuch, die Informationen zu bekommen, war nur ein weiteres Mittel, um Mr. Clavering zu provozieren. Was sich als äußerst unterhaltsam herausstellte.

Eine erfolgreiche Verbindung würde zwei Dinge erfüllen: Sie würde ihre Wette gewinnen und Miss Chauncey würde in die Arme eines Mannes gehen, der sie glücklich machen würde, anstatt in eine Ehe mit dem Höchstbietenden gezwungen zu werden, der sich bei ihrer Mutter bewarb. Und obwohl das Endergebnis zählte, merkte Alice langsam, dass sie nicht nur deshalb nach mehr Informationen suchte, um zu gewinnen − es war der Spaß daran, Ehen zu stiften, der sie antrieb. Es war eine Kunst, die sie anspornte, vor allem, wenn sie durch die Wette mit einem Mann noch gesteigert wurde, der sich seiner Sache viel zu sicher war und der davon profitieren würde, in seine Schranken gewiesen zu werden.

Alice lächelte bei der Erinnerung daran. Mr. Clavering hatte gestern Abend nicht ganz so selbstsicher gewirkt und sie hatte es genossen, ihn auf Trab zu halten. Gegen Ende des Abends ließ sie ihren Blick über die Menschenmenge schweifen und stellte fest, dass er sich davongestohlen hatte, während sie tanzte. In dem Moment war sie bereit, den Abend ebenfalls zu beenden.

Das Tanzen war angenehm gewesen und Alice hatte ihre Entscheidung, ihre Schleppe zu raffen, nicht bereut – eine Entdeckung, die sie ein wenig überraschte. Zugegeben, einige der Männer waren ungeschickt gewesen und traten ihr öfter auf die Füße, als ihr lieb gewesen wäre. Aber mit vielen von ihnen konnte man sich gut unterhalten und Tanzen konnte Spaß machen – auch wenn sie nach einem Jahr ohne diese Bewegung leicht außer Atem war.

Auf der Heimfahrt hatte ihre Mutter kommentiert, wie erfreut sie darüber war, dass sie wieder Tanzpartner akzeptierte. Alice hatte nicht an diesen irritierenden Aspekt gedacht, als sie sich entschlossen hatte, ihre Schleppe hochzunehmen. Es war fast so, als würde sie ihrer Mutter in die Hände spielen. Die falsche Hoffnung würde die Entschlossenheit ihrer Mutter nur noch mehr anheizen.

Am nächsten Morgen war die Duchess bereit, zum Haus von Lady Jersey aufzubrechen, und natürlich war es keine Frage, ob Alice sie begleiten würde. Als sie dort ankamen, saß Miss Chauncey bereits auf dem Platz, den sie beim letzten Mal eingenommen hatte. Diesmal war es eine bewusste Entscheidung, denn es war noch ein Stuhl neben den anderen jungen Damen frei. Alice gefiel, dass Miss Chauncey nicht versuchte, sich bei anderen einzuschmeicheln.

„Lady Alice“, rief Annabelle Grey, als sie sie eintreten sah. „Hier ist ein Platz für dich.“

„Bitte verzeiht. Ich wollte schon so lange mit Miss Chauncey sprechen. Vielleicht etwas später.“ Sie schenkte ihnen ein freundliches Lächeln, drehte ihnen den Rücken zu und ging zu Miss Chauncey hinüber.

„Es ist schön, Sie heute Morgen zu sehen", sagte Miss Chauncey, als Alice den Platz an ihrer Seite eingenommen hatte. „Normalerweise finde ich Nachmittagsbesuche fade. Ich hasse es, über belanglose Dinge zu reden."

Alice lachte. „Ich ebenfalls, deshalb bin ich gekommen, um mich zu Ihnen zu setzen."

Miss Chauncey lächelte über das Kompliment. „Ich habe gesehen, dass Sie gestern Abend bei Almack's getanzt haben. Hatten Sie Spaß dabei?"

„Sehr sogar", antwortete Alice. „Es ist schon eine Weile her, dass ich getanzt habe, und es hat mir mehr Spaß gemacht, als ich es in Erinnerung hatte. Als ich jünger war, wurde jeder Tanz als Druck zur Heirat empfunden. Erst als ich den Entschluss fasste, mich nicht unter Druck setzen zu lassen, fühlte ich mich frei, meiner eigenen Neigung zu folgen. Jetzt glaube ich, dass ich tanzen kann, ohne Anlass zu Spekulationen zu geben. Hatten Sie einen schönen Abend?"

„Ich habe mich prächtig amüsiert", versicherte Miss Chauncey und ihre Augen leuchteten. „Ich war zwar erst ein paar Mal bei Almack's, aber ich kann mich nicht erinnern, wann ich mich mehr amüsiert habe."

Alice konnte sich denken, warum. Sie beschloss, das Thema anzusprechen, das sie interessierte, obwohl sie nicht sicher war, ob es gut angenommen werden würde. „Ich bin unverschämt, ich weiß. Ich hoffe, Sie werden es mir verzeihen. Mir ist aufgefallen, dass Sie sich in der Gesellschaft von Mr. Duckworth mehr zu amüsieren scheinen als zu anderen Zeiten."

Miss Chaunceys offener, freundlicher Blick verfinsterte sich, und sie richtete sich auf. „Ich möchte nicht unhöflich sein, Lady Alice – wirklich nicht. Aber ich möchte nicht über etwas derart Persönliches sprechen. Zumindest ... möchte ich mich nicht auf ein Gespräch einlassen, in dem mein Name mit dem eines anderen in Verbindung gebracht wird, ohne dass es eine formelle Erklärung gibt. Ich hoffe, Sie können das verstehen."

„Vollkommen", sagte Alice, aber sie litt unter einer Mischung aus Verlegenheit und Verärgerung. In ihrem Leben hatte stets sie andere zurückgewiesen, nicht umgekehrt. Und nun konnte sie verstehen, wie sich das anfühlte. Außerdem konnte sie Miss Chauncey kaum einen Vorwurf machen. Sie hatten zwar begonnen, die Gesellschaft der anderen zu suchen, aber Miss Chauncey kannte sie nicht gut. Alice nahm an, dass sie genauso vorsichtig sein würde, wenn die Situation umgekehrt wäre.

Sie verbrachten ein paar Augenblicke in unangenehmem Schweigen und Alice versuchte, ein neues Gesprächsthema zu finden, bis Miss Chauncey herausplatzte: „Wie gut kennen Sie Mr. Duckworth? Ich bin nur neugierig, warum Sie seinen Namen erwähnten. Ist er ein Vertrauter?"

Alice erlaubte sich kein Lächeln. Miss Chauncey, so reserviert sie auch sein mochte, hatte in der Tat eine Bindung zu Mr. Duckworth aufgebaut und sie konnte sich nicht davon abhalten, sich nach ihm zu erkundigen. Vielleicht war es ein Fehler von Alice gewesen, das Thema anzusprechen, aber vielleicht würde es weitere Vertraulichkeiten ermöglichen, die zu der glücklichen Lösung führen könnten, die sie sich für sie wünschte.

„Es tut mir leid, Sie enttäuschen zu müssen", sagte Lady Alice. „Ich kenne ihn nicht. Wir wurden uns tatsächlich erst an diesem Tag im Park vorgestellt. Ich pflege eine flüchtige Bekanntschaft mit einigen seiner Freunde, darunter auch Mr. Clavering."

„Ah." Miss ChTaunceys Blick fiel auf ihre Hände und sie verschränkte ihre Finger ineinander. „Mr. Clavering scheint mich nicht besonders zu mögen. Er starrt mich richtiggehend böse an."

„Mr. Clavering starrt jeden böse an", sagte Lady Alice, und ihre Stimme triefte vor Ironie. Sie wollte sagen, dass es daran lag, dass er Miss Chauncey als Bedrohung für Mr. Duckworth' Junggesellendasein ansah. Und zu sehen, dass sein Freund versucht war, auf diesen Status zu verzichten, bedrohte nur Mr. Claverings eigene Hingabe an das Junggesellendasein. Aber es wäre nicht recht, Miss Chauncey falsche Hoffnungen zu machen, solange sie keinen Grund dazu hatte. Alice mochte glauben, dass es so war, doch solange es keine Erklärung gab, konnte man sich nicht darauf verlassen.

Mrs. Chauncey hatte beschlossen, dass sie so lange geblieben waren, wie nötig, und sie rief ihre Tochter zu sich, um sich zu verabschieden. Miss Chauncey sah auf und nickte ihrer Mutter zu, dann wandte sie sich an Alice. „Ich hoffe, Sie werden mir nicht böse sein.

Ich bin ein eher zurückhaltender Mensch und ich fürchte, ich war gerade unfreundlich…"

Jeder Anflug von Abwehrhaltung verschwand, und Alice lächelte und schüttelte den Kopf. „Sie müssen sich nicht entschuldigen. Sie brauchen nichts, was Ihnen am Herzen liegt, preiszugeben, was Sie nicht möchten. Ich werde deswegen nicht schlechter von Ihnen denken."

Miss Chauncey warf Alice einen dankbaren Blick zu und verabschiedete sich von ihr, ehe sie ihrer Mutter zur Tür hinaus folgte.

Das war sehr interessant gewesen. Was würde sie nicht dafür geben, Mr. Duckworth' Vertrauen zu haben. Nun, da sie allein war, beschloss Alice, dass es klüger wäre, sich zu den anderen jungen Frauen zu setzen, auch wenn deren Gespräche manchmal ermüdend sein konnten. Sie war noch nicht einmal bei ihnen angekommen, als sich das Gespräch an sie richtete.

„Lady Alice, was für ein Aufsehen Sie gestern Abend erregt haben, als Sie sich entschieden zu tanzen." Die Urheberin dieses Kommentars war Miss Grey, die zwei Jahre zuvor ihr Debüt gehabt hatte und einen Sinn für Dramatik besaß.

Barbara Gower war wie immer da, zusammen mit Teresa Wolfe, und sie beugte sich vor, um hinzuzufügen: „Ich glaube, wir dürfen deinetwegen noch nicht verzweifeln."

„Ich enttäusche dich nur ungern", stellte Alice klar, „doch mein Wunsch, nicht zu heiraten, bleibt unverändert. Ich habe nur getanzt, weil ich Lust darauf verspürte. Ich habe nicht getanzt, weil ich auf der Suche nach einem Ehemann bin, und das kannst du gerne weitererzählen, wenn du willst."

Teresa Wolfe wechselte einen bedeutungsschwangeren Blick mit den anderen Frauen, ehe sie sich an Alice wandte. „*Du* magst es vielleicht nicht sein, doch ich frage mich, ob nicht bei Mr. Clavering Interesse besteht. Er ist ein zweiter Sohn, sicher. Aber ich ertappe ihn dabei, wie er dich mehr als jede andere Frau aufsucht."

Alice war erstaunt und zwei Gedanken schossen ihr in schneller Folge durch den Kopf. Wenn noch mehr nötig gewesen war, um zu verstehen, wie Miss Chauncey sich gefühlt haben mochte, als Alice sie nach ihrer aufkeimenden Freundschaft mit Mr. Duckworth gefragt hatte, machte dies die Dinge nur allzu deutlich. Ihre Einmischung war unverschämt gewesen.

Ihr zweiter Gedanke war Beunruhigung. Die Leute hatten ihre Verbindung zu Mr. Clavering bemerkt, obwohl sie sich besonders bemüht hatte, ihn nicht zu bevorzugen. Alice mochte es nicht, wenn Klatsch und Tratsch über sie verbreitet wurde; sie wollte nicht, dass er sich fragte, was ihr Umgang miteinander bedeuten könnte, und sie wollte nicht den Wettbewerb unter den anderen Herren fördern, der entstehen würde, wenn sich herumsprechen würde, dass sie offen für einen Antrag war. Es gab nur eine Lösung. Sie musste beginnen, Mr. Clavering zu ignorieren.

Wenn es ihr nur nicht so viel Freude bereiten würde, mit ihm zu diskutieren.

All das ging Alice durch den Kopf, als sie überlegte, wie sie antworten sollte. Sie könnte alles im Keim ersticken, indem sie antwortete, dass er ein zweiter Sohn sei und sie sich nicht vorstellen könne, was sie sich dabei gedacht hätten. Doch das wäre Mr. Clavering gegenüber unrecht. Stattdessen musste sie zu ihrer ursprünglichen Position zurückkehren. „Du verkennst die Art unserer Beziehung. Ich habe keinen Grund zu heiraten, solange ich Ansehen in der Gesellschaft und ein komfortables Vermögen habe. Nur weil ich mit einem Gentleman spreche, heißt das nicht, dass ich mit ihm verheiratet sein möchte.“

Barbara Gower schaute skeptisch und Miss Grey lehnte sich mit einem übertriebenen Flüstern zu Teresa Wolfe. „Ich möchte Mr. Clavering vielleicht nicht heiraten, aber ich hätte sicher nichts dagegen, von ihm geküsst zu werden. Er ist recht schneidig.“

Alice ließ nicht zu, dass sich ihr Gesichtsausdruck veränderte, doch sie hoffte, dass der arme Mr. Clavering nicht dazu verleitet werden würde, Annabelle Grey zu küssen. Es bräuchte nur eine einzige aufdringliche Person, um eine Verbindung zwischen den beiden zu erzwingen und dann müsste er ihr für den Rest seines Lebens mit ihrem Fächer und Riechsalz hinterherlaufen. Dafür war er zu gut.

Sie dachte über seine Entschuldigung nach. Das war das zweite Mal, dass er sich für etwas entschuldigt hatte, das ein anderer Mann einfach abgetan hätte. Und er hatte dabei aufrichtig gewirkt. Ihr Herz schmolz ein wenig, als sie sich an seinen Gesichtsausdruck erinnerte –

erschrocken und verletzlich, als er auf ihre Antwort gewartet hatte. Wenn er sich jemals in jemanden wie Annabelle Grey oder Teresa Wolfe verlieben würde, würde er in Alice' Ansehen definitiv sinken. Er *konnte* nicht denken, dass sie für die Rolle seiner Frau geeignet wären.

Andererseits hatte er eine Geliebte, womit er wie jeder andere Mann in London war. Sie nahm an, dass sein Geschmack bei Frauen nicht besonders gut war.

Als Alice und ihre Mutter zum nächsten von zwei Nachmittagsbesuchen fuhren, die sie an diesem Tag machen würden, wandte sich die Duchess an ihre Tochter. Sie saßen in einer überdachten Kutsche, die sie vor dem leichten Frühlingsregen schützte, der eingesetzt hatte, als das Wetter endlich warm wurde. Alice genoss ein Gefühl der Ruhe, während sie über ihr kurzes Gespräch mit Miss Chauncey nachdachte. Ihr Freundeskreis wurde immer größer und umfasste mehr Menschen mit Tiefgang.

„Alice", sagte ihre Mutter und unterbrach damit die angenehme Richtung ihrer Gedanken, „dein Vater und ich haben etwas besprochen und ich glaube, das ist die perfekte Gelegenheit, um es dir zu sagen."

Alice stöhnte innerlich auf. Was auch immer ihre Mutter sagen wollte, es konnte nichts Gutes sein. Jede Entscheidung, die ihre Mutter dazu brachte, mit Alice' Vater zu sprechen, würde Alice wahrscheinlich nicht gefallen oder sie würde damit nicht einverstanden sein.

„Ja, Mutter? Was gibt es?"

„Wir haben beschlossen", fuhr die Duchess fort, „dass wir Mr. Clavering, mit dem du meines Wissens schon oft gesehen wurdest und der zwar aus einer weitaus niederen Familie stammt und nur ein zweiter Sohn ist, als möglichen Partner für dich zu akzeptieren. Wenn du so dickköpfig bist, dass du nur aus Liebe heiraten willst..."

„Mutter, ich sagte nie, dass ich aus Liebe heiraten will."

Ihre Mutter fuhr fort, als hätte sie sie nicht gehört. „Wir würden es lieber sehen, wenn du angemessen vergeben wärst, wenn auch mit einer minderwertigen Verbindung, als dass du unverheiratet bleibst. Deshalb", beendete sie mit der Gefälligkeit einer Person, die ein großes Geschenk überreicht, „haben wir beschlossen, dir unseren Segen zu geben."

Alice blieb einen Moment lang sprachlos. Abgesehen von ihrer anfänglichen Verärgerung darüber, dass sie manipuliert wurde, war sie froh, dass ihre Eltern Mr. Clavering nicht rundheraus abgelehnt hatten – wie sie es in ihrer ersten oder zweiten Saison sicher getan hätten. Vielleicht waren sie so verzweifelt über die Vorstellung, dass sie eine alte Jungfer bleiben würde, dass sie bereit waren, sich mit jemandem zu begnügen, den sie für eine minderwertige Verbindung hielten? Wahrscheinlich. Sie fragte sich, ob die Verwicklungen ihres Bruders sie dazu veranlasst hatten, weniger zurückhaltend bei ihrer Akzeptanz zu sein. Befürchteten sie, dass er einen Skandal auslösen würde, der ihre Aussichten auf Verehrer schmälern würde? Diesen Gedanken verwarf sie schnell wieder. Alice wusste, dass sie als guter Fang galt.

Diese rasche Abfolge von Gedanken machte schnell der schmerzhafteren Erkenntnis Platz, wie wenig ihre Mutter sie kannte, und das war es, was sie zu sagen beschloss.

„Mutter, ich wünschte, du würdest mich verstehen, wenn ich sage, dass ich nicht heiraten möchte. Nicht, weil ich mich nach einem zweiten Sohn sehne, habe ich mich geweigert, mich an einen früheren Verehrer zu binden. Es ist einfach so, dass ich mir keinen Mann nehmen möchte. Das ist alles. So etwas kann doch nicht so schwer zu verstehen sein."

Die Duchess blickte sie mit gesenkten Brauen an. „Diese letzte Bemerkung grenzt an Unverschämtheit, mein Kind."

Alice seufzte. „Verzeih mir, Mutter."

„Und was deine Erklärung angeht, so *sagst* du, dass du jetzt nicht heiraten willst. Bis zu einem gewissen Grad hast du die Jugend auf deiner Seite, was deiner Bemerkung möglicherweise eine gewisse Naivität verleiht und aus diesem Grund werde ich beschließen, sie zu ignorieren. Doch ich finde diesen Starrsinn von dir sehr unpassend. Ich möchte mich jetzt nicht aufregen, zumal wir gleich ankommen werden. Aber ich wünsche mir, dass du über unser Zugeständnis nachdenkst und dir die Sache ernsthaft überlegst."

Alice drehte sich zu ihrer Mutter um, nun verärgert. „Ich versichere dir, dass Mr. Clavering kein Interesse an mir hat und ich habe auch keins an ihm. Er hat sich nie auch nur annähernd erklärt. Ich glaube also, dass euer Segen verfrüht ist."

„Verfrüht, vielleicht. Doch hoffentlich nicht umsonst." Ihre Mutter schaute durch das Fenster, als sie zum Stehen kamen.

Der Lakai öffnete die Tür der Kutsche vor dem Haus von Mrs. Hasting und die Duchess stieg aus. Alice holte still Luft und gewann ihre Fassung wieder. Würde es jemals jemanden geben, der sie verstand?

An einem Ecktisch im White's saß George mit Duck und Amos und wurde von einem Gefühl der Frustration geplagt. Er konnte nur vermuten, dass es daran lag, dass es mit zwei seiner Wetten nicht gut lief. Normalerweise beunruhigte ihn so etwas nicht im Geringsten. Er war kein zwanghafter Spieler und achtete darauf, nie um etwas zu spielen, was er sich nicht zu verlieren leisten konnte. Und keine dieser beiden Wetten würde seinen Geldbeutel übermäßig strapazieren. Tatsächlich würde eine davon ihn in keiner Weise finanziell belasten.

Er hatte noch immer keine Vorstellung davon, was Lady Alice von ihm verlangen würde, wenn sie die Wette über Duck gewinnen würde. Er selbst hatte noch nicht einmal darüber nachgedacht, was er von ihr verlangen würde, was kein gutes Zeichen war. Vielleicht war das der Grund, warum er die Wette zu verlieren drohte. Er hatte nicht genug Vertrauen gehabt, um auch nur daran zu denken, was ihr Einsatz sein würde.

Aber es war nicht der Einsatz oder das Geld oder überhaupt der Gedanke, eine Wette zu verlieren, der ihn beunruhigte. Es war die Tatsache, dass die beiden Wetten, die er zu verlieren schien, beide Lady Alice betrafen. Er war immer noch nicht ganz davon überzeugt, dass es ehrenhaft war, mit einer Frau und auf eine Frau zu wetten. Im Grunde seines Herzens vermutete er, dass es das nicht war. Er wollte auf keinen Fall, dass Lucius erfuhr, was er getan hatte. Sein Bruder war ein Verfechter der Etikette.

George nahm einen Schluck von seinem Drink und lachte halbherzig über einen Scherz von Amos, um zu zeigen, dass er zugehört hatte. Angesichts der Tatsache, dass seine Freunde ihn beide seltsam ansahen, war er sich nicht sicher, wie überzeugend er gewesen war.

Die Wetten waren jedoch abgeschlossen und George nahm an, dass er, wenn er schon so dumm gewesen war, auf diese beiden Dinge zu wetten, er auch besser gewinnen sollte. Wenigstens würde er dann auf etwas gewettet haben, das eine sichere Sache war – bei der am Ende alles gut ausgegangen wäre. Er fragte sich gerade, ob diese Überlegung überhaupt etwas taugte, als Amos ihn auf sich aufmerksam machte.

„Clavering, du grübelst schon wieder. Das hast du heute Abend bei Almack's auch getan und ehrlich gesagt, ist es keine Freude, dich so zu sehen." Er warf einen Blick auf Duck. „Ich vermute, ich weiß, was der Grund dafür ist."

Duck lehnte sich in seinem Stuhl zurück. „Weißt du das? Ich kann es mir beim besten Willen nicht erklären." Er klopfte George auf die Schulter. „Du hast verkündet, dass Lady Alice diese Saison heiraten wird und gestern Abend hat sie sich entschieden, mit fast jedem Gentleman zu tanzen, der sie aufgefordert hat. Wenn das kein klares Zeichen für eine Frau ist, die auf der Suche nach einem Partner ist, weiß ich nicht, was es ist. Du solltest begeistert sein."

„Ah. Genau die Worte, die ich zu sagen kam."

George brauchte sich nicht umzudrehen, um zu wissen, wem diese Stimme gehörte. Lord Harrowden umrundete den Tisch, um George ins Gesicht zu schauen, und begegnete seinem Blick hochmütig. „Wenn ich raten müsste, würde ich sagen, dass Ihr langes Gesicht daher rührt, dass Sie gehofft hatten, derjenige zu sein, der sie umwirbt und sie ihre Aufmerksamkeit von Ihnen abgewandt, und stattdessen auf fast jeden anderen Gentleman bei Almack's gerichtet hat."

George mochte Lord Harrowden wirklich nicht und diese Abneigung wurde mit der Zeit nur immer größer. „Haben Sie keine Frau, zu der Sie nach Hause gehen können?" Er konnte gerade unterdrücken hinzuzufügen: „Wenn sie da ist." Das wäre zu grausam, und er würde es nicht tun.

Trotzdem errötete Lord Harrowdens Gesicht. Es war bekannt, dass ihre Ehe nicht glücklich war. Er hatte sich rasch wieder in der Gewalt. „Ich glaube, ich bin auf etwas gestoßen. Sonst würden Sie nicht so schnell das Thema wechseln. Wie ich schon sagte, hatten Sie bei Ihrer Wette auf Lady Alice gehofft, dass Sie derjenige sein würden, an den sie sich wenden würde. Am Ende gewinnen Sie vielleicht die Wette, aber nicht die Dame.“

George ignorierte ihn und wünschte, Harrowden würde verschwinden, doch der fuhr fort. „Aber wenn sie diese Saison keine Vorlieben hat und ihrem Ruf gerecht wird, habe ich die Wette gewonnen. Es ist eine schöne Sache, die Schillinge eines anderen zu gewinnen.“

George starrte ihn finster an, die Augenlider schwer vor Hohn. „Sind Ihre Taschen so leer, dass Sie sie mit Schillingen füllen müssen?“ Er war unhöflich und das wusste er. Aber die Geduld eines Mannes war nun einmal begrenzt.

Harrowden ließ sich von dieser Bemerkung keineswegs beirren. „Es sind nicht die Schillinge, die ich in diesem Fall begehre, sondern der Sieg.“ Sein Lächeln war eher ein Grinsen, das George ihm am liebsten aus dem Gesicht geschlagen hätte. Ehe er diesem Verlangen nachkommen konnte, verließ Harrowden sie und setzte sich zu seinen Freunden auf der gegenüberliegenden Seite des Clubs.

„Und weg ist er“, stellte Amos fest. Er legte beide Hände auf den Tisch. „Meine Herren, ich werde wiederkommen.“ Er ging ohne weitere Erklärungen, was bedeutete, dass er etwas Persönliches zu erledigen hatte.

Umso besser. George hatte mit Duck unter vier Augen sprechen wollen. Und da sie wenig Zeit hatten, beschloss er, gleich zum Kern der Sache zu kommen. „Ich habe gesehen, dass du heute Abend ziemlich viel Zeit mit Miss Chauncey verbracht hast.“

Duck ließ ein Lächeln über seine Lippen gleiten. „Miss Chauncey ist wirklich eine bemerkenswerte junge Dame. Jedes Wort, das über ihre Lippen kommt, überrascht mich, und das macht sie zu einer sehr unterhaltsamen jungen Dame, mit der man Zeit verbringen kann. Man weiß einfach nie, was sie als Nächstes sagen wird.“ Er dachte eine Minute darüber nach, bevor er fortfuhr. „Und sie hat Temperament. Obwohl sie jung ist, eine übermächtige Mutter hat und keine nennenswerte Mitgift, folgt sie ihrer Mutter nicht wie ein dummes Fräulein, sondern sagt, was sie denkt. Wenn nur mehr Frauen wären wie sie.“

George musste das Thema ansprechen, das ihm auf der Seele brannte, und überlegte, wie er es behutsam angehen könnte. Als er an dem Stiel seines Glases herumspielte, wusste er, dass er es vermasseln würde. „Sie scheint nicht das schöne Gesicht und die gute Figur zu haben, die du normalerweise schätzt."

Duck schaute George an und runzelte die Stirn. „Was redest du denn da? Sie hat ein bezauberndes Gesicht und eine ebensolche Figur."

George begab sich auf gefährliches Terrain, aber er starrte seinen Freund trotzdem überrascht an. Duck schimpfte mit ihm, weil er so über eine Frau sprach, wie sie es immer taten?

Sein Freund sah seine Verwirrung und milderte seinen Tonfall. „Ich schätze Miss Chauncey, auch wenn ich sie nicht gut kenne. Es erscheint mir nicht recht, sie mit denselben Maßstäben zu behandeln, mit denen wir andere Frauen bewerten. Ich kann mir selbst nicht ganz erklären, warum ich sie so verteidigen möchte. Wir haben noch nicht einmal sehr viele Gespräche geführt. Das längste Gespräch war das erste Mal, als wir uns auf einer Kartenparty kennenlernten. Aber ich merke immer mehr, dass ich bei jeder Gelegenheit mit ihr reden möchte. Und sie bringt mich dazu, eine bessere Version von mir selbst sein zu wollen."

Obwohl Duck Georges neuester Freund war, betrachtete er ihn ohne weiteres als seinen besten. Sie waren in der Regel in allen Belangen einer Meinung und wurden der Gesellschaft des anderen nie müde. Aber Ducks Worte brachten einen Abstand zwischen sie. Es war, als ob Georges Welt ihm entgleiten würde.

„Du hast Mary Morgan einmal sehr geschätzt", sagte George. „Du dachtest, du liebst sie." Er klammerte sich an Strohhalme.

Duck runzelte die Stirn. „Du glaubst doch nicht, dass ich meine Gefühle für Miss Chauncey mit einer Opernsängerin vergleichen kann, in die ich als Neunzehnjähriger vernarrt war?"

Seine *Gefühle* für Miss Chauncey? Das klang nach viel mehr als einfacher Wertschätzung. Aber er sah, dass Duck ungewöhnlich ernst war, und es wäre nicht gut, ihn zu provozieren. „Nein, nein. Natürlich nicht. Das kann man nicht vergleichen."

Es gab nichts weiter zu sagen, doch die ganze Angelegenheit entzog sich seinem Verständnis. Er konnte einfach nicht begreifen, was

Duck in Miss Chauncey sah, das ihn dazu brachte, sich so anders zu verhalten.

Nach einer peinlichen Stille schaute Duck sich im Raum um und dann wieder zu George. „Wir sehen uns den Kampf am Donnerstagabend gemeinsam an, nicht wahr?"

George erwiderte den Blick, immer noch vorsichtig. Für diesen Olivenzweig in Form einer Rückkehr zu ihrem üblichen Gespräch war George dankbar. Er wollte nicht, dass Duck heiratete, aber er hatte auch keinerlei Verlangen danach, ihn zu verletzen oder zu verärgern. Dafür war ihre Freundschaft zu wichtig.

„Natürlich. Erlaube mir, dich vorher zum Abendessen in meiner Unterkunft einzuladen", sagte er.

Von da an ging das Gespräch zu angenehmeren Themen über, die sich mit Amos' Rückkehr auflockerten. Nach ihm gesellte sich auch Whitmore zu ihnen. George war nach diesem Gespräch erschüttert, aber er wusste nicht, was er dagegen tun sollte. Die ganze Angelegenheit zwischen Duck und Miss Chauncey war wie aus dem Nichts aufgetaucht − als *Ergebnis* seiner Wette mit Lady Alice, wie es schien, und nicht trotz der Wette. Hätte Duck überhaupt noch ein zweites Mal in ihre Richtung geschaut, wenn George nicht nach ihr gefragt hätte?

Er sabotierte seine eigene Wette − und damit sein Junggesellenleben.

George war mit Matthew Evans in Jackson's Boxsalon und wärmte sich so auf, wie der Faustkämpfer es ihm beigebracht hatte. Er und seine Freunde kamen schon seit vielen Jahren her und obwohl George nicht der beste Schüler war, war er nicht weit von dieser Ehre entfernt. Gelegentlich ließ Gentleman Jackson ihn einigen der jüngeren Männer Tipps geben.

Eine Bewegung am Eingang fiel George ins Auge und er drehte sich um, als der Marquess of Anley eintrat. Ausnahmsweise war er allein und George fragte sich, ob es das Schicksal war, das ihm die Gelegenheit gab, mit ihm zu sprechen. Obwohl die Männer ihren Adel und ihren Status an der Tür ließen, wollte George nicht zu vertraut wirken, indem er Lord Anley in ein Gespräch verwickelte. Er wusste, wie gewaltig die Aufgabe war, die er vor sich hatte – er war sich der Unmöglichkeit bewusst, nicht nur die Bekanntschaft des Marquess zu machen, ohne ihm vorgestellt zu werden, sondern auch ein Thema anzusprechen, das ihn absolut nichts anging. Aber er erinnerte sich an Lady Alice' Gesicht und daran, wie dankbar Duck gewesen war, als ihm vor all den Jahren die Augen geöffnet worden waren. George beschloss, jede Gelegenheit zu nutzen und zu sehen, was sich machen ließ.

Die Herren wurden zusammengesteckt, während George sich noch aufwärmte, und Evans hatte sich mit jemand anderem zusammengetan. Gentleman Jackson brachte den Marquess zu George und sagte: „Bitte erlauben Sie mir, Sie beide vorzustellen. Lord Anley, das ist Mr. Clavering, der einer meiner besseren Schüler ist. Ich denke, Sie würden gut daran tun, sich mit ihm zusammenzutun und zu sehen, ob Sie ein oder zwei Dinge lernen können."

Ich hätte es selbst nicht besser sagen können. George fragte sich nur, ob der Marquess bereit wäre, etwas mehr als nur die Wissenschaft des Boxens zu lernen.

Lord Anley streckte seine Hand aus, und George schüttelte sie. Anley hatte eine ähnliche Haarfarbe und Augenfarbe wie seine Schwester, aber in mancher Hinsicht war sein Äußeres klassischer gezeichnet. Seinen Gesichtsausdruck könnte man als romantisch bezeichnen, mit Lippen, die zu einem Schmollmund neigte, während Lady Alice' Lippen einen entschlossenen Zug hatten.

„Es ist mir ein Vergnügen", sagte George und wies auf den Tisch mit den Handschuhen. Er wartete, während Anley die Bandagen um seine Handgelenke und Hände wickelte, ehe er die Handschuhe anzog.

Anley schaute George an. „Dann sind Sie der Clavering, von dem meine Schwester sprach."

George fing sich, ehe er überrascht aussehen konnte, dass sie ihn ihrem Bruder gegenüber erwähnt hatte. „Eben der", sagte er. Er fragte sich, was sie ihm erzählt hatte und was Anley von ihrer ungewöhnlichen Vorstellung gehalten hatte.

Anley führte ein paar Probeschläge aus und lachte leise, ehe er sich aufrichtete. „Das ist genau das, was ich brauche, um meinen Frust abzubauen."

George machte ebenfalls ein paar Probeschläge. „Ach? Eine harte Woche also?“

Anley drehte sich zu ihm um und ging in Position, als George seine Hände hob. Er führte einen Schlag aus, der technisch nicht beeindruckend war, doch Energie hatte.

„Das kann man so sagen“, erwiderte Anley. „Ich bin sicher, Sie wissen noch, wie das ist. Eltern, die Sie für ein Kind halten, das Führung braucht. Engstirnige Menschen, die glauben, dass Sie nur ein Grünschnabel sind, der loslaufen und etwas Dummes tun will.“ Er kniff die Augen zusammen und versetzte George einen kräftigen Schlag gegen die Brust, den dieser mit Leichtigkeit abfing. „Das zeigt, wie wenig sie mich kennen.“

„Natürlich“, sagte George und führte einen Schlag aus, den Anley gerade noch abwehren konnte. „Irgendwann wird es besser. Aber es kann ein paar Jahre dauern, bis wohlmeinende Menschen Sie in Ruhe lassen.“

Sie kämpften ein paar Runden und George verlor sich in der Freude an einem Kampf mit jemandem, der gut war und dem es nur an Erfahrung fehlte. Er erinnerte sich daran, dass er in der gleichen Lage gewesen war und begann, ein paar Tipps zu geben. „Sie sind zu langsam, wenn Sie sich drehen. Winkeln Sie Ihre Fäuste so an, wenn Sie ausholen. So geht’s.“

George beobachtete die Fortschritte seines neuen Schützlings mit Genugtuung. Nach einiger Zeit kam Gentleman Jackson herüber, um seine Beobachtungen weiterzugeben, und als das Sparring zu Ende war, hatte George die Gelegenheit gehabt, Lord Anley über das Alltägliche hinaus kennenzulernen. Als sie fertig waren, gaben sie einander die Hand.

„Das haben Sie sehr gut gemacht“, meinte George. „Sie haben eine Menge Boden.“

Der Marquess grinste über das Kompliment und sah jung aus. „Ich danke Ihnen für Ihre Hilfe, Clavering. Ich kann nur hoffen, dass ich mich weiter verbessern werde.“

„Ich bezweifle nicht, dass Sie in ein paar Jahren einen Treffer bei mir landen können – früher, wenn Sie schneller lernen als ich.“ George erwiderte sein Grinsen.

Das Lob schien Lord Anley zu gefallen und er nickte. „Nun, ich danke Ihnen. Ich nehme an, wir werden uns im White's sehen."

„Mit Sicherheit", sagte George. Er wartete auf Evans, der gerade fertig wurde. Er wollte das Thema der Opernsängerin gegenüber Anley nicht ohne eine angemessene Einleitung ansprechen. Sowohl bei Lady Alice als auch bei Duck war er bereits ins Fettnäpfchen getreten, weil er zu voreilig gewesen war. Aber er war zufrieden damit, den Jungen kennengelernt zu haben. Das war bereits ein vielversprechender Anfang.

KAPITEL 11

Alice ertappte sich dabei, dass sie bei jeder Veranstaltung, die sie besuchte, nach Mr. Clavering Ausschau hielt. Sie versuchte, ihn im Hyde Park zu entdecken. Sie suchte ihn im Theater, dann auf drei verschiedenen Partys, obwohl sie nur auf einer erwartet hatte, ihn zu sehen. Sie suchte ihn bei Gunter's und sogar bei Hookham's, obwohl sie Zweifel hatte, ob er jemand war, der gerne las. Überall, wo Alice in dieser Woche hinging, achtete sie auf die Gesichter um sich herum, in der Erwartung und in der Hoffnung, dass sie Mr. George Clavering sehen würde. Und ja, sie hatte die Ironie in der Tatsache erkannt, dass sie überall nach ihm suchte, nur um ihm mitzuteilen, dass sie nicht mehr mit ihm gesehen werden konnte.

Schließlich begegnete Alice ihm erst eine Woche später bei Almack's wieder. Ihr Herz machte einen Satz, als sie ihn sah, und sie stürzte nach vorne, ehe sie sich aufhalten konnte. *Was um Himmels willen?* Sie hatte sich so sehr daran gewöhnt, nach ihm zu suchen, dass sie vergessen hatte, dass sie überhaupt nicht abkömmlich war und dass er, wenn er mit ihr sprechen wollte, zu ihr kommen musste. Zum Glück für ihren Verstand und ihre Würde näherte sich Cleda ihr aus dem Strom der vorbeigehenden Menschen und blieb an ihrer Seite stehen.

„Du hast Glück, meine Liebe. Ich bin hier! Beinahe wäre ich heute nicht gekommen, weil es mir gar nicht gut ging, doch schließlich konnte ich diese unangenehmen Gefühle überwinden und zu dir eilen.“

Alice verschränkte die Arme mit ihrer Freundin, dankbar für die Ablenkung. „Ich bin froh, dass es dir wieder besser geht und freue mich sehr, dich hier zu sehen. Bedauert dein Mann eure überstürzte Rückkehr nach England, nun, da es dir anscheinend viel besser geht als ursprünglich gedacht?“

„Das hat er nicht gesagt, doch ich habe den Eindruck, dass er alles tun würde, um mich zu beschützen und dass er nichts bedauert. Obwohl ich protestierte, als er die Idee der Rückkehr vorschlug, bin ich nun froh, dass wir zurückgekommen sind.“ Cleda schaute sich im Raum um. „Wurdest du mit Tanzaufforderungen überschwemmt?“

Cleda hatte Alice‘ ungestüme Entscheidung, ihre Schleppe im Almack‘s hochzunehmen, und den darauffolgenden Abend, an dem sie von einem Tanzpartner zum anderen wechselte, verfolgt.

„Nein, ich glaube, das liegt daran, dass ich gerade erst angekommen bin. Ich vermute, dass die Aufforderungen nicht lange auf sich warten lassen werden.“

Cleda drehte sich um und musterte sie. „Du möchtest also tanzen.“ Sie sah sich um, als ob sie jemanden suchen würde und ihr Blick fiel auf Mr. Clavering. „Gibt es jemanden, mit dem du besonders gerne tanzen würdest?“

„Ich kann dir einen Mann nennen, mit dem ich *nicht* tanzen möchte, und das ist Mr. George Clavering.“ Alice nickte ungeduldig mit dem Kopf. „Kannst du glauben, dass Teresa Wolfe die Dreistigkeit hatte zu sagen, er verfolge meine Schritte? Es ist so schlimm geworden, dass meine eigene Mutter von ihrer erhabenen Einstellung abgekommen ist und eine Verbindung sogar *gebilligt hat*.“

Cleda legte eine behandschuhte Hand an ihre Lippen und ihre Augen funkelten vor Belustigung. Alice konnte das kaum kontrollierte Beben in ihrer Stimme hören, als ihre Freundin antwortete. „Ich bin sehr froh über den gesunden Menschenverstand, den deine Mutter mit ihrer Zustimmung zeigt – wenn du mir verzeihst, dass ich so etwas Unverschämtes über die Duchess sage – aber ich vermute, dass dir ihre Billigung nicht gefällt.“

Alice schüttelte entschieden den Kopf. „Das tut sie nicht. Was mich freuen würde, wäre, wenn meine Mutter mir erlauben würde, mein Einkommen zu beziehen und allein zu leben. Ich weiß, dass etwas dergleichen frühestens in zwei Jahren in Frage kommt, doch zu wissen, dass ich diese Möglichkeit habe, ist das Wichtigste für mich."

Cleda nickte nüchtern und Alice sah die verschiedenen Emotionen, die über ihr Gesicht zogen. Sie wusste, dass ihre Freundin Alice' Wünsche respektieren wollte, sie aber gleichzeitig dazu drängen wollte, nach einer Bindung aus Liebe zu suchen wie die, die sie hatte. Wenn Cleda nur begreifen würde, wie unwahrscheinlich so etwas für Alice war. Sie traute Männern einfach nicht – nicht bei ihrer Position, ihrem Vermögen und ihrer Erfahrung.

„Da ist Mr. Clavering", sagte Cleda nach einer kurzen Pause. Es klang wie eine unschuldige Bemerkung, doch Alice kannte sie viel zu gut, um zu glauben, dass etwas Beiläufiges dahintersteckte.

„Ich habe ihn gesehen. Genau genommen..." Alice hielt kurz inne, ehe sie verraten konnte, dass sie fast auf dem Weg zu ihm gewesen war, um mit ihm zu sprechen. Aus irgendeinem Grund, den sie nicht genau benennen konnte, wollte sie nicht einmal ihrer engsten Freundin sagen, dass sie versucht war, zu ihm hinüberzugehen und ihn in ein Gespräch zu verwickeln. Mr. Clavering nahm in ihren Gedanken eine viel zu große Bedeutung ein.

„Genau genommen?", fragte Cleda.

„Genau genommen ist dies der perfekte Zeitpunkt, um Mr. Clavering mitzuteilen, dass wir umsichtiger sein müssen und nicht jedes Mal miteinander sprechen sollten, wenn wir zusammen auf einer Veranstaltung sind." Alice warf einen Blick in seine Richtung und auf ihren Blick hin begann Mr. Clavering, sich in seiner übermütigen Art auf sie zuzubewegen – voller Selbstvertrauen, als ob er keine Sorgen hätte. Wie gerne würde sie sich so geben können. Wie gerne würde sie keine Sorgen haben.

„Lady Alice", grüßte Mr. Clavering und machte eine Verbeugung. Er sah Cleda an und hielt inne, als würde er in seinem Gedächtnis forschen.

„Sie erinnern sich an meine Freundin, Mrs. Bell?", sagte Alice und kam ihm zu Hilfe. Alle ihre Sinne waren durch seine Anwesenheit geschärft, obwohl ihr diese Erkenntnis nicht zusagte. Die Entscheidung ihm mitzuteilen, dass sie sich nun wie gleichgültige Bekannte verhalten mussten und nicht wie Menschen, die eine engere Verbindung hatten, kam gerade zur rechten Zeit. Das dürfte im Grunde nicht schwer sein. Schließlich hatten sie keine engere Beziehung zueinander. Sie kannten sich kaum.

„Selbstverständlich", sagte Mr. Clavering mit einer galanten Verbeugung. „Mrs. Bell, es ist mir ein Vergnügen."

Cleda knickste und machte sich nicht die Mühe, das zufriedene Grinsen zu verbergen, das sich auf ihren Lippen abzeichnete. Sie genoss die missliche Lage von Alice. „Das Vergnügen ist ganz meinerseits, Mr. Clavering." Sie schaute Alice an. „Ich werde gewiss später zu dir kommen, doch ich muss mit Mrs. Gower sprechen, die gerade den Raum betreten hat."

Cleda ging davon und da ihre Freundin Barbara Gower genauso wenig mochte wie Alice, wusste sie, dass dies schlicht ein Vorwand war, um sie mit Mr. Clavering allein zu lassen. In gewisser Weise war Alice erleichtert über die Privatsphäre, denn sie bevorzugte, das, was sie ihm zu sagen hatte, nicht unter Cledas allzu aufmerksamen Augen zu tun. Gleichzeitig ärgerte sie sich darüber, wie sehr sie sich darüber freute, mit Mr. Clavering um seiner selbst willen zu sprechen. Dies war kein guter Anfang.

Sie wandte sich wieder zu ihm um. „Mr. Clavering, ich habe seit letzter Woche nicht die geringste Spur von Ihnen gesehen." Sie hatte sich um einen leichten Ton bemüht, doch es klang eher anklagend.

Mr. Claverings Augenbraue hob sich und wenn sein Lächeln ein Hinweis darauf war, hatten ihre Worte ihm gefallen. „Ach? Haben Sie nach mir gesucht?"

Irritation mischte sich mit Beschämung. Alice hatte es nicht vollbracht, so ausweichend zu sein, wie sie es im Umgang mit Männern gerne war. Normalerweise war es einfach, sie auf Abstand zu halten und sie wollte nicht, dass er den Eindruck bekam, er habe einen privilegierten Platz in ihren Gedanken.

Sie versuchte, das zu überspielen, indem sie beschloss, direkt zur Sache zu kommen. „Ja, ich wollte mit Ihnen über eine bestimmte Angelegenheit sprechen, deshalb habe ich Sie gesucht."

Mr. Claverings Blick war aufmerksam auf sie gerichtet und als ihr

Tonfall ernst wurde, verschwand sein erfreuter Ausdruck. Er wurde durch Neugier und Besorgnis ersetzt.

„Ich hoffe, es ist alles in Ordnung. Hat es etwas mit unserer Wette zu tun?" Ein hoffnungsvoller Ausdruck erschien auf seinem Gesicht. „Hat Duck Miss Chauncey einen *cut direct* gegeben, weshalb sie in Tränen aufgelöst ist, weil sie seine Aufmerksamkeit missverstanden hat?" Er beugte sich zu ihr und das Gefühl seiner Nähe war so verlockend, dass Alice sich nicht zurückzog. Sie fragte sich, wohin ihre Entschlossenheit geflohen war. Er murmelte: „Ich bin froh, dass sie Sie hat, um sie zu trösten. Ich werde etwas Zeit benötigen, um mir meine Bedingungen für unsere Wette zu überlegen."

Sie hatte seinen Gesichtsausdruck falsch gedeutet. Er war nicht hoffnungsvoll, sondern neckisch gewesen. Etwas in ihrer Brust reagierte darauf. Es war das Verlangen, den Scherz zu erwidern und mehr Zeit in der Gesellschaft eines Mannes zu verbringen, der sie amüsierte und mehr Tiefe besaß als der gewöhnliche Londoner Gentleman

Abgesehen von seiner Mätresse. Das durfte sie nicht vergessen.

„Sie sind voreilig", Alice ließ einen trockenen Unterton in ihre Stimme einfließen. „Ich habe keine Entwicklungen in Bezug auf unsere Wette beobachtet, außer der Tatsache, dass ich Grund habe, ermutigt zu sein. Obwohl ich Sie diese Woche nicht sah, sah ich Mr. Duckworth und Miss Chauncey *zweimal in* Gespräche vertieft." Sie beugte sich vor, um ihm den letzten Stoß zu versetzen. „Und bei einem dieser Gespräche begleitete er sie bei einem Spaziergang im Hyde Park."

Mr. Clavering wich bei dieser Neuigkeit zurück und blickte sie überrascht an. Von ihrer Position aus konnte sie einen Blick in sein Gesicht werfen und sie konnte keine Freude in seinem Gesichtsausdruck erkennen. Alice spürte, dass es bei dieser Wette nicht so sehr um das Gewinnen selbst ging. Er schien wirklich keine Bindung zwischen Miss Chauncey und seinem Freund zu wünschen, und sie konnte nicht sagen, warum. Sicherlich würde er wollen, dass sein Freund glücklich war? Jedes Mal, wenn sie Mr. Duckworth in Miss Chaunceys Gegenwart gesehen hatte, hatte er sich glücklich gezeigt.

„Interessant", war alles, was Mr. Clavering zunächst mit hohler Stimme sagte.

Sie beobachtete ihn, und nach einem Moment erholte er sich und rückte wieder näher. Alice hielt in Erwartung den Atem an.

„Allerdings wissen Sie doch, dass man bei Wetten auf ein Pferd oft denkt, dass es eine sichere Sache ist, bis ein unbekanntes Pferd namens Topsy-Turvy in der letzten Sekunde an die Spitze springt und die ganze Wette zunichtemacht. Eine Wette ist erst dann gewonnen, wenn der Favorit die Ziellinie überquert."

Alice erlaubte sich ein ungläubiges Lächeln. „Vergleichen Sie Ihren Freund und meine Freundin mit Rennpferden?"

Mr. Clavering zuckte mit den Schultern und seine Mundwinkel wanderten nach oben. Er zeigte keine Anzeichen von Ungeduld, von ihrer Seite zu weichen, was sie erwiderte. Die Vorstellung, dass sie ihre aufkeimende Freundschaft aufgeben müsste, hinterließ bei ihr ein Gefühl der Leere.

„Es gab schon schlimmere Analogien", antwortete er.

Ströme von Menschen bewegten sich um sie herum, aber keiner wandte seinen Blick vom anderen ab. Es war eine Insel der Behaglichkeit in einem Meer der Albernheit. Es musste ein Ende haben.

Alice atmete tief durch und kam zum Punkt. „Um auf den Grund zurückzukommen, weshalb ich Sie suchte", begann sie und hielt dann inne.

„Ja?" Mr. Clavering verstummte und wartete, was sie zu sagen hatte.

„Es gab Kommentare über unsere *Tête-à-Têtes*, die uns auf eine Weise miteinander verbunden haben, die sicherlich keiner von uns anstrebt. Ich denke, es ist in unserem besten Interesse, dem ein Ende zu setzen."

Mr. Clavering rührte sich nicht und sein Gesichtsausdruck blieb unverändert. Nur das Verengen seiner Augen verriet, dass er sie verstanden hatte.

„Was sagen diese Leute?" Er hatte sich immer noch nicht von ihr entfernt, und die Seite seines Arms streifte den ihren.

„Eine meiner Bekannten – ich werde sie nicht als Freundin bezeichnen – hat kommentiert, wie häufig wir uns schon sahen und scheint zu glauben, dass eine tiefere Verbindung zwischen uns entsteht." Alice überlegte nur kurz, ob sie von ihrer Mutter sprechen sollte. Sie würde es tun! Das würde ihn sicher davon überzeugen, wie ernst die Angelegenheit geworden war.

„Und zudem unterstützt meine Mutter tatsächlich die Idee, dass wir eine Verbindung eingehen. Bei unserem Nachmittagsbesuch letzte Woche verkündete sie, dass sie und mein Vater sich darauf einigten, es zu billigen.“

Sein Blick wurde eindringlicher. „Das hat sie getan?“

Alice bekam bei der Eindringlichkeit dieser Frage und dem Blick, der sie begleitete, fast keine Luft mehr. Sie hatte erwartet, dass er in schallendes Gelächter ausbrechen würde, aber stattdessen löste seine Reaktion ein seltsames Flattern in ihrem Bauch aus, das es noch nie gegeben hatte.

Es gelang ihr nicht, den neckischen Ton anzuschlagen, den sie sich erhofft hatte, aber sie schaffte es, zu antworten. „Das hat sie. Das ist natürlich höchst albern und ich bitte Sie, darüber hinwegzusehen. Wie Sie sich vorstellen können, habe ich nichts getan, was sie zu der Annahme veranlasst hätte, Sie würden um mich werben wollen. Oder was sie davon überzeugt hätte, dass dies mein Wunsch ist.“

Mittlerweile musste ihr Gesicht vor lauter Scham glühen. Was für ein lächerliches Gespräch und es verlief ganz und gar nicht so, wie sie gehofft hatte. Wo war der neckische, scherzende Mr. Clavering, den sie kennengelernt hatte?

Sie holte tief Luft. „Sie werden sicher verstehen, dass wir nicht zu häufig gesehen werden dürfen, wie wir uns in der Gesellschaft des anderen befinden oder Gespräche führen, die über die allgemeinsten Freundlichkeiten hinausgehen.“

„Wie dieses hier?“, stellte er mit tiefer Stimme klar.

Sie nickte, obwohl sie nur Bedauern empfand. „Wie dieses hier.“ Sie standen einen Moment lang da und schienen sich nicht bewegen zu wollen. Endlich fand sie ihre Stimme. „Wenn Sie mich also entschuldigen würden...“

„Ich habe Ihren Bruder im Boxsalon getroffen.“

Alice hatte bereits begonnen, sich abzuwenden, um zu fliehen, doch nach diesem Kommentar drehte sie sich wieder um. „Ach?“ Ihre Gedanken überschlugen sich bei der Frage nach den Konsequenzen. „Haben Sie mit ihm über etwas Bestimmtes gesprochen?“

Mr. Clavering hatte etwas von seinem Strahlen verloren. Oder vielleicht war der Abend für sie beide anstrengend. Im Ballsaal war es wirklich heiß und es gab keinen frischen Lufthauch in der Nähe, um ihr Erleichterung zu verschaffen.

„Wir sprachen nur über das Boxen", antwortete Mr. Clavering. „Doch Ihr Bruder ist ein großartiger Bursche. Ich denke, wir hätten Freunde sein können, wenn wir zusammen zur Schule gegangen wären."

Alice gefiel die Vorstellung, dass ihr Bruder sich mit Mr. Clavering anfreunden könnte. Sie vermutete, dass es nur wenige Menschen gab, die ihr als Vorbild in der *vornehmen Gesellschaft* für ihn lieber wären, wenn man bedachte, wie respektvoll und freundlich Mr. Clavering war.

Dann erinnerte sie sich wieder daran, dass er in der Vergangenheit Mätressen gehabt hatte und wahrscheinlich selbst jetzt eine unterhielt. Die Erinnerung daran brachte sie zurück in die Realität. Es gab einen guten Grund, warum sie ihren Umgang mit Mr. Clavering einschränkte und dies auch weiterhin tun sollte. Er war zu sehr wie der Rest der Londoner Gentlemen. Wenn sie sich nur an ihre Entschlossenheit erinnern könnte, wenn sie in seiner Nähe stand und ihr Körper sich an seinen lehnen wollte. Sie fragte sich, was sie dazu gebracht hatte, wieder zu tanzen – und das fortzuführen, was für den Rest von London wie ein Flirt aussah. Wo war ihr Wille geblieben?

Sie kehrte zu ihrem Gespräch zurück, wohl wissend, dass er auf eine Antwort wartete. „Wie nett." Alice wusste nicht, was sie noch sagen sollte, und nach einer weiteren peinlichen Pause schenkte Mr. Clavering ihr ein angespanntes Lächeln.

„Nun, Lady Alice, ich werde Sie nicht länger belästigen und weitere Gerüchte anfachen. Wir müssen den Kurs unserer Wette weiterverfolgen, denn einer von uns wird eine Ehrenschuld zu begleichen haben." Seine Augen blickten neckisch drein, doch sie hatten ihr Funkeln verloren. Auch ihr eigener Abend fühlte sich flach an.

„Ja, das müssen wir. Guten Abend, Mr. Clavering." Lady Alice knickste.

Mr. Clavering verbeugte sich und wandte sich zum Gehen.

Den restlichen Abend über gelang es Lady Alice zu erahnen, wo er sich aufhielt, obwohl sie die Menge nicht überblicken konnte. Sie nahm weitere Aufforderungen zum Tanzen an, die ihren Reiz verloren, da sie damit Mr. Clavering nicht indirekt herausforderte. Glücklicherweise gab es immer noch einige Männer, die es nicht wagten, sich ihr zu nähern und sie bekam einige Ruhephasen, in denen sie sich mit Cleda unterhalten konnte.

Im Laufe des Abends erhaschte sie kurze Blicke auf Mr. Clavering, der redete und tanzte und so tat, als hätte er noch nie etwas von einer Alice St. Claire gehört. Sie versuchte jedoch, nicht hinzusehen. Sie wollte nicht, dass irgendjemand von ihr sagte, dass sie endlich ihr Herz verschenkt hatte. Das war nicht wahr.

Natürlich konnte so etwas nicht wahr sein.

KAPITEL 12

George setzte den Rest des Abends seine üblichen Gespräche und Flirts im Almack's fort. Der einzige Unterschied war, dass er häufiger tanzte, als es sonst seine Gewohnheit war. Das geschah unbewusst. Irgendetwas in ihm wollte nicht am Rande stehen und Lady Alice beobachten, die nun tanzte und sich unter die Leute mischte, anstatt sich in Nischen zu verstecken, und die – für jeden unvoreingenommenen Beobachter – völlig gleichgültig gegenüber seiner Anwesenheit war, so als wären sie einander nie begegnet.

Duck hatte mit Miss Chauncey getanzt. Er war nicht auf ein Gespräch mit ihr geblieben und forderte stattdessen auch andere Frauen zum Tanzen auf, doch George hatte ihn mehr als einmal dabei erwischt, wie er in ihre Richtung schaute. Nun unterhielt er sich mit Filbert und Taylor, die ausnahmsweise im Almack's aufgetaucht waren. Amos tanzte gerade mit einer schüchternen jungen Dame in ihrer zweiten Saison. Es war, als hätten sie sich alle unbewusst auf den Heiratsmarkt gestürzt – ein Schritt, der sich für George ein wenig so anfühlte, als würde er gezogen und geviertelt werden. Jeder wusste, dass man, sobald man verheiratet war, nicht mehr so lange fortbleiben konnte, wie man es früher getan hatte. Man musste sich vor seiner Frau verantworten. Da musste man sich doch nur den Mann seiner Schwester Maria ansehen. Er hatte kaum etwas zu sagen.

George wollte mit Duck über diesen Spaziergang im Hyde Park reden, von dem Lady Alice gesprochen hatte, doch nun war nicht die rechte Zeit dafür. Er war überrascht, dass Duck ihm gegenüber nichts erwähnt hatte, nicht einmal nebenbei. Normalerweise ging er mit Freunden in den Hyde Park und ritt eher, als dass er mit Damen spazieren ging. Und soweit George wusste, war es das erste Mal, dass Duck eine Frau auswählte und sie in den Hyde Park mitnahm. Es war ein so öffentlicher Schritt, der mit Sicherheit für Gesprächsstoff sorgen würde. Wäre es ein anderer Gentleman gewesen, hätte man es vielleicht nicht so sehr bemerkt, aber Duck! Das war so untypisch für seinen Freund, dass er nur denken konnte, dass es Duck mit seiner Zuneigung wirklich ernst sein musste.

Dies war ein Schlag für Georges Junggesellendasein. Mit wem sollte er denn dann nachts durch die Clubs ziehen? Oder Spielhöllen, die Rennbahn oder Kämpfe aufsuchen? Amos war lustig, aber ihm fehlte das leichte Lachen und die rasche Auffassungsgabe, die Duck besaß. Matthew Evans war nie der beste Kandidat für die Rolle eines Freundes gewesen, mit dem man sich amüsieren konnte. Evans hatte schon immer einen zu ernsten Charakter gehabt, bereits ehe er sesshaft geworden war und Susan Blythefield geheiratet hatte. Auch Robert Whitmore konnte Ducks Platz nicht einnehmen. Er war nicht so leicht verfügbar und konnte wegen seiner politischen Karriere nicht ständig unterwegs sein.

Nein. Duck war der Einzige, der die Rolle des besten Freundes erfüllte und der Gedanke, ihn durch eine Heirat zu verlieren, war zu deprimierend, um daran zu denken.

Erst am nächsten Morgen beschloss George, ihn in seiner Unterkunft zu besuchen, um mit ihm über die Absichten seines Freundes zu sprechen. Das war ein sicherer Ort, um sich seiner Aufmerksamkeit zu versichern. Duck saß am Frühstückstisch und hatte gerade begonnen, ein herzhaftes Frühstück zu sich zu nehmen, als George hereingeführt wurde.

„Nimm Platz", sagte Duck und zeigte sich nur wenig überrascht, George zu so früher Stunde an seiner Türschwelle zu sehen. „Nimm dir etwas Schinken." Er deutete auf seinen Diener. „Bring Clavering einen Krug Bier."

Der Diener tat dies und als er ging, hielt Duck lange genug beim

Essen inne, um Georges Blick zu begegnen. „Du siehst aus, als müsstest du vor Neuigkeiten platzen. Es muss etwas geben, das dich so früh hierherbringt.“

George nahm einen großen Schluck aus seinem Krug und stellte ihn auf dem Tisch ab. „Keine Neuigkeiten“, sagte er. „Fragen.“

Duck hielt beim Kauen inne und schaute ihn mit einem neugierigen Blick an. „Nur zu“, forderte er ihn auf.

George lehnte sich zur Betonung nach vorne, die Arme auf dem Tisch. „Was höre ich da? Du gehst mit Miss Chauncey im Hyde Park spazieren?“

Duck lehnte sich zurück, als wolle er den Abstand zurückgewinnen, den George durch sein Vorbeugen eingenommen hatte. Seine Haltung war misstrauisch geworden, aber sein Tonfall blieb entspannt. „Du hast also davon gehört, ja?“

„Duck, du gehst *nie* mit einer Frau spazieren. Du zeigst nie eine Vorliebe und du hattest auch keine seit M...“

„Sprich ihren Namen nicht aus“, verlangte Duck schärfer, als er es sonst tat. Er war sonst nie so empfindlich und warum er das bei einer Opernsängerin sein sollte, in die er mit neunzehn Jahren verliebt gewesen war, konnte George nicht verstehen.

Er saß schweigend da und überlegte, was er darauf erwidern sollte, hatte jedoch keine klare Vorstellung davon, wie er es angehen sollte. Schließlich fing Duck in einem Tonfall an, der seinem üblichen ähnelte: „Abgesehen davon, was macht es schon, wenn ich mit Miss Chauncey spazieren gehe? Das geht dich nun wirklich nichts an.“

George wusste, wie lächerlich es war, darauf zu bestehen, aber er konnte sich nicht aufhalten. „Wenn es dir mit deiner Zuneigung ernst ist, kann das nur zu einer Sache führen. Heirat! Und das bedeutet, dass die Zeit, in der wir zusammen ausgehen, vorbei ist. Sicherlich kannst du den Grund für meinen Kummer verstehen. Auch wenn du ihn nicht teilst. Wir sagten immer, dass wir nicht zu früh heiraten werden. Das ruiniert die besten Jahre unseres Lebens.“

Duck blickte nach unten und aß von seinen Eiern, ehe er seine Gabel ablegte. Er lehnte sich zurück und verschränkte die Arme. „Wie Amos neulich bereits sagte, es wird langweilig. Falls ich Miss Chauncey den Hof mache und selbst falls wir heiraten sollten – obwohl das keineswegs sicher ist, da ich nicht weiß, ob sie mich will –

bedeutet das nicht, dass ich nie mehr mit dir und den anderen ausgehen würde. Es bedeutet nur, dass ich das weniger oft tun würde.“

„Du bist dir also nicht sicher, ob du heiraten willst“, sagte George und klammerte sich an diese Hoffnung.

Duck warf ihm einen schiefen Blick zu. „Mach dir keine großen Hoffnungen. Ich fühle mich Miss Chauncey sehr verbunden. Ihre Mutter ist die größte Bedrohung. Sie ist fest entschlossen, dass ihre Tochter einen Mann mit einem Titel heiratet und nicht einmal Mr. Chauncey hat in dieser Angelegenheit viel zu sagen. Das Vermögen stammt von Miss Chaunceys Mutter. Wenn es nach mir ginge, würde ich sie heiraten, auch wenn ich ihr diese Worte noch nicht so direkt gesagt habe.“

George erlitt einen Schock. „Dann ist es dir also wirklich ernst. Warum hast du mir nicht gesagt, dass ihr über eine Heirat gesprochen habt?“

Duck zuckte mit den Schultern, doch sein Blick war verschlossen. „Warum sollte ich? Damit ich verhört werde? Ich weiß, dass du von der Idee nicht begeistert bist, also bist du nicht die erste Person, der ich davon erzählen wollte.“

George spielte mit dem Salzfässchen herum. „Vor einem Jahr waren wir alle fest entschlossen, uns nicht an eine Frau zu binden. Nur Evans hatte sein Herz bereits verloren, aber er mochte es ohnehin nicht besonders, mit uns auszugehen.“ George konnte die Niedergeschlagenheit in seiner eigenen Stimme hören. „Ich frage mich, ob ich der letzte Mann sein werde, der übrig ist. Der Einzige in unserer Gruppe, der kein Interesse daran hat, sesshaft zu werden.“

Duck schaute ihn an und sagte in einem täuschend lässigen Ton: „Bist du sicher, dass du kein Interesse daran hast, dich niederzulassen? Ich sehe, dass du dich prächtig amüsierst, wann immer du dich in der Gegenwart von Lady Alice befindest. Und erzähle mir nicht, sie sei wie alle anderen, denn ich kenne dich. Ich habe noch nie erlebt, dass du so hartnäckig die Gesellschaft einer Frau gesucht hast.“

„Es sollte hier nicht um mich gehen“, murmelte George, was Duck zum Lachen brachte. Obwohl nichts gesagt worden war, um die Spannung abzubauen, war die Stimmung zwischen ihnen weniger widerstreitend. George hob seinen Blick. „Jedenfalls hat Lady Alice deutlich gemacht, dass wir keine Zeit mehr miteinander verbringen dürfen, denn das führte zu Spekulationen, die keiner von uns wünscht."

Duck warf ihm einen kurzen Blick zu, nahm dann seine Gabel wieder auf und begann zu essen. „Enttäuscht?", fragte er und sah George kaum an.

„Ja", antwortete George widerwillig. Er hatte gar nicht vorgehabt, etwas Derartiges zuzugeben, aber er stellte fest, dass es stimmte. „Ich möchte sie vielleicht nicht heiraten, doch ich mag ihre Gesellschaft. Es ist amüsant, sich mit ihr zu unterhalten. Ich wünschte, sie wäre ein Mann, damit wir gemeinsam Zeit in den Clubs verbringen könnten."

„Ach wirklich?" Ducks Stimme troff vor Ironie.

Das entlockte George ein unwilliges Lachen. „Nein, ich glaube nicht. Sie ist viel zu schön anzusehen." Er hob den Finger. „Aber du sollst wissen, dass ich nicht auf weitere Intimitäten mit ihr aus bin – und schon gar nicht auf eine Ehe."

„Ich würde nicht im Traum daran denken, so etwas vorzuschlagen", entgegnete Duck.

Ihr Gespräch wandte sich anderen Dingen zu und die entspannte Kameradschaft zwischen ihnen war wiederhergestellt. Georges Besuch hatte ihn seinem Hauptziel nicht nähergebracht, nämlich Duck zur Vernunft zu bringen. War ihm nicht klar, dass sie alle zu jung waren, um ans Heiraten zu denken? Was dem Leben Zufriedenheit schenkte, war die Routine der Kameradschaft. Man wusste, dass man sich auf seine Freunde verlassen konnte, so wie man sich nicht immer auf seine Familie verlassen konnte. Sobald die Freunde zu heiraten begannen, würden sie fallen wie die Fliegen und George hätte niemanden mehr, mit dem er seine Tage verbringen könnte.

Und Duck war derjenige, auf den er am meisten zählte. Wenn er anfing, einer Frau besondere Aufmerksamkeit zu schenken – vor allem einer, deren Mutter derart zielstrebig war wie Mrs. Chauncey, ganz gleich, ob Duck glaubte, dass sie einen Titel für ihre Tochter wollte –, würde die Ehe sein Schicksal sein, und zwar in kürzester Zeit.

Doch nun, da sich der Ton zwischen ihnen wieder normalisiert hatte, war George der Meinung, dass der Besuch nützlich gewesen war. Er hatte mit Duck reinen Tisch gemacht und dabei gesehen, wie ernst es seinem Freund war. Das brachte George dazu, die Situation mit mehr Wohlwollen zu betrachten. Wenn sein Freund wirklich glücklich mit Miss Chauncey war, konnte er nicht guten Gewissens derjenige sein, der ihn von ihr trennte.

AM NÄCHSTEN TAG brachte der Diener Georges Post ins Esszimmer und legte sie, zusammen mit seinem Frühstück, neben ihn. Die Nacht davor hatte George auf eine eher unbefriedigende Weise verbracht. Er hatte an einer Veranstaltung teilgenommen, bei der Lady Alice anwesend war, ihn aber eifrig ignoriert hatte, bis auf das eine Mal, als sich ihre Wege kreuzten. Da hatte sie ihm lediglich höflich zugenickt.

„Mr. Clavering“, hatte sie mit eisiger Höflichkeit gesagt. Das ließ seine Laune in den Keller sinken.

„Lady Alice“, hatte er erwidert, als wären sie nicht mehr füreinander als zufällige Bekannte. Selbst Mrs. Bells Begrüßung hatte mehr Wärme gehabt.

Dann war George mit seinen Freunden in den Club gegangen, wo sich das Gespräch um die gleichen Themen wie immer drehte, mit dem Unterschied, dass Duck nun abgelenkt war.

Zudem hatte George das zweifelhafte Vergnügen gehabt, von Lord Harrowden ausgewählt zu werden, der zu ihm gesagt hatte: „Ich habe über unsere Wette nachgedacht. Wenn ich gewusst hätte, dass *Sie* Lady Alice in Betracht ziehen, wäre ich nicht so schnell auf die Wette eingegangen. Ich glaube fast, dass die ganze Sache an Unehrlichkeit grenzt.“

George blickte ihn säuerlich an. „Wenn Sie sich erinnern, habe ich Sie nicht eingeladen, die Wette anzunehmen. Sie sind gekommen, unterbrachen unser Gespräch und zwangen mir die Wette auf.“ Er sah Lord Harrowden direkt an. Vielleicht war das seine Chance, diese Wette zu beenden, die er schon lange bereute. „Wenn Sie noch Zweifel an der Wette haben, lassen Sie uns vereinbaren, sie nun zu beenden. Keine Seite wird Schaden nehmen.“

Lord Harrowden zog sich mit einer Mischung aus Verachtung und Skepsis zurück. „Ich weiß nicht, wie es Ihnen geht, doch ich trete nie von einer Wette zurück. Wenn ich einmal mein Wort gegeben habe, ist es bindend. Mein Wort ist das eines Gentleman.“

George konnte seine Verärgerung über Harrowden oder die Tatsache, dass dieser andeutete, Georges Wort wäre weniger wert, kaum unterdrücken. „Nun, dann können Sie sich beruhigt zurücklehnen. Außerdem haben Lady Alice und ich nichts, was auch nur annähernd einer Abmachung entspricht. Nun, wir haben uns doch erst kennengelernt und unterhalten uns nicht einmal jedes Mal, wenn wir uns begegnen." Wenn George für eines dankbar war, das aus ihrem Entschluss, Abstand zu halten, resultierte, dann war es die Tatsache, dass er dies als Wahrheit behaupten konnte.

„Dennoch", so Lord Harrowden, „bin ich nicht vollkommen davon überzeugt, dass diese Wette als seriös angesehen werden kann."

George ließ sich dazu verleiten, die Geduld zu verlieren. „Sie scheinen endlos zu stacheln, Harrowden. Es seid denn, Sie wollen mich zu einem Duell auffordern?" Lord Harrowden war dafür bekannt, dass er in Sachen Duelle eher feige war und er forderte niemanden heraus, wenn er es vermeiden konnte. In seiner derzeitigen Stimmung wäre George froh über einen Kampf gewesen.

Wie erwartet sah Lord Harrowden erschrocken aus, als er das hörte. „Nein, nein. Ich wollte nur sagen, dass man, wenn man im Begriff ist, auf eine Sache zu wetten, nicht versuchen sollte, die Umstände in irgendeiner Weise zu ändern."

Da er ihn unbedingt hatte loswerden wollen, hatte George das Gespräch mit den Worten beendet: „Dann nehmen wir einfach an, dass es nicht mein Ziel war und belassen es dabei."

Im schummrigen Morgenlicht waren die bedrohlichen Wolken draußen so grau, dass er eine Kerze bestellen musste. George biss von seinem Toast ab und nahm ein Paket zur Hand, das mit der Morgenpost gekommen war und das mehrere Dokumente enthielt. Die Adresse war in der Handschrift seines Bruders geschrieben. Er schlitzte das Siegel auf.

George,

Dies ist das letzte der Dokumente zu Deinem Anwesen, das zu mir nach Hause geschickt wird. Ich habe angeordnet, dass alle zukünftigen Dokumente direkt zu Dir gesendet werden. Ich bin sicher, Du wirst erkennen, dass es eine gute Idee ist, denn dieses Anwesen gehört nicht mir und ich sollte mich nicht um seine Angelegenheiten kümmern. Irgendwann wirst Du Dich mit seiner Verwaltung auseinandersetzen müssen und es gibt keinen besseren Zeitpunkt, damit zu beginnen als jetzt.

Komm im Haus vorbei und besuche Hugh. Er fragt nach Dir. Selena hat mich beauftragt, Dich von ihr zu grüßen.

Dein etc.

Lucius

George hatte gemischte Gefühle bei dieser Nachricht. Einerseits war es das gute Recht seines Bruders, alle Angelegenheiten in Bezug auf das Anwesen an ihn weiterzuleiten. Andererseits wurde George gezwungen, sich mit all den Angelegenheiten, Problemen und Komplikationen seines Erbes zu befassen, die er bisher zu vermeiden gesucht hatte. Wenn es noch etwas brauchte, um das Ende seines Junggesellenlebens zu besiegeln, dann war es das hier.

Er öffnete das erste von drei versiegelten Dokumenten, das von seinem Verwalter, Mr. Hertzel, stammte. Georges Befürchtungen, dass es zu Komplikationen kommen würde, hatten sich bewahrheitet. In dem Brief stand, dass die Dächer der Pächter durch die Schneemassen eines besonders brutalen Winters zerstört worden waren und mehr Geld in die Instandhaltung gesteckt werden musste, damit die Pächter bis zum nächsten Winter anständig versorgt sein würden. Wenn Mr. Clavering die Summe von dreitausend Pfund unter der Sorgfaltspflicht seines Bankiers schicken könnte, würde er, Hertzel, dafür sorgen, dass das Geld für die richtigen Reparaturen verwendet würde.

George ging die beiden anderen Dokumente durch. Eines davon stammte von dem seit langem angestellten Butler, den George nur ein- oder zweimal bei einem seiner seltenen Besuche auf dem Anwesen getroffen hatte. Das andere war von seinem Bevollmächtigten. Mr. Cummings hatte einen Rückgang der Einnahmen des Anwesens bemerkt und empfahl George, nachzuschauen, woran das liegen könnte. Er war der Meinung, dass die Ernte mindestens so viel wie im Vorjahr hätte einbringen müssen und dass keine größeren Reparaturen erforderlich gewesen waren.

George legte die Briefe auf den Tisch und nahm seine Tasse Kaffee in die Hand. Draußen hatte es zu regnen begonnen und es entwickelte sich schnell zu einem Wolkenbruch. Aus diesen Dokumenten ging hervor, dass George sein Anwesen aufsuchen musste, um nachzusehen, wie die Dinge standen. Sein Bruder hatte gesagt, er sei sich nicht sicher, ob der Verwalter alles tue, was er könne, und nachdem er dies gelesen hatte, war George geneigt, ihm zu glauben. Er würde den Besuch nicht länger aufschieben können.

Außerdem, wenn Duck sich in Miss Chauncey verliebt hatte und Lady Alice sich weigerte, ihn zu sehen, was brachte es dann überhaupt, in London zu bleiben?

KAPITEL 13

Nachdem Alice klargestellt hatte, dass sie nicht mehr in Mr. Claverings Gegenwart gesehen werden wollte, wäre sie wütend gewesen, wenn ihr Wunsch ignoriert worden wäre, nur weil er ein Mann war und dachte, er wisse es besser als sie. Womit sie nicht gerechnet hatte, war, dass Mr. Clavering vollständig von der gesellschaftlichen Bühne verschwinden würde. Eine Woche verging, dann noch eine, und es gab kein Zeichen von ihm.

Seine Freunde konnte sie nicht fragen. Etwas Derartiges wäre unmöglich. Sie kannte seine Freunde oder seine Familie nicht gut genug. Sie hätte seine Schwester gefragt, doch Philippa war ihr nur zweimal begegnet. Einmal war sie in ein Gespräch verwickelt gewesen und hatte nicht mehr tun können, als zu winken. Das andere Mal hatte sie Alice' Hand mit einem warmen Lächeln ergriffen und erklärt, dass es ihr nicht gut ging und ihr Mann sie nach Hause begleitete.

Bei jeder Zusammenkunft ertappte sich Alice dabei, wie sie nach Mr. Clavering Ausschau hielt. Könnte es sein, dass er verletzt war und sich aus ihrer Gegenwart zurückgezogen hatte? So etwas konnte sie nicht glauben. Er war ein Charmeur und nichts weiter. Schmollte er? Nein. So wie sie ihn kannte, war er viel zu gutmütig, um zu schmollen.

„Du wirkst niedergeschlagen", bemerkte Cleda, als sie zu Almack's zurückkehrten und wieder einmal keine Spur von Mr. Clavering zu entdecken war. Es war bereits mehr als zwei Wochen her, dass sie ihn fortgeschickt hatte. Und seitdem hatte sie ihn nur bei einer einzigen Zusammenkunft gesehen.

„Nein, das versichere ich dir", antwortete Alice und versuchte, ihre Miene aufzuhellen. Sie konnte ihre Gedanken nicht einmal ihrer besten Freundin gestehen – die Gefühle waren zu verwirrend, um sie mit einem anderen Menschen zu teilen. Sie konnte sich selbst kaum einen Reim darauf machen.

Cleda musterte sie einen Moment lang mit ihrem scharfsinnigen Blick, erwiderte jedoch nichts. Stattdessen schaute sie quer durch den Raum und sagte: „Miss Chauncey ist angekommen. Hast du in letzter Zeit mit ihr gesprochen?"

Alice schaute auf. Das würde eine schöne Abwechslung ein. „Nein, ich hatte noch keine Gelegenheit, mit ihr zu sprechen. Doch dort ist sie. Sie steht neben ihrer Mutter und ist wieder unglücklich. Lass uns gehen und sie retten."

„Sehr gerne", antwortete Cleda und drehte sich um, um Alice zu folgen.

Als sie Miss Chauncey erreichten, betrachtete ihre Mutter Alice mit einem überraschten Blick. Ein erfreutes Lächeln schlich sich auf ihr Gesicht und sie machte einen tiefen Knicks. „Lady Alice, was für eine Freude, Sie zu sehen, nicht wahr, Gwendolyn?"

Miss Chauncey warf ihrer Mutter einen verstohlenen Blick zu und antwortete mit einem Nicken. Sie wandte sich an Alice. „Es ist mir in der Tat eine Freude, Lady Alice."

Alice deutete auf Cleda. „Ich glaube nicht, dass ich Ihnen meine Freundin, Mrs. Bell, bereits vorgestellt habe."

Die beiden Frauen knicksten und murmelten Begrüßungen.

Es gab eine kurze Gesprächspause, da Mrs. Chauncey viel zu sehr darauf wartete, was als Nächstes gesagt wurde – höchstwahrscheinlich mit dem Ziel, ausgesuchte Klatschgeschichten über die neue beste Freundin ihrer Tochter, die Tochter des Dukes, zu verbreiten.

Es dauerte nur eine Sekunde, bis Alice erkannte, dass es an der Zeit war, Miss Chauncey von ihrer Mutter wegzuholen, sonst würden sie keine zwei Worte ohne Zuhörerin wechseln können.

„Wollen wir uns Erfrischungen holen gehen?", fragte sie Miss Chauncey und vertraute darauf, dass ihre Mutter der Tochter eines

Dukes nichts abschlagen würde. Das tat sie auch nicht. Mrs. Chauncey lächelte ihre Tochter an und nickte ihr wohlwollend zu.

Miss Chauncey wartete, bis alle einen Becher Limonade von dem Tisch in der Ecke des Raumes genommen hatten, ehe sie ihre Schultern entspannen konnte. Sie atmete aus. „Ich danke Ihnen. Ich musste von meiner Mutter fort, doch es gab niemanden, der mich retten konnte, bis Sie kamen."

„Hat Sie kein gutaussehender Gentleman zum Tanz aufgefordert?", fragte Alice sie.

Miss Chauncey lächelte über den neckischen Ton in Alice' Stimme. „Nicht ein einziger – mit Ausnahme von Mr. Lloyd." Bei dieser Erinnerung verging ihr das Lächeln.

„Sie Ärmste", murmelte Mrs. Bell.

Alice presste ihre Lippen zusammen. Percival Lloyd war dafür bekannt, dass er eifrig eine Ehefrau suchte und jede unverheiratete Frau quälte, die ihm über den Weg lief, außer denen, die ihn tatsächlich in Betracht ziehen würden. Sie wollte Mr. Duckworth' Namen erwähnen, jedoch Miss Chauncey nicht in Verlegenheit bringen. Andererseits, wenn er ebenfalls nicht hier war, waren er und Mr. Clavering vielleicht zusammen fort und Miss Chauncey wusste vielleicht, wo sie waren.

Sie blickte sich im Raum um und versuchte sich an einem lockeren Tonfall. „Ich frage mich, wo unsere Freunde sind – Mr. Clavering, Mr. Whitmore und Mr. Duckworth. Ich hatte mich daran gewöhnt, sie in dieser Saison bei Almack's zu sehen, doch in letzter Zeit sah ich sie nirgendwo."

Cleda schwieg und richtete ihren Blick auf Miss Chauncey, die leicht errötete Wangen hatte. Sie zuckte leicht mit den Schultern.

„Ich sah Mr. Duckworth vor zwei Tagen. Er hat uns nachmittags besucht, ging jedoch kurz nach der Ankunft von Lord Hicks." Miss Ch]anceys Tonfall verriet keines ihrer Gefühle.

Alice und Cleda wechselten einen verständnisvollen Blick bei der Vorstellung, Mr. Duckworth' Aufmerksamkeit gegen die von Lord Hicks zu tauschen.

Mr. Duckworth war in London, aber ebenfalls nicht bei Almack's. Bedeutete das, dass Mr. Clavering einfach nur zu tun hatte und sie woanders Beschäftigung fanden? Wenigstens war Mr. Duckworth nicht hier. Alice wäre versucht gewesen, enttäuscht darüber zu sein, wie leicht Mr. Clavering ihre Freundschaft aufgegeben hatte, wenn sie sich um solche Dinge gekümmert hätte.

„Ich glaube, Mr. Duckworth ist soeben eingetroffen", verkündete Cleda und Alice sah rechtzeitig auf, um ihn eintreten zu sehen. Sobald er den Ballsaal betrat, warf er einen suchenden Blick durch den Raum.

Miss Chaunceys Gesicht nahm eine intensivere Farbe an und sie straffte ihre Schultern, ehe sie wegschaute. Alice war ihr kurzer Blickwechsel mit Mr. Duckworth nicht entgangen. Ihre Freude über seine Ankunft war offensichtlich.

„Ich möchte mich nicht in private Angelegenheit einmischen", begann Alice. Sie wusste, dass sie das nicht tun sollte. Miss Chauncey hatte bereits gesagt, dass sie nicht bereit war, über ihre Herzensangelegenheiten zu sprechen. Doch Alice wollte sehen, ob sie etwas über den Aufenthaltsort von Mr. Clavering in Erfahrung bringen konnte – ganz zu schweigen davon herauszufinden, ob sie kurz davor war, die Wette zu gewinnen. Dann würde er kommen und mit ihr sprechen müssen. „Es scheint, dass Mr. Duckworth sehr aufmerksam geworden ist." So. Dabei würde Alice es belassen. Miss Chauncey konnte sagen, was sie wollte.

Sie seufzte. „Es scheint so zu sein, nicht wahr? Und doch hat meine Mutter, nachdem Lord Hicks gegangen war, deutlich gemacht, dass sie einen Antrag von Mr. Duckworth nicht akzeptieren würde, sollte Lord Hicks um meine Hand anhalten– nicht, dass Mr. Duckworth irgendeine Erklärung abgegeben hätte."

Cleda verengte ihre Augen. „Verzeihen Sie mir, es ist nicht meine Angelegenheit. Doch Mr. Duckworth soll einen recht komfortablen Lebensunterhalt haben. Wenn doch Zuneigung besteht?"

Miss Chauncey schüttelte den Kopf. „Mr. Duckworth hat keinen Titel und das ist für meine Mutter von größter Bedeutung. Sie ist bereits vermögend, möchte aber das Ansehen unserer Familie durch eine Verbindung zum Adelsstand erhöhen."

Mr. Duckworth hatte sich auf den Weg zu ihnen gemacht und verbeugte sich vor den Damen, wobei sein Blick auf Miss Chauncey ruhte, an die er seine Worte richtete. „Ich hoffe, Sie erweisen mir die Ehre, heute Abend mit mir zu tanzen."

Sie knickste, ihr Lächeln war breit. „Es wäre mir ein Vergnügen."

„Ausgezeichnet! Ich glaube, gleich beginnt ein Set." Erfreut streckte Mr. Duckworth seinen Arm aus und Miss Chauncey legte ihre Hand darauf.

Alice kämpfte gegen den fast unwiderstehlichen Drang an, ihn zu fragen, wo sein Freund war. Sie stellte fest, dass sie die Worte nicht aussprechen konnte. Sie war es zu sehr gewohnt, sich von Männern fernzuhalten. Einem Mann derart viel Aufmerksamkeit zu schenken, dass nicht nur er, sondern auch alle anderen davon erfahren würden, war einfach unmöglich. Sie presste die Lippen zusammen, ehe sie einen solchen Fauxpas begehen konnte.

Nachdem sie einige Minuten damit verbracht hatten, die Menschen um sich herum zu beobachten, drehte sich ihr Gespräch mit Cleda um Bartholomew. Es gab nur zwei Menschen, mit denen Alice über ihren Bruder sprechen konnte und einer von ihnen war komplett aus London verschwunden. Unglücklicherweise hatte Cleda nichts Neues gehört, obwohl sie ihren Mann gebeten hatte, seine Ohren für Gerede offen zu halten. Und Alice hatte ihren Bruder seit Tagen nicht mehr gesehen. Trotz des Mangels an hilfreichen Informationen war Alice erleichtert, ihrer Freundin das Herz ausschütten zu können.

Als das Set zu Ende war, brachte Mr. Duckworth eine lächelnde Miss Chauncey zu ihnen zurück.

„Ich hoffe, es macht Ihnen nichts aus, dass ich mich von ihm herbringen ließ", murmelte sie, als er weggegangen war. „Ich hatte nicht den Mut, an die Seite meiner Mutter zurückzukehren."

„Ich verstehe Sie vollkommen", erwiderte Alice.

Sie unterhielten sich weiter, nun auch mit Miss Chauncey, während Alice sich ab und an im Raum umschaute, um, wie sie wusste, einen Blick auf Mr. Clavering erhaschen zu können. Er konnte nicht anwesend sein. Sie hatte überall gesucht.

Zu ihrer Bestürzung hielt die Solidarität der drei Frauen, die in einem engen Kreis zusammenstanden, Lord Hicks nicht davon ab, auf sie zuzukommen. Er verneigte sich vor ihnen und atmete dann tief ein, ehe er sprach. Alice hielt den Atem an.

„Mrs. Bell, Lady Alice und Miss Chauncey, ich hatte keine Ahnung, dass Sie drei miteinander bekannt sind." Lord Hicks legte seine Hand auf seine Brust. Alice holte vorsichtig Luft und hielt sie dann abwartend wieder an. Er musterte sie sorgfältig. „Wie ich sehe, haben Sie heute Abend Ihre Schleppe nicht hochgesteckt, Lady Alice. Verstehe ich das recht als Zeichen dafür, dass Sie nicht tanzen wollen?"

„Ich fürchte ja, Lord Hicks", antwortete Alice, lächelte höflich und drehte ihr Gesicht zur Seite, um die Menge zu überblicken und diskret frische Luft zu schnappen.

„Eine Schande. Miss Chauncey", fuhr er fort und wandte sich ihr zu. „Es scheint, dass Sie tanzen. Würden Sie mir die Ehre erweisen, sich mit mir für diesen Tanz aufzustellen?"

Sie wechselte einen zweifelnden Blick mit Alice. Ihre Stimme war schwach, als sie antwortete: „Wenn Sie wünschen, Lord Hicks."

Alice' Herz setzte einen Schlag aus. Sie konnte ihre neue Freundin nicht so einfach den Wölfen zum Fraß vorwerfen. Aus einem Impuls heraus sagte sie: „Eigentlich, Lord Hicks, könnte ich vielleicht eine Ausnahme machen." Sie lächelte ihn höflich an und bemerkte erst, als es zu spät war, das begierige Leuchten in seinen Augen.

„Das ist ja eine wunderbare Wendung der Dinge." Er streckte seinen Arm aus, und Alice legte ihre Hand darauf, wobei sie ihren großzügigen Impuls bereits bereute.

Als sie am Rand der Tanzfläche standen, wandte Lord Hicks sich ihr zu und obwohl sie nicht unhöflich sein wollte, ließ sie ihr Gesicht nach vorne gerichtet. „Lady Alice", sagte er, „ich wagte kaum zu hoffen, dass ich das Vergnügen haben würde, mit Ihnen zu tanzen, doch da Sie nun Einladungen annehmen, finde ich, ich werde für meinen Versuch, Ihre Hand zu gewinnen, reichlich belohnt."

Sie lächelte knapp und war erleichtert, als die Musik alle auf ihre Plätze rief. Glücklicherweise war der Tanz ein Reel und sie konnte ihn ohne zu viel Zeit an seiner Seite oder lange Gespräche, die ihr Wohlwollen stark strapaziert hätten, überstehen.

Als der Tanz vorüber war, folgte Alice Lord Hicks an den Rand der Tanzfläche. Nachdem er sich verbeugt hatte und gegangen war, warf sie ihren Freundinnen einen langen, leidenden Blick zu.

„Danke", sagte Miss Chauncey tiefempfunden. Alice lächelte sie an und dachte, dass es das vielleicht wert gewesen war, sie zu retten. Zumindest war es unwahrscheinlich, dass Lord Hicks sie noch einmal ansprechen würde. Er konnte nicht davon ausgehen, dass es Alice Freude bereitete, sich in seiner Gesellschaft zu befinden.

In diesem Moment wurde Miss Chauncey zum Tanzen aufgefor-

dert und sie schenkte ihnen ein dankbares Lächeln, als sie fortgeführt
wurde.

„Du armes Ding. Er ist nicht leicht zu ertragen, nicht wahr?“, sagte
Cleda.

„Er hat dich einfach in Ruhe gelassen“, meinte Alice, die natürlich
wusste, warum.

Cleda lächelte sie mitleidig an. „Ja, wir verheirateten Frauen
können mit vielen Dingen davonkommen, wie zum Beispiel, der
Aufmerksamkeit unerträglicher Männer zu entkommen. Doch damit
will ich dich nicht ärgern.“

„Guten Abend, Lady Alice!“

Sie drehte sich um und sah Philippa auf sich zukommen. Ihr Herz
machte bei ihrem Anblick einen Satz. Sie war jemand, der mit Mr.
Clavering zu tun hatte. Endlich! Philippa würde ihr sagen können,
wohin er gegangen war – wenn Alice den Mut zu fragen hätte.

„Guten Abend, Cleda.“ Philippa lächelte die beiden Frauen an und
Alice fragte sich, wie sie es geschafft hatte, in so kurzer Zeit den
Vornamen Cledas verwenden zu dürfen. Sie schien die Gabe zu besitzen, Menschen zu beruhigen. Alice‘ eigene soziale Einschränkungen
waren manchmal so bindend.

„Es ist eine Freude, dich zu sehen, Philippa“, erwiderte Cleda herz-
lich und blickte durch den Raum. „Ah. Wie ich sehe, leiht dein Mann
meinem Mann sein Ohr. Ich weiß es zu schätzen, dass du sie einander
vorgestellt hast.“

„Jack ist froh, seine Bekanntschaft zu machen. Sie sprechen von
einem bestimmten Ausschuss zur Ernennung von Grundsteuerkom-
missaren, an dem Jack interessiert ist. Vielleicht hast du schon davon
gehört?“

Cleda lachte. „Ich bedaure, dass ich deine Begeisterung für politische Themen nicht teile. Ich bin nur unmodisch begeistert von
meinem Mann.“

Philippa zeigte lächelnd ihre Grübchen. „Nun, das ist ein Komitee,
dem wir beide angehören.“

„Wo ist Mr. Clavering?“ Alice hatte nicht vorgehabt, derart damit
herauszuplatzen. Sie hatte mit ihrer Frage viel vorsichtiger sein wollen,
als ob ihr der Aufenthaltsort von Mr. Clavering eben erst in den Sinn
gekommen wäre. Doch so wie sie es gesagt hatte, klang es, als hätte sie

nur auf eine Gelegenheit gewartet, um zu fragen. Es war ihr peinlich, insbesondere, weil Philippa sie so scharf ansah.

Nach einem Sekundenbruchteil, in dem Philippa ihre Überraschung zeigte, antwortete sie. „Mein Bruder wurde zu seinem Anwesen gerufen. Anscheinend gibt es dort einige Probleme, um die man sich kümmern muss, vor allem die Dächer der Pächter, die den nächsten Winter vielleicht nicht überleben. Er hielt es für das Beste, unverzüglich dorthin zu reisen."

Alice war überrascht. „Wo befindet sich sein Anwesen?" Die Tatsache, dass er Landbesitzer war, hatte sie nicht erwartet, obwohl ihre Eltern es sicherlich wussten, sonst hätten sie seinem Antrag nicht zugestimmt – wenn Mr. Clavering ihr tatsächlich den Hof gemacht hätte.

„Es ist in St. Ives."

„In Cornwall?", rief Alice noch erstaunter aus. „Ich hielt ihn nicht für jemanden, der Verbindungen nach Cornwall hat."

Alice befürchtete, dass sie übermäßig vertraulich war, doch Philippa antwortete ihr bereitwillig. „Unsere Familie stammt aus Hertfordshire, doch mein Vater erbte von seiner Patentante ein kleines Anwesen in Cornwall, welches er meinem Bruder George hinterließ."

Alice nickte, ohne weitere Fragen zu stellen. Sie hatte bereits zu viele gestellt, doch das Gespräch hatte ihr ein anderes Bild von Mr. Clavering vermittelt. Sie wusste, dass er ein anständiger Mann war, aber sie hatte ihn für viel zu leichtsinnig gehalten, um sich um das Wohlergehen seiner Pächter zu kümmern. Sie brannte vor Neugierde darauf, wann er zurückkehren würde, wusste aber genug, um zu schweigen.

◆◇◆

AM NÄCHSTEN MORGEN kam Alice die Treppe hinunter, in der Erwartung, ihre Mutter zum Haus von Lady Jersey zu begleiten, wie es ihre Gewohnheit war. Ihre Mutter war nicht in der Halle, also ging Alice in den Salon, um nach ihr zu suchen.

Die Duchess saß dort und wies mit einer Geste auf das Sofa neben sich. „Setz dich, Alice."

Alice blieb wie erstarrt stehen und starrte ihre Mutter verwirrt an. „Warum machen wir keine Vormittagsbesuche?"

Ihre Mutter legte ihre Hände in den Schoß. „Ich dachte, wir bleiben heute zu Hause und empfangen die Leute, anstatt Vormittagsbesuche zu machen. Setz dich."

Sie gehorchte stirnrunzelnd. „Mutter, jeder, der vertraut genug mit uns ist, dass er uns einen Vormittagsbesuch abstattet, wird erwarten, dass wir nicht da sind, denn am Tag nach Almack's machen wir immer unsere Vormittagsbesuche."

Die Miene ihrer Mutter war unergründlich. „Ich habe verlauten lassen, dass wir heute Gastgeber sind, also erwarte ich, dass einige kommen und uns besuchen werden."

Alice zog die Augenbrauen zusammen und nahm diese höchst ungewöhnliche Wendung der Ereignisse auf. Sie fragte sich, wen ihre Mutter für nahestehend genug hielt, um sie zu besuchen. Sie bezweifelte, dass Miss Chauncey auf der Liste stand und Alice hatte keine Zeit gehabt, Cleda zu bitten, zu kommen.

Es klopfte an der Haustür und der Gesichtsausdruck ihrer Mutter wurde angespannt, so dass sie vor Erwartung fast die Stirn runzelte. Ein Kribbeln durchfuhr Alice. Dies war ein derart ungewöhnliches Verhalten für ihre Mutter, dass sie eine Vorahnung hatte.

Horace betrat den Raum und verkündete: „Lord Hicks für Sie, Euer Gnaden."

Alice blickte fassungslos zu ihrer Mutter, welche sich erhob. Alice stand ebenfalls auf. Sicherlich konnte er nicht auf Einladung ihrer Mutter hier sein. Ihre Mutter hatte noch nie von dem Earl gesprochen.

Lord Hicks verbeugte sich mit gemurmelten „Euer Gnaden" und „Mylady" vor der Duchess und dann vor Alice. Ihre Mutter forderte ihn auf, sich zu setzen, was er auch tat. Er sah sich im Salon um. „Höchst geschmackvoll eingerichtet, Euer Gnaden."

Alice' Mutter nahm das Kompliment mit einem Nicken an. „Es ist eine besondere Passion von mir, obwohl ich dieses Zimmer seit meiner Zeit als Duchess nicht mehr renovieren ließ. Ich werde es bald neu einrichten müssen."

„Es gibt keinen Grund, etwas zu ändern, Euer Gnaden", versicherte Lord Hicks ihr. „Es ist perfekt so, wie es ist."

Alice schaute von einem zum anderen und konnte ihre Überraschung kaum verbergen. Was hatte Lord Hicks hier zu suchen?

Ihre Mutter stand auf. „Ich werde dafür sorgen, dass Tee gebracht wird. Es dauert nur einen Augenblick."

Obgleich ihre Mutter stets nach Tee läutete, verließ sie in diesem Moment den Raum, sehr zu Alice' Bestürzung.

Lord Hicks drehte sich auf seinem Stuhl zu ihr um, ein Lächeln auf den Lippen. Sie sah ihn an und versuchte, ihre wachsende Beunruhigung zu beherrschen, damit diese sich nicht in ihren starren Gesichtszügen widerspiegelte. Während er sie musterte, herrschte eine peinliche Stille. Schließlich lehnte er sich zurück und schlug die Hände zusammen.

„Mir scheint, Sie wissen nicht, warum ich Sie heute besuche."

„Ich fürchte, das tue ich nicht, Mylord." Alice schaute ihn an, nun voller Furcht – oder nahezu voll dem Wissen – was es sein würde.

„Ich bin gekommen, um um Ihre Hand anzuhalten, Lady Alice. Ihre Eltern stimmten meinem Antrag natürlich zu. Sonst würde ich nicht im Traum daran denken, Sie anzusprechen. Sie sind sich meiner Situation bewusst und wissen, dass ich abgesehen von meinem Status als Viscount auch über ein recht stattliches Vermögen verfüge. Ich brauche nicht zu heiraten, doch ich möchte es."

Alice suchte in ihrem Kopf nach einer passenden Antwort. Sie war noch nie mit einem Antrag konfrontiert worden, ohne dass sie vorher gewarnt worden war und sich überlegen konnte, wie sie den Verehrer abweisen konnte. Ihr fiel nichts anderes ein als ihre übliche Antwort – die zufällig auch der Wahrheit entsprach.

„Mylord, ich fürchte, meine Eltern führten Sie unter falschem Vorwand her. Wissen Sie, ich habe nicht vor zu heiraten. Niemals. Das wissen sie, daher bin ich erstaunt, dass sie Ihnen gestatteten, hierher zu kommen und mir einen Antrag zu machen. Ich bin erstaunt und es tut mir wirklich leid, denn um alles in der Welt möchte ich nicht, dass Sie eine unnötige Zurückweisung erleiden." Alice wusste nicht, was sie mit ihren Händen tun sollte, also lehnte sie sich zurück, faltete sie und wartete auf seine Antwort – in der Hoffnung, dass er das als Vorwand nehmen würde, um zu gehen.

„Ich nehme an, es sind meine Zähne." Lord Hicks seufzte resigniert, und Alice' Herz begann in ihrer Brust zu hämmern.

„N…nein“

„Ich weiß, Lady Alice, dass ich nicht mit dem gesegnet bin, was man ein umwerfendes Lächeln nennen könnte.“

„Ich… ich versichere Ihnen…“ Sie konnte nicht weitersprechen. Ihr kam keine passende Antwort über die Lippen.

„Ich hatte überlegt, sie durch Waterloo-Zähne zu ersetzen“, fuhr Lord Hicks fort, „aber ich fürchte, wenn ich meine eigenen Zähne ziehen lassen würde – und Sie können sich sicher vorstellen, wie sehr man sich vor den Schmerzen einer solch drastischen Geste fürchtet – um sie durch falsche zu ersetzen, bleiben sie vielleicht nicht im Mund, wenn ich rede oder esse. Ich hörte von einigen Leuten, die ihre falschen Zähne beim Essen neben den Teller legen – und natürlich wird das Essen so zerkleinert, dass es ohne Zähne verzehrt werden kann – aber ich fürchte, dass es zu Verdauungsstörungen führen könnte, wenn man sein Essen nicht gründlich kaut, und ich habe bereits einige Verdauungsprobleme, die ich jetzt nicht aufzählen will.“ Er hob eine Hand, als wolle er sie davon überzeugen. „Nein, ich fürchte, ich bin nicht in der Lage, mir eine solche unwiderrufliche Lösung vorzustellen. Daher bin ich noch lange nicht bereit, eine solche Maßnahme zu ergreifen.“

Ein wahnsinniger Drang zu lachen, überkam Alice und es kostete sie alles, auch das letzte Quäntchen Erziehung, um ihr Gesicht ausdruckslos zu halten. Das war die lächerlichste Unterhaltung, die sie je geführt hatte. Sie sagte immer, dass sie sich danach sehnte, die Gefilde oberflächlicher Gespräche zu verlassen – doch *das?* Ihr erster Impuls war, sich zu wünschen, Mr. Clavering wäre anwesend, um es zu hören, damit sie gemeinsam darüber lachen könnten. Lord Hicks demütiges Geständnis hatte sie zunächst erweicht und sie darüber nachdenken lassen, wie lieblos sie gewesen war. Zumindest bis er davon gesprochen hatte, seine Zähne neben seinen Teller zu legen.

Was für ein Mann sprach in vornehmer Gesellschaft über solche Dinge, geschweige denn bei einem Heiratsantrag?

Dieser Gedanke war alles, was Alice benötigte, um ihren Drang zu lachen durch Empörung zu ersetzen. Sie begrüßte diese Emotion, weil sie viel leichter zu kontrollieren war als Lachen. Schließlich gelang es ihr, ihre Antwort in einem höflichen, kühlen Tonfall zu formulieren.

„Lord Hicks, ich danke Ihnen für die Ehre Ihres Antrags.“

„Er war gut, nicht wahr? Ich bin immer dafür, die Karten auf den Tisch zu legen, und ich bin so froh, dass wir uns in diesem Punkt einig sind. Also, was sagen Sie, Lady Alice? Darf ich Sie mein nennen?"

Alice atmete leise ein. „Wie ich bereits erwähnte, habe ich nicht die Absicht zu heiraten. Ich fürchte, meine Weigerung ist endgültig."

Lord Hicks seufzte erneut. „Es ist genau so, wie ich erwartet habe. Es ist keine leichte Angelegenheit, eine Frau zu finden. Man sollte meinen, dass es einfach ist, wenn man einen Titel hat."

Die Tür öffnete sich, und Alice war noch nie in ihrem Leben so erleichtert gewesen, ihre Mutter zu sehen.

Die Duchess hielt auf der Türschwelle inne. „Ich habe das Teetablett bestellt." Sie zögerte, als fragte sie sich, ob Lord Hicks mehr Zeit für seinen Antrag brauchte.

Als sie zu ihrem Platz zurückkehrte, hob Lord Hicks eine Hand. „Ich hätte gerne etwas Tee, danke."

Alice sah von Lord Hicks zu ihrer Mutter und dann wieder zurück. Sie konnte doch nicht gehen, oder? Ihre Mutter hatte ihr beigebracht, dass sie an Ort und Stelle bleiben musste, wenn Besuch kam. Und Lord Hicks war nicht geflohen, wie es sich für einen abgewiesenen Verehrer gehörte. Er wollte tatsächlich zum Tee bleiben! Sie konnte es nicht glauben.

Lord Hicks blieb eine ganze Stunde. Alice beteiligte sich in keinster Weise an dem Gespräch, sondern überließ den größten Teil der Unterhaltung ihrer Mutter. Wenn ihre Mutter der Meinung war, dass sie bereit war, sich auf seinen Antrag einzulassen, bis hin zu dem Punkt, dass er sie ohne Vorwarnung mit einem so unangenehmen Vorschlag überfiel, dann konnte ihre Mutter auch die Konsequenzen tragen.

Schließlich musste die Duchess sich von ihrem geladenen Gast befreien, indem sie andeutete, dass sie Besorgungen machen mussten. Erst dann – und durch ihr Aufstehen – erhob sich Lord Hicks endlich und verabschiedete sich von den beiden, ehe er mit einem traurigen Blick verschwand.

Als er fort war, wandte sich Alice an ihre Mutter. „Was hast du getan, dass du ihm erlaubt hast, hierher zu kommen?"

Ihre Mutter drehte sich zu ihr. „Mein Kind, ich sollte dich fragen, was *du* getan hast? Du hast ihn abgewiesen, nicht wahr?"

„Musst du da noch fragen?", rief Alice aus. „Wie konntest du denken, dass ich seinen Antrag akzeptiere, wenn ich die anderen, die du gebilligt hast, nicht annahm? Und dieses Mal hast du mich gar nicht informiert."

„Ich dachte, ein überraschender Heiratsantrag wäre der einzige Weg, um dich dazu zu bringen, anzunehmen", gab ihre Mutter ruhig zurück. „Nichts anderes hat funktioniert."

„Nun, dies hat auch nicht funktioniert", brummte Alice. „Natürlich habe ich Nein gesagt. Natürlich werde ich ihn nicht heiraten."

Die Duchess ließ ihren Blick auf dem Kaminsims ruhen. „Ich muss zugeben, ich hatte keine Ahnung, dass er derart aufdringlich ist. Von einem Peer würde man solcherlei nicht erwarten."

Alice seufzte. „Mutter, warum kannst du nicht einfach akzeptieren, dass ich nicht zu heiraten wünsche, und es dabei belassen?"

Die Duchess richtete ihren Blick direkt auf Alice. „Was ist mit Mr. Clavering geschehen? Er war so erpicht darauf, deine Bekanntschaft zu machen, dass er dich sogar besuchen kam und mit dir spazieren ging..."

„Mutter, es war Mrs. Blythefield, seine Schwester, die kam."

„Und in der Oper hat er dich zu deinem Platz begleitet. Ich glaube, die Anwesenheit seiner Schwester war nur ein Vorwand. Doch nun können wir nicht einmal mehr auf seinen Antrag hoffen."

„Das liegt daran, dass er nie ein Verehrer war", sagte Alice müde. „Er weiß, dass ich nicht heiraten werde."

„Ich fange an, dir zu glauben", sagte die Duchess, doch ihr Ton verschaffte Alice keine Genugtuung. Er verhieß nichts Gutes.

„Endlich", antwortete Alice. Aber sie konnte nichts weiter sagen, denn ihre Mutter fuhr fort.

„Und ich hörte noch nie von einer derart törichten und irrwitzigen Idee. Wenn du nicht bereit bist zu heiraten, bleibt mir nur eine Möglichkeit. Ich werde dich auf das Anwesen deiner Schwester Ann in Cumbria schicken. Dort kannst du sehen, wie das Leben ohne Heirats-perspektive sein wird und selbst entscheiden, ob das wirklich das Leben ist, das du zu führen wünschst."

Mit diesen mahnenden Worten fegte Alice' Mutter aus dem Zimmer.

KAPITEL 14

Die Stadt London war nur noch zehn Meilen entfernt, und George hätte nicht müder und nicht dankbarer sein können, zurück zu sein. Er war einen ganzen Monat lang fort gewesen, die Hälfte davon auf Reisen – und das zu Pferd, denn das war schneller als die Kutsche. Er konnte es immer noch nicht fassen, dass er mitten in der Saison abgereist war, nur um sich um sein Anwesen zu kümmern, obwohl ihm eine solche Idee noch vor einem Monat völlig fremd gewesen wäre. Aber er hätte nicht anders handeln können. Zum ersten Mal seit seiner Volljährigkeit kümmerte sich George persönlich um das Land, von dem er immer gewusst hatte, dass es ihm gehörte. Und zu seiner Überraschung stellte er fest, dass er es gerne tat.

Das Ehepaar Kettering, welches das Anwesen als Butler und Haushälterin führte, hatte ihn stilecht empfangen. Obwohl sie nur einen Tag vor seiner Ankunft informiert worden waren, empfingen sie ihn mit einem sauberen und warmen Bett im Schlafzimmer des Hausherrn und einer warmen Mahlzeit mit mehreren Beilagen, obwohl er der Einzige war, der am Tisch saß. Das Haus war zwar renovierungsbedürftig, doch die Bausubstanz war solide, und die Zimmer waren gut gepflegt. Er verschwendete keine Zeit damit, sie für ihre treuen Dienste zu loben.

Für Mr. Hertzel, den Verwalter, hatte er jedoch kein solches Lob übrig. Es war deutlich, dass Hertzel versuchte, sich Geld aus dem Anwesen zu eigen zu machen. George hatte ihn nicht über seine Ankunft informiert und das offenkundige Unbehagen des Verwalters über sein plötzliches Erscheinen und seine Forderung, die Bücher zu sehen, hätte George misstrauisch gemacht, wenn er nicht bereits einen Verdacht gehabt hätte. Innerhalb eines Tages entließ er den Verwalter und schrieb an seinen Bankier, um ihn um Empfehlungen zu bitten.

Anfangs bedauerte George noch, dass er London mitten in der Saison verlassen musste, doch es war klar, dass er sein Anwesen nicht verlassen konnte, ehe er Mr. Hertzel ersetzt hatte. Also blieb er. Und während er dort war, ritt er die paar Meilen zur Küste, wo er anhielt und über die Klippen blickte. Ein frischer Wind umwehte ihn und füllte seine Lungen und er konnte die Brandung unter sich rauschen hören. Das beruhigte etwas in seiner Seele.

Auf dem Rückweg zum Anwesen bewunderte er den silbrigen, fast bläulichen Farbton des langen Grases an den Wegesrändern, der so ganz anders war als in London oder Hertfordshire. Dann bog er auf sein Grundstück ein und verließ die wilde Landschaft Cornwalls zugunsten des ruhigen, gepflegten Englischen Gartens, der ein charmantes Haus einrahmte. Die Hände auf dem Knauf hielt er inne, um zu den zehn Fenstern im zweiten Stock hinaufzuschauen und konnte sich beinahe vorstellen, Kinder zu haben, die einige dieser Räume füllten.

Während er auf Nachricht von seinem Bankier wartete, folgte George einem der freimütigeren Pächter, um sein Land zu besichtigen und zu erfahren, was zu tun war. Der Mann zögerte nicht, die Reparaturen aufzulisten, um die George sich kümmern musste, und am Ende konnte er einige davon in seine Hände legen. Er machte sich Notizen, während Mrs. Kettering die Bedürfnisse des Haushalts auflistete, und folgte Mr. Kettering auf den Dachboden, um ein Leck in einem Bereich des Dachs zu untersuchen, das Feuchtigkeit verursachte.

Vor ein paar Monaten wäre George noch darauf erpicht gewesen, alles zu verlassen und zu hoffen, dass sich jemand anderes darum kümmerte. Doch er nahm an, dass er sich verändert hatte. Die Themen wurden interessanter, je mehr er darüber nachdachte, wie er sie wirtschaftlich lösen konnte. Es hatte etwas Befriedigendes, ein Anwesen zu verbessern, das ihm gehörte – etwas, das sein eigen war.

Und zum ersten Mal konnte er Lucius' Sorge verstehen, seinen Erben etwas zu hinterlassen.

Im Laufe seines Besuchs ritt George auf seinem Land umher und machte sich mit den Pächtern vertraut, die ihn immer herzlicher begrüßten, da einige der Verbesserungen bereits begonnen hatten. Jeden Tag wanderte er durch das große, leere Haus, um die Räume zu begutachten und zum ersten Mal stellte er sich vor, dass er hier von einer Familie umgeben war. Er würde sogar Platz haben, um Gäste zu empfangen. George fragte sich, ob die Familie von Lady Alice jemals ein solch abgelegenes Anwesen besuchen würde.

Kaum war ihm dieser Gedanke durch den Kopf geschossen, hielt er plötzlich inne. Er stand in der Stille des Schlafzimmers, das an sein Hauptschlafzimmer angrenzte und starrte abwesend in den großen Spiegel, der über dem Kamin hing. Er ging hinüber und zeigte auf sich selbst im Spiegel. *Das ist keine Option,* schimpfte er streng mit sich selbst.

Einmal im Sinn, ließ ihn der Gedanke nicht mehr los, und er begann zu denken, dass es vielleicht schlicht darum ging, eine Frau zu finden. Es musste nicht unbedingt Lady Alice sein, die, wie sie deutlich gemacht hatte, nicht verfügbar war.

Sobald der neue Verwalter eingestellt war – ein weiterer Mann aus Truro in Cornwall, den der Bankier über einen seiner Kontakte gefunden hatte – reiste George mit dem Versprechen ab, im Sommer wiederzukommen, um zu sehen, wie die Reparaturen vorankamen. Zum Glück war sein Land gut zu bewirtschaften und seine Pächter brachten genügend Ernteerträge ein, um das Anwesen zu erhalten. George war froh, dass die Patentante seines Vaters ihm kein Bergwerk vererbt hatte, denn ein Gut zu führen war bereits kompliziert genug.

Er packte seine wenigen Habseligkeiten zusammen und verabschiedete sich von den Ketterings, wobei er versprach, nicht wieder so lange auf sich warten zu lassen. Als er sich auf den Heimweg begab, fragte er sich, ob Duck und Miss Chauncey in ihrem Werben weitergekommen waren. Zum ersten Mal, seit sich der Gedanke festgesetzt hatte, missgönnte George Duck sein Glück nicht.

Noch am selben Abend, an dem er zurückkehrte, ging George ins White's, in der Hoffnung, seine Freunde zu überraschen. Am liebsten wäre er zu irgendeiner Veranstaltung gegangen, auf der Lady Alice sicher anzutreffen war und sei es nur, um einen Blick auf sie zu erhaschen. Er konnte nicht leugnen, dass er im Laufe des Monats mehr als einmal an sie gedacht hatte, selbst nachdem er sich dafür getadelt hatte, sie sich als Ehefrau und Herrin seines Anwesens vorzustellen. Wollte sie sich immer noch von ihm distanzieren oder würde die Tatsache, dass er einen Monat weg gewesen war, ausreichen, um sie dort weitermachen zu lassen, wo sie aufgehört hatten?

Er fand Whitmore und Amos, die mit Taylor und Filbert zusammensaßen, und er nahm an ihrem Tisch Platz, während sie ihn begrüßten und ihm auf die Schulter klopften. Nachdem sie auf sein Wohl getrunken hatten und sich die Unterhaltung beruhigt hatte, schaute sich George um. „Wo ist Duck?"

Whitmore und Amos wechselten einen Blick. „Er hat eine Enttäuschung erlitten."

George runzelte die Stirn. „Was für eine Enttäuschung?" Was konnte in dem Monat, in dem er fort gewesen war, denn geschehen sein? Das Einzige, was ihm einfiel, war, dass seine Zuneigung zu Miss Chauncey vergebens gewesen war. Doch das konnte nicht der Fall sein, da Miss Chauncey offensichtlich genauso verliebt war wie er. Wenn Duck so weit gegangen war, ihr einen Antrag zu machen, hätte sie ihn niemals abgewiesen. Sie müsste verrückt sein, das zu tun. Das Mädchen könnte nie einen besseren Mann als Duck bekommen.

Amos schüttelte den Kopf. „Miss Chauncey ist mit Lord Hicks verlobt."

„Das heißt, ich habe meine Wette gewonnen", verkündete Filbert. Als alle ihn mit einer Mischung aus Überraschung und Empörung ansahen, hob er die Hände. „Versteht mich nicht falsch. Es tut mir natürlich sehr leid für Duck. Doch ich wusste, es würde eine junge Dame geben, die hinter Hicks Titel her ist und die den Mann unter diesen Bedingungen akzeptieren würde. Oder, in Miss Chaunceys Fall, eine, deren Mutter die Bedingungen akzeptieren würde."

„Verlobt", sagte George. „Das hätte ich nicht von ihr gedacht. Das heißt – ich kenne das Mädchen nicht, aber ich hatte den Eindruck, dass sie nicht auf einen Titel aus ist. Wurde es bereits verkündet?"

„Aus irgendeinem Grund, der sich mir nicht erschließt, wurde es nicht bekannt gegeben", sagte Whitmore. „Doch ich hörte, dass das Aufgebot bestellt worden ist. Ich habe versucht, Duck zu sagen, dass es bald eine andere würdige junge Dame geben wird, damit er nicht verzweifelt. Er hörte nicht auf mich.“

George nickte. „Wo ist er nun? In seiner Unterkunft?“

„Er ist bei Evans, glaube ich. Geh zu ihm. Auf dich wird er hören“, sagte Amos. „Ich bin sicher, du kannst ihn zur Vernunft bringen.“

George zog seine Taschenuhr heraus. Es war ein paar Minuten vor Mitternacht. „Evans ist ein verheirateter Mann. Heute Abend werde ich nicht gehen. Doch ich glaube, ich werde euch verlassen. Ich bin bereits seit Tagen unterwegs und wenn ich rechtzeitig zum Frühstück aufwachen will, muss ich früh zu Bett gehen.“

Filbert wechselte einen amüsierten Blick mit Taylor. „Der Bursche kehrt von seinem Anwesen zurück und ist bereits derart verändert. Ein Sklave seiner Pflichten. Werden wir als Nächstes auf deine Ehe wetten?“

„Warte lieber, bis es eine Dame gibt“, schoss George zurück und ging unter lautem Gelächter zur Tür hinaus.

❖

AM NÄCHSTEN TAG, kurz nach Mittag, ging George zum Haus von Matthew Evans und fragte sich, ob Duck über Nacht dortgeblieben war. Er würde es zunächst hier versuchen und wenn er kein Glück hatte, würde er zu Ducks Unterkunft gehen. Es wäre ohnehin gut zu wissen, wie es Matthew und seiner Frau ging.

Als er in den Salon eingelassen wurde, zögerte er auf der Schwelle. Der gemütliche Raum war gemessen an den üblichen Standards gut gefüllt. Matthew und Susan Evans waren natürlich da. Bei ihnen waren auch Duck und Georges Schwester Philippa. Neben Philippa saß Lady Alice. Ihr Mund öffnete sich ein wenig, dann wandte sie den Blick ab. Sie sah ebenso überrascht aus, ihn zu sehen.

„Du bist wieder zurück, George“, sagte Philippa und ihr Gesicht zeigte Freude.

„Bitte nimm Platz.“ Susan erhob sich und deutete auf den einzig verbliebenen Stuhl in ihrem kleinen Kreis, der in der Nähe des Feuers stand. Er befand sich direkt gegenüber von Lady Alice.

George erinnerte sich an seine gute Erziehung und er verbeugte sich vor Susan. Dann ging er zu Lady Alice, welche sich erhob. „Ich hoffe, es geht Ihnen gut, Mylady." Als er den Kopf hob, konnte er sich nicht davon abhalten, ihre Hand ein wenig länger als nötig zu halten. Es war schön, sie zu sehen.

Ehe er sich setzte, erinnerte sich George an den Grund seines Besuchs und schaute Duck an. „Ich war gestern Abend im White's und Amos sagte mir, ich könnte dich hier finden."

Duck nickte mit einem für ihn untypisch düsteren Gesichtsausdruck.

„Es ist so schön, dass du wieder da bist, George. Ich schickte einen Brief an dich, der sich wohl mit deiner Abreise überschnitten hat. Er wird auf dich warten, falls du jemals dorthin zurückkehrst", sagte Philippa mit einem humorvollen Ton in der Stimme.

„Das werde ich müssen. Es gibt viele Dinge, um die ich mich auf dem Gut kümmern muss", antwortete er. „Ich möchte Mr. und Mrs. Kettering unterstützen, die das Anwesen seit Jahren zusammenhalten, obgleich ihr Herr abwesend war."

Duck erwachte aus seinem tiefen Sinnieren, um George zu studieren. „Du bist verändert. Der Monat dort scheint dir gut getan zu haben."

George, der sich der Aufmerksamkeit bewusst war, schaute Lady Alice an. „Ich nehme an, dass es in gewisser Weise so war. Doch – verzeih mir, wenn mich sogleich dem Thema zuwende – was ist das für eine Nachricht, dass Miss Chauncey den Antrag von Lord Hicks angenommen hat? Wie konnte etwas Derartiges nur geschehen? Ich nehme an, jeder hier ist im Bilde und hoffe, mich ich in dieser Einschätzung nicht geirrt zu haben."

„Wir wissen es alle", sprach Lady Alice leise. „Ihre Schwester brachte mich hierher, um mit Mr. Duckworth zu sprechen, da er weiß, dass ich eine Freundschaft mit Miss Chauncey pflege, auch wenn sie noch frisch ist."

„Was ist geschehen?", erkundigte sich George erneut. Er erlaubte sich den Luxus, Lady Alice zu betrachten, während er auf ihre Antwort wartete.

„Soweit ich weiß – und ich muss klarstellen, dass mein einziges Gespräch mit Miss Chauncey kurz war und unter den Augen der Öffentlichkeit stattfand – zwang ihre Mutter sie, Lord Hicks' Antrag anzunehmen."

„Anstelle deines?“, fragte George und wandte sich ungläubig Duck zu. Er konnte nicht glauben, dass Miss Chauncey Duck zugunsten eines Antrages von Lord Hicks ablehnen konnte. Er wusste, es ging ihr nicht um Titel. Und sie war volljährig. Ihre Mutter konnte sie nicht zu etwas zwingen, das sie nicht wollte.

Duck rutschte auf seinem Stuhl herum. Er antwortete nicht sofort, also sprach Philippa für ihn, ihre Stimme war voller Mitgefühl.

„Duck machte ihr keinen wirklichen Antrag. Ihr Werben war inoffizieller Natur, doch er versprach ihr nichts. Ich vermute, es war zu schwierig für Miss Chauncey, ihrer Mutter Widerstand zu leisten, wenn sie nichts anderes hatte, worauf sie zurückgreifen konnte.“

„Doch du hast ihr inzwischen gestanden, wie du fühlst, nicht wahr?“, fragte George. Eine Frau konnte eine Verlobung nicht einfach lösen, zumindest nicht ohne einen Skandal. Doch es musste etwas unternommen werden.

„Ich glaube, dafür ist es zu spät“, meinte Evans.

Duck ließ sein Kinn auf die Hand sinken, ohne zu antworten, und George drehte sich um und starrte ihn an, wobei sich seine Augenbrauen vor Überraschung wieder zusammenzogen. Seit der Eskapade mit Mary Morgan hatte er Duck nicht mehr derart unentschlossen gesehen. Er wollte ihn schütteln.

„Wenn du sie liebst, musst du sie wissen lassen, was du empfindest. Sie nahm den Antrag unter Vortäuschung falscher Tatsachen an.“ George sprach ernsthaft und mit dem vagen Verdacht, dass seine Ermunterung von Duck eine persönliche Bedeutung angenommen hatte. „Sie sollte es zumindest wissen.“

Lady Alice wandte ihm ihr Gesicht zu und er bemerkte den überraschten Ausdruck in ihren Gesichtszügen. Mit seinen Worten gestand er Lady Alice nicht nur die Wette zu, sondern setzte sich sogar für sie ein, wenngleich er keine praktische Lösung vorgeschlagen hatte.

„Es gibt jedoch nichts, was sie nun noch tun kann, Mr. Clavering.“ Als Lady Alice sprach, hatte er Schwierigkeiten, sich auf ihre Worte zu konzentrieren. Ihre Stimme war für ihn wie Ambrosia, nachdem er sie einen Monat lang nicht gehört hatte.

„Das mag sein. Aber ich denke, du solltest ihr dennoch sagen, was du fühlst. Das ist mein Rat“, sagte George entschieden. Dieser einigermaßen aussichtslose Vorschlag wurde mit Schweigen quittiert, abgesehen vom Schlurfen der Diener, die sich in einem benachbarten Raum bewegten.

Lady Alice sah sich um. „Mrs. Evans, ich fürchte, ich kann nicht bleiben. Ich bin bereits länger fort, als ich vorhatte. Philippa, mühe dich nicht, mich zu begleiten, denn ich weiß, du sollst deinen Mann treffen. Ich kann nach der Kutsche meines Vaters senden.“

George stand auf. „Bitte erlauben Sie mir, Sie zu begleiten, Mylady. Ich kam mit dem Phaeton und ließ ihn von meinem Lakaien zu den Stallungen bringen. Das wird schneller gehen, als auf Ihre Kutsche zu warten.“

Lady Alice zögerte so lange, dass er wusste, sie dachte über den Klatsch nach, der aufkommen könnte, sollte jemand sie sehen. Er ertappte sich dabei, wie er den Atem anhielt.

Schließlich blickte sie sich im Raum um. „Nun gut. Ich danke Ihnen.“

„Ich werde dich später besuchen kommen, Duck“, sagte George, ehe er Lady Alice in die Halle geleitete, wo eine Nachricht an die Stallungen geschickt wurde. Die Kutsche wurde ohne Verzögerung vorgefahren. George bedankte sich bei seinem Lakaien, als er Lady Alice in den Phaeton half, und stieg dann selbst auf. „James, du findest doch allein nach Hause, nicht wahr?“

„Ja, Sir“, antwortete sein Lakai und machte sich gemächlich auf den Weg, nicht im Geringsten beunruhigt von der Planänderung. George hätte ihn auf dem Rücksitz mitfahren lassen können, doch er wollte Lady Alice lieber für sich haben.

Er schnalzte mit den Zügeln und die Pferde liefen los. Mit Lady Alice an seiner Seite war er sich jeder Bewegung bewusst, die einer von ihnen machte. Ihre Beine waren nah genug beieinander, um die Wärme zu teilen, auch wenn sie sich nicht wirklich berührten.

„Sie haben ein Anwesen in Cornwall, wie ich höre“, sagte Lady Alice.

„Ja, kennen Sie die Gegend?“ George ließ seinen Blick auf die Straße gerichtet und war dankbar für die Ablenkung von ihrer Anwesenheit.

„Nicht Cornwall, nein. Doch unsere Familie war zweimal in Brighton und es war einer meiner Lieblingsorte. Das Meer hat etwas so Belebendes und Schönes an sich. Das hohe braune Gras, das in den

Dünen wächst, die Klippen, der Wind und die donnernden Wellen. Ich wollte schon immer in einer Stadt am Meer leben."

George lächelte. Sie hatte mit diesen wenigen Worten viel von sich preisgegeben, und er bemerkte, er war ihrer Meinung. „Mein Anwesen liegt nicht am Meer, doch nicht weit davon entfernt. Es ist ein Katzensprung zu all den Sehenswürdigkeiten, von denen Sie sprachen."

Aus den Augenwinkeln sah er, wie Lady Alice ihm einen durchdringenden Blick zuwarf, der von einem Erröten ihrer Wangen begleitet wurde. Erst in diesem Augenblick wurde George klar, dass er ihr sein Anwesen vor die Nase gehalten hatte, um sie dazu zu verleiten, ihn als Bewerber in Betracht zu ziehen. Nun war es allerdings zu spät. Die Worte waren gesprochen.

Lady Alice schwieg und George suchte nach etwas, das er sagen konnte − irgendetwas, das sie wieder auf den Boden der Tatsachen zurückbringen würde, den sie verloren zu haben schienen. Früher war das Geplänkel zwischen ihnen leicht gewesen, doch nun war es höchst steif. Schließlich war es Lady Alice, die den Gesprächsfaden wieder aufnahm.

„Sie haben die Wette gewonnen. Mr. Duckworth hat sich nicht mit Miss Chauncey verlobt. Er hatte keine Zeit, dies zu tun. Oder er war damit nicht schnell genug, damit es Früchte hätte tragen können. Ich würde Lord Hicks niemandem an den Hals wünschen, aber..."

Lady Alice hielt plötzlich inne und er schaute sie neugierig an, um zu erfahren, was sie zu der Pause bewogen hatte. Schnell richtete er seinen Blick wieder auf die Straße.

„Doch ich kann Miss Chauncey nicht verübeln, dem Druck ihrer Mutter nachgegeben zu haben, während sie von Mr. Duckworth' Seite nichts weiter als einen Flirt zu erwarten hatte. Wenn er gewusst hätte, dass das Interesse von anderer Seite derart groß ist, hätte er vielleicht rascher gehandelt."

„Ich bin sicher, das hätte er", versicherte er ihr. „Er wurde in der Vergangenheit verletzt und ich glaube, das hat ihn zögerlich gemacht, seine Gefühle zu offenbaren." Er warf ihr noch einen Blick zu, dann schaute er nach vorne. „Ich kann gar nicht sagen, wie überrascht ich war, Sie im Salon der Evans' zu sehen, als ich ankam."

Sie kicherte und blickte zu Boden. „Mir ging es ebenso, als ich sie sah. Ihre Schwester bat mich, mit Mr. Duckworth zu sprechen. Sie dachte, ich könnte die Umstände erklären, die dazu führten, dass Miss Chauncey den Antrag von Lord Hicks annahm."

„Und konnten Sie das?" George runzelte die Stirn. „Es scheint recht feige von ihr zu sein, den Antrag eines Mannes anzunehmen, obgleich sie offensichtlich in einen anderen Mann verliebt ist."

„Das liegt daran, dass Sie ein Mann sind, Mr. Clavering." Lady Alice klang zurechtweisend. „Sie können tun, was Ihnen beliebt. Sie müssen einer Frau nur dann einen Antrag machen, wenn Sie das wünschen. Wenn Sie es nicht wünschen, zwingt Sie nichts dazu. Wir Frauen müssen einfach abwarten. Wir haben keine weitere Kontrolle über unser Schicksal, als das eine Mal Nein und das andere Mal Ja zu sagen – und selbst diese Entscheidung wird uns manchmal genommen. Wenn Mr. Duckworth zu langsam war, um ihre Hand zu bitten, so ist dies allein seine Schuld. Doch ich will natürlich nicht zu hart sein."

George hielt inne, ehe er etwas erwiderte, und konzentrierte sich wieder auf die Straße. Er war froh, etwas mit seinen Händen zu tun zu haben. „Wir gehen ebenfalls Risiken ein. Denn wir wissen nicht, ob die Frau Ja sagen wird. Zudem können wir die Angelegenheit nicht aus einem Gefühl heraus überstürzen. Stellen Sie sich vor, wir täten das? Dann wären wir dazu verurteilt, ein Leben lang mit der falschen Frau verheiratet zu sein. Oder – falls wir ihr den Laufpass gäben –würden wir sogar noch härter behandelt als eine Frau, die selbiges täte, und würden dabei unsere Ehre verlieren. Jede Medaille hat zwei Seiten, Lady Alice."

„Vielleicht." Wieder herrschte Schweigen und ein leichtes Lächeln umspielte ihre Lippen. „Wie ich bereits sagte, Sie haben die Wette gewonnen, Mr. Clavering. Sie müssen mir Ihre Bedingungen nennen."

George lächelte und war erleichtert über den leichten Stimmungsumschwung in ihrem Gespräch. Die Rückkehr zu ihrer Wette erinnerte ihn an die leichteren Tage ihrer frühen Bekanntschaft. „Ich werde keine Bedingungen stellen, bis ich sehe, was Duck tut. Ich hoffe um seinetwillen, er wird mit Miss Chauncey sprechen. Ich muss Ihnen meine Anerkennung zollen. Duck würde sehr gut zu Miss Chauncey passen." Er lenkte den Phaeton auf die Straße, an deren Ende das Haus des Duke of Carr in London stand.

Lady Alice lächelte. „Ich danke Ihnen für dieses Eingeständnis. Es ist sehr großzügig von Ihnen." Sie senkte den Blick auf ihre Hände.

„Sie werden mir jedoch bald die Bedingungen nennen müssen, wenn Sie sie einzufordern wünschen.“

Er brachte die Kutsche vor ihrem Haus zum Stehen und drehte sich zu ihr um. Sie sah ihn direkt an und sein Atem stockte bei der Wärme, die er in den braunen Augen und den süßen, rosigen Lippen fand, die auf ihn gerichtet waren. Er war von ihrem Blick gefangen. Gefangen.

„Und warum ist das so?“, bekam er heraus. „Wir sind nicht in Eile, sondern können uns die Bedingungen in aller Ruhe überlegen. Es ist noch nicht einmal Mai.“

„Ja, die Saison ist noch nicht einmal zur Hälfte vorüber“, sagte sie und blickte auf ihre Hände hinunter. „Doch meine Mutter schickt mich nach Cumbria, um bei meiner Schwester Ann zu leben.“

KAPITEL 15

Alice wollte aussteigen, doch Mr. Clavering hob die Hand, um den Lakaien aufzuhalten, der vorgetreten war, um ihr behilflich zu sein. „Lass uns bitte einen Augenblick allein“, sagte er zu dem Diener. Dann drehte er sich zu ihr um.

„Cumbria?“ Mr. Claverings Gesicht zeigte Verblüffung, was sie recht gut verstehen konnte. Sie versuchte noch immer, sich mit der Tatsache abzufinden, dass ihre Mutter sie innerhalb einer Woche fortschicken wollte. Die Duchess wartete nur darauf, von Ann zu hören, dass sie Alice empfangen würde. Alice hatte nichts tun können, um ihre Mutter von ihrer Entscheidung abzubringen.

Sie begegnete Mr. Claverings Blick nicht, aus Angst, sie könnte weinen. „Meine Mutter ist unzufrieden damit, dass ich mich nicht für einen Ehemann entscheiden möchte, und ich denke, sie will mich dazu zwingen, indem sie mir droht, mich fortzuschicken, damit ich den Rest der Saison verpasse und damit alles, was sonst noch von Interesse ist.“ Sie holte tief Luft, doch es fiel ihr schwer, ihre Lungen zu füllen. „Sie drohte genauer gesagt nicht nur, mich fortzuschicken, sondern sie *schickt* mich tatsächlich fort.“

Alice' Stimmung sank, wenn sie nur daran dachte. Sie konnte nicht länger leugnen, dass Mr. Claverings Anwesenheit sie beeinflusste. Sobald sie ihn im Salon der Evans' erblickt hatte, war sie fast sprachlos geworden. Sie hatte die Hoffnung aufgegeben, ihn vor ihrer Abreise noch einmal zu sehen, und die Tatsache, dass sie ihn sah, war ein Geschenk.

Mr. Clavering wickelte schweigend die Zügel um seine Hand. Schließlich sagte er: „Ihre Mutter weigert sich so sehr, Ihre Entscheidung, nicht zu heiraten, zu akzeptieren, dass sie Sie in den entferntesten Winkel Englands schickt?" Sein Blick traf auf den ihren und die Sorge in seinen Augen zog seine Brauen nach unten. „Das ist lieblos von ihr."

„Ich glaube, sie sieht es nicht so. Immerhin schickt sie mich zu meiner Schwester, die mein eigen Fleisch und Blut ist." Ein schwaches Lächeln umspielt Alice Lippen. „Sie sieht es nicht als Bestrafung. Ihre Gnaden ist nicht gerade warmherzig und mein Vater ist auch nicht viel besser."

Seine Augen blieben auf sie gerichtet. „Dann kann ich mich nur fragen, woher Sie diese Fähigkeit haben."

Sie ließ ihren Blick zu ihm hinaufschweifen, doch das war vielleicht nicht das Beste, was sie hätte tun können, denn sein bewusster Blick verursachte wieder dieses fremde Flattern in ihrer Brust. Sie blickte nach vorne und wollte gerade den Lakaien rufen, ihr beim Aussteigen zu helfen, da Mr. Clavering sich dagegen zu sträuben schien – obwohl es ihr offen gestanden nicht viel leichter fiel, das Gespräch zu beenden –, als Mr. Clavering sprach.

„Es ist eine Schande, dass Sie so früh abreisen müssen. Ich hatte gehofft..." Er brach ab und spielte wieder mit den Zügeln in seiner Hand herum. „Ich hatte im letzten Monat viel Zeit zum Nachdenken und ich frage mich, ob Sie einen Vorschlag von mir in Betracht ziehen würden."

Alice zog verwirrt die Stirn kraus. Sie konnte sich nicht vorstellen, welchen Vorschlag er meinte, es sei denn – könnte er um ihre Hand anhalten wollen? Alice riskierte einen kurzen Blick und er sah so unbehaglich aus, dass es wohl so sein musste. Ihr Herz begann, deutlicher in ihrer Brust zu schlagen. Sie musste natürlich Nein sagen. Das musste sie sicherlich, denn sie wollte ja nicht heiraten. Doch noch nie hatte jemand sie derart in Versuchung geführt, eine andere Antwort zu geben.

Mr. Clavering bewegte sich auf seinem Sitz und sah sie an. „Ich habe nachgedacht, während ich fort war – recht viel, um genau zu sein. Es ist ein Thema, welches ich mir in der Vergangenheit nicht anzuschneiden gestattete, nicht einmal in meinen eigenen Gedanken. Ich hielt mich für viel zu jung, um etwas Derartiges in Erwägung zu ziehen, wissen Sie? Doch als ich fort war und mich um mein Anwesen gekümmert habe, wurde mir klar, dass es an der Zeit ist. Ich brauche eine Frau, Lady Alice.“

Er atmete ein und streckte seine Beine so weit nach vorne, wie es der Sitz zuließ. Er sah aus, als wolle er sich aus der Enge seiner kleinen Kutsche befreien und auf der Straße herumlaufen. „Ich würde Ihnen so etwas nie vorschlagen, denn Sie brachten Ihre Gefühle zu diesem Thema klar zum Ausdruck. Doch die Tatsache, dass Sie abreisen, zwingt mich zum Sprechen.“

Alice hielt erschrocken den Atem an – überrascht, dass er ihr tatsächlich einen Heiratsantrag machen wollte. Ein Teil von ihr versuchte, sich zu empören. Wenn er sie so etwas fragen konnte, wusste er nichts von ihren eigenen Wünschen. Doch der größere Teil von ihr verriet diese edlen Gefühle, denn sie wollte ihn die Worte sagen hören. Mehr noch, sie wollte Ja sagen.

Endlich atmete er aus und blickte sie an. „Ich fragte mich, ob Sie mir helfen würden, eine Frau zu finden.“

Die Bitte kam so unerwartet, dass Alice Mühe hatte, sie zu verstehen. Dann jedoch brach die Erkenntnis mit voller Wucht über sie herein. Hatte sie vorher bereits Probleme zu Atmen gehabt, so hatte sie nun überhaupt keine Luft mehr. Es war, als hätte ihr jemand in den Bauch getreten. „Ich kann Ihnen nicht folgen.“ Ihre Worte kamen atemlos und kaum hörbar heraus.

Mr. Claverings Blick sah noch unbehaglicher aus. „Nun, ich sehe jetzt, wie Recht Sie mit Duck und Miss Chauncey hatten, auch wenn es einen erheblichen Rückschlag gab, das gebe ich zu. Ich dachte nur, wenn Sie ein solches Gespür für Verbindungen haben, haben Sie vielleicht auch eins für meine.“

„Ah.“ Alice schaute nach vorne, sah ein Objekt an, auf das sie sich nicht zu konzentrieren vermochte. Ihr Gesicht kribbelte und wurde heiß und sie hoffte, die unbestimmte Emotion, die sie durchströmte, würde für ihn nicht sichtbar sein. „Eine Frau für Sie, Mr. Clavering.“ Ihre Stimme gewann an Kraft. „Ich werde mein Bestes tun, um Sie nicht zu enttäuschen, doch ich bin weniger als eine Woche in London, daher kann ich nichts versprechen." Sie gab dem Lakaien ein Zeichen, heranzutreten. Sie konnte keine Minute länger in der Kutsche verweilen.

Mr. Clavering legte ihr eine Hand auf den Arm, um ihre Aufmerksamkeit zu erregen. „Lady Alice, ganz gleich, was mit meinem Vorhaben geschieht, ich möchte Ihnen sagen, dass ich Ihre Gesellschaft sehr genieße. Ich habe sie vermisst, als ich fort war."

Sie versuchte zu lächeln, doch es wollte ihr nicht gelingen. „Und ich die Ihre."

Alice ließ sich von dem Lakaien hinuntergeleiten und schaute Mr. Clavering nicht an, als sie auf ihre Haustür zuging, hörte jedoch die Geräusche hinter sich, als er abfuhr.

Sie trat in den geräumigen Eingangsbereich ihres Hauses mit dem verzweifelten Wunsch in ihrem Schlafzimmer Zuflucht zu suchen.

Ihre Mutter trat aus dem Salon. „Alice, da bist du ja. Wo bist du gewesen?"

„Ich war mit Mrs. Blythefield auf Besuchen", erwiderte sie.

„Erneut! Ihr seid richtige Busenfreundinnen geworden. Schade, dass es mit ihrem Bruder nichts geworden ist. Doch ich habe gute Neuigkeiten. Ich habe einen Brief von deiner Schwester erhalten", sagte die Duchess. In der Hand hielt sie einen cremefarbenen Brief mit gebrochenem Siegel. „Sie würde sich sehr über deinen Besuch freuen und sagte, dass alle deine Nichten und Neffen lautstark deinen Besuch fordern."

Alice zog ihre Handschuhe aus. „Wollen wir in den Salon gehen, Mutter?" Sie wollte nicht, dass der Lakai hörte, was sie besprachen, zumal sie erneut protestieren wollte. Vielleicht würde ihre Mutter sie dieses Mal anhören.

Sie folgte der Duchess in den Salon und wartete, bis sie beide Platz genommen hatten, ehe sie sprach.

„Ich habe das Gefühl, du willst mich mit dieser Entscheidung bestrafen – beinahe, als würdest du mich fortschicken, um mich zu ärgern, nur weil ich einen anderen Weg einzuschlagen wünsche als der, den du mir vorgibst." Alice kämpfte darum, ihre Stimme ruhig zu halten. Sie wusste, dass Mr. Claverings Bitte ihr nicht dabei half, ihre Gefühle zu kontrollieren. Eine Sache kam zur nächsten und bald

würde sie daran zerbrechen. Sie umklammerte ihre Handschuhe, bis
ihre Fingerknöchel weiß wurden.

„Ich weiß, du denkst, dass ich nicht dein Bestes im Sinn habe, aber
ich versichere dir, das habe ich", sagte die Duchess. Sie strich ihren
Rock glatt und verzichtete ausnahmsweise auf die von Alice erwartete
strenge Zurechtweisung. Stattdessen faltete sie die Hände und blickte
ihrer Tochter in die Augen. „Ich kann nicht behaupten, deinen
Wunsch, nicht zu heiraten, zu verstehen. Ich wollte immer heiraten
und Kinder haben. Doch ich wollte nicht zwingend denjenigen heiraten, den meine Eltern für mich ausgewählt hatten."

Ihre Mutter wählte ihre Worte stets mit großer Sorgfalt und bei
diesem Eingeständnis zuckte sie zusammen, als hätte sie Worte ausgesprochen, die sie eigentlich hatte versteckt halten wollen. „Es ist natürlich nichts gegen deinen Vater. Ich bin höchst zufrieden mit meinem
Leben an seiner Seite und insbesondere mit den Kindern, die ich ihm
geschenkt habe. Doch es war nicht wirklich mein Wunsch, Duchess zu
werden. Ich wollte nie im Mittelpunkt der Aufmerksamkeit stehen,
wie es eine Duchess tut."

Alice verdaute dies. Es schockierte sie nicht, dass ihre Mutter den
Duke of Carr nicht hatte heiraten wollen. Er war kein herzlicher
Mann. Doch das Geständnis ihrer Mutter, dass sie es nicht mochte,
wenn alle Augen auf sie gerichtet waren, überraschte Alice. Für jemanden, der sich derart an Klatsch und Tratsch erfreute, musste das
Äußere von Wert sein – es sei denn, Alice' Mutter hatte Angst, dass
der Klatsch auf sie gerichtet wurde und sie nicht gut dastünde. Eine
Duchess zog sicherlich die Achtung – und die Kritik – vieler Menschen
auf sich.

„Deshalb empfand ich es als höchst großzügig und *modern* von
deinem Vater und mir, dir eine Liebesheirat zu gestatten", fuhr ihre
Mutter fort. „Deine Schwestern baten nie um etwas Derartiges. Sie
waren es zufrieden, sich mit demjenigen zu vermählen, den wir für sie
auswählten. Bei dir, unserer jüngsten Tochter, waren wir nachsichtiger,
nehme ich an. Obgleich wir dich nicht wirklich verwöhnen wollten,
konnten wir sehen, dass du andere Vorstellungen hattest als deine
Schwestern. Deshalb waren wir bereit, die Dinge in einem anderen
Licht zu betrachten – damit du dich, wie gesagt, aus Zuneigung
entscheiden konntest."

Die Duchess seufzte enttäuscht. „Und obgleich wir viele geeignete Männer deinen Weg haben kreuzen lassen, in der Hoffnung, du würdest dich für einen von ihnen entscheiden, sprach dich keiner davon an. Als wir also diesen Mr. Clavering zuließen, der nur der zweite Sohn eines Baronets ist, fanden wir das höchst großzügig von uns. Doch du hast alle unsere Bemühungen mit Füßen getreten. Du solltest bedenken, dass du genauso viel Schuld daran trägst, wenn wir dich fortschicken."

Alice war es langsam leid, dass das Gespräch zu einer Belehrung wurde. „Mutter, du hast gesagt, dass dir mein Bestes am Herzen liegt. Doch alles, was du bisher sagtest, zeigt, dass du mich nur deshalb in den Norden schickst, weil ich nicht tat, was du wolltest. Wenn das keine Bestrafung ist, weiß ich nicht, was sonst."

Die Duchess beugte sich leicht vor, als wolle sie ihren Worten Nachdruck verleihen. „Ich zeige dir nur, wie das Leben ohne den Schutz eines Ehemannes aussieht, bevor es zu spät ist und du als alte Jungfer endest. Das ist kein Leben, das ich mir für dich wünschen würde. Du bist kein junges Mädchen, jedoch auch nicht so alt, wie du selbst glaubst. Dein Leben als alleinstehende Frau – ganz gleich ob du eine Zahlung erhältst – wird nicht einfach sein. Es ist nicht unvernünftig, wenn ich möchte, dass du den Schutz eines Ehemannes genießt."

Alice hatte keine Antwort für ihre Mutter. Sie glaubte ohnehin, ihre Mutter würde nicht zuhören. Das Einzige, was sie hatte, war die Privatsphäre ihrer Gedanken und an diese klammerte sie sich.

Im Grunde ihres Herzens wusste sie, dass eine Heirat möglicherweise eine Versuchung sein könnte, wenn Mr. Clavering sie darum bitten würde. Er war nicht wie andere Gentlemen. Wenn sie nur die Gewissheit hätte, dass er sich nicht weiterhin Mätressen halten würde. Wenn sie glauben könnte, dass er wirklich der Mann war, der er zu sein schien, dann wäre es vielleicht nicht so schrecklich, für den Rest ihres Lebens Herzflattern zu haben.

Das Problem war nur, dass sie sich bei keinem dieser Dinge sicher sein konnte.

KAPITEL 16

George schnalzte mit den Zügeln, um seine beiden Schimmel vorwärtszubewegen, während seine Gedanken bei den Neuigkeiten waren, die Lady Alice ihm mitgeteilt hatte. Er konnte nicht glauben, dass sie abreisen würde. Der Hauptgrund, der ihn nach London zurückgebracht hatte – der sein Tempo beschleunigt und ihm geholfen hatte, die Müdigkeit der tagelangen Reise zu Pferd zu überwinden – war die Vorfreude auf ein Wiedersehen mit Lady Alice. Und sie so kurz nach seiner Ankunft zu sehen, wirkte für ihn wie eine Vorsehung. Er musste es genießen, solange er konnte.

Er wusste, dass sie nicht einwilligen würde, einen Antrag von ihm zu bekommen, ganz gleich, ob er sich endlich für die Idee erwärmt hatte, jemanden zu finden und sesshaft zu werden, und sie momentan die einzige Kandidatin auf dieser Liste war. Er konnte es nicht von ihr verlangen. Das hieße, ihre Wünsche völlig zu missachten und diesen Mangel an Respekt wollte er ihr nicht entgegenbringen. Doch da er sich in den Kopf gesetzt hatte, eine Ehe anzustreben, wer könnte besser geeignet sein als jemand, den Lady Alice für ihn bestimmt hatte? Sie würde ihm niemanden vorschlagen, der nicht ihren Witz, ihren Humor und ihre Intelligenz besaß. Andererseits war es unwahrscheinlich, dass er jemanden finden würde, der diese Qualitäten auch nur annähernd in dem Maße besaß wie sie. Doch wenn er wenigstens eine Kopie finden könnte, würde das vielleicht schon reichen.

Wahrscheinlich belüge ich mich jedoch selbst. George war sich nicht sicher, ob er eine schlechte Kopie einer Frau wie Lady Alice einfach so akzeptieren konnte.

Anstatt nach Hause zu fahren, fuhr er zum Haus seines Bruders, um ihm von seinen Fortschritten auf dem Anwesen zu berichten. Während seiner Abwesenheit hatte er Lucius einen Brief geschickt und hatte daraufhin eine Antwort erhalten. Zum Teil wollte George die Anerkennung seines Bruders für alles, was er erreicht hatte, einholen. Schließlich hatte er endlich getan, was sein Bruder von ihm verlangt hatte, und er war stolz auf sich. Ein anderer Teil von ihm wollte einfach nur etwas in seinem Inneren klären, indem er Lucius' Familie sah – um zu prüfen, ob er die richtigen Schritte unternahm.

Als Briggs die Tür zu Lucius' Haus öffnete, kamen Stimmen aus dem Salon, darunter eine besonders durchdringende, die ihn mit den Zähnen knirschen ließ. *Maria.*

Nun war es zu spät, einen Rückzieher zu machen. Und vielleicht brauchte Lucius seine Unterstützung. George grinste bei dem Gedanken – normalerweise war es genau andersherum. Er betrat den Salon und alle Augen richteten sich auf ihn.

„Du bist zurück", sagte Selena mit warmer Stimme, als Hugh ihre Hand losließ und nach vorne watschelte. George hob ihn in die Arme und warf ihn hoch, woraufhin sein Neffe gluckste.

„Genau die Person, die ich sehen wollte", sagte Maria mit einer Stimme, die alles andere als warm war und die nichts Gutes verhieß.

„George." Lucius begrüßte ihn mit einem liebevollen Leuchten in den Augen und einem Unterton geteilten Humors, der ihm verriet, dass sein Bruder genauso wenig begeistert davon war, Maria zu sehen wie er selbst.

„George", wiederholte Maria und richtete ihren messerscharfen Blick auf ihn. „Ich wollte Lucius soeben erzählen, dass über dich und Lady Alice St. Claire die seltsamsten Gerüchte im Umlauf sind. Kannst du das glauben? Ich habe Lucius und Selena gefragt, ob sie etwas davon gehört haben, aber keiner von beiden wusste etwas. Was hast du zu diesem Klatsch zu sagen?"

George wappnete sich gegen ihre Frage. Das sah seiner Schwester

Maria ähnlich. Sie begnügte sich nicht damit, ihr eigenes Leben zu organisieren, sondern hoffte, auch das aller anderen zu bestimmen. Er war froh, dass Philippa geheiratet hatte und nicht mehr unter der Fuchtel ihrer Schwester stand, wenn auch – das musste er zugeben – ohne große Hilfe seinerseits. Er war so sehr mit dem Spielen beschäftigt gewesen, dass er Philippa kaum Beachtung geschenkt und beinahe nicht mitbekommen hatte, dass sie in eine unglückliche Ehe gedrängt werden sollte. Er hatte noch immer ein schlechtes Gewissen deswegen.

„Lady Alice steht weit über mir", antwortete er und setzte sich. Er hoffte, dass seine Antwort entspannt genug war, Maria zufrieden zu stellen. Er mochte Lady Alice zu sehr, um zuzulassen, dass seine eigene Schwester solche Gerüchte in die Welt setzte. Und er würde ihr zutrauen, etwas Derartiges zu tun, insbesondere, wenn sie glaubte, damit ihre eigene gesellschaftliche Position zu verbessern – oder die politische Stellung ihres Mannes.

„Du warst einen Monat fort und die Gerüchte kursieren immer noch. Lady Alice war wegen deiner Abwesenheit regelrecht deprimiert, wenn sie in der Gesellschaft unterwegs war, und jeder hat es bemerkt. Habt ihr eine Einigung getroffen, George? Du schuldest es mir als deiner Schwester, mir den wahren Stand der Dinge mitzuteilen."

George schuldete ihr nichts dergleichen. „Wenn sie deprimiert war, dann deshalb, weil sie ihre Schwester in Cumbria besuchen muss und wie ich höre, wird es ein längerer Aufenthalt werden."

Er hatte Grund, die Worte zu bereuen, sobald sie seine Lippen verließen, denn Maria setzte sich aufrecht hin und blickte ihn mit großen Augen an. „Du hast mit ihr gesprochen, wenn du von ihren Plänen weißt. Es ist genau, wie ich vermutet habe! Der Duke und die Duchess of Carr sind strikt gegen die Heirat und wollen sie fortschicken, damit sie deinem Charme nicht erliegt."

„Welchem Charme?", warf George ein, der seine Verärgerung nicht verbergen konnte. Lucius lachte leise und George warf ihm einen Blick zu.

„George, du weißt, dass du in der *vornehmen Gesellschaft den Ruf genießt,* mit viel zu vielen Herzen zu spielen. Ich glaube nicht, dass es noch eine Matrone gibt, die glaubt, dass ihre Tochter bei dir eine Chance hat." Maria beugte sich eifrig vor. „Aber wenn du nun endlich in die Falle gegangen bist? Wenn du eine Frau wie Lady Alice verzaubert hast, darfst du sie nicht gehen lassen oder das Werben dem Zufall überlassen, indem du von der gesellschaftlichen Bühne verschwindest. Du musst an ihr festhalten.“

Maria schürte seine Wut nur. Ausnahmsweise stimmte er mit seiner Schwester überein und hätte höchst gerne an Lady Alice festgehalten. Doch das konnte er selbstverständlich nicht sagen, und ob er sie für sich gewann, lag ohnehin nicht in seiner Hand. Es war ungerecht von Maria, darauf zu bestehen. Er hätte nur erwähnen müssen, dass Lady Alice nicht heiraten wollte, um seine Schwester zum Schweigen zu bringen, doch er hatte schon zu viel preisgegeben. George rieb sich das Kinn und wusste nicht, was er sagen sollte.

Lucius nahm seine Füße von dem Schemel, auf den er sie gestellt hatte, und beugte sich nach vorne, um seine Ellbogen auf die Knie zu stützen. „Ich habe versucht, Maria zu sagen, dass sie sich heraushalten soll. Doch wie es scheint, ist sie nicht bereit, meinen Rat zu befolgen.“ Er schaute unschuldig drein, als ob ihre Schwester nicht im Raum wäre. Zwischen George und Lucius gab es ein unausgesprochenes Einvernehmen. Es hatte viele solcher Momente gegeben, als sie mit ihrer aufdringlichen älteren Schwester aufgewachsen waren.

Selena blieb still. Sie und Maria verstanden sich nicht gut und sie versuchte, sich nicht in Diskussionen einzumischen, wenn Maria in der Nähe war – nicht, weil sie sich in ihrer Gegenwart duckte, sondern weil sie dachte, dass es nicht gut für Lucius wäre, noch mehr Feindseligkeit zu ertragen, als er ohnehin schon tat. Selena hatte einen beruhigenden Einfluss auf die ganze Familie.

George tippte mit der Hand auf die Armlehne seines Stuhls und unterdrückte den Drang, zu argumentieren oder in seiner Verärgerung auf und abzugehen. „Maria, wenn der Duke und die Duchess of Carr ihre Tochter nach Cumbria schicken wollten, um sie von mir fernzuhalten, hätten sie dafür gesorgt, dass sie abreist, ehe ich zurückkomme. Sie hatten genug Zeit, das zu tun. Der Grund für ihre Reise in den Norden hat absolut nichts mit mir zu tun, das kann ich dir versichern.“ George spießte seine aufdringliche Schwester mit seinem Blick auf. „Und das ist schon mehr an Information, als du verdienst.“

Maria keuchte vor Unmut leicht auf, als Lucius in Georges Verteidigung einstimmte.

„Ich habe es dir gesagt, Maria. George ist kein Junge mehr, den du im Zaum halten kannst. Er ist nun ein Mann und braucht weder dein Eingreifen noch deinen Rat."

George hatte nur einen Wunsch: Er wollte aus Marias Gegenwart verschwinden und so nutzte er die Pause, die nach der Rüge seines Bruders über die Runde hereinbrach. „Lucius, ich möchte mit dir über einige Angelegenheiten das Anwesen betreffend sprechen und hoffe, dass du mir behilflich sein kannst, wenn du ein paar Minuten deiner Zeit erübrigen kannst."

„Kein Problem", antwortete Lucius und erhob sich. „Ich bin nun frei."

Als sowohl Lucius als auch George gingen, stand Maria abrupt auf. „Dann muss ich wohl ebenfalls gehen, wenn ihr beide verschwinden wollt. Guten Tag, Selena." Maria wollte ihren Besuch nicht verlängern, um mehr Zeit mit ihrer Schwägerin zu verbringen, denn die Vorstellung gefiel keiner von ihnen.

„Guten Tag, Maria", sagte Lucius so ruhig, als hätten sie gerade den angenehmsten Nachmittag miteinander verbracht.

George folgte seinem Bruder durch die Tür in dessen Arbeitszimmer.

„Ich denke, du hast uns gerettet", sagte Lucius, als er zu dem Tisch neben den Bücherregalen ging und ihnen beiden einen Drink einschenkte. „Wenn du nicht gekommen wärst und mich fortgezogen hättest, wer weiß, wie lange sie geblieben wäre. Also, erzähl mir von dem Anwesen."

George nahm das Getränk entgegen. „Abgesehen von den Beschwerden der Reise muss ich sagen, ich bin froh, dort gewesen zu sein."

Lucius hob eine Augenbraue. „Du versetzt mich in Erstaunen."

George lachte. „Das wusstest du wahrscheinlich, als du die Briefe an mich geschickt hast. Als ich die seltsame Bitte des Verwalters um Geld für Reparaturen auf einem Anwesen erhielt, das ich seit Jahren nicht mehr gesehen hatte, konnte ich die Angelegenheit nicht auf sich beruhen lassen. Ich konnte eine solche Summe nicht aushändigen, ohne selbst nachzusehen, ob sie gerechtfertigt war."

„Ich wusste, dass mein Vertrauen in dich nicht fehlgeleitet war", lobte Lucius, wobei seine Stimme von Humor geprägt war.

George lächelte kurz und begann dann, Details zu dem Anwesen

und dem, was er entdeckt hatte, zu erläutern. Er bat um Rat, wie viel
er in diesem Jahr in die verschiedenen Reparaturen stecken sollte und
welche warten sollten, bis er wusste, wie viel die Ernte einbringen
würde. Lucius hatte Georges Anwesen aus der Ferne beaufsichtigt und
konnte ihm bezüglich der Einzelheiten keine Anweisungen geben. Er
konnte ihm jedoch sein Wissen aus den Erfahrungen auf seinem
eigenen Anwesen in Hertfordshire zur Verfügung stellen, auch wenn
dort nicht dieselben Herausforderungen zu bewältigen waren, wie der
Erhalt und der Zugang zu den vorhandenen Frischwasserquellen.

Lucius ging zum Schreibtisch hinüber und schrieb einen Namen
und eine Anschrift auf. „Mir ist soeben Randall Meritt eingefallen, mit
dem ich zur Schule gegangen bin. Von ihm solltest du mehr erfahren
können, denn er kommt aus Cornwall.“

George nahm das Papier mit einem Wort des Dankes entgegen. Es
war eine angenehme Stunde, die er mit seinem Bruder verbracht hatte,
um verschiedene Möglichkeiten zur Verbesserung seines Erbes zu
besprechen. Es war das erste Mal, dass George und Lucius sich auf
Augenhöhe begegneten und er nicht das Gefühl hatte, dass Lucius ihn
als Jungen betrachtete.

„Nun, ich werde Duck aufsuchen. Er müsste jetzt zu Hause sein“,
sagte George schließlich, als er aufstand. Er setzte sich seinen Hut auf
den Kopf. „Er hat ein wenig Liebeskummer.“

Lucius lehnte sich in seinem Stuhl zurück. „Miss Chauncey?“

George war bereits auf dem Weg zur Tür, drehte sich jedoch
daraufhin um. „Ja. Ich bin überrascht, dass du davon weißt, denn Duck
hat sein Interesse an Miss Chauncey nicht besonders deutlich
gemacht.“

„Die Gerüchte kursieren und während du fort warst, habe ich
Duck beobachtet. Immerhin ist er dein Freund. Ich habe noch nie
gesehen, dass er einer Frau derart viel Aufmerksamkeit schenkt.“
Lucius betrachtete seine ineinander verschränkten Finger in seinem
Schoß. „Es ist eine Schande, dass sie sich für Lord Hicks entschieden
hat. Die Bindung zu ihm muss nicht sehr stark gewesen sein.“

George schüttelte den Kopf. „Nein, da irrst du. Ich glaube, ihre
Verliebtheit war zu Beginn sogar stärker als seine. Und ich habe Grund
zu der Annahme, dass sie nicht nachgelassen hat. Doch Duck hat sich
mit einer Erklärung zurückgehalten und Miss Chaunceys Mutter war

an dem Titel interessiert. Nach allem, was man hört, hat sie ihre Tochter dazu gedrängt.“

„*Hm.*“ Lucius rieb sich das Kinn. „Es ist ein allgemeiner Wesenszug der Männer, zu zögern, einer Frau einen Heiratsantrag zu machen, obgleich sie bereits lange wissen, wie es um ihr Herz bestellt ist. Ich nehme an, wir denken immer, dass wir uns noch sicherer sein müssen, aber wie sicher ist sicher genug?“ George wusste, dass Lucius an seinen eigenen Heiratsantrag dachte und daran, wie lange er gebraucht hatte, um sich zum Handeln zu entschließen. Es war schon fast zu spät gewesen, Selena für sich zu gewinnen.

George nickte. „Da kann ich dir nicht widersprechen. Ich denke dennoch, dass er einen Vorstoß machen sollte, um seine Absichten zu verkünden.“ Als Lucius ihn überrascht ansah, fügte er hinzu: „Ich weiß. Das Aufgebot wurde zwar verlesen, doch es wurde keine Anzeige in der *Gazette* veröffentlicht. Und sie verabscheut den Mann. Ich habe es gesehen. Ich finde, Duck sollte ihr zumindest sagen, wie er empfindet.“

„Was, damit sie zusammen fortlaufen können?“ Lucius hob eine Augenbraue. „Das würde teuflisches Gerede auslösen.“

„Duck könnte das verwinden“, schoss George zurück.

„Aber könnte es Miss Chauncey?“ Lucius hob seinen Blick zu George.

George zog seine Handschuhe an. „Das könnte sie. Ich kenne sie zwar nicht gut, aber sie scheint eine Frau mit Charakter zu sein – zu viel Charakter, um ihr ganzes Leben in einer schrecklichen Ehe zu vergeuden. Lady Alice hält sehr viel von ihr, sonst hätte sie nicht so viel Interesse an ihr gezeigt.“

„Und du hältst sehr viel von Lady Alice“, bemerkte Lucius.

George hatte seine Hand auf dem Türknauf und hielt inne. „Unglücklicherweise ja. Leider ist es einseitig.“

GEORGE GING an diesem Abend zu Ducks Haus, in der Hoffnung, ein tiefergehendes Gespräch zu führen, als er es bei Matthew hätte tun können. Er hatte gedacht, dass er ihn dort finden würde und das tat er auch. Duck hatte sein Kinn in die Hand gestützt und hob den Blick, als George hereinkam, begrüßte ihn aber nicht.

„Ich will sehen, was ich tun kann, damit du ein Treffen mit Miss Chauncey bekommst. Ich werde Lady Alice fragen, was sie davon hält – wenn ich es schaffe, sie zu sehen, ehe sie abreist." George hielt kurz inne, die Worte warfen einen Schatten auf alles andere. Er holte tief Luft und versuchte, es abzuschütteln. „Ich glaube, du musst Miss Chauncey sagen, was du für sie empfindest."

Duck nickte, seine Augenlider waren schwer. „Es ist eine schwierige Entscheidung, da ich weiß, dass ich schuld daran bin, dass es so weit kam. Aber du hast recht. Ich muss es ihr zumindest sagen, auch wenn es zu spät ist. Ich habe nur keine Idee, wie."

George wartete darauf, dass er mehr sagte und Ducks Blick wurde nur immer verzweifelter.

„Ich wollte sie aus London fortbringen – weit weg von ihrer Mutter", meinte Duck. „Sie wäre in Derbyshire glücklich gewesen. Sie sagte mir, dass es ihr in London nie wirklich gefallen hat."

George konnte es nicht ertragen, seinen Freund in einem solchen Zustand zu sehen. „Ich weiß nicht, wann Lady Alice abreist, aber ich werde sie bitten, zu arrangieren dass du Miss Chauncey vor ihrer Abreise triffst, wenn das möglich ist. Das ist jedoch alles andere als sicher, denn sie könnte jeden Tag abreisen."

„Das wäre die einzige Möglichkeit, sie zu sehen. Ich habe keinen Vorwand, Miss Chauncey zu besuchen und ihre Mutter hat sie seit Bekanntgabe der Verlobung nicht mehr ausgeführt." Duck streckte die Hand aus und schüttelte Georges Hand. „Wenn dir etwas Derartiges gelingt, stehe ich in deiner Schuld."

George war sich über seine Erfolgsaussichten nicht sicher, doch er würde es versuchen. Stille breitete sich zwischen ihnen aus und um das Gespräch in eine andere Richtung zu lenken, wollte er sich über die Neuigkeiten aus dem letzten Monat zu informieren. „Was habe ich noch verpasst?"

Duck erwachte bei dieser Frage zum Leben. „O ja. Ich glaube, das wird dich interessieren, auch wenn es keine guten Nachrichten sind. Unsere liebe Mary Morgan scheint ihre Finger noch tiefer in den Geldbeutel von Lord Anley zu stecken. Er zeigt alle Anzeichen dafür, vollkommen verliebt zu sein und lässt sich von niemandem mehr beraten. Es ist bekannt, dass sein Vater über die Affäre nicht glücklich ist und dass Anley nicht mehr nach Hause geht oder seine Freunde besucht."

George berührte seine Stirn. „Ich hatte den Bruder von Lady Alice ganz vergessen. Ich frage mich, wie viel sie davon weiß. Ich nehme an, es besteht keine Gefahr, dass er zur Grenze flieht?"

Duck zuckte nur mit den Schultern. „Man sollte meinen, nein. Doch die Art und Weise, wie der Duke alles tut, um es zu verhindern, gibt Anlass zu Gerede. Ich würde nicht sagen, dass Lord Anley der Angelegenheit in irgendeiner Weise dienlich ist. Er scheint recht dickköpfig zu sein."

„Warum können Menschen nicht einfach und unkompliziert sein?", meinte George.

„Und weise?", fügte Duck hinzu. „Im Club wurden Wetten auf die beiden abgeschlossen. Ich hätte auf Mary wetten sollen. Wenn sie einmal einen Mann ins Visier genommen hat, lässt sie nicht so bald wieder los."

KAPITEL 17

Gelegentlich ging die Duchess an einem Wochentag, der nicht auf eine Nacht bei Almack's folgte, auf einen Nachmittagsbesuch zu Lady Jerseys Haus. Als Alice die Treppe hinunterkam, verkündete ihre Mutter, dass dies der Plan für den Tag sein würde. Alice war froh darüber. Sie würde nicht mehr lange in den Genuss von London kommen, und da sie von Cleda und neuen Freundinnen wie Philippa und Mr. Clavering umgeben war, begann sie, es zu schätzen.

Die Duchess hatte arrangiert, dass Alice am nächsten Tag abreisen sollte. Sie würde in der Kutsche des Dukes reisen, begleitet von ihrer Zofe, zwei Lakaien und drei Vorreitern. Sie glaubte nicht, dass sie vor ihrer Abreise noch Gelegenheit haben würde, Mr. Clavering zu sehen, und versuchte sich einzureden, dass das nicht so wichtig sei – insbesondere, weil er sie gebeten hatte, ihm eine Frau zu suchen. Er würde früher oder später heiraten. Ein Mann brauchte schließlich einen Erben.

Vielleicht hatte sie ja das Glück, Miss Chauncey heute zu sehen. Alice wollte eine bessere Gelegenheit haben, um herauszufinden, was passiert war, ohne dass jedes Wort von Miss Chauncey hinterfragt wurde. Ein Blick in Mr. Duckworth' Gesicht hatte sie davon überzeugt, dass Miss Chauncey einen schweren Fehler beging. Obwohl sie ihr nicht vorwerfen konnte, dem starken Druck nachgegeben zu haben, war es eine Schande, dass sie gezwungen worden war, den Antrag eines Mannes anzunehmen, den sie nicht liebte, wenngleich es einen Mann gab, für den sie eindeutig solche Gefühle hegte.

Während sie darauf wartete, dass ihre Mutter sich die Handschuhe anzog, klopfte es an der Tür. Alice folgte ihrer Mutter in das Morgenzimmer, um dort zu warten, damit sie von den Besuchern nicht gesehen wurden. Nur wenige Minuten später kam Horace mit Blumen in der Hand herein. Er brachte sie zum Beistelltisch und verkündete: „Sie sind für Sie, Mylady."

Alice stockte der Atem. Seit ihrer zweiten Saison hatte sie keine Blumen mehr erhalten. Sie warf ihrer Mutter einen unsicheren Blick zu, denn sie wollte nicht verraten, wer ihr die Blumen geschickt hatte. Auch wollte sie den Namen ihres Wohltäters nicht in Anwesenheit ihrer Mutter erfahren.

Die Duchess hatte viele Schwächen, doch sie erzwang kein Vertrauen. Sie würde fragen, von wem die Blumen waren, doch sie würde keinen Brief lesen, der an Alice gerichtet war. Mit einem kurzen Heben der Augenbraue verließ sie das Morgenzimmer. „Sobald du die Karte gelesen hast, können wir uns auf den Weg machen."

Alice wartete, bis ihre Mutter gegangen war, ehe sie zu dem Strauß hinüberhuschte und den Umschlag von dem Band riss, mit dem er an einem Blumenstiel befestigt war. Der Strauß war voller Wildblumen, wie man sie auf dem Land sieht, und nicht wie sonst üblich mit gezüchteten Rosen oder Schwertlilien bestückt. Sie brach das Siegel und öffnete das Papier.

Liebe Lady Alice,

Ich dachte, ein Blumenstrauß mit einer kleinen Notiz wäre angemessener und würde weniger Aufmerksamkeit erregen als ein Brief. Ich hoffe, Sie verzeihen mir meine Anmaßung. Ich weiß nicht, wann Sie London verlassen werden, aber wenn es Ihnen möglich ist, mir vor Ihrer Abreise noch einen Gefallen zu tun – abgesehen von dem, um den ich Sie gebeten habe, der aber bei weitem nicht so dringend ist –, würde ich Sie bitten, Miss Chauncey zu einem Treffen mit Mr. Duckworth zu überreden. Es kann an einem Ort ihrer Wahl stattfinden. Sie braucht es nur zu sagen und er wird kommen.

Vielleicht ist es zu spät oder zu kompliziert, doch wenn ich eine Frau kenne, die über große Ressourcen verfügt, dann sind Sie es.

Alice fuhr mit ihren Fingern über den Schriftzug seines Namens. *George.* Er hatte sowohl seinen Vornamen als auch seinen Nachnamen geschrieben. Sie konnte ihn sich beinahe so vorstellen, anstatt ihn mit seiner förmlicheren Bezeichnung anzusprechen. Sie dachte, dass es schwierig werden würde, das Treffen zu arrangieren, aber Mr. Clavering schien Vertrauen in sie zu haben. Vielleicht könnte es ihre letzte Amtshandlung in London sein. Zumal seine andere Bitte warten konnte.

Ihre Mutter betrat das Zimmer und Alice faltete den Brief zusammen und steckte ihn in ihren Pompadour. „Ich komme, Mutter."

Sie musste nur ihre Handschuhe wieder anziehen, dann war sie bereit. Ihre Mutter hielt an der Tür inne, und endlich kam die Frage, auf die Alice gewartet hatte. „Von wem waren die Blumen?"

„Mr. Clavering." Alice konnte nicht lügen, so sehr sie auch in Versuchung war. Auch war sie versucht, die Blumen mit auf die Reise zu nehmen, um sie zu pressen, doch das wäre wohl der Gipfel der Dummheit.

„Er scheint Interesse in deine Richtung zu haben, trotz dem, was du sagst", bemerkte ihre Mutter.

„Nein", antwortete Alice fest. Sie könnte ihrer Mutter erzählen, dass er sie gebeten hatte, ihm eine Frau zu suchen, aber sie wollte nicht zu viel preisgeben.

Ihre Mutter hielt eben lange genug inne, um „Schade" zu sagen, ehe sie die Tür öffnete und zu dem Lakaien ging, der dort wartete.

Als sie im Haus von Lady Jersey ankamen, musste Alice enttäuscht feststellen, dass zwar Mrs. Chauncey anwesend war, nicht aber ihre Tochter. Sie saß an der Seite des Raumes, den Alice insgeheim als „zweiten Kreis" bezeichnete. Mrs. Chauncey hatte genug Ansehen, um Lady Jersey einen Besuch abzustatten, aber sie würde bei den Damen sitzen, die nicht den Rang von Lady Jersey und der Duchess of Carr hatten. Alice wünschte sich, sie könnte Mrs. Chauncey fragen, warum ihre Tochter nicht anwesend war, doch so etwas tat man nicht.

Stattdessen setzte sie sich in den Kreis der jungen Damen, die sie von Kindesbeinen an kannte und wünschte sich, sie könnte in den Genuss von Miss Chaunceys authentischer Unterhaltung kommen.

„Lady Alice", rief Diana Moore. „Hast du vor, zu dem Maskenball zu gehen, den die Fenleys veranstalten? Wir haben gerade besprochen, was wir anziehen werden – aber ich denke, wir sollten niemandem sagen, was es sein wird, wenn wir unsere Identität geheim halten wollen."

Teresa Wolfe hob ihre Tasse an und nahm einen Schluck von ihrem Tee. „Ich habe lange darüber nachgedacht, dass jemand einen privaten Maskenball veranstalten sollte, der es mit Vauxhall Gardens aufnehmen könnte, aber an dem man tatsächlich teilnehmen kann, ohne dass man zu schnell erkannt wird. Endlich hat jemand anderes die Idee gehabt."

Barbara Gower nickte weise. „Die Fenleys haben genau den richtigen Ballsaal dafür. Ich glaube, sie haben den größten Ballsaal in ganz London. Es ist der perfekte Ort, um eine solche Menge zu empfangen, und sie werden auf alles achten, was unpassend ist, das versichere ich dir."

„Wirst du also erscheinen?", fragte Diana Alice.

Sie brachte es nicht über sich, die Worte auszusprechen, dass sie nicht in London sein würde. Sie verspürte keinerlei Lust, Fragen über ihre bevorstehende Reise abzuwehren. Sie fühlte sich beschämt. Plötzlich wurde Alice von einem Gedanken heimgesucht. Warum hatte ihre Mutter nicht daran gedacht? Dass sie mitten in der Saison verreisen würde, würde sicherlich für Gerede sorgen. Die Leute würden davon überzeugt sein, dass sie einen Grund gehabt hatte, zu gehen. Und wenn sie dann die Worte aussprach, würde es Wirklichkeit werden. Und sie hoffte noch immer, dass sie bleiben könnte.

„Ich habe mich noch nicht entschieden", sagte Alice schließlich. „Ich weiß nicht, welche Pläne meine Eltern für die nächsten Abende haben."

„Das ist einer der Nachteile, wenn man alleinstehend ist", sagte Barbara freundlich zu den Frauen in ihrem Kreis, die alle alleinstehend waren.

Teresa schaute zum zweiten Kreis hinüber und beugte sich vor. „Ich habe gehört, dass Mrs. Chauncey einen Sieg für ihre Tochter errungen hat. Ich hörte zufällig, wie sie damit prahlte, als wir hereinkamen. Ich wundere mich, dass ihre Tochter nicht auch hier ist, um ebenfalls mit den Neuigkeiten zu prahlen."

Alice war sich nicht sicher, ob sie eine Verlobung mit Lord Hicks als Sieg bezeichnen würde, aber sie würde den Klatsch nicht weiter anheizen. Vielleicht kam es ja gar nicht dazu. „Es ist nichts verkündet worden", sagte sie.

„Es ist nichts verkündet worden, doch so wie sich Miss Chaunceys Mutter freut, bin ich sicher, dass es nur eine Frage der Zeit ist", erwiderte Teresa.

Barbara runzelte die Stirn. „Ich verstehe nicht, warum es so lange dauert. Jeder glaubt, dass die Angelegenheit besiegelt ist und dennoch gibt es keine Ankündigung? Das Aufgebot wurde anscheinend zweimal verlesen, doch das ist der *vornehmen Gesellschaft* weniger wichtig als eine Zeile in *der Gazette*." Sie kicherte über ihre eigene Gewitztheit, ehe sie fortfuhr. „Ihre Mutter muss doch wissen, dass das nur Gerede erzeugt. Das würde ich vermeiden wollen, wenn ich eine Verlobung eingehen würde. Ich kann nur dankbar sein, dass mein Mr. Gower alles auf die rechte Weise gemacht hat und dass meine Eltern die Anzeige schnell in die Zeitung gesetzt haben."

Alice wandte sich an Teresa, von einer Idee ergriffen. „Du nennst die Verlobung mit Lord Hicks einen Sieg, doch er ist schon seit langem auf der Suche nach einer Frau. Warum hast du dich vorher nie um seine Gunst bemüht?"

„Lady Alice", antwortete Teresa mit einem Anflug von Empörung. „Du darfst nicht denken, dass ich zu den Frauen gehöre, die nach geeigneten Männern *sucht*."

„Nein, nein", sagte Lady Alice in einem versöhnlichen Ton. Sie hoffte, Teresas Interesse an Lord Hicks auf den Grund gehen zu können. „Das wollte ich nicht andeuten. Was findest du an Lord Hicks so anziehend?"

Sowohl Barbara als auch Diana schwiegen und Alice fragte sich, ob sie die Einzige war, die den Mann nicht ausstehen konnte?

„Ich sage nicht, dass er anziehend ist – nicht im Sinne des Wortes", antwortete Teresa abwiegelnd. „Es ist nur, dass sein Vermögen bekanntlich enorm ist und das ist nichts, worüber man die Nase rümpfen sollte. Ich weiß, dass er vielleicht nicht der attraktivste Mann ist." Sie kicherte. „Sicherlich nicht so wie Mr. Clavering, von dem ich einmal dachte, dass er an dir interessiert ist, Lady Alice. Aber ein Leben mit Lord Hicks wäre ein angenehmes Leben. Seine

Frau könnte über jede Eleganz verfügen und wäre zudem noch betitelt.“

Alice hatte eine Idee und es fiel ihr nicht schwer, so zu tun, als hätte sie Mr. Claverings Namen nicht in Verbindung mit ihrem gehört. In jedem Fall würde sie sich nicht dazu herablassen, auf etwas Derartiges zu antworten. Das Gespräch ging zu anderen Themen über, und Alice‘ Gedanken kreisten um ihre Idee.

Was wäre, wenn sie und Mr. Clavering es so einrichten könnten, dass Mr. Duckworth Miss Chauncey für sich gewann, ehe sie mit einem Mann vor den Altar trat, der ihr zuwider war? Was wäre, wenn Alice Lord Hicks ablenken könnte, damit er stattdessen Teresa in Betracht zog? Dann wären alle glücklich. Er würde eine Frau finden, die sich nicht an ihm störte, Teresa könnte sesshaft werden – was sie sich wünschte, wie Alice wusste – und Miss Chauncey wäre frei.

Der nächste Gedanke kam mit deprimierender Schnelligkeit. Sie würde nicht hier sein, um so etwas zu bewerkstelligen. Sie wäre bereits morgen auf dem Weg nach Cumbria.

Die Duchess erhob sich und sprach mit ihrer Gastgeberin ein paar Worte unter vier Augen, lächelte und holte sich die letzten Unzen Klatsch, die sie für die nächste Woche ernähren würden. Sie gab ihrer Tochter das Zeichen zum Gehen und Alice stand auf. Ihre Mutter war eine Verfechterin von Kurzbesuchen.

„Ich muss mich von euch verabschieden“, sagte Alice zu den anderen Frauen. „Meine Mutter ist bereit zu gehen.“

„Ich fürchte, ich werde die Gastfreundschaft übermäßig beanspruchen, wenn ich nun nicht auch gehe“, sagte Barbara. „Ich bin vor euch allen angekommen. Lady Alice, ich kann dich und deine Mutter zum Eingang begleiten, während wir auf unsere Kutschen warten. Ich nehme an, ihr müsst auf eure Mütter warten“, sagte sie zu Teresa und Diana, die nickten.

Barbara hakte sich bei Alice unter. „Ich bin allein gekommen, musst du wissen. Es ist solch ein Vergnügen, genau das zu tun, was ich wünsche. Welch Freiheit wir verheirateten Frauen doch genießen.“

Draußen hatte es zu regnen begonnen, und das Geräusch der Tropfen drang in die Halle. Es war kein richtiger Wolkenbruch, doch der Regenschauer war kräftig genug, dass sie wahrscheinlich durchnässt sein würden, bis sie bei den Kutschen ankamen.

Alice' Mutter rief zuerst nach ihrer Kutsche. Während sie warteten, kam Mrs. Wesley heraus und blieb stehen, um mit ihr zu sprechen.

Barbara rückte näher an Alice heran und senkte ihre Stimme zu einem Flüstern. „Ich wollte die Angelegenheit mit deinem Bruder nicht ansprechen, aber es wird viel über ihn geredet. Das Gerücht über seine Beziehung zu Mary Morgan. Konnte Seine Gnaden nichts unternehmen, um den Skandal zu vertuschen? Wie ich höre, ist Lord Anley sehr festgefahren und will auf niemanden Rücksicht nehmen. Diese Frau ist viel zu kokett für ihr eigenes Wohl – die Verführerin in Person. Niemand kann ihr widerstehen, wie ich höre."

Die Worte waren ein Stich in Alice' Herz. Ihr armer Bruder wurde von Leuten wie Barbara Gower und dem Rest Londons zum Gesprächsthema gemacht. Wie war es möglich, dass er nicht sehen konnte, was geschah? Sie hielt ihn nicht gerade für einfältig, aber wie hatte er es nur so weit kommen lassen können?

Der Butler schaute aus dem Fenster und wandte sich ihnen dann zu. „Euer Gnaden, Ihre Kutsche ist da."

„Komm, Alice", drängte ihre Mutter und eilte vorwärts.

Alice folgte ihrer Mutter aus der Tür und die wenigen Stufen zur Straße hinunter. Der Lakai reichte der Duchess seinen Arm, und sie hielt sich leicht fest, als sie die Treppe hinuntergingen.

Als sie die Steinpromenade erreichten, trat Alice' Mutter auf eine dünne Wasserschicht und ihr Fuß schoss nach vorne. Sie begann zu fallen, und der Lakai drehte sich, um sie mit der anderen Hand aufzufangen, war jedoch nicht schnell genug. Die Duchess fiel mit einem Ächzen zu Boden und konnte sich eine Minute lang weder bewegen noch sprechen.

Erschrocken eilte Alice zu ihr und griff nach ihrem Ellbogen. „Mutter, du wirst völlig durchnässt sein. Kannst du dich bewegen?"

Die Stimme ihrer Mutter war scharf vor Schmerz. „Du! Hilf mir auf die Beine."

Der Lakai, der ihr geholfen hatte, sah beschämt aus. Er machte sich auf den Weg, als der Butler die Treppe hinuntereilte. Barbara und Mrs. Wesley traten beide nach draußen, um zu sehen, was geschehen war.

„Euer Gnaden!", riefen sie.

Keine der beiden Frauen war jedoch besonders hilfreich, da sie den Schutz der Markise, die den Regen abhielt, nicht verlassen wollten.

Alice' Mutter ignorierte sie und erlaubte dem Butler und dem Lakaien, ihr zu Hilfe zu kommen und ihr dann in die Kutsche zu helfen. Alice ging zur anderen Seite der Kutsche, um einzusteigen, und rief ihrem Stallburschen zu: „Bring uns umgehend nach Hause. Meine Mutter ist verletzt worden." Sie schloss die Tür und setzte sich, dann sah sie ihre Mutter voller Mitgefühl an.

„Schmerzt es sehr?"

Das Gesicht ihrer Mutter war verkniffen. „Welch ein tollpatschiger Trottel. Dieser Lakai konnte nicht einmal die einfache Aufgabe ausführen, für die er angestellt wurde. Ich hoffe, Lady Jersey hält es für angebracht, ihn zu entlassen. Er hat es verdient, seines Postens enthoben zu werden, ohne eine Empfehlung zu erhalten."

Alice empfand Mitleid mit dem Lakaien. Ihre Mutter war nicht leicht und sobald sie einmal auf dem Weg nach unten gewesen war, hätte sie nichts mehr auf den Beinen gehalten. Sie blieb jedoch ruhig. Es würde nichts nützen und sie wusste, dass eine Dosis Schmerz und Demütigung nicht unbedingt zu Gnade führten.

Als die Kutsche vor ihrem Haus hielt, versuchte ihre Mutter, sich auf ihrem Sitz zu bewegen und schüttelte den Kopf. „Ich kann nicht laufen. Meine Hüfte und mein Knöchel schmerzen beide. Schick den Stallburschen hinein, damit unsere Lakaien kommen und mir helfen. Gib acht, dass niemand vorbeikommt, wenn sie das tun."

Alice tat, wie ihre Mutter ihr gesagt hatte, und da es noch immer regnete – ein Segen für ihre Mutter, die keine Zuschauer wünschte – stieg sie wieder in die Kutsche, ohne eine Menschenseele zu sehen. Sie blickte ihre Mutter noch einmal an und fragte sich, ob sie tröstende Worte oder Gesten begrüßen würde. Alice beschloss, dass dem nicht so war.

„Ich habe Neuigkeiten für dich", sagte ihre Mutter. „So es mir auch missfällt, bin ich mir sicher, dass du sie als gut ansehen wirst. Ich werde nicht laufen können, so viel ist klar, und ich weiß nicht, wie lange es dauern wird, bis ich wieder gesund bin. Mir bleibt nichts übrig, als deine Reise zu deiner Schwester zu verschieben, denn du wirst während meiner Genesung den Haushalt führen müssen."

„Ja, Mutter", antwortete Alice so neutral, wie es ihr möglich war.

Die Tür der Kutsche auf der Seite ihrer Mutter öffnete sich und
der Butler stand mit zwei Lakaien da. Er schnalzte besorgt und
begann, den Lakaien Befehle zu erteilen.

Alice konnte kaum glauben, was ihre Mutter ihr gerade gesagt
hatte. Es wäre unhöflich, diese Wendung der Ereignisse als Glücksfall
zu bezeichnen, doch wenn sie ehrlich war, konnte sie sie nur als
solchen betrachten.

KAPITEL 18

George saß in seinem Esszimmer im Long's Hotel und fühlte sich nicht danach, etwas zu unternehmen. Er konnte nur annehmen, dass Lady Alice bereits abgereist war und ohne sie war London ein trostloser Ort. Während seines Monats in Cornwall war sie ihm öfter in den Sinn gekommen, als er es für möglich gehalten hätte. Wie hatte er so viele Jahre verbringen können, ohne sie zu kennen? Er hatte beinahe vergessen, was seine Gedanken früher beschäftigt hatte.

Auf den ersten Blick war Lady Alice einfach eine weitere Frau der Gesellschaft aus gutem Hause, nicht anders als der Rest der Frauen der *vornehmen Gesellschaft*. Aber sie hatte die gleichgültige Barriere durchbrochen, die die Leute aufbauten, wenn sie Veranstaltungen der Gesellschaft besuchten und war zu mehr geworden. Es war eine Schande, dass sie nicht heiraten wollte. *Warum* wollte sie nicht heiraten? Das ergab keinen Sinn, insbesondere, da sie sich so gut verstanden. George stützte einen Arm auf den Tisch und spielte an seiner Teetasse herum. Wenn er nur den Hauch einer Chance gewittert hätte.

Er setzte sich auf. Vielleicht gab es ja eine Chance und es brauchte nur den richtigen Mann. Und vielleicht war *er* dieser Mann. Es gab nur einen Weg, das herauszufinden: Er würde sie genauso eifrig umwerben, wie Duck Miss Chauncey umworben hatte, nur dass er dieses Mal nicht lange mit einem Antrag warten würde, damit kein Emporkömmling sich einschleichen und sie in letzter Minute für sich gewinnen konnte.

Apropos, die Hochzeit von Lord Hicks und Miss Chauncey war nur noch zwei Wochen entfernt. Die Ankündigung war schließlich am Vortag in der *London Gazette* erschienen. George konnte sich nicht erklären, warum eine solche Eile herrschte, die beiden zu verheiraten, abgesehen davon, dass Mrs. Chauncey ihre Tochter wahrscheinlich unbedingt absichern wollte. Die ganze Angelegenheit drehte einem den Magen um, wenn man bedachte, wie sehr Menschen auf Titel fixiert waren. Als Duck keine Nachricht auf die Frage erhalten hatte, wie er Miss Chauncey treffen könnte, war er nur noch verdrießlicher geworden. Wenn George nicht bald etwas unternahm, würde auch er sich der Trostlosigkeit ergeben. Er beschloss, dass es an der Zeit war, ein paar Schläge auszuteilen.

Kurze Zeit später betrat er die Bond Street Nr. 13, begierig, etwas von dem Frust abzubauen, der sich in ihm angestaut hatte. Ein paar Runden Boxen würden den Zweck erfüllen. Als er sich seines Mantels entledigte, dachte er an den Marquess of Anley und fragte sich, ob er ihm hier begegnen würde und ob der Marquess ihm Neuigkeiten über seine Schwester mitteilen würde. Einige Minuten später erschien genau dieser Mann selbst.

Anley fing seinen Blick auf und kam herüber. „Clavering", grüßte er und streckte seine Hand aus.

„Angenehm, Mylord. Sind Sie zum Sparring hier, oder sind Sie fertig?" George behielt die anderen Fragen für sich. Er wollte nicht, dass Lord Anley erfuhr, wie häufig Lady Alice seine Gedanken beschäftigte.

„Nenn mich Anley. Tatsächlich wollte ich mich soeben umziehen. Ich war auf der Suche nach jemandem, der mir gewachsen ist und wenn du möchtest, kann ich mit dir üben." Der Marquess lächelte und erinnerte George mit dem sturen Neigen des Kinns an Lady Alice. Sie hatte gesagt, sie stünden sich nahe.

„Ich werde hier warten."

Als Anley zurückkam, fing George an, zum Aufwärmen ein paar Mal in die Luft zu schlagen. Er konnte seine Neugier jedoch nicht lange unterdrücken. „Ich nehme an, Lady Alice hat London verlassen."

Anley blickte ihn überrascht an. „Du weißt also davon?"

George wich Anleys Blick aus. Er hatte nichts von der Intimität, die er mit Lady Alice teilte, preisgeben wollen, aber anscheinend hatte er es dennoch getan. „Wir sind miteinander bekannt, auch wenn wir uns nicht nahestehen. Wir sprachen ein paar Mal miteinander."

Der Marquess schüttelte den Kopf. „Ich würde sagen, ihr seid etwas mehr als bekannt, wenn du von ihrer bevorstehenden Abreise weißt. Soweit mir bekannt ist, hat sie niemandem erzählt, dass sie abreisen wird und sie gehört nicht zu den Menschen, die anderen ihre persönlichen Angelegenheiten mitteilt. Tatsächlich fällt mir niemand ein, bei dem sie das tun würde, ausgenommen ihre Freundin Cleda Langley – oder nun Bell."

George hielt den Atem an und hoffte, dass er Anley nicht misstrauisch gemacht hatte. Er wollte Lady Alice den Hof machen, doch er wollte es zu ihren Bedingungen tun. Mit vollem Respekt für ihre Wünsche. Er hoffte, dass er sich nicht falsch ausgedrückt hatte.

Der Marquess wickelte eine Bandage um seine Handgelenke und Hände und zog seine Handschuhe an. „Um genau zu sein ist meine Mutter gestürzt. Es hat geregnet, als sie mit Alice für ihre Vormittagsbesuche unterwegs war und sie ist ausgerutscht und hat sich den Fuß und auch die Hüfte verletzt, meine ich. Von daher kann sie nichts selbst tun. Also hatte meine Schwester, die derzeit keinerlei Verlangen verspürte, die Stadt zu verlassen, durch das Unglück meiner Mutter Glück. Sie soll in London bleiben und sich um meine Mutter kümmern." Anley warf George einen Blick zu, der wieder einmal sprachlos war angesichts der Tatsache, wie sehr der Marquess seiner Schwester ähnelte. Doch in diesem Fall war es der Humor in seinen ausdrucksstarken Augen.

George führte noch ein paar Schläge aus, ohne sich die Freude anmerken zu lassen, die in ihm aufstieg. *Sie wird nicht gehen!* Er bemerkte, dass er nicht richtig zum Boxen ausgerüstet war, schnappte sich seine eigenen Handschuhe und zog sie an. „Dann wird es schön sein, sie zu sehen. Möglicherweise begegnen wir uns heute Abend in der Oper."

Anley schaute zweifelnd. „Ich bin mir nicht sicher, ob sie in die Oper gehen wird – oder gegenwärtig irgendwohin anders. Sie wird niemanden haben, der sie begleitet."

George legte den Kopf schief und musterte den Marquess. Er

würde alles dafür geben, Lady Alice heute Abend zu sehen. „Warum begleitest du sie nicht?"

Anley bewegte sich unter Georges Blick. „Ich, äh, habe eigene Pläne, wenn die Oper vorbei ist. Ich wäre nicht in der Lage sie nach Hause zu bringen."

George wusste sehr wohl, welche Pläne Anley hatte, doch ihre Bekanntschaft war noch zu frisch, als dass er es zur Sprache bringen konnte. Schade, dass er Lady Alice nicht anbieten konnte, sie nach der Oper selbst nach Hause zu bringen, doch das war unmöglich. Nicht in der Nacht, wenn sie nur zu zweit waren. Sie würde eine richtige Anstandsdame brauchen. Philippa ging es in letzter Zeit schlecht und er konnte sie nicht bitten, Lady Alice zu begleiten.

Er hob die Fäuste. „Bereit?"

Anley schlug seine behandschuhten Hände einmal zusammen. „Bereit."

Sie unterhielten sich, während sie kämpften, doch George schnitt das Thema Mary Morgan nicht an. Das würde nur eine Abfuhr provozieren und er wollte die Fortschritte, die er in Bezug auf Anleys Vertrauen verzeichnen konnte, nicht wieder zunichtemachen. Wenn er ihm helfen wollte, musste er behutsam vorgehen. Abgesehen davon ging es ihn eigentlich nichts an, abgesehen von seinem Wunsch, Lady Alice zu beruhigen.

Als sie sich dem ernsthaften Sparring widmeten, verstummte ihr Gespräch. Anley hatte einige Tricks aufgeschnappt, seit George fortgewesen war. Er lernte schnell – außer wenn es um Herzensangelegenheiten ging, so schien es.

An diesem Abend in der Oper konnte George trotz der Tatsache, dass Anley ihm die Hoffnung genommen hatte, Lady Alice zu sehen, nicht umhin, nach ihr Ausschau zu halten. Er durchsuchte die Menschenmenge und kam zu dem Schluss, dass sie tatsächlich nicht da war. Er kreuzte jedoch den Weg von Mrs. Bell und ehe er es sich anders überlegen konnte, ging er zu ihr hinüber, um sie zu begrüßen. Der einzige Hinweis auf ihre Überraschung war das leichte Heben einer Augenbraue, ehe sie einen Knicks machte.

„Mrs. Bell, ich hoffe, es geht Ihnen gut heute Abend. Sind Sie mit Ihrem Mann gekommen?" George wusste nicht, wie Mr. Bell aussah, doch es wäre seltsam, wenn Mrs. Bell allein wäre, obwohl sie verheiratet war.

Sie lächelte ihn an. „Ja, Mr. Bell ist der Gentleman, der gleich dort drüben steht. Ich habe ihn im Gespräch mit einem der Abgeordneten alleingelassen."

George wusste nicht, was er als Nächstes sagen sollte und er stand einen Moment lang da. Er hatte sich nicht überlegt, unter welchem Vorwand er mit ihr sprechen wollte, nur dass er eine Verbindung zu Lady Alice brauchte.

„Ich hatte angeboten, Lady Alice heute Abend mitzunehmen", sagte Mrs. Bell nach einer Pause – und warf ihm damit den Gesprächsköder zu, den er begierig annahm.

„Wie geht es Lady Alice?" Sein Gesicht erwärmte sich unter dem allzu aufmerksamen Blick von Mrs. Bell. „Ich hatte gehört, dass sie London verlassen wollte, doch ihr Bruder erzählte mir, dass sie wegen eines bedauerlichen Unfalls nun nicht abreist."

Mrs. Bell nickte, der Schimmer eines Lächelns in ihren Augen. „Höchst bedauerlich. Ich würde niemandem einen solch schmerzhaften Sturz wünschen. Doch ich bin froh, meine Freundin für den Rest der Saison bei mir zu haben." Sie hielt kurz inne, ehe sie hinzufügte: „Und froh, dass sie nicht dorthin geschickt wird, wo es nichts gibt, womit sie sich amüsieren könnte."

„Ich bin ebenfalls froh", gab George zu, ohne sich darum zu kümmern, ob er Gefühle zeigte, die er normalerweise verborgen hielt. Nun, da er sich vorgenommen hatte, die Hand von Lady Alice zu gewinnen, wollte er siegreich sein.

Dennoch würde es nichts nützen, wenn sie in London wäre und er sie nicht sehen könnte. „Wenn sie keine Anstandsdame hat, wird es demnach nicht einfach für sie, andere zu besuchen. Wissen Sie, ob sie zu Hause Besucher empfängt?"

Mrs. Bell lächelte breit. „Sie haben sich an die rechte Person gewandt, denn ich weiß genau, wie Lady Alice' Zeitplan aussieht. Ihre Mutter ist nicht in der Lage, an den Vormittagsbesuchen teilzunehmen, doch sie möchte nicht den Eindruck erwecken, dass es ihr zu schlecht geht, Besucher zu empfangen. Daher empfängt Lady Alice Besucher in Anwesenheit ihrer Zofe. Da es sich nicht herumgesprochen hat, dass sie zu Hause ist, erhält sie natürlich wenig Besuch."

George sog diese wertvollen Informationen in sich auf. „Und wann wäre ein guter Zeitpunkt, um Lady Alice einen Besuch abzustatten?"

„Ich glaube, Sie werden sie morgen um zwei Uhr zu Hause antreffen, sollten Sie es zu versuchen wünschen." Mrs. Bell machte einen kleinen, anmutigen Knicks und drehte sich zu ihrem Mann um, noch immer mit einem leichten Lächeln in den Augen.

Das gab George Hoffnung. Sie wusste mehr über Lady Alice als alle ihre anderen Freundinnen und wenn Mrs. Bell ihm diese Informationen gab, glaubte sie vermutlich, dass er eine Chance hatte. Dass Lady Alice erklärt hatte, sie wolle ledig bleiben, war entmutigend, doch vielleicht hatte sie einen Sinneswandel. Wenn er seine Suche nach einer Frau wieder ansprach, könnte sie ihr Interesse bekunden. Er konnte es nicht wissen, wenn er es nicht versuchte.

Am nächsten Tag erschien George um zwei Uhr bei der Residenz des Dukes of Carr. Es schien ewig zu dauern, ehe der Butler die Tür öffnete, und ein Rinnsal Schweiß lief George kalt den Rücken hinunter. Da er sich wenig um sein gesellschaftliches Ansehen scherte, war es ihm fremd, von Nervosität geplagt zu werden.

Endlich ließ ihn der Butler eintreten und hieß ihn im Salon zu warten, während er eine Nachricht an Lady Alice schickte. Das war bereits ein vielversprechender Anfang. Der Butler hätte ihn sicher nicht eingelassen, wenn George keine Chance gehabt hätte, sie zu sehen. Dennoch wusste er nicht, was er mit sich anfangen sollte, während er wartete. Sollte er sich setzen? Er schritt umher und hielt dann inne. Er ging zum Fenster hinüber, dachte dann jedoch, es wäre zu forsch, den Raum auf diese Weise in Besitz zu nehmen, und kehrte in die Mitte zurück. Kurz darauf betrat Lady Alice den Raum und bei ihrem Anblick stockte ihm der Atem. Ihr Lächeln erreichte ihre Augen.

„Wie Sie sehen, bin ich nicht abgereist. Woher wussten Sie es?" Sie trat auf ihn zu und hielt ihm ihre Hand hin. Er griff danach und hob sie an seine Lippen, hielt erst im letzten Augenblick inne und beugte sich über sie. Wenn er nicht achtgab, würde er einen großen Fauxpas begehen.

„Von Ihrem Bruder. Ich habe ihn im Boxsalon gesehen. Wir haben bereits zweimal gegeneinander geboxt. Doch dann ich bin gestern Abend Mrs. Bell begegnet und sie sagte mir, dass ich versuchen könnte, Sie heute Nachmittag zu besuchen. Auf diese Information hin kam ich vorbei." *Gütiger Himmel, ich fasele.* Im Nachhinein fügte er hinzu: „Es tut mir leid, das mit Ihrer Mutter zu hören."

„Bitte nehmen Sie Platz, Sir." Lady Alice wies auf das Sofa und setzte sich dann neben ihn. „Es wäre in der Tat eine traurige Situation, wenn es nicht hieße, dass meine Mutter wieder vollständig genesen würde und es mir eine sehr lange Reise erspart hätte, die ich nicht antreten wollte."

Ihre Zofe war Lady Alice in den Raum gefolgt und nahm einen Platz an der Seite ein, damit sie ungestört waren.

„Ich habe über Miss Chauncey und Mr. Duckworth nachgedacht", begann Lady Alice. „Ich würde gerne etwas für sie tun, doch es ist schwierig für mich, ihnen zu helfen, da ich mein Zuhause nicht so einfach verlassen kann. Doch ich hatte Zeit zum Nachdenken und habe mir einen Plan zurechtgelegt. Ich denke, Sie könnten mir möglicherweise helfen, ihn in die Tat umzusetzen."

George genoss es, ihr Gesicht zu betrachten, während sie sprach. Es war lebhaft – lebhafter als sonst – obwohl er das nicht auf sich beziehen wollte. Es musste die Begeisterung darüber sein, Duck und Miss Chauncey zu helfen oder die Erleichterung darüber, nicht fortgeschickt worden zu sein. In Gesellschaft setzte Lady Alice allzu oft einen verschlossenen Ausdruck auf wie eine Maske.

Er richtete sich auf. Sie wartete auf eine Antwort. „Dann sagen Sie es mir. Was kann ich tun, um zu helfen?"

Ein leises Lachen entwich ihr, als sie ihm einen neckenden Blick zuwarf. „Sie haben also kapituliert? Sie sollten sagen: ‚Nein, ich werde nichts tun, um Ihnen zu helfen. Ich möchte meine Wette gewinnen.' Ist dies nicht länger der Fall?"

George zuckte mit den Schultern und schaute auf seine Hände, ehe er aufsah, um ihrem Blick zu begegnen. „Ich finde, die Wette zu gewinnen ist es nicht wert, einen Freund zu haben, der unglücklich ist."

Ihr Blick wurde weicher, während sie sich weiter ansahen. „Es ist freundlich von Ihnen, das zu sagen. Das spricht für Sie."

Das Lob traf George in der Brust und Wärme breitete sich dort aus – bis er ihre nächsten Worte hörte.

„Ich denke, sie sollten durchbrennen."

Er warf Lady Alice sprachlos einen Blick zu. Er konnte sie nicht richtig verstanden haben.

Sie fuhr fort. „Ich weiß, ich weiß. Das ist die schockierendste Angelegenheit der Welt. Ihr Ruf wird sich nie wieder erholen. Und doch" – sie beugte sich vor, plötzlich entschlossen – „würde sie den *größten Fehler* ihres Lebens machen, wenn sie sich an Hicks bindet, obwohl sie Mr. Duckworth liebt. Glauben Sie, er wäre bereit, etwas wie eine Flucht zur Grenze in Betracht zu ziehen? Ich wette, dass Miss Chauncey es tun würde."

„Eine weitere Wette", entgegnete George verwirrt. Nachdem der erste Schock über den skandalösen Vorschlag überwunden war, begann er, über ihre Idee nachzudenken. Duck würde sich nicht um den Skandal scheren. Das wusste George. Er würde einzig Miss Chauncey für sich gewinnen und sie damit vor einem Leben in Elend bewahren wollen.

„Keine Wette, nur eine Ahnung", erwiderte sie. „Wenn es mir gelingt, Miss Chauncey zu sehen und sie über den Plan aufzuklären, könnten Sie Mr. Duckworth die Idee unterbreiten? Einigen wir uns darauf, dass die Regeln der Gesellschaft streng sind und jederzeit eingehalten werden müssen. Doch zu Beginn unserer Wette sagten wir, dass niemand zu Schaden kommen darf und das waren die Bedingungen. Und Sie müssen zugeben, dass die Heirat mit einem Mann, den sie nicht ertragen kann, ein nicht unerheblicher Schaden ist."

George dachte darüber nach. „Ich werde Duck fragen. Und wenn es etwas ist, das er tun möchte, werde ich ihm helfen."

Lady Alice klatschte in die Hände. „Ausgezeichnet. Ich habe keinen Zweifel daran, dass dies der rechte Weg ist. Wir dürfen keine Zeit verlieren, ihn zu verwirklichen."

Von außerhalb des Salons drangen Geräusche zu ihnen und als die Realität sich zeigte, spürte George, dass es an der Zeit war, zu gehen. Die Gesellschaft von Lady Alice würde mit Zuschauern nicht dieselbe sein. „Ich muss nun gehen", sagte er, „aber ich hoffe, bald Nachricht geben zu können, wie Duck vorgehen möchte."

Lady Alice erhob sich und er tat es ihr nach. Sie standen sich einen Augenblick lang wie erstarrt gegenüber und sie zeigte sich ebenso unwillig wie er, ihr Gespräch zu beenden.

„Ja, bitte lassen Sie es mich wissen", sagte sie, ihre Augen noch immer auf seine gerichtet.

Der Sog in seinem Inneren verleitete ihn dazu, näher zu kommen und dort zu verweilen, weil er ihre Gegenwart nicht verlassen wollte. Möglicherweise rief das seine nächste Frage hervor. Er war sich nicht sicher, was ihn überkam – ob er sie in Versuchung führen, sie auf die die Probe stellen oder einfach nur ihre gemeinsame Zeit verlängern wollte –, doch er stellte sie, ohne nachzudenken.

„Haben Sie eine Frau gefunden, die Sie für geeignet halten, meine Frau zu werden?"

Kaum waren die Worte ausgesprochen, bereute er sie. Lady Alice' Miene verfinsterte sich und ihr Blick schweifte ab. „Ich habe mir ein paar mögliche Kandidatinnen überlegt", sagte sie nach einer kurzen Pause. „Doch da der Besuch vorüber ist, müssen Sie wiederkehren, um von ihnen zu erfahren."

Wenn George sich für solch eine dumme Bemerkung hätte schlagen können, hätte er es getan. Er wollte versuchen, ihr Herz zu gewinnen – und sie nicht glauben lassen, er sei ganz und gar desinteressiert. Er zwang sich zu einem Lächeln, als er sich verbeugte. „Ich freue mich darauf, wiederzukehren."

KAPITEL 19

Als Mr. Clavering ging, sagte Alice ihrer Zofe, dass sie nicht zu bleiben brauchte, und Daisy machte einen Knicks, ehe sie den Raum verließ. Alice setzte sich wieder auf ihren Platz, dankbar für die Ruhe und überwältigt von einem seltsamen Gefühl der Taubheit.

Als der Diener ihr die Nachricht überbracht hatte, dass Mr. Clavering unten auf sie wartete, war sie von der Freude, die sie durchfuhr, vollkommen überrascht worden. Sie hatte versucht, sich einzureden, es läge daran, dass sie mit ihm über das Projekt mit Mr. Duckworth und Miss Chauncey sprechen wollte, doch das war nicht der Fall. Sie freute sich, ihn um seiner selbst willen zu sehen. Mr. Clavering hatte etwas an sich, das ihrem Leben Farbe verlieh. Und die Tatsache, dass er gekommen war, um sie zu besuchen, ließ sie sich fragen, ob sie vielleicht auch Farbe in sein Leben brachte.

Der Besuch hatte damit begonnen, dass sie sich gefreut hatte, ihn zu sehen, und dass sie begeistert war, ihm einen Plan zu unterbreiten, der in jeder Hinsicht skandalös war, von dem sie aber glaubte, dass er mühelos damit umgehen könnte. Dann hatte sich alles plötzlich verändert. Er hatte erneut gefragt, ob sie ihm eine Frau finden würde.

Nun, nach dem Besuch und dem Tumult an Gefühlen, der sich entwickelt hatte, musste sie die Realität akzeptieren. Natürlich konnte er keine Gefühle für sie haben, sonst würde er sie nicht bitten, ihm eine Frau zu suchen. Dennoch war sie zu dem Schluss gekommen, dass er ein würdiger Mann war. Und sie dachte, wenn er sie jemals genug liebte, um sie zu heiraten, würde er sich vielleicht keine Mätresse halten. Es war ein naiver Wunsch, aber sie konnte die Hoffnung nicht unterdrücken, die bei diesem Gedanken in ihrer Brust aufkeimte. Nicht, dass er an ihr interessiert wäre.

Es war ein Glücksfall gewesen, dass sie mit ihm über Miss Chauncey hatte sprechen können. In Wahrheit hatte sie sich, seit ihr die Idee gekommen war, gefragt, wie sie ihr Projekt in die Tat umsetzen sollte, während sie praktisch zu Hause festsaß. Sie konnte wohl kaum einen Brief an Mr. Duckworth schicken, um ihm zu sagen, dass er mit Miss Chauncey durchbrennen sollte. Doch nun musste sie nur noch Miss Chauncey bitten, sie zu besuchen, und Mr. Clavering würde sich um Mr. Duckworth kümmern.

Sie ging alle Aspekte seines Besuchs durch, rief sich seine Mimik in Erinnerung und listete jede Antwort auf, um sie mit dem abzugleichen, was sie über Männer wusste. Sie hatte nicht einmal daran gedacht, ihm Tee anzubieten. Hätte sie das getan, wäre er vielleicht länger geblieben. Alice saß über eine Stunde lang im Salon und es war kein Leichtes, ihren Seelenfrieden wiederherzustellen.

Am nächsten Tag wagte Alice es, Miss Chauncey eine Nachricht zu senden und sie zu einem Besuch einzuladen. Sie war sich nicht sicher, warum sie nicht schon früher daran gedacht hatte, doch da sie das Haus nicht verlassen konnte, ging sie davon aus, dass Miss Chauncey das ebenfalls nicht könnte. Doch innerhalb von zwei Stunden klopfte es an der Tür und Alice empfing sie im Salon. Miss Chauncey hatte ein aschfahles Gesicht, als sie ankam, und sie konnte kein Lächeln aufbringen, als sie Alice begrüßte.

Nachdem sie Platz genommen hatten, bemerkte Alice: „Ihre Hochzeit ist in weniger als zwei Wochen. Ich hatte gehofft, dass wir schon vorher miteinander sprechen können. Wie finden Sie diese ... diese neue Phase Ihres Lebens?"

Miss Chauncey hob ihr Gesicht und sah sie direkt an. „Ich würde lieber sterben."

Es war ernster, als Alice angenommen hatte. Es klang beinahe, als ob sie es ernst meinte. Alice runzelte die Stirn. „Verraten Sie mir etwas, wenn Sie möchten – ist es einfach so, dass Sie Lord Hicks nicht schätzen und nicht glauben, als seine Frau glücklich werden zu können? Oder gibt es einen anderen Grund?"

Miss Chaunceys Augen bekamen einen wilden Ausdruck. „Sie *wissen, dass* es einen anderen Grund gibt. Ich habe mein Herz Oswald geschenkt. Ich spreche nicht gerne darüber, doch, *ach*, es ist ohnehin zu spät. Nicht nur, dass ich Lord Hicks verabscheue und keine Hoffnung habe, an seiner Seite glücklich zu werden" – sie schauderte – „sondern er verursacht mir eine Gänsehaut. Ich kann nicht glauben, dass ich dem Glück so nahe war, nur um es mir wieder nehmen zu lassen."

Sie hielt inne und schaute geradeaus, während sie ihre Hände zusammenschlug, um zu schweigen und ihre Fassung wiederzugewinnen. „Ich dachte, Oswald hätte Gefühle für mich. Er hat beinahe gesagt, er wolle mich heiraten. Aber er hat nie eine offizielle Erklärung abgegeben und nun ist es zu spät. Er ist ganz aus meinem Leben verschwunden, und ich habe ihn nicht mehr gesehen, seit ich Lord Hicks' Antrag angenommen habe."

„Warum *haben* Sie ihn angenommen?", fragte Alice.

„Meine Mutter war im Zimmer, als er mich fragte. Sie blickte mich derart drängend an, dass ich nicht genug Willen hatte, abzulehnen. Mein Vater hat die Angelegenheit komplett in ihre Hände gegeben und sie kann und wird mir das Leben zur Hölle machen. Das tut sie bereits, aber ich dachte, dass ich wenigstens als verheiratete Frau nicht in ihrer Nähe sein müsste. Erst als ich eingewilligt hatte und Zeit zum Nachdenken hatte, wurde mir klar, dass ich dennoch in der Nähe von Lord Hicks sein musste."

Als Alice Miss Chaunceys Verzweiflung hörte, konnte sie nicht anders, als von Mr. Duckworth enttäuscht zu sein – von seinem Zögern, das zu tun, was er tun wollte. Er hatte zu lange gezögert, sie anzusprechen, aber hätte er sie nicht ansprechen können, nachdem die Verlobung bekannt geworden war? „Warum hat es so lange gedauert, bis die Anzeige in der *Gazette* veröffentlicht wurde?", fragte sie.

Miss Chauncey verdrehte die Augen. „Lord Hicks vergaß immer wieder, sie einzuschicken. Es machte meine Mutter wahnsinnig, ließ mich aber hoffen. Das heißt, bis die Ankündigung kam und mir auch das genommen wurde."

Alice blieb still. Duck hatte eine zweite Chance verpasst, weil er sich nicht an Miss Chauncey gewandt hatte, bevor die Ankündigung veröffentlicht worden war. *Männer!* Sie hatten so wenig Entschlossenheit.

„Wenn es uns gelänge, etwas zu ersinnen…“ Alice hielt inne. Dies war höchst heikel. Sie mischte sich in etwas ein, das sie absolut nichts anging, und hatte keine Hoffnung, das was sie vorschlug, auch umsetzen zu können. Doch die Zeit drängte und sie fürchtete um Miss Chaunceys geistige Gesundheit, wenn der Verlauf ihrer Zukunft so fortlief.

Es gab nur eine Möglichkeit. Sie musste vorwärts preschen.

„Wenn Mr. Duckworth bereit wäre, Sie zu heiraten, könnten Sie dann den Skandal ertragen, einen Gentleman sitzen zu lassen, um mit einem anderen durchzubrennen?“

Miss Chaunceys Blick schoss nach oben und ihr Gesichtsausdruck war so hoffnungsvoll, dass Alice sofort widerrufen musste.

„Sie werden mir nie verzeihen, wenn ich nicht in der Lage bin, das zu erreichen, was ich gerade vorschlug. Und ich muss Ihnen sagen, dass ich absolut keine Gewissheit habe, dass etwas Derartiges geschehen kann. Doch ich muss einfach wissen, wie es um Ihr Herz bestellt ist. Wenn Mr. Duckworth dazu bereit wäre, wären Sie es auch? Es würde einen absoluten Skandal bedeuten und Sie würde für Jahre nicht in der *vornehmen Gesellschaft* akzeptiert werden.“

„Was kümmert mich die *vornehme Gesellschaft?*“ Miss Chaunceys Worte waren voller Vehemenz. „Alles, was mich interessiert, ist mein tägliches Leben und mit wem ich es leben werde. Ja, *natürlich* werde ich es tun. Wenn Oswald die Entschlossenheit hat, diesen Schritt zu gehen, dann habe ich sie auch.“

Alice‘ Herz schlug schnell. Sie mischte sich gerade in etwas höchst Schockierendes ein, doch konnte sie nun nicht aufhören. „Ich erwarte, von Mr. Clavering zu hören, wie es um Mr. Duckworth‘ Herz bestellt ist und ich verspreche, dass ich nach Ihnen schicken werde, sobald ich etwas weiß. Die einzige Frage ist, wie wir das bewerkstelligen können. Der Zustand meiner Mutter macht es mir gegenwärtig schwer, das Haus zu verlassen, daher hoffe ich, dass Sie zurückkehren können, um den Plan zu besprechen.“

Miss Chauncey biss sich auf die Lippe und starrte Alice ausdruckslos an, bis sie zu einem Entschluss kam. „Meine Mutter weicht mir nicht von der Seite. Der einzige Grund, warum sie mir erlaubte, hierher zu kommen, ist, weil es Ihr Haus ist und die Meinung der Duchess ihr wichtig ist. Sie befürwortet, dass wir gut befreundet sind." Sie zog ein Gesicht, das Alice leicht verstehen konnte. Es war nicht so, dass Miss Chauncey sie nicht mochte, doch sie war mit der aufdringlichen Art ihrer Mutter nicht einverstanden.

Miss Chauncey fuhr fort: „Das Dienstmädchen, das mich begleitet hat, wird ihr berichten, dass ich hierhergekommen bin und mich mit Ihnen getroffen habe und meine Mutter wird zufrieden sein. Es wird komplizierter, wenn ich woanders als hier hingehe."

So sehr Alice es auch wollte, sie konnte nicht arrangieren, dass Mr. Duckworth und Miss Chauncey sich hier trafen. Sie konnte nicht zulassen, dass der Skandal in irgendeiner Weise mit dem Haus ihres Vaters in Verbindung gebracht wurde. Miss Chauncey blieb einen Moment lang in Gedanken versunken, dann begegnete sie Alice' Blick.

„Doch wenn Oswald bereit ist, könnte es gelingen. Die Näherin wird am Tag vor der Hochzeit eine letzte Anprobe machen. Meine Mutter sagte mir bereits, dass sie mich nicht dorthin begleiten wird, da sie sich um zu viele Dinge für das Hochzeitsfrühstück kümmern muss. Das Dienstmädchen kann im vorderen Teil des Ladens auf mich warten, während ich hinten in den Umkleideräumen bin. Sie müssen sowohl am Hochzeitskleid als auch an der Robe den letzten Schliff vornehmen. Die Robe wird mehr Arbeit erfordern. Und im hinteren Teil des Ladens gibt es eine Tür, die zur Gasse führt."

Alice sah sie verwirrt an. „Woher wissen Sie so etwas?"

„Sie haben sie einmal geöffnet, wegen frischer Luft und ich konnte die Gasse von dort aus sehen, wo ich saß. Bei meiner letzten Anprobe ließen sie mich eine ganze Weile allein – mindestens zwanzig Minuten. Wenn Mr. Duckworth die Kutsche in die Gasse bringt, werde ich einfach gehen, wenn die Näherin meine Robe zum Verzieren mitnimmt. Ich werde bei der ersten Gelegenheit gehen, wenn er es schafft, dort auf mich zu warten."

Alice nickte langsam. „Das könnte funktionieren. Ich werde es ihm sagen."

Miss Chauncey erhob sich. „Wenn dies gelingt, stehe ich auf ewig in Ihrer Schuld." Ihre Stimme bebte vor unterdrückten Gefühlen.

„Und sollte es nicht gelingen, verspreche ich, es Ihnen nicht vorzuhalten."

„Das ist mehr Zuspruch, als ich verdiene. Was ich vorschlage, ist höchst riskant. Doch ich bin froh, das zu hören", sagte Alice. Sie drückte Miss Chaunceys Hand und hoffte, dass sie die richtige Entscheidung getroffen hatten.

Miss Chauncey ging, und Alice war wieder allein, um nachzudenken und die Weisheit ihres Plans zu hinterfragen. Sie hoffte, dass Mr. Clavering wiederzukommen gedachte, denn sie konnte ihm kaum eine Nachricht schicken. Er kam am nächsten Tag wieder, doch sie war nicht zu Hause, um ihn zu empfangen. Als er am Tag darauf kam, war Alice im Salon und wartete auf ihn. Sie hatte Zeit gehabt, sich darauf vorzubereiten, ihn in angemessener Weise und ohne törichte Sentimentalität zu empfangen.

Ein Blick in sein Gesicht ließ ihr Herz jedoch schneller schlagen. Sein Gesicht liebte sie besonders. In seinen Augen lag eine Wärme und Freundlichkeit, in der sie sich verlieren wollte. Es half auch nicht, dass er sie auf eine solch *besondere* Art und Weise ansah – als ob er auf der Suche wäre, etwas Neues an ihr zu entdecken. Zumindest half es nicht, wenn sie wünschte, ihm gegenüber gleichgültig zu bleiben.

Mr. Clavering betrat den Salon, und Alice empfing ihn dort, zu aufgebracht, um ihm einen Platz anzubieten.

Er räusperte sich. „Duck sagte ohne zu zögern Ja. Er ist bereit zu gehen. Er fragt nur, wann und wo. Ich wollte Sie gestern besuchen, doch Ihr Butler sagte, Sie seien nicht da."

„Ja, das war zu dumm", antwortete Alice. „Es war das erste Mal seit Tagen, dass ich das Haus verlassen habe. Meine Mutter bat mich, zu Hookham's zu gehen, um etwas zum Lesen für sie auszusuchen und das war genau der Zeitpunkt, als Sie zu Besuch kamen. Ich habe Ihre Karte bekommen."

Alice gab dann die Anweisungen weiter, die Miss Chauncey ihr für die Flucht gegeben hatte, und Mr. Clavering dachte darüber nach. „Ich meine, ich kenne den Laden der Näherin. Ich werde einmal nachsehen, wie man in die Hintergasse gelangt, damit ich Duck helfen kann, sie zu finden."

Alice war von plötzlichem Misstrauen erfüllt. „Sie kennen die Räumlichkeiten einer Nähstube? War es für Ihre Mätresse?" Mr.

Clavering antwortete nicht sofort, sondern sah sie seltsam an. Seine unausgesprochene Frage wurde unangenehm und sie wandte den Blick ab. „Ich weiß, dass es unpassend für eine Dame ist, sich bei einem Gentleman nach diesen Dingen zu erkundigen."

„Ich habe meine Schwester begleitet", sagte er leise. Seine Worte sorgten dafür, dass ihr das Herz leichter wurde, doch sie schämte sich, so durchschaubar gewesen zu sein.

„Ich glaube, es wird ihnen mit ein wenig Hilfe gelingen", sagte sie, in dem Versuch, das beunruhigende Gefühl abzuschütteln, konzentriert von Mr. Clavering betrachtet zu werden. „Ich glaube, ich werde kein so schlechtes Gewissen wegen meines Vorschlags haben, wenn ich sie nur glücklich zusammen sehen kann."

Mr. Clavering reagierte nicht sofort und sie schaute zu ihm auf. Er trat näher und griff nach ihrer Hand. „Alice, ich..."

Die Tür öffnete sich und der Kammerdiener ihres Bruders betrat den Raum. Er blieb kurz stehen, als er Mr. Clavering sah.

„Was gibt es, Maxwell?" Alice war besorgt. Es war nicht die Sorge, dass er sie verraten würde, weil sie allein mit einem Mann im Salon war, denn Bart hatte ihr erzählt, dass der Kammerdiener sehr verschwiegen war. Doch er hatte einen drängenden Gesichtsausdruck, den sie nicht gewohnt war.

„Mylady, darf ich Sie kurz sprechen?"

Alice sah Mr. Clavering an. „Warten Sie einen Augenblick hier." Sie ging zu dem Diener hinüber, der eindringlich flüsterte.

„Ich würde Sie nicht belästigen, doch ich fürchte, dass Lord Anley einen drastischen Schritt unternommen hat. Und wenngleich er kein Junge mehr ist, glaube ich, dass ich meiner Pflicht nicht nachkomme, wenn ich keinen Alarm schlage. Ihr Vater ist nicht hier, und Ihrer Mutter geht es nicht gut."

„Was ist geschehen?" Alice Herz war voller Vorahnungen.

„Lord Anley hat seine Rasierutensilien und einen Handkoffer genommen und wortlos das Haus verlassen. Ich habe ihn seit zwei Tagen nicht mehr gesehen und heute hat er seinen Termin bei seinem Schneider verpasst. Obgleich er manchmal über Nacht fortbleibt..." Maxwell hielt kurz inne und sah unbehaglich aus. „Ich habe Grund zu der Annahme − ein Kammerdiener weiß viel mehr, als man denkt, schlicht, weil er die intimsten Dinge beobachtet − dass er mit dieser

Frau fortgegangen ist. Er wird mich wegen meiner mangelnden Verschwiegenheit meines Postens entheben, doch ich komme lieber meiner Pflicht nach und bewahre den Marquess vor dem sicheren Ruin, als mein Auskommen zu sichern."

„Was denkst du, wohin er gegangen ist?", fragte sie.

„Es gibt nur einen Weg", antwortete Maxwell mit bedrohlicher Stimme. Er zeigte nach oben. „Nach Norden."

Alice keuchte und drehte sich um, als Mr. Clavering auf sie zukam.

„Lady Alice, was ist geschehen?" Er kam an ihre Seite. „Verzeihen Sie mir. Es ist vielleicht eine persönliche Angelegenheit, aber wenn ich helfen kann?"

Alice wandte sich an den Kammerdiener. „Maxwell, es war gut, dass du mir diese Nachricht überbracht hast und ich werde dafür sorgen, dass mein Bruder keinen Grund hat, an deiner Loyalität zu zweifeln. Ich werde dir sagen, was zu tun ist, sobald ich mich entschieden habe. Das ist alles für den Moment."

Als der Kammerdiener ging, wandte sie sich an Mr. Clavering und wiederholte, was er gesagt hatte. „Ich glaube, mein Bruder wird diese Frau heiraten. Maxwell scheint zu glauben, dass sie auf dem Weg nach Schottland sind."

Mr. Clavering starrte sie fassungslos an. Dann schüttelte er den Kopf über ihre Reaktion und schenkte ihr ein beruhigendes Lächeln. Sie stand verwirrt da, und er griff nach ihrer Hand.

„Meine liebe Lady Alice − und ja, bitte erlauben Sie mir, ‚liebe' zu sagen, auch wenn Sie es als herablassend empfinden. Ich glaube nicht, dass die Lage so ernst ist. Ich glaube sogar, dass der Kammerdiener Ihres Bruders sich mächtig zum Idioten macht, wenn er glaubt, dass Lord Anley mit einer Frau von schlechtem Ruf an die Grenze fliehen wird. Gehört der Kammerdiener zu Ihrer Familie, seit Ihr Bruder ein Junge war?" Als sie nickte, fuhr er fort: „Das würde es erklären. Das ist einfach nicht üblich. Sie ist seine Mätresse und Lord Anley mag mit seiner Verliebtheit vielleicht für Gerüchte sorgen, doch er ist nicht in Gefahr. Ich versichere Ihnen, dass er nicht in Gefahr ist."

Alice verspürte ein gewisses Maß an Erleichterung, auch als ihr klar war, dass Mr. Clavering als Mann von Welt es sicher wissen musste. Sie nahm an, dass *er* nie den Wunsch verspüren würde, seine Mätresse zu heiraten.

„Würden Sie ihn suchen und sehen, ob Sie ihn ausfindig machen können? Nur um sicherzugehen? Vielleicht können Sie ihm sagen, dass ich ihn sehen wollte, und ich denke mir einen trügerischen Grund aus." Sie schaute zu Boden und bemerkte, dass er noch immer ihre Hand hielt. Sie wollte sich aus seinem Griff befreien, doch er hielt sie fest.

„Ich werde nach ihm suchen, wenn auch nur um Sie zu beruhigen. Und ich werde Ihnen berichten, was Duck über unseren Plan sagt. Was immer Sie benötigen, ich bin für Sie da." Mr. Clavering lächelte sie derart freundlich und beruhigend an, dass sie den plötzlichen Drang verspürte, sich ihm in die Arme zu werfen. Es war seltsam, doch Alice hatte das Gefühl, dass ihr nichts auf der Welt mehr Probleme bereiten könnte, wenn er sie in den Arm nehmen würde.

Nach einem Augenblick ließ er ihre Hand los und machte eine kleine Verbeugung. „Ich werde Sie aufsuchen, sobald ich mehr weiß."

KAPITEL 20

George verließ Lady Alice fest entschlossen. Es war mehr als das. Es war Aufregung, denn er war sich sicher, dass Lady Alice auch Gefühle für ihn hatte. Es war eine spontane Geste gewesen, ihre Hand in seine zu nehmen und sie dort zu halten, doch sie hatte sich nicht von ihm gelöst und war seinem Blick schüchtern begegnet. Es war ein Strom zwischen ihnen geflossen, den er sich nicht eingebildet hatte. Und nun konnte er an nichts anderes mehr denken.

Als er diese belanglose Wette mit Lady Alice abgeschlossen hatte, hatte sein einziger Gedanke – abgesehen davon, dass er das Gespräch mit einer charmanten jungen Frau schätzte, die nicht auf der Suche nach einem Ehemann war – seinem Junggesellendasein gegolten. Sein unmittelbares Ziel war es gewesen, einen Lebensstil zu schützen, der Freiheit und Spaß bot, weit weg von den Zwängen, die er vermeiden wollte. Niemals hätte er geglaubt, wenn ihm jemand gesagt hätte, dass er seinen Freund bald in den Ehestand drängen und damit seine eigene Wette verlieren würde – und dass er sogar Beihilfe zu einer Flucht leisten und damit den größten Bruch in der Gesellschaft begehen würde. Und nicht nur das, er würde auch sein Junggesellendasein gegen ein Eheleben eintauschen, in der verzweifelten Hoffnung, dass die Frau, die er liebte, seine Wertschätzung erwiderte.

Diese Gedanken gingen George durch den Kopf, als er seinen

Phaeton von der Residenz des Duke of Carr nach Osten fuhr. Ein leises Lachen entwich ihm, woraufhin sein Lakai ihn seltsam ansah. George war eindeutig verrückt geworden.

Der erste Halt war Pall Mall, um Madame Truffles Etablissement zu besuchen und zu sehen, ob er die Hintertür entdecken konnte, von der Lady Alice gesprochen hatte. Er musste Duck einen soliden Plan vorlegen. Es war nicht schwer, den Laden an der Ecke Pall Mall und Cockspur zu finden und es war nur ein wenig Navigation erforderlich, um zu wenden und die Gasse und die Tür am Ende zu sehen, die die Rückseite von Madame Truffles Laden sein musste. In der Mitte war sogar ein breiterer Platz, an dem eine Kutsche gewendet werden konnte. Das könnte funktionieren – dessen war er sich sicher. Die Gasse war vollkommen menschenleer. Keiner würde Duck dort sehen.

Sein Lakai war es gewohnt, dass George Dinge aus Spaß tat und fragte nicht, warum er dorthin gefahren war, nur um auf dem engen Platz zu wenden und sich wieder hinauszunavigieren.

Als sie Ducks Residenz erreichten, ließ George seine Pferde beim Lakaien und rannte die Treppe hinauf, um an die Tür seines Freundes zu klopfen. Es kam keine Antwort. George wollte gerade gehen, als die Tür aufging und Duck erschien, der noch seinen Morgenmantel trug.

George hob seine Hand zur Begrüßung, ehe er eintrat. „Du musst dich rasieren, Mann – und dich ankleiden. Es hat keinen Sinn, so in der Depression zu versinken. Und öffne deine Jalousien. Wo ist dein Kammerdiener? Lady Alice hat mit Miss Chauncey gesprochen.“

Bei dieser Neuigkeit erwachte Duck zum Leben. „Das hat sie? Will Gwen mich haben? Konntest du eine Möglichkeit finden?“

George setzte sich und gab Duck ein Zeichen, es ihm gleich zu tun. „Hast du schon etwas gegessen? Du siehst furchtbar aus. Und du musst besser aussehen, wenn du das zuwege bringen willst. Hab etwas Würde.“ George lächelte und hatte Mitleid mit seinem Freund. „Ja, Lady Alice konnte mit Miss Chauncey sprechen. Sie hat eine Idee, von der ich glaube, dass sie funktionieren wird.“

Duck beugte sich vor und sein eifriger Gesichtsausdruck beseitigte alle Zweifel in Georges Kopf, ob er bei der Flucht helfen sollte. Der Mann war verliebt und wünschte, seine Braut für sich zu gewinnen.

„Sie hat am Dienstag, dem Tag vor ihrer Hochzeit, eine Anprobe. Sie findet in einem Laden statt, den ich kenne, weil ich Philippa dorthin gebracht habe, als Maria zu beschäftigt war. Eine Madame Truffle in der Pall Mall, an der Ecke zur Cockspur." George schaute Duck erwartungsvoll an, doch sein Freund schüttelte den Kopf.

„Ich kenne es nicht."

„Es gibt eine Gasse, die zum Hintereingang der Modistin führt. Als ich Philippa begleitet habe, habe ich sie natürlich nicht gesehen, da ich vorne in dem Laden geblieben bin. Doch ich habe eben einen Blick darauf geworfen und sie wird ihren Zweck erfüllen. Miss Chauncey glaubt, dass sie sich durch die Tür schleichen kann, während ihre Robe vorbereitet wird."

Duck sah aus, als wollte er ihn unterbrechen, doch dann bedeutete er George, fortzufahren.

„Es ist nötig, dass du die Kutsche draußen in der Gasse hast. Auf diese Weise kann sie, wenn sie herauskommt, rasch fliehen. Wir müssen es perfekt abpassen, damit sie nicht abgefangen wird und niemand sieht, wohin sie gegangen ist. Ich werde da sein, um zu helfen, muss jedoch außer Sichtweite bleiben. Ich darf nicht mit ihrer Flucht in Verbindung gebracht werden. Das würde teuflische Schwierigkeiten bedeuten."

Duck erhob sich und begann auf und ab zu gehen. „Nein, nein. Du darfst dort nicht gesehen werden. Das Risiko muss bei mir liegen."

„Kannst du eine Kutsche auftreiben?", fragte George ihn. „Und dort den Pferdewechsel an den Kutschen organisieren? Brauchst du Geld?"

George war sich recht sicher, dass sein Freund wohlsituiert war und Duck bestätigte es ihm. „Ich habe prall gefüllte Taschen." Er schenkte George ein schiefes Lächeln. „Ehrlich gesagt, wenn Mrs. Chauncey nicht so begierig auf einen Titel wäre, würde man mich für einen guten Fang halten."

„Ich weiß", sagte George und schenkte ihm ein mitfühlendes Lächeln. Es gab wenig, was man tun konnte, wenn die Mutter auf einen Peer als Schwiegersohn fixiert war.

Duck ging zu seinem Kleiderschrank, riss die schmalen Türen auf und besah den Inhalt. Er blieb stehen und sah George mit gerunzelter Stirn an. „Warum hilfst du mir? Du wolltest nicht einmal, dass ich heirate."

George begann erst jetzt zu begreifen, wie selbstsüchtig er gewesen war. „Du bist mein Freund. Natürlich werde ich dir helfen. Um genau zu sein, werde ich sogar alles tun, was in meiner Macht steht, um dich zu unterstützen. Wenn ich dir diesen Eindruck zuvor nicht vermittelt habe, dann tut es mir leid." Er hielt inne, doch da Duck noch immer perplex aussah, hatte er das Bedürfnis, all diese neuen Gefühle auszudrücken, die in ihm hochkochten.

„Ich glaube, zum ersten Mal in meinem Leben kann ich verstehen, was du durchmachst", gab er schließlich zu. „Ich stelle fest, dass ich – obwohl es gegen meinen Willen geschah – recht angetan von Lady Alice bin."

Ducks Blick klärte sich, und er wandte sich wieder der Auswahl einer Weste zu. „Natürlich bist du das. Ich denke, du bist der Letzte, der es bemerkt hat."

Diese Aussage irritierte George. Er hatte gedacht, er wäre erstaunlich umsichtig gewesen, nur um festzustellen, dass seine Gefühle gemeinhin bekannt waren. Niemand würde merken, was es ihn kosten würde, sein Junggesellendasein freiwillig aufzugeben. Ein solches Opfer sollte belohnt werden.

Duck sah seine Frustration und grinste, auch wenn sein Grinsen ein wenig kränklich aussah. Schließlich hatte er in seiner eigenen Angelegenheit das Schlimmste noch nicht überstanden. „Ich weiß genau, wie du dich fühlst. Ich hatte nicht damit gerechnet, dass ich diesen Weg beschreiten würde – die Ehe über eine Flucht zu erreichen, und das schon zum zweiten Mal, wenn du Mary Morgan mitzählst, was wir ganz bestimmt *nicht tun* werden! Ich werde dankbar sein, wenn der Rest meines Lebens dagegen langweilig ist. Das ist mehr Aufregung, als mir lieb ist."

George dachte an Lady Alice zurück. Sie hatte ein rostfarbenes Kleid mit einem schmalen, elfenbeinfarbenen Saum um das Mieder getragen, das ihren makellosen Teint zur Geltung brachte. Es lenkte den Blick auf ihre Lippen, die von Natur aus dunkel und bereit für einen Kuss waren.

„Ich für meinen Teil", sinnierte er, „hoffe, die Aufregung beginnt erst."

Georges Arbeit war noch nicht getan. Der wichtigste Schritt war es gewesen, Duck über den Plan zu unterrichten, doch nun musste er Lord Anley finden, damit Lady Alice beruhigt war.

Seine erste Station war bei Jackson's, doch er fand Lord Anley nicht in der Sporthalle vor. George wollte nicht voreilig sein und den Mann an seinem Aufenthaltsort aufsuchen, von dem bekannt war, dass dieser zurzeit bei Mary Morgan war, doch er war bereit, alles zu tun, um Lady Alice zu beruhigen. Glücklicherweise war ein solcher Schritt nicht nötig, denn sobald er das White's betrat, fand er Lord Anley an einem kleinen Tisch sitzend vor, mit einem Gesichtsausdruck, der jeden, der einen Funken Verstand besaß, fernhalten würde. Das war etwas, über das George nicht immer verfügte, und er ging zum Tisch des Marquess' und nahm auf dem Stuhl gegenüber Platz.

Anley starrte ihn mit harten, schmalen Augen an. „Ich möchte gerne allein sein, wenn du so freundlich wärst."

George hielt inne, ehe er antwortete. Er wollte nicht verraten, dass er mit Lady Alice gesprochen hatte und er in ihrem Auftrag hier war. Auch konnte er sein Vorhaben nicht aufgeben, wenn er so kurz davor war.

„Verzeih mein Eindringen." George zögerte, verließ jedoch den Tisch nicht. Er kam zu dem Schluss, dass er das nicht tun konnte, ohne zumindest ein wenig von seinem Gespräch mit Lady Alice preiszugeben. Er würde es jedoch vermeiden, das Anliegen des Kammerdieners zu erwähnen, denn das könnte den Posten des Mannes gefährden. „Ich bin nur gekommen, um dir meine Dienste oder mein Ohr zu leihen, falls du eines von beidem wünschst. Ich glaube, deine Schwester ist besorgt um dich."

Lord Anley hob den Kopf und warf George einen Blick voller Verärgerung zu. „Ich wünschte, du würdest meine Schwester da nicht mit hineinziehen. Welches Recht hast du..."

„Nicht das geringste", gab George fröhlich zurück. Er konnte es Lord Anley nicht verübeln. Er wusste, dass er eine Grenze überschritt. „Ich kam nur, um dir zu sagen, dass deine Schwester ihre Sorgen um dich zum Ausdruck brachte und ich sie beruhigt habe. Ich sagte ihr, dass du sehr wohl in der Lage bist, dich selbst um deine Angelegenheiten zu kümmern. Ich sagte ihr, dass sich deine Interessen nicht von denen anderer Gentlemen deines Alters unterscheiden."

Zu Georges Erleichterung schien sich der Marquess bei seinen Worten zu entspannen. „Endlich! Jemand spricht mit Verstand. Abgesehen von meinen Freunden – und manchmal sogar sie – halten mich alle für ein Kind, das in der Kunst der Tändelei unterrichtet werden muss."

„Und das musst du nicht", meinte George mitfühlend.

„Das muss ich nicht. Ich bin der Erbe des Herzogtums. Ich weiß genau, was ich tue. Miss Morgan ist keine Heiratskandidatin und war es auch nie. Das heißt jedoch nicht, dass ich ihre Gesellschaft nicht genießen kann. Und nun versuchen alle, einschließlich meines Vaters, meine Angelegenheiten für mich zu regeln." Anleys Blick wurde verschlossen, gefolgt von einem Anflug von Verlegenheit. „Ich weiß nicht, was mich dazu veranlasst hat, dir das alles zu erzählen. Ich bitte dich, dieses Gespräch für dich zu behalten. Normalerweise rede ich nicht wie ein Wasserfall."

„Du hast mein Wort", sagte George. Er musterte den Marquess. „Ich glaube nicht, dass diejenigen, die sich um dich sorgen, darüber besorgt sind, dass du nicht weißt, was von dir verlangt wird."

George atmete tief durch und wusste, dass er bei dem, was er sagen wollte, vorsichtig vorgehen musste. Er mochte zwar seine eigenen Überzeugungen in Bezug auf Treue haben, doch diese standen im Gegensatz zu den Sitten der Zeit. Er wollte seine Fähigkeit, vertraulich mit Anley zu sprechen, nicht durch übertriebene Frömmigkeit verlieren. Das würde ihn nur verärgern.

„Ich glaube, dass das, wogegen deine Vertrauten protestieren, mehr mit der Frau selbst zu tun hat als mit deiner Unfähigkeit, deine Angelegenheiten zu regeln."

Anley sah George unter schweren Lidern an. „Ich weiß, was Miss Morgan ist. Sie ist verlockend, aber das heißt nicht, dass ich gefangen bin. Ich genieße nur, was mir angeboten wird, so wie es bereits vor mir Männer getan haben."

George sagte nichts. Wieder einmal stand er mit seinen Überzeugungen im Widerspruch zu anderen. Er konnte den Wunsch, sich mit einer Frau zu vereinen, die sein Herz nicht berührt hatte und die ihm sicher nicht treu sein konnte, einfach nicht verstehen.

Sein Schweigen schien Lord Anley zu ermutigen, noch mehr zu erzählen, denn er musterte George, ehe er sagte: „Da wir ein privates

Gespräch führen, werde ich dir sagen, dass sie mich gebeten hat, sie auf ihrer Tournee nach Paris und Rom zu begleiten, wo sie Auftritte haben wird."

George dachte darüber nach, dass Anley seine persönlichen Sachen von zu Hause mitgenommen hatte und fragte sich, ob er sich entschieden hatte, zu gehen. „Und was hast du geantwortet?"

„Ich sagte ihr, dass ich das nicht tun werde. Ich war zu einem Kampf in Sussex eingeladen und verließ London für ein paar Tage mit einem Freund. Am Ende hat sie ihre Tournee verschoben, ich nehme an, mit dem Ziel, mich zu überreden. Aber es hat mich nicht in Versuchung geführt und wird es auch nicht. Du kannst Alice sagen, dass ich weiß, worum es mir geht, wenn du möchtest – wenn sie sich sorgt oder dich fragt. Meine Eltern werden es selbst herausfinden müssen. Sie haben nicht realisiert, dass ich nun ein erwachsener Mann bin und keinen Grund habe, mein Kommen und Gehen mit ihnen abzusprechen."

George lächelte. Lord Anley musste noch etwas reifer werden und vielleicht auch in Sachen Demut noch Fortschritte machen, doch er war nicht naiv. George war zuversichtlich, dass er sich gut machen würde. „Ich werde es mir merken, sollte ich Lady Alice sehen."

Er hatte nur noch eines zu sagen. Wenn er es jetzt nicht tat, fürchtete er, seine Chance zu verspielen. „Ich wollte dir sagen, dass ich mit Mary Morgan nicht unbekannt bin."

Ein Ausdruck wie Eifersucht überzog Anleys Züge, obwohl er geschworen hatte, dass er nicht umgarnt worden war. „Du bist ein Vertrauter von ihr, nicht wahr? Sie hat dich nicht erwähnt."

„Nein, das nicht. Mätressen zu nehmen, liegt mir nicht. Tatsächlich habe ich es noch nie getan." Da. George hatte es gesagt und näher wollte er seine Überzeugungen nicht erläutern. Er fuhr fort: „Doch mein guter Freund Oswald Duckworth ist vor einigen Jahren in ihre Fänge geraten, und ich würde sagen, er war so auf der Höhe wie du. Er wäre fast mit ihr durchgebrannt – und hätte es auch getan, wenn sie nicht ein interessanteres Angebot erhalten hätte. Mein Freund ist wohlhabend, doch nicht adelig", erklärte George. „Ich erwähne dies nur, falls das Wissen darum dir irgendwie dienen kann."

Anleys Gesichtsausdruck wurde ernst. „Das hat sie mir auch vorgeschlagen, ehe sie mich bat, sie auf die Tournee zu begleiten. Ich mache mir keine Illusionen über ihre Ziele", sagte er und verstummte dann. Dem Gesichtsausdruck des Mannes nach zu urteilen, dachte George, dass Anley vielleicht noch immer Illusionen hegte und versuchte, sich selbst zu beruhigen. Er hoffte, dass die Erzählung von Ducks Erfahrung diese letzte Verbindung gelöst hatte.

„Nun, ich werde dich verlassen. Ich hoffe, wir sehen uns bald im Jackson's."

Anley begegnete seinem Blick kurz und nickte, ehe er wieder auf das Glas starrte, das vor ihm auf dem Tisch stand. Er nahm es auf und schwenkte den Inhalt, dann stellte er es wieder ab, ohne zu trinken. George konnte nur hoffen, dass ihr Gespräch in den nächsten Tagen Früchte tragen würde, bei all dem, worüber Anley nachdenken musste.

KAPITEL 21

Die Duchess bat Alice, noch einmal zu Hookham's zu fahren, um ein Buch zurückzugeben und zwei andere auszuleihen, und Alice nutzte die Gelegenheit, um mit Daisy auszugehen. Ihre Mutter würde den Nachmittag mit einem Nickerchen verbringen, und Alice beschloss, ihren Ausflug zu verlängern und Miss Chauncey einen Besuch abzustatten. Das erwies sich als weniger effektiv als ihr eine Einladung zum Besuch zu senden, denn Mrs. Chauncey postierte sich im Salon, ehe Alice Zeit hatte, ihre Schute abzunehmen.

„Bitte setzen Sie sich, Lady Alice", sagte Mrs. Chauncey. „Als ich hörte, dass Sie uns die Ehre eines Besuchs erweisen, habe ich sofort nach Tee geschickt. Ich hoffe, Sie können sich über die gesellschaftlichen Konventionen hinwegsetzen und bleiben so lange, wie Sie möchten. Ich bin mir sicher, Sie und Gwendolyn haben angesichts ihrer bevorstehenden Hochzeit eine Menge zu besprechen."

„Natürlich", antwortete Alice, doch mehr konnte sie nicht sagen.

„Was die Hochzeitsfeierlichkeiten angeht", fuhr Mrs. Chauncey fort, „so kümmere ich mich selbst um alle Details. Das Hochzeitsfrühstück wird gewiss mit jeder anderen Party konkurrieren können, die London in dieser Saison zu bieten hat."

„Wie wunderbar", murmelte Alice.

Miss Chauncey wechselte einen entschuldigenden Blick mit Alice und ihre Mutter setzte sich, während sie ihren Monolog fortsetzte. „Da Gwendolyn meine letzte Tochter ist, die heiratet, verstehen Sie sicherlich, wie sehr ich mich freue, dass sie eine so glänzende Partie gemacht hat. Ich dränge sie, im Haus zu bleiben, damit ihr Teint nicht dunkler wird. Nichts darf die Wirkung ihres Freudentages verderben."

„Wie geht es Ihnen, Miss Chauncey?", erkundigte sich Alice und hoffte, mehr von der Person zu erfahren, die sie eigentlich besuchte.

„Oh, ich denke, Sie beide sind solch gute Freundinnen, dass Sie sie Gwendolyn nennen können. Selbstverständlich verstehe ich, dass Sie diese Höflichkeit nicht erwidern und sie Sie mit Vornamen anreden lassen kann, doch etwas Derartiges belastet sie nicht, das versichere ich Ihnen."

„Sie dürfen mich Gwen nennen", sagte Miss Chauncey in einem solch würdevollen und entschlossenen Ton, dass Alice beinahe nicht glauben konnte, dass sie aus derselben Familie stammte wie ihre Mutter. Sie nahm sich insgeheim vor, dass Gwen sie Alice nennen durfte, wenn sie nur zu zweit waren. Doch nicht vor Mrs. Chauncey, der sie so weit wie möglich aus dem Weg gehen wollte.

Der Diener brachte das Teetablett herein, Mrs. Chauncey holte die Teeblätter, maß sie ab und rührte sie in das kochende Wasser. „Wie trinken Sie Ihren Tee, Mylady?", fragte sie.

„Einmal Zucker, Ma'am." Alice nahm die Tasse entgegen und verrührte den Zucker, während ihre Gedanken rasten. Sie hatte nicht geahnt, wie schwierig es sein würde, ein privates Gespräch mit Gwen zu führen. Wie sollte sie herausfinden, ob alles nach Plan verlief?

Alice trank einen Schluck Tee, setzte ihre Tasse ab und gab vor, sie wüsste nichts über die Details der Hochzeit. „Und wann soll das freudige Ereignis stattfinden?" Diese Frage war an Mrs. Chauncey gerichtet, denn nur sie freute sich darüber.

„In nur vier Tagen. Lord Hicks war genauso erpicht darauf wie wir, die Zeremonie so rasch wie möglich zu arrangieren. Er verzehrt sich schlicht nach Gwendolyn. Nachdem er und Mr. Chauncey die Vereinbarungen ausgehandelt hatten, konnte ihn nichts mehr davon abhalten, zu erklären, dass sie am erstmöglichen Tag nach der Verlesung der Aufgebote heiraten müssen."

Gwen trank den Tee, den ihre Mutter ihr gegeben hatte, aber das Leuchten in ihr war erloschen. Alice wusste nicht, wie sie ihr mitteilen sollte, dass Mr. Duckworth dem Vorschlag, durchzubrennen, zugestimmt hatte, und zwar mit all dem Eifer eines leidenschaftlichen Verehrers, den Gwen sich nur wünschen konnte. Sie hatte sich nicht gewagt, ihr einen Brief zu schicken, aus Angst, er könnte gelesen werden. Sie musste unbedingt die Gelegenheit erhalten, mit ihr zu sprechen.

„Welches Kleid wirst du bei der Zeremonie tragen?" Das war ein sicheres Thema, und Mrs. Chauncey freute sich, dessen Charme zu erläutern. Das tat sie zehn Minuten lang bis ins kleinste Detail, ehe sie ihre Teetasse derart hastig abstellte, dass sie auf der Platte klapperte.

„Um genau zu sein, musst du ihr dein Kleid zeigen, Gwendolyn. Geh und bring es herunter. Lady Alice, Sie dürfen einen Blick darauf werfen, was sie tragen wird. Tatsächlich..." Sie hielt inne, ihr Blick war berechnend. „Warum senden wir Ihnen keine Einladung? Natürlich müssen Sie bei einem solch bedeutenden Ereignis anwesend sein, nun da Sie und meine Tochter sich so nahestehen."

„Ich fürchte, meine Mutter braucht mich dieser Tage..." begann Alice.

„Ah ja, das hatte ich nicht bedacht", warf Mrs. Chauncey ein. „Noch mehr ein Grund, deiner Freundin dein Kleid zu zeigen, Gwendolyn."

Gwens Verhalten bildete einen starken Kontrast zur Freude ihrer Mutter. Sie trank noch einen Schluck und stellte bewusst ihre Teetasse ab, so dass Stille in den Raum einkehrte. „Mama, ich fürchte, dass das Kleid schmutzig wird, wenn ich es herunterbringe. Erlaube mir stattdessen, Lady Alice in mein Zimmer zu führen, damit sie es sich dort ansehen kann, wo es hängt."

Alice konnte das Zögern von Mrs. Chauncey sehen. Diese Frau wollte keinen Teil des Gesprächs verpassen, doch wahrscheinlich wollte sie die Freundschaft vertiefen, was ihr zum Vorteil gereichen würde. Und eine solche Intimität wäre leichter zu erreichen, wenn nur die beiden jungen Frauen anwesend wären. Schließlich nickte sie. „Du hast vollkommen recht, meine Liebe. Geht und amüsiert euch, ihr beiden jungen Damen."

Mrs. Chauncey nahm ein Macaron vom Teller und biss ab, während Alice sich erhob und Gwen zur Tür hinaus folgte. Sie atmete leise aus, erleichtert, diese Chance bekommen zu haben. Sie gingen an dem

Lakaien vorbei und als sie sich umdrehten, um die Treppe hinaufzugehen, gab Gwen Alice mit einer dezenten Geste zu verstehen, dass sie schweigen sollte. Die Ermahnung war unnötig. Es war schwer zu sagen, welchen Dienern man trauen konnte.

Sobald sie Gwens Zimmer erreichten, schickte Gwen das Dienstmädchen hinaus, das dabei gewesen war, ihre Kleidung sorgfältig in Silberpapier einzuwickeln. Sie wartete einen Augenblick, ehe sie sprach, und Alice lauschte ebenfalls, um sicherzugehen, dass sich niemand im Korridor herumtrieb.

„Dabei fällt mir ein", meinte Alice und betrachtete die verpackte Kleidung. „Ich hatte nicht an deine Truhe gedacht, doch du wirst sie benötigen. Ich frage mich, ob es einen Diener gibt, der loyal genug ist..."

„Dann hat Oswald Ja gesagt?" Gwen blickte sie mit großen Augen an, Angst und Vorfreude standen ihr ins Gesicht geschrieben. „Ich habe nicht zu hoffen gewagt."

„Er hat Ja gesagt", beruhigte Alice sie. „Es tut mir leid, dass ich nicht früher kam. Ich wollte nicht riskieren, eine Nachricht zu senden, falls mein Brief abgefangen wird. Und ich hatte gehofft, du würdest mir einen Besuch abstatten, um weniger Gerede zu verursachen, doch du bist nicht gekommen."

„Meine Mutter schirmt mich immer mehr ab. Sie spürt, dass ich unglücklich bin, und obwohl sie mich deshalb nicht aus einer sehr leidvollen Verlobung entlassen würde, behält sie mich im Auge. Vermutlich, um sicherzugehen, dass ich nicht fliehe."

Alice warf wieder einen Blick auf die Truhe und Gwen schüttelte den Kopf.

„Bitte denke nicht daran. Ich getraue mich nicht, einen meiner Diener zu bitten, diese Aufgabe zu übernehmen. Sie würden mich verraten. Und nichts darf meine Flucht aufhalten. Ich *muss* Oswald heiraten."

Alice dachte einen Augenblick nach. Sie verstand das Dilemma, doch eine Frau benötigte ihre Sachen − Nachtwäsche, Kleider, Zahnpulver. „Ich werde dir ein paar Kleider und das Nötigste besorgen. Meine Schwester hat deine Größe und hat mir ein paar Kleider hinterlassen, die geändert werden müssen, doch ich wage zu behaupten, niemand wird bemerken, wenn ich eines oder zwei davon verschenke.

Gib jedoch acht, sie nach der Hochzeit nicht in London zu tragen. Meine Mutter und meine Schwestern werden sie erkennen und andere möglicherweise ebenfalls."

„Ich werde niemals nach London zurückkehren", sagte Gwen mit fester Stimme. „Os hat mir von seinem Anwesen erzählt. Wir werden dorthin gehen."

„Eine kluge Idee", sagte Alice. „Doch vergiss nicht, dass seine besten Freunde in London sind. Du wirst zwar nicht zurückkehren, bis sich das Getratsche ein wenig gelegt hat, doch irgendwann wirst du kommen wollen, damit er seine Freunde sehen kann. Und obwohl ich nicht zulassen kann, dass mein Name mit eurer Flucht in Verbindung gebracht wird – obwohl es meine Idee war und ich weiß, dass ich eine furchtbare Freundin bin, die nicht ihre volle Unterstützung zeigt – werde ich auch nach eurer Rückkehr deine Freundin sein. Ich werde dich nicht aus meinem Freundeskreis ausschließen, ganz gleich, was geredet wird, und darauf gebe ich dir mein Wort. Schließlich bin ich die Tochter eines Dukes und habe einen gewissen Einfluss."

„Du bist keine furchtbare Freundin." Gwen griff nach Alice' Hand. „Worte können meine Dankbarkeit nicht ausdrücken. Du bewahrst mich vor einem Leben voller Elend. Wenn etwas geschieht, das unsere Pläne durchkreuzt, werde ich vor Kummer verrückt werden, glaube ich, doch ich werde mich dankbar an dich erinnern. Und wenn wir Erfolg haben"– sie zog ihre Hand zurück und schüttelte den Kopf – „ich finde keine angemessenen Worte, doch ich werde für immer in deiner Schuld stehen."

Das Dienstmädchen klopfte an die Tür. „Miss, Ihre Mutter hat gesagt, dass sie mehr heißes Wasser hochbringen lässt, damit Sie warmen Tee bekommen."

„Wir sind in einer Minute unten." Gwen atmete aus und sagte leiser. „Nun, meine Minuten der Freiheit sind vorbei."

„Zeig mir wenigstens dein Kleid", sagte Alice.

Gwen runzelte die Stirn. „Warum willst du es sehen? Es ist ein Kleid, das für eine Zeremonie mit Lord Hicks gedacht ist."

Alice erwiderte mit leiser Stimme: „Aber wenn alles gut geht, wirst du es bei deiner Zeremonie mit Mr. Duckworth tragen." Sie hob eine Augenbraue und wurde mit einem Lächeln belohnt – dem ersten, das sie seit einiger Zeit gesehen hatte.

Zumindest hatte Mrs. Chauncey einen guten Geschmack bei Kleidern. Der gelbe Stoff und das grünen Seidengarn würden gut zu dem Braun von Gwens Haaren und Augen passen. Es war aus feiner Seide gefertigt und Alice konnte sich vorstellen, wie schön sie in einem solchen Kleid aussehen würde. Mr. Duckworth' Bemühungen würden reichlich belohnt werden.

Sie gingen zur Tür und Gwen hakte ihren Arm bei Alice unter. „Du hast mir so viel Hoffnung geschenkt, Lady Alice."

Sie blieb stehen und lächelte Gwen an. „Wenn wir uns nicht in der Gegenwart deiner Mutter befinden – und ich bitte dich, diese Differenzierung zu verstehen – darfst du mich Alice nennen."

Gwen lächelte als Antwort und drückte Alice' Arm an ihre Seite.

ALICE HATTE GEHOFFT, dass Mr. Clavering noch am selben oder am nächsten Tag kommen würde, damit er ihr von ihrem Bruder erzählen konnte. Er kam nicht, doch er schickte einen weiteren Blumenstrauß mit einer Nachricht, in der nicht viel mehr stand, als dass er dachte, er hätte Erfolg gehabt. Erst zwei Tage später klopfte Daisy an die Tür und steckte ihren Kopf herein, um Alice vor einem Besucher zu warnen.

„Es ist Mr. Clavering, der Sie sprechen möchte, Miss." Die Zofe hatte etwas wie ein Grinsen im Gesicht. Alice hätte sie für ihre Unverschämtheit zurechtgewiesen, wenn sie imstande gewesen wäre, ihr eigenes Lächeln zu unterdrücken.

Ihr Herz machte förmlich einen Satz. Endlich würde sie ihn sehen und erfahren, was mit ihrem Bruder geschehen war und dann die Pläne für Mr. Duckworth und Gwen koordinieren. Warum war Mr. Clavering nicht früher gekommen? Er musste doch wissen, dass sie nach ihm verlangte.

Als Alice den Salon betrat, ging Mr. Clavering rasch auf sie zu, während ihr Dienstmädchen ihr folgte. Im letzten Augenblick blieb er stehen und verbeugte sich, wobei sein Blick ihr Gesicht nicht verließ.

Daisy zog sich in eine Ecke des Raumes zurück und Alice war dankbar für den Zeitpunkt des Sturzes ihrer Mutter. Sie hätte bei Mr.

Claverings Besuchen niemals so frei reden dürfen, wäre ihre Mutter hier gewesen. Und sie wäre niemals allein gelassen worden.

„Möchten Sie sich setzen?", fragte sie ihn und er nickte und folgte ihr zu ein paar Stühlen, die in einiger Entfernung von ihrer Zofe standen.

Alice genoss den Anblick seiner vom Wind zerzausten Haare und der jungenhaften Grübchen, die zum Vorschein kamen, wenn er grinste. Ihr Mund war vor Nervosität trocken. „Ich vergesse immer, Ihnen Tee anzubieten. Möchten Sie welchen?"

Er schüttelte den Kopf. „Sie haben meine Nachricht erhalten?"

„Das habe ich. Sie hätten keine verschlüsselte Nachricht schicken müssen, obwohl ich mich über die Blumen gefreut habe. Zum Glück hat meine Familie nicht die Angewohnheit, meine Briefe zu öffnen."

„Ich konnte nicht sicher sein und wollte Ihren Bruder nicht verraten." Er warf einen Blick auf die Zofe, eine Frage in seinen Augen.

Alice schüttelte den Kopf. „Sie kann uns nicht hören." Sie hielt inne und sagte dann: „Also, erzählen Sie mir, was geschehen ist."

Mr. Clavering atmete tief durch und lächelte sie an, was ihr selbst ein Lächeln entlockte. Sie mochte ihn und entdeckte andere, tiefere Gefühle, die alle so neu waren.

„Ich weiß, Sie wünschen über beide Themen Bescheid zu wissen. Was Ihren Bruder angeht, so kann ich Ihnen die Einzelheiten unseres Gesprächs nicht erzählen, doch er wünschte, dass ich Ihnen versichere, dass er weiß, was er tut."

Alice riss die Augen auf. „Sie haben ihm gesagt, dass Sie mit mir gesprochen haben?"

Mr. Clavering blickte betrübt drein. „Ich habe ihm nichts von der Sorge seines Kammerdieners erzählt. Doch ich konnte nicht vermeiden, Ihren Namen zu erwähnen, denn er nahm kein Blatt vor den Mund, als er mir sagte, ich solle verschwinden. Ich brauchte einen Ansatzpunkt, um ihm zu zeigen, dass ich das Recht habe, mir Sorgen zu machen, und sei es nur um Ihretwillen."

Alice biss sich auf die Lippe und dachte über seine Worte nach. Sie konnte sich nur zu gut vorstellen, dass ihr Bruder Mr. Clavering weggeschickt hätte, wenn dieser nicht versichert hätte, dass er sich nicht uneingeladen in Barts Angelegenheiten einmischen würde. Sie presste ihre Lippen zusammen und begegnete seinem Blick. „Nun gut. Er sagte, ich müsse mir keine Sorgen machen. Und was sagen Sie dazu? Glauben Sie ihm?"

Mr. Clavering versuchte nicht, sie umgehend zu beruhigen, was sie zu schätzen wusste. Er nahm sich die Zeit, darüber nachzudenken. „Ich denke schon. Ich glaube nicht, dass er sich solchermaßen in Gefahr befindet, wie es seine Wohltäter glauben. Er stößt sich momentan die Hörner ab und wird mit dem Alter zur Vernunft kommen. Er wirkt auf mich nicht wie jemand, der sämtliche Moral verloren hat."

„Ich kann nur annehmen, was Sie meinen", antwortete Alice, die sich ein Lächeln nicht verkneifen konnte, obwohl sie eigentlich entrüstet sein wollte. „Glauben Sie, er wird nach Hause zurückkehren?"

Mr. Claverings Blick war mitfühlend. „Lady Alice, Sie dürfen nicht glauben, dass Ihr Bruder jemals wirklich nach Hause zurückkehren wird. Er ist ein Mann – oder zumindest auf dem Weg, einer zu werden. Während er seinen eigenen Weg geht, muss er natürlich einige Bindungen zu Ihrer Familie lösen. Je eher Ihre Familie ihn so akzeptiert, desto eher wird er zurückkehren, zumindest wird es seine Zuneigung."

Alice nickte. Sie wusste instinktiv, dass das wahr war, obwohl sie den Bruder aus ihrer Jugend bereits vermisste. Sie nahm einen tiefen Atemzug. „Und Mr. Duckworth?"

„Mr. Duckworth wird morgen um zehn Uhr dort sein, wie Sie instruierten. Er hat alles arrangiert."

„Das ist hervorragend." Wenigstens gab es diese gute Nachricht. „Als ich keinen Besuch von Miss Chauncey erhielt, beschloss ich, selbst zu ihr zu gehen. Ihre Mutter blieb fest an ihrer Seite, doch schließlich konnte ich das Kleid sehen, das sie bei ihrer Hochzeit mit Lord Hicks tragen wird."

„Sie wird die Hochzeit durchführen?" Er zog besorgt die Augenbrauen zusammen. „Duck hat die ganze Angelegenheit bereits geplant. Er hat eine Kutsche mit vier Pferden für ihren ersten Halt außerhalb Londons gemietet!"

Alice warf ihm einen geduldigen Blick zu. „Nein, Mr. Clavering. Aber Miss Chauncey konnte ihrer Mutter wohl kaum erzählen, dass sie Mr. Duckworth heiraten wird. Das Kleid war die perfekte Ausrede, um den Raum zu verlassen und den Plan zu besprechen. Ich werde Daisy mit einem Bündel von Sachen schicken müssen, da Gwen nichts Eigenes haben wird. Wir können ihre Zofe nicht wirklich darum bitten, eine Truhe vorzubereiten. Doch ich weiß nicht, wohin ich die Sachen schicken soll."

Mr. Clavering dachte einen Moment lang nach. „Ihre Zofe soll das Bündel zu Philippa bringen und ich sorge dafür, dass sie morgen früh da ist, um es entgegenzunehmen. Sie wird es zu mir bringen, und die ganze Sache wird keinen Anlass zu Gerede geben, sollte jemand die Teile zusammensetzen. Wir dürfen nicht in den Skandal verwickelt sein, sonst können wir die Wogen nicht glätten, wenn er vorüber ist."

Erleichtert über sein Verständnis, nickte Alice. „Ich kann Ihnen nur zustimmen. Das habe ich auch Gwen gesagt. Nun müssen wir nur noch darauf vertrauen, dass sie den Weg zur Schneiderin schafft, damit sie sich im rechten Augenblick davonschleichen kann."

„Ich bin sicher, wenn sie entschlossen genug ist, wird nichts sie aufhalten. Und ich weiß, dass nichts Duck aufhalten wird." Mr. Clavering ließ seinen Blick auf ihr ruhen und eine unterschwellige Spannung lag in der Luft. Sie sehnte sich danach, etwas zu sagen – oder sie sehnte sich nach etwas anderem, wusste jedoch nicht genau, wonach.

„Ich sollte gehen", sagte Mr. Clavering schließlich.

Alice erhob sich schlechter Stimmung. Der Besuch hatte sie nicht zufrieden gestellt. Er war zu schnell vergangen und es wurde nichts gesagt, woran sie sich festhalten konnte. Nichts über den Wandel, der sich in ihrer Beziehung vollzog. Sie gingen zur Tür, doch er ging nicht hinaus. Schließlich streckte er seine beiden Hände aus und sie legte ihre hinein. Mr. Clavering schaute zu ihrem Dienstmädchen hinüber und Alice folgte seinem Blick. Daisy hatte sich abgewandt und betrachtete die Vorhänge.

Er beugte sich vor und die Geste ließ ihr einen Schauer über den Rücken laufen. Sie hatte noch nie gewünscht, dass ein Mann ihr so nahe war, insbesondere, wenn er ihr gegenüberstand. Sie hätte es als ein Eindringen in ihre Intimsphäre empfinden müssen. Doch das tat sie nicht. Sie begrüßte es. Seine Worte waren leise und lösten das Gefühl aus, mit dem sie langsam vertraut wurde. Das Flattern in ihrem Bauch, das ihr Herz zum Rasen brachte.

„Es gibt etwas an Ducks Lage, das ich beneide."

Alice blickte zögernd zu ihm auf, obwohl ihre Hände noch immer umklammert waren. Sie schluckte schwer. Sie hatte ihre Pflicht vernachlässigt, eine Frau zu finden, die zu ihm passen würde. Ihr Verstand hatte diese Möglichkeit einfach ausgeblendet. Er hatte es nicht zugelassen. Es war an der Zeit, zu gestehen.

„Mr. Clavering, mir fällt keine einzige Frau ein, die als Ehefrau zu Ihnen passen würde.“

„Nicht?“ Seine Stimme war tief und kehlig und sie konnte kaum atmen. Er ließ seinen Blick wieder durch den Raum schweifen, dorthin, wo ihre Zofe stand. Er ließ ihre Hände los und hob seine Hand an, um seine Finger auf ihre Wange zu legen. „Mir fällt nur eine ein, Alice.“

Mr. Clavering trat einen Schritt vorn und die fehlende Distanz zwischen ihnen schien ihr die Luft aus den Lungen zu saugen. Er beugte sich hinunter und sie hob ihm ihr Gesicht ganz natürlich entgegen. Er berührte ihre Lippen und wich fast augenblicklich zurück. Alice zwang die Luft in ihre Lungen.

Dann verbeugte er sich und verließ den Raum.

KAPITEL 22

Am frühen Nachmittag des nächsten Tages ging George zu Philippa nach Hause, um die Sachen zu holen, die Lady Alice für Miss Chaunceys Flucht versprochen hatte. Er wünschte, er hätte sie direkt bei ihr abholen können, um zu sehen, wie es ihr ging.

Er hatte sie Alice genannt und sie hatte nicht protestiert. Es war ihm wegen ihrer wachsenden Vertrautheit herausgerutscht. Er hatte sie geküsst und sie hatte sich nicht gewehrt. Er hatte ihre Lippen gekostet. Hatte sie auch gespürt, wie die Welt stillstand, als sich ihre Lippen berührten? Hatte sie gespürt, dass jede Empfindung vor Lebendigkeit geschrien hatte? Er konnte an fast nichts anderes denken. Sie hatte ihm nichts versprochen, doch gewiss konnte sie ihn nun nicht mehr auf Abstand halten?

„Das ist es", sagte Philippa und kam mit einem einfachen Bündel in den Armen die Treppe herunter. Es war in Stoff gewickelt und mit einem Band verschnürt. „Lady Alice hat es zusammen mit ihrer Zofe selbst gebracht und versprochen, dass es alles Nötige enthält, was Miss Chauncey brauchen wird. Du musst mich über die Situation auf dem Laufenden halten."

George nahm das Bündel entgegen und wünschte, er wäre eher gekommen. Dann hätte er Alice vielleicht gesehen. „Weiß Jack Bescheid?"

Philippa nickte. „Ich verheimliche nichts vor meinem Mann. Du weißt, dass man ihm vertrauen kann."

„Das tue ich. Ich hoffe, er war nicht übermäßig schockiert." George hob die Augenbrauen, ohne wirklich besorgt zu sein.

„Meinen Mann schockiert wenig", gab Philippa zurück.

„Vermutlich nicht, schließlich ist er mit dir verheiratet." George verließ den Salon und ging in den Flur, wo ein Lakai die Tür öffnete. Das Grinsen seiner Schwester war ihm nicht entgangen.

Er nahm eine Droschke nach Cockspur, in die Nähe der Gasse, in der Duck warten sollte. Er bezahlte den Kutscher und warf dann einen Blick in die Gasse. Die geschlossene Kutsche stand in der richtigen Richtung für eine rasche Abfahrt und Ducks Stallbursche hielt die Zügel in der Hand. George war dankbar für das gute Wetter, das die Reise nicht zur Qual machen würde. Das Paar hatte eine einwöchige Reise vor sich.

Er salutierte dem Stallburschen und zog dann die Tür der Kutsche auf, sodass Duck aufsprang. Er saß verdreht auf dem Sitz und blickte zur Hintertür der Modistin, welche man durch das Fenster der Kutsche sehen konnte. Ausnahmsweise hatte George keine Lust, ihn zu ärgern. Sein Freund hatte schon genug mit seinen Nerven zu kämpfen.

„Du bist da", sagte Duck, wandte sich dann wieder seiner Überwachung zu und verfiel in ein angespanntes Schweigen. Er blieb ganz still und presste seinen Kiefer zusammen, während er weiter aus dem Fenster starrte.

George klopfte ihm auf die Schulter. „Nichts wird sie aufhalten, Duck. Sie wird wie geplant hier sein. Lady Alice sagte, dass Miss Chaunceys Entschlossenheit sie nicht daran zweifeln lässt, dass deine Zukünftige dort sein wird, wo du sie erwartest. Du wirst kein schwaches Fräulein heiraten, das keinen eigenen Kopf hat."

Trotz seiner grauen Gesichtsfarbe lachte Duck. „Oh, das weiß ich. Ich weiß es schon seit dem ersten Abend, an dem wir beim Kartenspielen zusammensaßen. Ich kann nicht glauben, dass sie mich haben will."

George schätzte diesen seltenen Anflug von Demut bei seinem Freund. Duck zweifelte normalerweise nicht an sich selbst und würde es wahrscheinlich auch jetzt nicht tun, wäre da nicht der unglückliche

Vorfall mit Mary Morgan gewesen, der ihm die Zuversicht geraubt hatte, jemanden zu finden, der echt und aufrichtig war. Vielleicht hatte das dann doch etwas Gutes bewirkt, wenn auch nur, um ihm zu helfen, zu erkennen, was wirklich wichtig war.

George drehte sich um und schaute aus dem Fenster, doch es hatte keinen Sinn, dass sie beide starrten. Einer war genug. Er drehte sich wieder nach vorne, zog das Bündel von seinem Schoß und legte es auf den Sitz zwischen ihnen, ohne sich die Mühe zu machen, das Schweigen zu brechen. Er fragte sich, was Alice in diesem Augenblick wohl tat. Vermutlich saß sie zu Hause und wartete auf die Nachricht, dass alles gut gegangen war. Ohne Anstandsdame konnte sie kaum etwas anderes tun und er war erstaunt, dass sie es geschafft hatte, seine Schwester zu besuchen. George runzelte die Stirn, als er darüber nachdachte, wie eingeschränkt ihre Bewegungsfreiheit war. Wie schwer musste es als Frau sein – so wenig Freiheiten zu haben. Wenn Alice verheiratet wäre, könnte sie gehen, wohin sie wollte.

Wenn sie mit *ihm* verheiratet wäre, würde er sie nie an etwas hindern, was sie sich vorgenommen hatte.

Vielleicht – nur vielleicht – wurde Alice weicher und zog ihn für die Rolle des Ehemanns in Betracht. Bei George war das Gegenteil der Fall. Er musste nicht weicher werden. Seine Entschlossenheit wurde nur noch mehr gefestigt. Er *musste* sein Glück bei ihr versuchen. Er konnte nicht riskieren, den gleichen Fehler wie Duck zu machen und sich diese Frau durch die Finger gleiten zu lassen, ohne ihr seine Gefühle zu gestehen.

Wenn seine anfängliche Zurückhaltung damit zu tun gehabt hatte, dass es unrecht war, sich gegen Alice‘ Wünsche zu stellen, dachte er nun nicht mehr so. Es war auch nicht recht – im Grunde war es sogar schlimmer – zu wissen, wie er empfand und eine Ahnung davon zu haben, wie sie empfand, und dennoch nichts zu unternehmen.

Duck erstarrte, ehe er scharf einatmete. „Gütiger Himmel“, flüsterte er. „Da ist sie.“

Im Bruchteil einer Sekunde war Duck aus der Kutsche gestiegen und George stieg auf der anderen Seite aus. Er blickte sich in der Gasse um, um sicherzugehen, dass niemand sie gesehen hatte, doch es war keine Menschenseele in Sicht. Es gab nicht einmal Fenster an den Häuserfassaden in der Gasse, bis auf eines und das war verschlossen.

Miss Chauncey rannte auf Duck zu, ihr Gesicht war weiß und auf ihren Zügen zeichnete sich ein Ausdruck des Schreckens gemischt mit grimmiger Entschlossenheit ab. Sie trug ein gelbes Kleid, das mit verschlungenen grünen Blättern verziert war.

„Oswald", hauchte sie.

Duck legte seinen Arm um sie und eilte mit ihr zur Kutsche. Er half ihr hinein und schlug die Tür zu, dann ging er auf die andere Seite.

George öffnete die Tür, die Duck gerade geschlossen hatte, und spähte hinein. „Miss Chauncey, geben Sie mir Informationen für Lady Alice. Verlief alles wie geplant?"

„Ich denke schon. Ich ließ das Dienstmädchen meiner Mutter vor dem Laden warten. Die Näherin wollte, dass ich gehe, damit sie die Robe fertigstellen und mir zusenden kann, doch ich weigerte mich. Sie warnte mich, dass sie mindestens eine Viertelstunde brauchen würde, um die letzten Anpassungen vorzunehmen und sehr wahrscheinlich noch länger. Doch ich werde mich viel besser fühlen, wenn wir unbemerkt verschwinden können."

„Du hast die Dame gehört", sagte Duck ungeduldig und setzte sich neben sie. Seine Augen flehten George an, ihn zu verstehen und seinen schroffen Ton zu verzeihen.

George griff über den Sitz, um Ducks Hand zu schütteln und zwinkerte ihm zu. „Dann geht ihr besser." Er klopfte an die Seite der Kutsche, die davonsauste.

Mit angespannten Schultern schaute sich George ein letztes Mal um und sah immer noch niemanden. Er durfte nicht in der Nähe gesehen werden; er durfte mit dieser Flucht nichts zu tun haben. Sein Ruf würde sich vermutlich nie wieder davon erholen, denn ein anständiger Gentleman sollte ein Durchbrennen *verhindern*, nicht aber dabei helfen. Er hatte jedoch nicht gehen können, ohne zu sehen, wie alles verlief, damit er Alice etwas zu berichten hatte.

Er ging bis zum Ende der Gasse und trat mit zusammengepressten Lippen außer Sichtweite. Die Frage, was es bedeutete, ein Gentleman zu sein, war ihm egal. Dies war Ducks Leben und er hätte ihre Flucht um nichts in der Welt verhindert.

Es würde Alice beruhigen, zu wissen, wie lange es dauerte, bis Miss Chaunceys Abwesenheit bemerkt wurde und George beschloss, zu bleiben, um es herauszufinden. Die Cockspur Street kreuzte die breitere Pall Mall und in beide Richtungen bewegten sich Menschen, die ihren Erledigungen nachgingen. Niemand warf einen Blick auf die geschlossene Kutsche, die davonfuhr. George stellte sich an den Rand der Kreuzung und wartete ab, was geschehen würde.

„Clavering." Lord Anley erschien zu Georges Linken und kam mit einem überraschten Gesichtsausdruck vorwärts. Er kam zu George. „Was tust du hier in diesem Teil der Stadt?" Er blickte ihn misstrauisch an. „Es hat doch nichts mit mir zu tun, wie ich hoffe? Dies ist die Gegend, in der eine gewisse Dame wohnt, die wir beide kennen."

George schüttelte den Kopf. „Ich gebe dir mein Wort: Meine Anwesenheit hier hat nichts mit dir zu tun – oder *damit*. Ich vertraue darauf, dass du dich um deine Angelegenheiten kümmerst, wie du es für richtig hältst."

„Gut." Der Marquess verschränkte seine Arme vor der Brust. Dann entspannte er seine Haltung und ein zögerndes Lächeln erschien auf seinem Gesicht. „Ich habe das mit ihr soeben beendet."

„Tatsächlich?" Alice würde zutiefst erleichtert sein, wenn sie die Nachricht erhielt, dass ihr Bruder die Affäre beendet hatte. George hütete sich, eine Reaktion auf diese Neuigkeit zu zeigen und hob lediglich eine Augenbraue. „Und wie hat sie es aufgenommen?"

Lord Anley zuckte mit den Schultern und sah dabei sehr jung aus. Ein zögerliches Lächeln erschien auf seinem Gesicht. „Es gab eine Fülle an Tränen. Du verstehst? Ich beginne zu glauben, dass sie nicht allzu aufrichtig ist."

Anleys Stimme enthielt gerade so viel Humor, dass George ein leises Lachen ausstieß. „Möglicherweise ist sie das nicht." Er achtete darauf, es dabei zu belassen. Es war nicht nötig, einem Mann seine Fehler vor Augen zu führen.

Anley grinste reumütig. „In jedem Fall konnte ich dadurch einen genaueren Blick auf ihren wahren Charakter werfen – und auf ihre gut gefüllten Tränenkanäle."

Ein Geräusch ertönte, als die Gassentür aufschlug und eine Frau mit wildem Blick herausrannte. Der Marquess wandte sich in die Richtung und George gab acht, nicht allzu neugierig zu wirken. Er hoffte, dass niemand kommen und ihn vor Anley ausfragen würde. Der Marquess wusste, dass er mit Duckworth befreundet war und hatte vermutlich von der Freundschaft von Miss Chauncey und seiner Schwester gehört. Er würde es sich zusammenreimen können.

Zu seiner Erleichterung lief die Modistin ohne Fragen zu stellen zurück ins Haus. Er vermutete, dass sie es nicht wagte, sie zu unterbrechen.

George suchte gerade nach einem anderen Gesprächsthema, als sich die Tür erneut öffnete und dieselbe Frau mit einem Dienstmädchen herauskam, das ihr folgte. Beide schauten sich um, aber als sie entdeckten, dass die Gasse leer war, unternahmen sie keine weiteren Anstrengungen, Miss Chaunceys Aufenthaltsort ausfindig zu machen.

George hatte nicht auf die Uhr geschaut und wollte keine Aufmerksamkeit auf sich ziehen, doch er vermutete, dass etwa zehn Minuten vergangen waren, seit Duck und Miss Chauncey verschwunden waren. Da es unwahrscheinlich war, dass jemand wusste, wohin sie gegangen war, hoffte er, dies würde der Vorteil sein, den sie benötigten, um frei zu sein.

Er wandte sich wieder an Lord Anley und beschloss, offen über seine Absichten zu sprechen. „Ich hatte vor, deine Schwester aufzusuchen."

Anleys Augenbrauen hoben sich und er musterte George. „In der Tat? Ich wollte soeben selbst nach Hause gehen. Warum fahren wir nicht gemeinsam?"

„Hervorragend."

George folgte dem Marquess in die nahe gelegenen Stallungen, wo Anleys Kutsche untergebracht war. Er führte die lockere Unterhaltung fort und verbarg seine Nervosität über Ducks Flucht und nun auch darüber, dass er Alice sehen würde. Das Letzte, was er sich wünschte, war, dass Anley Zeuge des Ausmaßes seiner Zuneigung zu Alice würde. Das käme einem öffentlichen Bekenntnis nahe und er war sich keineswegs sicher, wie sie fühlte. Schließlich fiel ihm ein Thema ein, von dem er dachte, dass es sie beide interessieren würde.

„Gentleman Jackson versammelt einige der Männer, die er ausgebildet hat, um bei der Krönung des Prinzregenten behilflich zu sein. Sie werden eingesetzt, um die Menge in Schach zu halten. Hast du davon gehört?"

Anley atmete aus. „Wie gerne würde ich das tun. Aber ich dürfte das nie. Mein Vater wäre empört."

„Wie auch der Rest von London, nehme ich an“, fügte George hinzu. „Nein, ich denke, es werden Männer von bescheidenerer Art sein, die diese Rolle übernehmen werden.“

„Fragst du dich nie...“ Anley hielt inne und sah George an. „Ach, aber ich nehme an, das spielt keine Rolle. Du kannst tun, wie dir beliebt.“

„Ich vermute jedoch, ich weiß, was du sagen möchtest.“ George schenkte dem Marquess ein mitfühlendes Lächeln. Er verstand den Drang, etwas Nobles zu tun. „Wenn es doch nur einen Krieg oder Ähnliches gäbe, in den wir ziehen und in dem wir unseren Mut beweisen könnten, nicht wahr?“

„Ja, so in etwa.“ Anley richtete seinen Blick nach vorne.

George schwieg, ehe ihm ein neuer Gedanke kam. „Andererseits gibt es viele Möglichkeiten für einen Mann seinen Mut zu zeigen, ohne zu kämpfen. Ich bin sicher, dass du das herausfinden wirst.“

Sie waren angekommen und George folgte Anley ins Haus. Der Marquess führte ihn direkt in den Salon, in dem Alice und ihre Mutter saßen. Er hatte nicht erwartet, die Duchess zu sehen, die keine offensichtlichen Anzeichen ihrer Invalidität zeigte. Er hoffte, dass seine Ankunft in Begleitung des Marquess ihren Unmut über sein unangekündigtes Erscheinen mildern würde. Er stand an Anleys Seite und fragte sich, ob es die beste Entscheidung gewesen war, zu kommen.

„Mutter, du bist unten“, sagte Anley. „Wunderbar. Darf ich dir Mr. Clavering vorstellen?“

Die Duchess trug einen ernsten Gesichtsausdruck. „Wir kennen uns.“

George verbeugte sich. „Guten Tag, Euer Gnaden.“ Nach einem kurzen Zögern verbeugte er sich auch vor Lady Alice. „Mylady.“

Die Duchess zögerte, ehe sie auf den Platz neben ihnen deutete. „Möchten Sie sich setzen?“

„Ich danke Ihnen, Euer Gnaden“, sagte George. „Wenn es Ihnen nichts ausmacht, frage ich mich, ob Lady Alice der Sinn nach einem Spaziergang stünde.“

Die Duchess sah Alice an, die mit den Schultern zuckte und leicht nickte. George bemerkte die Geste und hoffte verzweifelt, dass dies ein Schauspiel für ihre Mutter war und kein Zeichen für den wahren Zustand ihrer Gefühle für ihn.

„Ich werde Daisy bitten, uns zu begleiten." Alice ging rasch zur Tür und begegnete dann Georges Blick. „Ich benötige nur eine Minute."

„Nun gut, wenn es auch nicht die übliche Stunde zum Spazierengehen ist", sagte die Duchess und warf ihm einen finsteren Blick zu. Er fragte sich, was er getan hatte, um sie so misstrauisch zu machen. Aber das Wichtigste war, dass sie Alice gehen ließ.

„Ich werde sie nicht lange aufhalten. Wir können auf dem Platz spazieren gehen, denn es ist ein schöner Nachmittag", sagte er, um ihre Mutter zu beruhigen.

„Dann werde ich dich verlassen, Clavering. Du kannst ebenso gut sitzen, während du wartest", sagte Anley zu ihm. Er ging auf die Tür zu und kehrte zurück. „Mutter, ich werde heute Abend zum Essen hier sein, wenn dir das recht ist."

Die Duchess nickte, und George entging der Ausdruck mütterlicher Zuneigung in ihren Augen nicht. Anley ging und George nahm mit einem Blick auf seine Gastgeberin Platz und versuchte, auszusehen, als hinge nicht seine ganze Welt davon ab, welche Chancen er bei Lady Alice haben würde.

„Ich hörte, dass Sie zu Besuch hier waren, während ich unpässlich war", sagte die Duchess. „Dies hat meine Genesung beschleunigt, da ich meine Tochter nicht ohne Aufsicht zu lassen wünschte. So sehr ich Daisy auch vertrauen möchte, fürchte ich, dass sie von zu romantischer Natur ist. Was sind Ihre Absichten in Bezug auf Alice?"

George war auf eine solch direkte Frage nicht vorbereitet, zögerte jedoch nicht. „Ich würde sie heiraten, wenn sie mich haben will."

„Gegen den Willen ihrer Eltern?", fragte die Duchess und er musste sich daran erinnern, dass Ihre Gnaden einst ihre Zustimmung gegeben hatte, obwohl er das nicht wissen durfte. Er dachte eher, dass sie bluffte. Die Duchess sah nicht so aus, als ob sie bluffte.

„Sie sind unter ihrer Würde. Sie – der zweite Sohn eines Baronets, nicht mehr. Es ist dreist von Ihnen, sie um ihre Hand zu ersuchen."

Er würde ihrem Blick nicht ausweichen. „Das mag sein. Obwohl, wenn Sie mir erlauben, Sie zu darüber informieren, Euer Gnaden, mein Erbe nicht zu verachten ist. Ihrer Tochter würde es an nichts fehlen. Doch all das ist nicht wichtig, wenn sie mich nicht haben will. Sie fragten mich nach meinen Absichten. Diese bestehen lediglich darin, ihr meine Gefühle zu verdeutlichen. Wenn sie sie erwidert, werde ich darum bitten, mit Seiner Gnaden zu sprechen. Wenn nicht, ist es ohne Bedeutung, was Sie oder ich über die Angelegenheit denken.“

Er hatte eindringlich gesprochen, konnte dies jedoch nicht bereuen. Er würde sich nicht bei der Duchess einschmeicheln und auch nicht versuchen, Alice‘ Hand durch Hinterhältigkeit zu gewinnen.

„Nun gut. Wir werden sehen.“ Die Duchess wandte ihren Blick der Tür zu, als Alice den Raum betrat. Eine Schute umrahmte ihr Gesicht und verbarg ihren Gesichtsausdruck. Ihre Zofe trat hinter ihr ein.

Alice sah George an. „Ich bin bereit.“

KAPITEL 23

Alice überließ es Mr. Clavering, die Richtung ihres Spaziergangs zu bestimmen. Sie war so begeistert, wie sie es niemandem außer sich selbst eingestehen würde, dass sie ihrem Zuhause in Begleitung des einen Mannes entkommen konnte, an den sie Tag und Nacht dachte. Sie sprachen nicht sofort, während sie gingen. Ihre Hand lag in seinem Arm und die Wärme seiner Gegenwart erfüllte sie mit einem Gefühl des Friedens und der Freude, das sie bisher nicht gekannt hatte.

Daisy folgte ihnen in einigem Abstand, was ihnen ausreichend Freiraum gab, ein privates Gespräch zu führen. Alice hatte ihre Zofe schon immer geschätzt, doch in letzter Zeit erkannte sie ihren Wert. Daisy akzeptierte ihre seltsamen Bitten, wie das Einpacken von alten Kleidern und Zahnpulver, ohne Fragen zu stellen. Und Alice war sich sicher, dass sie nicht unter der Treppe mit den anderen Bediensteten darüber sprach. Nun zeigte sie weiter Höflichkeit, indem sie ihnen ein gewisses Maß an Privatsphäre gewährte.

Alice' Blick wanderte zu Mr. Clavering, dann zum blauen Himmel mit den sonnenbeschienenen Wolken. „Es ist ein wunderschöner Tag."

Sie spürte die Kraft seiner Arme durch seinen enganliegenden Mantel, wodurch sie sich merkwürdigerweise noch schwächer fühlte. Auch seine Augen wandten sich gen Himmel und als er zu ihr hinabblickte, bemerkte sie zum ersten Mal die goldenen Flecken in seinen braunen Augen.

„Das ist es in der Tat. Und das Vergnügen des Tages wird durch gute Gesellschaft noch verstärkt."

Alice senkte den Kopf, um zu verbergen, wie erfreut sie über seine Bemerkung war. Sie bemühte sich um ein Thema auf festerem Boden.

„Ich glaube, Sie können ruhig über die Angelegenheit sprechen, die uns beiden am Herzen liegt. Ich vertraue meiner Zofe, dass sie nichts verrät, was sie vielleicht hört."

„Nun, dann." Mr. Clavering zog sie für diese Auskunft einen Hauch näher an seine Seite. „Soweit ich sehen konnte, verlief alles reibungslos. Miss Chauncey kam herausgerannt und trug ein Kleid, von dem ich sicher bin, dass es ihr Hochzeitskleid war. Duck half ihr eilig in die Kutsche, und sie fuhren los, ohne dass jemand etwas mitbekam. Ich blieb in der Nähe, um zu sehen, wann ihr Fehlen entdeckt würde, und ich glaube, es dauerte gut zehn Minuten, bis jemand herauskam. Da das Dienstmädchen nicht imstande gewesen wäre, eine Suche zu beginnen, nehme ich an, dass es noch viel länger dauerte, bis jemand versuchen konnte, sie ausfindig zu machen."

„Meinen Sie, die Leute werden darauf kommen, wohin sie verschwunden sind?", fragte Alice besorgt.

„Ich wüsste nicht, wie sie das könnten. Duck war nicht besonders auffällig in seiner Aufmerksamkeit, nachdem Miss Chauncey verlobt war." Mr. Clavering hatte seine Stimme gesenkt und achtete sorgfältig darauf, ihre Namen nicht vor Daisy oder einem zufälligen Passanten auszusprechen. „Duck hat alles geplant. Solange ihre Familie nicht weiß, wonach sie suchen muss, denke ich, sind sie recht sicher."

„Puh", stieß Alice aus und blickte dann lächelnd zu Mr. Clavering. Ihr war gar nicht bewusst gewesen, wie sehr sie gehofft hatte, dass die beiden es schaffen würden. Es war fast so, als ob ihr Ausbruch in die Freiheit mit ihrem übereinstimmte.

„Und Sie kamen mit meinem Bruder nach Hause", fügte sie hinzu. „Ich war noch nie derart überrascht, wie als ich Sie beide zusammen sah. Ich glaube, sein Anblick hat meine Mutter soweit besänftigt, dass ich mit Ihnen spazieren gehen durfte. Es war fast so, als wären Sie derjenige, der ihn endlich nach Hause gebracht hat."

Mr. Clavering lachte. „Glauben Sie mir, Ihre Mutter hatte dennoch

Fragen an mich."

Alice hob den Kopf, um ihn zu betrachten, und wurde von seinem Profil überrascht, das sie bisher noch nicht aus nächster Nähe hatte betrachten können. Sein kräftiger Kiefer verriet den festen Charakter, den man sich von einem Verehrer wünschen würde – wenn man denn an etwas Derartiges denken würde. Sie vergaß beinahe, was sie fragen wollte.

Ach ja. „Welche Fragen hatte sie denn?"

Er schürzte die Lippen, doch seine Augen funkelten. „Sie wollte wissen, welche Absichten ich mit ihrer Tochter habe."

„O weh." Alice richtete ihren Blick nach vorne. Sie hatte vorgehabt, mehr über Gwen und Duck zu fragen und sie hatte vorgehabt, mehr über ihren Bruder zu fragen und darüber, was er und Mr. Clavering zusammen getan hatten, doch das Gespräch schlug nun einen wilden Weg ein, scheinbar ohne Fahrer. „Was haben Sie erwidert?"

Mr. Clavering sagte nichts und alles, was sie hörte, waren die Satzfragmente von passierenden Paaren und das Geräusch ihrer eigenen Schritte auf dem mit Steinplatten ausgelegten Fußweg. Sie runzelte die Stirn, als sie darüber nachdachte, was er ihrer Mutter wohl geantwortet haben könnte. Die Stille schwoll an und als sie sich umdrehte, war sein Blick fest auf sie gerichtet.

„Ich sagte, ich würde Sie heiraten – wenn Sie mich haben wollen."

Alice' Füße kamen beinahe von selbst zum Stehen, doch sie zwang sich, weiterzugehen. Mögliche Antworten schossen ihr durch den Kopf, doch sie konnte sich nicht auf eine festlegen. Er ließ ihr jedoch Zeit und sprach nicht, während sie ihre Gedanken verarbeitete. Schließlich entschied sie sich für eine weitere Frage. „Was hat sie geantwortet?"

Mr. Clavering benötigte keine Zeit für eine Erwiderung. „Es spielt keine Rolle, was sie geantwortet hat. Es kommt nur darauf an, was Sie antworten."

Das brachte Alice wieder zum Schweigen. Doch da er nicht sprach, musste sie sich etwas anderes überlegen, was sie sagen konnte. Ausnahmsweise wünschte sie sich einen Mann, der ihr sagen würde, was sie sagen, tun oder denken sollte – nur um die Stille zu füllen, damit diese Plicht ihr nicht zufiel.

Nein, das wünschte sie sich nicht.

„Ich werde Zeit benötigen, um über meine Antwort nachzudenken."

Mr. Clavering atmete an ihrer Seite aus, als hätte er die Luft angehalten. „Das ist also kein *Nein*."

Sie blickte auf und sah sein Grinsen.

„Es ist kein Nein", bestätigte sie.

Er beugte sich hinunter und sprach fast flüsternd: „Wenn wir uns nicht in solch einer öffentlichen Umgebung befänden, wäre ich möglicherweise versucht, Sie mit einem Kuss zu überzeugen – einem, bei dem ich keinerlei Eile empfände, ihn zu beenden."

Alice stockte der Atem bei dem Gedanken, wie das wohl sein würde, und es dauerte eine Minute, ehe sie eine angemessene Antwort hatte. „Ganz gleich, ob wir uns in einer solch öffentlichen Umgebung befinden oder nicht, es wäre so gar nicht passend, Mr. Clavering."

„Dennoch", sagte er und grinste.

Sie ließ ihr Gesicht nach vorne gerichtet und zwang sich, nicht zu lächeln, doch sie konnte das Verlangen danach in ihren Wangen spüren. Sie biss sich auf die Lippe.

Er beugte sich wieder hinunter. „Und ich wünschte, Sie würden mich George nennen. In meinen Gedanken nehme ich mir die Freiheit, Sie Alice zu nennen, wenn ich an Sie denke, was häufig der Fall ist."

„Ich glaube mich daran zu erinnern, dass Sie sich diese Freiheit bei unserer letzten Begegnung auch laut genommen haben", sagte sie und versuchte, einen entrüsteten Ton anzuschlagen. Es klang ganz und gar nicht überzeugend.

„Das haben Sie also bemerkt? Ich hatte gehofft, das würden Sie nicht tun", erwiderte er und schüttelte den Kopf, um vorgetäuschtes Bedauern auszudrücken.

Alice' Lippen wanderten bebend nach oben. Es machte sie glücklich, in seiner Gegenwart zu sein. Sie würde wirklich sorgfältig über ihre Entscheidung nachdenken müssen. Den Antrag anzunehmen, würde allem zuwiderlaufen, was sie beschlossen hatte. Sie würde zu der Art willensschwacher Frau werden, die sie verabscheute. Andererseits würde sie dann mit George zusammenleben dürfen, ihn ansehen, mit ihm lachen – und *ihn* für den Rest ihres Lebens jeden Tag *küssen*.

O weh. Und nun mussten sie sich für den Rest ihres Spaziergangs ein anderes Gesprächsthema einfallen lassen. Das war alles höchst unangenehm – oder zumindest sollte es das sein. Was, wenn sie Nein gesagt hätte!

„Mein Anwesen in St. Ives befindet sich so nah am Meer, dass man es zu Pferd in einer halben Stunde erreichen kann." George hielt inne und schaute sie an, um zu sehen, ob sie interessiert war. Das war sie. „Es gibt ein Dorf, in dem die Pächter leben, und obwohl sie hauptsächlich das Land bewirtschaften, betreiben sie auch Handel mit den Fischern. Das Haus hat vierzehn Schlafzimmer – wenn man die Zimmer der Bediensteten nicht mitzählt – und einige der Zimmer haben einen Blick auf den Brunnen, der sich vorne befindet. Am besten gefällt mir die Aussicht im hinten liegenden Teil, die den Garten und die Wiese dahinter überblickt. Sie führt zu einem kleinen Waldgebiet, in dem es genug Fasane gibt, um in der Jagdsaison Sport zu betreiben. Das wird Sie natürlich nicht interessieren. Doch die Gegend ist idyllisch zum Spazierengehen, auch *außerhalb* der Jagdsaison. Das Morgenzimmer ist sehr günstig gelegen, obwohl eine weibliche Hand bei der Einrichtung nicht schaden würde."

George erzählte ihr von den Pächtern und den Reparaturen, die er vornahm, und von der Haushälterin und dem Butler, die seit dreißig Jahren verheiratet waren. Sie hörte zu und fragte sich, wie es wohl wäre, Herrin eines solchen Anwesens zu sein und so nah am Meer zu leben. Ihre Familie reiste nicht oft, abgesehen von den zwei Reisen nach Brighton auf Einladung des Prinzregenten und den Fahrten zwischen dem Familiensitz in Kent und ihrem Haus in London. Sie hatte nicht einmal ihre Schwester in Cumbria besucht und wäre dankbar für die Gelegenheit gewesen, wenn der geplante Besuch nicht mitten in die Saison und – das musste sie zugeben – mitten in ihre aufkeimende Freundschaft mit George Clavering gefallen wäre. Er war überrascht zu erfahren, dass sie nicht im Meer gebadet hatte, als sie nach Brighton gefahren war, da ihre Mutter schreckliche Angst vor den Wellen hatte.

„Eines Tages werden Sie Ihre nackten Füße in das Meer strecken, Alice." Sie waren ein Stück zurückgegangen und näherten sich ihrem Haus. Alice konnte kaum glauben, dass ihre gemeinsame Zeit vorüber war. Sie hoffte, dass er sie nicht zu früh zu einer Antwort drängen würde. Sie glaubte, ihr Herz würde Ja sagen, doch sie musste sicher sein.

Als sie ankamen, blieb er stehen und wandte sich ihr zu. „Ich werde morgen Abend im Almack's sein, wenn Sie dorthin gehen werden. Ich verstehe, dass es kompliziert für Sie ist, weil Ihre Mutter Sie nicht begleiten kann. Wenn ich Philippa bitte, Sie zu begleiten, würde Ihre Mutter es gestatten?“

Alice biss sich auf die Lippe. „Ich sollte besser Cleda fragen. Das wäre weniger verdächtig für meine Mutter. Doch ich glaube, ich werde dort sein. Meine Mutter mag Cleda.“ Sie lächelte ihn an, glücklich bei der Vorstellung, ihn am folgenden Tag zu sehen.

Sie verspürte keinerlei Verlangen, ihn zu verlassen, doch es war an der Zeit, dass sie es tat. Sie hatte einiges zu bedenken. Er begleitete sie die Treppe hinauf und als der Butler die Tür öffnete, neigte er seinen Hut und verbeugte sich.

„Es war ein angenehmer Nachmittag für mich, Lady Alice“, sagte er.

„Für mich ebenfalls, Mr. Clavering.“

Horace stand zu Diensten, also schlüpfte sie durch die Tür, gefolgt von Daisy, und erlaubte sich nicht, sich umzudrehen und ihn fortgehen zu sehen. Alles, was sie hatte, war das, was in ihrem Herzen gespeichert war – seine Worte und seine Erklärung. Es war bereits einige Zeit her, dass sie eine solch nachhaltige Ermutigung erhalten hatte.

„Du wirst diesen Mann heiraten, glaube ich“, flüsterte Cleda bei Almack's, als Alice sich erneut im Raum umschaute, in dem Versuch, einen Blick auf George zu erhaschen.

„Hm. Ich bin mir nicht so sicher. Es ist eine wichtige Entscheidung.“ Alice drehte sich um, um zu sehen, ob er sich in der hinteren Ecke befand. War er in ihrer Nische? Doch nein, dort waren andere. Sie konnte sich heute Abend kaum auf die herumwuselnden Gäste konzentrieren. Sie hatte nur einen Gedanken, nämlich in seiner Nähe zu sein.

Endlich kam er herein, und seine Augen fanden sie mit Leichtigkeit in der Menge. Er lächelte und begann, sich auf sie zuzubewegen, ehe er von seinem Freund Mr. Amos unterbrochen wurde, der ihm auf die Schulter getippt hatte.

Alice war keinesfalls bereiter, sich einzugestehen, dass sie ihn heiraten wollte. In ihrem Herzen war die Hochzeit bereits vollzogen, und sie lebte in St. Ives. In ihrem Kopf tobte der Kampf, während sie sich an ihre Unabhängigkeit klammerte. Ihr Herz erlaubte ihrem Kopf, wenigstens mit ihm zu tanzen.

George beendete sein Gespräch mit Mr. Amos und machte sich auf den Weg zu ihr. „Mrs. Bell", sagte er und verbeugte sich vor Cleda. „Guten Abend, Lady Alice. Ich hoffe, Sie reservieren heute Abend einen Tanz für mich?"

Von einem plötzlichen Drang zu necken gepackt, blickte sie betrübt drein. „Es tut mir leid. Ich habe alle meine Tänze versprochen. Es gab so viele Anfragen und ich konnte nicht Nein sagen, da ich mich für heute Abend zum Tanzen verpflichtet hatte."

Georges Gesicht verlor jedes Anzeichen von guter Laune. Seine Enttäuschung war offensichtlich. „Ich hätte früher kommen sollen. Whitmore brauchte mich..."

Cleda sah Alice an, halb lachend und halb irritiert. „So erlöse ihn doch von seinem Elend." Sie warf George einen mitfühlenden Blick zu, dann ging sie und ließ Alice und ihn allein.

„Ich habe keine Tänze versprochen", gestand sie und ihre Mundwinkel wanderten nach oben. „Wir sind soeben erst angekommen – nicht lange vor Ihnen, um genau zu sein. Und ich glaube, die Männer hier wagen sich immer noch nicht, darauf zu vertrauen, nicht abgewiesen werden."

„Dann erfordert es also einen Mann mit viel Mut, Sie anzusprechen", sagte er und sein Humor kehrte zurück.

„Mit viel Mut."

„Ich bin froh zu erfahren, dass für mich noch Hoffnung besteht und dass ich mich als Mann mit viel Mut bezeichnen kann." Die Musik für eine Quadrille setzte ein und er wandte sich ihr zu. „Ich würde meine Tänze lieber für den Walzer aufheben. Gibt es jemanden, zu dem ich Sie bringen kann? Ich möchte nicht, dass Sie unter prüfenden Blicken zu leiden haben, weil ich zu viel Zeit in Ihrer Gegenwart verbrachte – zumindest nicht, bis Sie sich Ihres Herzens sicher sind."

„Das ist sehr aufmerksam, Mr. Clavering..."

„George“, flüsterte er.

Sie lächelte, ignorierte ihn aber. Zumindest versuchte sie es. „Sie könnten mich zum Erfrischungstisch begleiten. Dort sind Frauen, die ich kenne.“

Er neigte den Kopf und streckte seinen Arm aus. „Dann kommen Sie. Lassen Sie mich Sie dorthin bringen, während ich auf unseren Walzer warte.“

Am Erfrischungstisch öffnete sich der Kreis mit Teresa, Barbara, Diana und Annabelle, um sie einzuschließen. Teresa stürzte sich voller Wonne auf sie.

„Du kommst genau zum rechten Zeitpunkt, um die schockierendste Nachricht zu hören. Gwendolyn Chauncey ist mit *jemandem durchgebrannt*. Sie ist vollständig aus London verschwunden.“

„An ihrem Hochzeitstag mit Lord Hicks“, fügte Barbara hinzu und ihre Augen leuchteten wegen des Tratsches.

„*An* ihrem Hochzeitstag?“, fragte Alice überrascht, ehe sie unbeholfen innehielt. Sie hatte die beiden beinahe verraten.

„Am Tag zuvor“, sagte Teresa. „Der arme, arme Lord Hicks. Ich hörte, dass er sehr verzweifelt ist. Er war leidenschaftlich in Miss Chauncey verliebt, doch wer kann schon sagen, warum? Sie war nicht mehr als annehmbar hübsch und so unfreundlich. Ich dachte immer, mit ihr stimmt etwas nicht.“

„Hm.“ Alice runzelte die Stirn. „Ich mochte sie immer.“

„Lady Alice, du wirkst gerne großzügig in deiner Einschätzung anderer, doch du weißt, du hast selbst Vorurteile“, sagte Barbara verärgert. „Du kannst mir nicht weismachen, dass dich diese Nachricht nicht schockiert.“

Das tat sie nicht, doch das konnte Alice nicht sagen. „Doch, natürlich. Aber ich denke, wir müssen Einzelheiten herausfinden. Ich hoffe, Miss Chauncey ist nicht Schlimmes widerfahren.“

„Sie ist spurlos verschwunden“, fügte Annabelle hinzu und richtete ihre großen Augen auf Barbara und Teresa, um deren Zustimmung einzuholen.

„Lady Alice, wie ich sehe, tanzen Sie nicht.“ Die Stimme kam von hinten.

Ausnahmsweise war Alice froh über die Ablenkung, egal von wem sie kam – auch wenn es sich in diesem Fall um Lord Harrowden handelte, dessen Frau eine Indiskretion nachgesagt wurde. Alice fragte sich, warum er, ein verheirateter Mann, sie auswählte. Es konnte nicht aus Höflichkeit geschehen, dass er sie zum Tanzen aufforderte, denn es gab eine Fülle an Herren und viele Damen, die keinen Tanzpartner hatten. Doch sie war bestrebt, sich aus dem Gespräch über Miss Chauncey herauszuhalten, um nicht ungewollt etwas zu verraten.

„Ich habe bis jetzt nur einen Tanz reserviert", gab sie zurück.

„Heute ist also mein Glückstag. Erlauben Sie mir, Sie hinzuführen." Er hob seinen Arm.

Sie neigte ihren Kopf den Damen zu und folgte ihm auf die Tanzfläche. Sie und Lord Harrowden nahmen ihre Plätze am Rand ein und beobachteten das Set, das gerade im Gange war. Er wandte sich ihr mit einem Lächeln zu, dem sie nicht traute.

„Erlauben Sie mir zu raten, Mylady. Ihr reservierter Tanz ist mit George Clavering."

Sie sah ihn an und wandte dann ihr Gesicht nach vorne. „Sie beginnen unseren Tanz nicht gerade verheißungsvoll, Mylord, wenn sie bereits von meinen anderen Tanzpartnern sprechen – *und* allzu neugierig sind."

Darüber sann er eine Minute nach, ehe er antwortete. „Vielleicht tue ich dies mit einem edlen Ziel. Ich sage Ihnen dies nur, weil es ganz offensichtlich ist, dass er um Ihre Aufmerksamkeit buhlt."

Alice brauchte nicht lange, um eine Antwort zu formulieren. „Diejenigen, die um meine Aufmerksamkeit buhlen, gehen Sie nichts an." Sie begann langsam zu glauben, dass es besser wäre, Lord Harrowden zu verlassen, ehe sie zu tanzen begannen. Nun könnte man es ohne viel Aufhebens tun, nicht jedoch, wenn sie zu tanzen begonnen hatten. Nach einer Pause drehte sie sich zu ihm um. „Ich…"

„Wissen Sie, warum Clavering Sie umwirbt?", beharrte Lord Harrowden.

Seine Unverschämtheit hatte lange genug angedauert. Sie machte einen Knicks. „Guten Abend, Mylord."

„Er tut es, weil er gewettet hat, dass Sie diese Saison heiraten würden. Die Wette ist in dem Buch im White's festgehalten."

Alice hielt in ihren Schritten inne, das laute Trommeln ihres Herzschlags dämpfte seine Worte.

Lord Harrowden trat neben sie und beugte sich hinunter, um ihr ins Ohr zu murmeln. „Als kein anderer Kandidat Erfolg hatte, begann er, Sie zu umwerben, um seine Wette nicht zu verlieren.“

Alice ließ nicht zu, dass ihr Gesichtsausdruck etwas verriet, als sie die Worte begriff. Es konnte nur wahr sein. Die Erkenntnis traf sie wie ein Schlag. George liebte es, Wetten abzuschließen. Er konnte ihr nicht mit ehrlicher Absicht den Hof machen. Dieser Mann tat nichts anderes als sich Glücksspielen zu widmen und Mätressen zu halten! Er wusste nicht, was es hieß, tiefere Gefühle zu empfinden. Das Gerede von Cleda über Liebe war nichts als Unsinn, zumindest wenn es um George ging. Ihr Gesicht wurde warm und Tränen drohten, sich in ihren Augen zu bilden.

Sie zügelte ihre Gefühle und wandte sich ihm zu. „Guten Abend, Lord Harrowden.“

Alice drehte sich um und ging an den Seiten des Ballsaals entlang, um nach Cleda zu suchen, doch sie konnte sie nicht sehen. Ihre Augen waren fast blind vor Tränen, doch sie blinzelte sie fort und widmete sich konzentriert ihrem Ziel. Sie musste aus dieser erdrückenden Menge herauskommen, und das am besten, ohne George – Mr. Clavering – zu begegnen. Wenn sie ihm gegenübertreten müsste, würde sie ihre Tränen nicht mehr zurückhalten können.

Sie fand Cleda im Gespräch vor und berührte ihren Arm. Als Cleda sich umdrehte, zeigte sich ihr Gesicht besorgt über Alice‘ offensichtlichen Kummer. Alice hatte Schwierigkeiten, die Worte herauszubekommen und die anderen beobachteten sie neugierig. Sie zwang sich zu einem Lächeln.

„Wenn es dir nichts ausmacht, muss ich dich fragen, ob wir vielleicht etwas frische Luft schnappen gehen könnten. Ich fühle mich schwach.“

„Oh, geh und kümmere dich um Lady Alice“, sagte die Frau und Cleda nickte rasch und schob ihren Arm unter den von Alice.

„Lass uns gehen. Wenn nötig, wird Mr. Bell bereit sein, uns früher nach Hause zu bringen.“

Alice hielt ihren Blick gesenkt, bis sie sich durch die Menge gedrängt hatten. Sie schaffte es bis zum Eingang, wo frische Luft hereinströmte. Wenn sie es nun nur noch in die Kutsche der Bells schaffen würde, könnte sie diesen Abend mit intakter Würde überstehen.

KAPITEL 24

George bewegte sich ruhelos durch den Raum und wusste nicht, was er ohne Duck mit sich anfangen sollte, während er die Zeit bis zum einzigen Tanz abwartete, der von Bedeutung war. Er hatte Amos mit einer Frau zurückgelassen, die ihm aufgefallen war, und er wünschte ihm alles Gute. Amos wurde immer aufmerksamer bezüglich der Aussichten, die diese Bälle boten, seit er beschlossen hatte, dass es an der Zeit war, sesshaft zu werden. Es war, als hätten sie alle unausgesprochen beschlossen, dass es an der Zeit war, und George stand dem in nichts nach. Wenn nur Amos das gleiche Glück finden könnte, das für ihn nun in greifbarer Nähe war, würde er sich sehr für ihn freuen. Er verstand endlich, was es hieß zu lieben − verstand endlich, was Duck zu diesem radikalen Schritt getrieben hatte.

Er und Duck hatten beschlossen, dass es besser wäre, seine Flucht selbst vor ihren engen Freunden zu verheimlichen. Duck sagte, er würde sich entschuldigen, wenn er zurückkam, doch je weniger zuvor davon Kenntnis hatten desto besser. Er und Miss Chauncey waren nun bereits anderthalb Tage unterwegs. George fragte sich, wie ihre erste Nacht im Gasthaus verlaufen war und ob sie es geschafft hatten, sie als seine Schwester auszugeben. Sie sahen sich nicht besonders ähnlich. Aber er wusste, dass Duck ihre Ehre aufrechterhalten würde, bis sie es über die Grenze geschafft hatten und beim ersten Schmied in Schottland anhielten, wo sie den Bund der Ehe über einem Amboss eingehen würden.

Die Bewegung einer Dame in Blau fiel ihm auf, trotz der Menschenmenge, die sich zwischen ihnen befand. Alice. Wo auch immer George im Saal war, er hielt Ausschau nach dem blassblauen Kleid, das Alice trug. Er spürte immer, wo sie war, selbst wenn er nicht in ihre Richtung schaute.

Er folgte ihren Bewegungen und sah, wie Mrs. Bell Alice zum Ausgang führte. Vielleicht brauchte sie einfach ein wenig frische Luft. Er ging dorthin, wo er einen ungehinderten Blick auf die Dienerin hatte, die sich um die Mäntel kümmerte. Mrs. Bell überreichte gerade ihre Karten. Sie nahm ihr Schultertuch und legte es um, dann reichte sie Alice das andere. George runzelte die Stirn. Es war zu warm, um ihre Oberbekleidung zu brauchen, wenn sie nur frische Luft schnappen wollten.

Ein Gentleman gesellte sich zu ihnen, der Mrs. Bell am Ellbogen berührte. Es war Mr. Bell, welcher ebenfalls seine Karte abgab. Besorgnis durchfuhr George. Allem Anschein nach wollten sie Almack's verlassen. Doch das konnte nicht sein, denn er hatte seinen Tanz mit Alice noch nicht gehabt. Er machte einen raschen Schritt nach vorne.

„George." Bei Philippas Stimme drehte er sich um. „Ging bei unseren Freunden gestern alles gut? Ich hatte erwartet, dass du mich besuchen kommst, damit du mir die Einzelheiten erzählen kannst."

„Einen Augenblick", sagte er und wandte sich wieder dem Ausgang zu. Alice war nicht mehr in seinem Blickfeld und er ging weiter. Die Menschenmenge machte es ihm nicht leicht, sich einen Weg durch sie zu bahnen, aber er drängte sich so höflich wie möglich hindurch. Als er den Vordereingang erreichte, waren sie bereits verschwunden. Er bewegte sich auf die Tür zu und der Lakai öffnete sie, um ihn durch-zulassen.

Er blinzelte gegen den Nachthimmel und den Lichtschein einer Laterne an, die an einem Pfosten hing und ihn einen Moment lang blendete. Dann sah er die Gruppe aus drei Personen auf dem gepflas-terten Gehweg stehen, als eine Kutsche vorfuhr. Die Nachtluft war kühl, doch er spürte sie kaum.

„Alice", rief er aus.

Eine kleine Gruppe von Leuten eilte zum Eingang des Almack's, kurz vor der elften Stunde, wenn ihnen die Tür für diese Nacht versperrt sein würde. Sie drehten sich zu ihm um, als er rief, und wandten dann ihre Köpfe, um sie anzuschauen. *Verflucht.* „Lady Alice", korrigierte er sich. Er machte eine Szene, indem er in aller Öffentlichkeit einer Dame hinterherlief. Morgen würde es in ganz London bekannt sein.

Sie blieb stehen, drehte sich aber nicht in seine Richtung. Ihre Freundin beugte sich hinunter, um ihr etwas ins Ohr zu flüstern, und Alice wandte sich ihm widerwillig zu. Er hatte sie noch nie mit einem solch unfreundlichen Gesichtsausdruck gesehen, nicht einmal in der Nacht, als sie sich kennengelernt hatten. *Was war geschehen?*

Alice wartete, bis er sich näherte, und als George vor ihr stand, berührte Mrs. Bell Alice am Arm. „Wir werden in der Kutsche auf dich warten." Mit der Hilfe ihres Mannes stieg sie ein und er folgte ihr und schloss die Tür.

George verlangte es dringlich nach Privatsphäre. Er musste mit ihr sprechen. Doch er konnte sie nicht von der Kutsche fortziehen, ohne Gerede zu riskieren. Und der Fahrer war nicht weit entfernt. Er bedeutete ihr, dass sie ihm folgen sollte, ehe er zum Hinterrad ging. „Bitte. Schenken Sie mir einen Moment Ihrer Zeit."

Alice sagte nichts, folgte ihm jedoch. Ihre Hände hingen schlaff an ihren Seiten, und ihre Schultern waren fest angespannt. Sie sah zu ihm auf und wartete. Die Bürde für das Gespräch sollte also bei ihm liegen.

„Bitte sagen Sie mir, warum Sie gehen, ohne unseren Tanz zu würdigen", sagte er. Er schluckte schwer. Er wollte fragen, warum sie so unzufrieden mit ihm aussah, doch der Mut verließ ihn.

„Sie haben Angst, einen Tanz mit mir zu verpassen", bemerkte sie mit eisiger Stimme. „Warum? Weil Sie gewettet haben, mich heute Abend zum Tanzen bringen zu können und Sie fürchten, Ihre Wette zu verlieren?"

Der Boden unter seinen Füßen fühlte sich weniger fest an. „Wie bitte? Ich habe nicht..." Er hielt inne und griff nach Empörung. „Ich würde nie auf einen Tanz wetten. Tanzen ist zum Vergnügen." Er schlug erbärmlich um sich.

„Sie tanzen nur zum Vergnügen", gab sie zurück. „Doch heiraten für eine Wette?"

Warum war sie wütend wegen ihrer Wette? Sie hatten nicht auf die Ehe gewettet, sondern nur darauf, dass Miss Chauncey sich Ducks Zuneigung sichern würde.

Oh. Nun wurde alles klar.

George schluckte erneut. Er wollte sie anflehen, aber er glaubte nicht, dass das gut verlaufen würde. Er würde nur verzweifelt aussehen, und sie würde ihm niemals glauben. Es war jedoch nur ein Blick in ihr Gesicht nötig, um die Vernunft zu vertreiben und genau das zu tun.

„Alice, Sie müssen mir glauben...“

„Lady Alice“, unterbrach sie ihn mit reglosem Gesicht.

„Lady Alice, ich mache Ihnen nicht wegen einer Wette den Hof. Ich mache Ihnen den Hof, weil meine Gefühle für Sie derart wuchsen, dass daraus Lie...“ George brach ab. Er konnte nicht sagen, dass er sie liebte, wenn sie ihn so verächtlich ansah. Er hatte es nicht einmal sich selbst eingestanden. „Meine Gefühle für Sie sind sehr stark gewachsen.“

Alice nickte, als ob sie sich selbst etwas bestätigen wollte. „Ich kann sehen, wie sehr Ihre Gefühle gewachsen sind. Sie haben so eine besondere Art, sie auszudrücken. So eine besondere Art, sie zu zeigen.“ Ihre Stimme troff vor Ironie. „Wie schön für Sie, dass Ihnen die Welt zu Füßen liegt. Als Gentleman können Sie einer heiratswürdigen Frau der *vornehmen Gesellschaft* den Hof machen, während Sie Ihre wahre Zuneigung für Ihre Mätresse aufsparen. *Und* Sie können dabei noch ein paar Guineen verdienen.“

„Es waren nur dreißig Schilling“, protestierte er. Das war die falsche Antwort gewesen. Er wusste es, sobald die Worte seine Lippen verließen.

Ihr stand der Mund offen und ihr wütender Blick wurde noch ausgeprägter. „Ich bin zutiefst erleichtert.“

Sie wollte um ihn herumgehen, doch er hielt sie am Arm fest. Sie sah auf seine Hand hinunter und richtete ihren Blick dann auf sein Gesicht. George hatte bei keinem seiner stärksten Gegner im Boxsalon je einen furchteinflößenderen Gesichtsausdruck gesehen. Er ließ ihren Arm los und trat einen Schritt zurück.

„Aber wir beide haben auch gewettet“, protestierte er, schwach, als sie ihre Hand auf den Knauf legte, um die Tür zur Kutsche zu öffnen.

„Wir haben auf Miss Chauncey und Duck als Paar gewettet. Warum ist dies anders?“

„Die unsere war eine freundschaftliche Wette zwischen zwei Menschen. Die Ihre ist *öffentlich* und sie steht in den *Büchern*. Sie haben meinen Namen mit einer Wette verbunden, die jeder vulgäre Mensch sehen kann.“ Alice richtete sich auf und hob ihr Gesicht, trotz ihrer Größe furchtsam. „Es ist auch anders, weil *ihre Verbindung* erfolgreich war.“

Sie riss die Tür auf und stieg in die Kutsche, wobei sie Mr. Bells Hand abwinkte. Sie zog die Tür zu und die Kutsche fuhr los.

Georges Herz hämmerte in seiner Brust. Eine weitere Gruppe verließ das Almack's und warf ihm neugierige Blicke zu. Das kümmerte ihn nicht. Er dachte sogar, dass ihm übel werden würde. Er wandte sich zum Gehen. Er konnte sich nicht erinnern, ob er einen Mantel mitgenommen hatte, ob er geritten war oder ob er versprochen hatte, sich in dieser Nacht mit jemandem zu treffen.

Bei dem Schrecken, der ihn verzehrte, war kein einziger rationaler Gedanke mehr in der Lage, in sein Gewissen einzudringen.

AM NÄCHSTEN MORGEN machte sich George nicht die Mühe, jemanden kommen zu lassen, um ihn zu rasieren oder anzukleiden. Er machte sich auch nicht die Mühe zu essen. Er lag einfach im Bett, bis die Untätigkeit ihn zu ungeduldig machte, um liegen zu bleiben. Dann stand er auf und setzte sich an den Tisch in seinem Wohnzimmer.

Er war dort noch nicht lange, als es an der Tür klopfte. Er ignorierte es, doch das Klopfen wurde hartnäckiger. „Mach auf, George.“

Lucius? Der Schock über Lucius' Besuch ließ ihn aufstehen und zur Tür gehen. Er öffnete sie und erblickte seinen älteren Bruder, der so vollends gepflegt aussah wie immer. Wortlos öffnete er die Tür weiter und ließ Lucius eintreten.

„Verzeih mir meine Beharrlichkeit. Wenn ich mich schon derart früh aus dem Bett quäle, möchte ich meine Mission erfüllen, verstehst du?“

Nachdem sich die Überraschung gelegt hatte, sank Georges Stimmung wieder. Sein Bruder war hier, doch er konnte den Schlamassel, in den George sich hineinmanövriert hatte, nicht beheben. „Nimm Platz", murmelte er.

„Du siehst schrecklich aus", sagte Lucius.

George konnte keine schnippische Antwort geben, die sein Bruder offensichtlich erwartete. Er warf sich auf seinen Stuhl. „Woher wusstest du es?"

Lucius schaute zur Anrichte hinüber und bediente sich an einem Glas Bier. „Harrowden konnte nicht widerstehen, sich in Amos' Gegenwart seiner Schadenfreude hinzugeben. Amos ging dann zu Philippa und fragte, wohin du gegangen bist, und sie sagte, du seist fort und nicht zurückgekommen. Ich glaube, Amos vergisst manchmal, dass Philippa nicht zu den Männern gehört. Er erzählte ihr, was mit Harrowden passiert ist."

„Ich nehme an, sie war schockiert."

Lucius setzte sich und trank. „Nicht unsere Philippa. Sie hatte die Geistesgegenwart, mir eine Nachricht zu schicken. Ich nehme also an, dass du Lady Alice nachgelaufen bist und sie deine Entschuldigung nicht angenommen hat."

George starrte auf den Teller mit Schinken, der auf dem Tisch stand. „Das bin ich. Das hat sie nicht."

„Ah", Lucius' Blick war mitfühlend. George war so daran gewöhnt, die sardonische Seite seines Bruders zu sehen, dass ihn dieser Ausdruck überraschte. „Was gedenkst du nun zu tun?"

George warf seinem Bruder einen verzweifelten Blick zu. „Was kann ich schon tun? Nichts. Alles ist verloren." Er beugte sich vor, legte sein Gesicht in die Hände und kämpfte gegen das fremde Gefühl von Tränen an. Es würde nichts nützen, zu weinen. Es würde nichts ändern.

„Mein Rat an dich: Steh auf und kleide dich an. Du musst in einer besseren Verfassung sein, wenn du die Hoffnung haben willst, sie für dich zu gewinnen."

George sah Lucius ungläubig an. „Ich *habe* keine Hoffnung."

„Dann bist du ein Idiot", sagte Lucius unverblümt. „Wenn Lady Alice in dich verliebt ist, wie Philippa glaubt, wird ihr Schmerz oder ihre Demütigung oder ihre Wut – oder welches Gefühl auch immer im Augenblick stärker ist als alle anderen – nicht von Dauer sein. Du wirst sie um Vergebung bitten müssen. Es tut mir leid, dass ich derjenige

bin, der dir das sagen muss, doch es wird nicht das letzte Mal sein."
Lucius trank einen Schluck Bier und stellte den Krug ab. „Aber wenn
du dich nicht einmal bemühst, sie zu sehen oder mit ihr zu sprechen,
dann hast du es nicht verdient, sie für dich zu gewinnen. Wenn sie sich
weigert, dir zu verzeihen, nachdem du alles getan hast, was du kannst,
dann..." George wartete auf den Rest und als dieser nicht kam, sah er
Lucius an. „Nun, dann verdient sie es nicht, gewonnen zu werden."

George fühlte sich nicht besser – zumindest nicht *viel* besser, abgesehen von der Tatsache, dass sein Bruder sich die Mühe gemacht hatte,
ihn aufzusuchen, und er sich dadurch weniger allein fühlte. Doch
Lucius' Rede bewegte etwas in ihm. Er sehnte sich danach, sich anzukleiden und zumindest zu versuchen, mit ihr zu sprechen.

Plötzlich hielt er inne, weil ihm ein Gedanke kam. „Du sprichst aus
Erfahrung, denn du hast selbst einen recht großen Fehler begangen.
Du hast zugelassen, dass Selena öffentlich gedemütigt wurde und bist
ihr nicht zu Hilfe gekommen. Dennoch hat sie dich geheiratet."

Lucius runzelte die Stirn. „Auf diesen Moment bin ich nicht stolz."
Er gab sich seinen Gedanken hin und George wartete und überlegte.
Wenn sein Bruder es derart sagenhaft ruinieren konnte und es ihm
dennoch gelungen war, Selenas Vertrauen zu gewinnen, hatte er dann
möglicherweise eine Chance bei Lady Alice?

Nein. Alice war nicht wie Selena. Sie hatte keine Geduld für
Dummköpfe und er war mehr als ein Dummkopf.

Lucius sah ihn an. „Wenn Lady Alice dich trotz dem, was du getan
hast, akzeptiert, dann wird dies nur eine ständige Erinnerung daran
sein, es besser zu machen. Sie mehr zu schätzen. Sie an die erste Stelle
zu setzen. Zumindest ist es bei mir so."

George nickte und nahm dies als Ermutigung. Er holte tief Luft.
„Ich habe keine Vorstellung davon, wie das gelingen kann. Sie ist die
Tochter eines Dukes, umgeben von Menschen, die nichts davon haben,
dass ich ihre Hand gewinne. Ich weiß nicht einmal, wie es mir gelingen
soll, ihr zu begegnen."

„Bei dir hört es sich so an, als müsstest du in die Höhle des Löwen,
nur um mit ihr zu sprechen", sagte Lucius.

„Genauso ist es. Ich *betrete die Höhle* des Löwen, um sie zu sehen.
Ich werde bei lebendigem Leibe zerrissen werden."

Lucius stand auf. „Du weißt, ich bin nicht gerade ein Mann mit spirituellen Überzeugungen. Doch selbst ich weiß, dass Gott in der Lage ist, einem Löwen das Maul zu verschließen, wenn man nur ein wenig Glauben hat." Er legte seine Hand auf Georges Schulter, drückte sie, ging zur Tür und verschwand.

Der Besuch seines Bruders hatte George gutgetan. Er hatte etwas von seiner Niedergeschlagenheit vertrieben und so stand er auf und klingelte nach seinem Kammerdiener, damit der ihn rasierte. Als Erstes würde er zu Jackson's Boxsalon gehen. Wenn Anley dort war, würde er sehen, ob der Marquess mit seiner Schwester gesprochen hatte. Wenn nicht, würde George seine Niedergeschlagenheit mit ein bisschen körperlicher Betätigung lindern.

Anley war nicht da, als George ankam und als er sich entkleidet und seine Handschuhe angezogen hatte, hatte er fast beschlossen, dass das Schicksal gegen ihn war. Fast! Er weigerte sich, so zu denken. Das Schicksal war nicht gegen ihn. George war ebenfalls kein besonders gläubiger Mann, doch die Worte von Lucius klangen in seinem Kopf nach. Und er dachte, dass er, wenn es keinen anderen Weg gab, sein Ziel zu erreichen, vielleicht gerade genug Glauben hatte, um sich seinen Weg in die Höhle des Löwen zu erzwingen und eine Audienz bei Alice zu ersuchen, ganz gleich, wie diese ausgehen würde.

Ralph Filbert stand am anderen Ende des Raumes, hob eine Hand und winkte. „Clavering", rief er. „Komm und sparre mit mir. Wir haben das gleiche Gewicht."

Perfekt. Sie waren ebenbürtig, und Filbert war bereit, zu beginnen. Sobald George vor ihm stand, hob er seine Handschuhe.

„Langsam, Kamerad. Du siehst aus, als würdest du gleich jemanden umbringen. Woher kommt dieser finstere Blick?"

„Es ist nichts. Lass uns kämpfen."

Filbert zog eine Augenbraue hoch, hob aber seinen Handschuh und blockte Georges ersten Schlag mit Leichtigkeit ab. Er war nachlässig gewesen.

Filbert schlug zu und sagte: „Harrowden erzählt jedem, der es hören will, dass du versuchst, die Hand von Lady Alice zu gewinnen, damit du deine Wette gewinnst."

George erwiderte nichts darauf, doch sein Schlag war dieses Mal härter und effizienter.

„Harrowden ist ein Narr", fuhr Filbert fort. „Ich habe ihn gewarnt, dass er mit diesem Gerede ein Duell provozieren würde. Sagte, es sei das Gleiche, wie dich zu beschuldigen, die Wette manipuliert zu haben."

George versetzte einen weiteren Schlag, dann drehte er sich, als Filbert ebenso gut zurückschlug. „Meine einzige Sorge gilt dem Ruf von Lady Alice. Ich wollte mich nicht auf die Wette mit ihm einlassen. Ich wünschte, ich hätte einfach Nein gesagt."

Filbert schaffte es, Georges Deckung zu überwinden, und traf sein Kinn hart. Das schmerzte und George schlug zurück, ohne zu treffen. „Darüber hinaus redet sie nun davon, dass ich Mätressen habe. Was bringt sie auf die Idee, ich hätte eine Reihe von Geliebten? Ich hatte noch nie eine."

Filbert wich auf die andere Seite aus, als George mit seiner linken Hand einen Schlag zu landen versuchte. Filbert konzentrierte sich darauf, seine Verteidigung zu durchdringen, bis sie beide vor Anstrengung schwer atmeten. Er ließ die Hände fallen und sagte: „Ich fühle mich für deine missliche Lage mit verantwortlich. Ich hätte meinen Mund halten sollen, als Harrowden zu uns kam, anstatt ihm zu erzählen, worüber wir gesprochen haben. Ich weiß, was für ein Mann er ist."

George schüttelte den Kopf, müde und wütend. „Ich gebe dir keine Schuld."

Sie nahmen beide ihre Kampfhaltung wieder ein und fuhren fort, obwohl sie bald erschöpft sein würden. George hatte noch immer keine Antworten. Es war schlimm genug, dass er auf Alice gewettet hatte. Aber wenn er nur gegen ihre Heirat gewettet hätte! Dann hätte er ihr wenigstens gezeigt, dass er glaubte, was sie sagte, anstatt wie jeder andere arrogante Mann der *vornehmen Gesellschaft dazuste*hen. Er hätte seine eigene Wette bei dem Versuch, sie für sich zu gewinnen, verlieren können. So wie die Dinge nun standen, gab es nichts, was er tun konnte, um sein Werben um sie aufrichtig erscheinen zu lassen. Er wusste nicht, wie er das überwinden sollte.

Als er und Filbert genug hatten, verbeugten sie sich voreinander. Nachdem seine Frustration völlig verflogen war, hoffte George, dass niemand sein Gespräch mitangehört hatte. Er war nicht gerade diskret gewesen. Er schaute sich um und entdeckte nicht weit entfernt Lord Anley. Bei seinem Anblick wurde ihm der Mund trocken. *Lass ihn eben*

Er zwang ein Lächeln in seine Richtung. „Wir haben uns verpasst. Ich bin eben fertig geworden."

„Eine Schande", sagte Anley. Sie sahen einander einen Moment lang schweigend an und George wurde klar, wie dumm es von ihm gewesen war, Hilfe von Anley zu erwarten. Alice hätte sich ihrem Bruder nicht anvertraut und Anley würde George nicht helfen, wenn er alles wüsste. Wahrscheinlich wusste er schon alles, so wie Harrowden das Maul aufriss.

„Dann einen guten Tag" , sagte er, als er sich zum Gehen wandte, und wollte sich für seinen Mangel an Ideen und Mut treten.

„Ist es wahr, dass du darauf gewettet hast, dass meine Schwester diese Saison heiratet?" Anleys Stimme war zu leise, um ihn deutlich zu hören.

George drehte sich langsam um und studierte Anleys Gesicht. Er sah nicht so wütend aus, wie es ihm zustünde.

„Das habe ich. Ich bereue es", sagte er kurz.

„Ich schätze es nicht, wenn der Name meiner Schwester in den Wettbüchern steht." Lord Anleys Gesichtsausdruck blieb gemessen, doch sein Tonfall war fest. Das war genau die Zurechtweisung, die George verdient hatte.

„Ich entschuldige mich. Das würde ich auch bei Lady Alice tun, wenn sie mich sehen wollte."

Anley nickte und sah zu Boden. „Trotz der unüberlegten Wette meine ich, dass meine Schwester heiraten sollte. Und obgleich es dich offensichtlich nichts angeht, bist du anscheinend auch der Meinung?"

George, der sich sowohl gescholten als auch leicht unwohl fühlte, warf Lord Anley einen kurzen Blick zu. „Es mag mich nichts angehen, doch das bin ich. Obgleich ich vermutlich nicht unparteiisch bin. Ich finde, sie sollte nur heiraten, wenn sie mich heiratet."

Anley hob eine Augenbraue. „Nun, denn." Nach einem kurzen Schweigen verbeugte er sich und wandte sich dann einer Gruppe Gleichaltriger in der Ecke des Raumes zu.

George ging, um sich anzukleiden, während er das Gespräch in Gedanken noch einmal Revue passieren ließ. Als er angekleidet war, trat er aus dem Jackson's auf die belebte Straße, setzte seinen Weg fort und Scham und Ärger raubten ihm den Atem.

Von allen dummen, törichten, idiotischen Ideen, die ihm in den Sinn kamen, hatte er dem Erben des Duke of Carr − dem *Bruder* von Alice − erzählen müssen*, dass* er ihre Hand anstrebte. Und *das* nach allem, was er bereits getan hatte, um ihren Namen zu beschmutzen. In einer plötzlichen Geste der Frustration schlug er sich mit der Hand an die Stirn, so dass ihm sein Hut vom Kopf rutschte und zu Boden fiel. Eine Matrone sah ihn beunruhigt an, und er griff nach unten, um seinen Hut aufzuheben.

Nun erschreckte er auch noch unschuldige Passanten. Er hatte nicht nur seine Chance auf Alice vertan, sondern würde auch noch im Irrenhaus landen. Er war *unsagbar* froh, auf Lucius gehört und sich angekleidet zu haben.

KAPITEL 25

In den zwei Tagen nach Almack's verließ Alice ihr Zimmer so selten wie möglich. Obwohl sie nicht eben ein Leben voller Frohsinn führte, hatte sie sich noch nie derart hoffnungslos gefühlt. Zu wissen, wie es war, zu lieben und sich das gemeinsame Leben vorzustellen, nur damit einem all das genommen wurde, weil er nicht das war, was er zu sein schien? Das war zu grausam. In Alice' derzeitiger Stimmung konnte sie es nur als großes Glück ansehen, dass es ihrer Mutter nicht gut genug ging, um sie auf Partys oder zu Nachmittagsbesuchen zu schleifen. Die Vorstellung, jemandem gegenüberzutreten, war undenkbar.

Cleda kam zu Besuch und ihre Freundschaft war so eng, dass Alice der Dienerin sagte, sie solle in ihr Schlafzimmer gebracht werden. Sie saß im Bett, als ihre Freundin das Zimmer betrat. Cleda warf einen Blick auf sie und schüttelte mit einem Seufzer des Mitgefühls den Kopf. „Es ist dir seit Mittwoch nicht gelungen, deine Gedanken in eine fröhlichere Richtung lenken?"

„Es ist zutiefst beschämend!", rief Alice aus und ballte ihre Hand um die Decke. „Ich verachte mich dafür, derart schwach zu sein, doch ich bin niedergeschlagen. Ich finde keinen Weg, diese ganze Angelegenheit mit mehr Tapferkeit zu betrachten."

„Du bist nicht schwach – ganz im Gegenteil." Cleda setzte sich auf die Seite des Bettes und nahm Alice' Hand. „Hast du etwas von Mr. Clavering gehört? Hat er versucht, sich zu erklären oder dir eine Nachricht zukommen zu lassen?"

Alice schüttelte den Kopf. „Das hat er nicht. Doch das sollte dich nicht überraschen. *Mich* überrascht es nicht, wenn man bedenkt, dass ich für ihn nicht wichtiger bin als eine beliebige Mätresse, die plötzlich zu anspruchsvoll geworden ist, nehme ich an. Ich wäre schockiert gewesen, wenn er versucht hätte, sich zu entschuldigen."

Cleda warf ihr einen zweifelnden Blick zu. „Bist du dir vollkommen sicher? Es fällt mir schwer zu glauben, dass er eine Wette über dich abgeschlossen hat, obwohl, wenn er es selbst bestätigte, wie könnte es anders sein? Doch wie er dich ansieht..."

Alice stöhnte. „Erzähl mir nichts davon, wie er mich ansieht. Das war nur gespielt. Wenn du mich daran erinnerst, möchte ich am liebsten im Boden versinken, weil ich eine solche Närrin war. Ich hatte recht daran getan, ihm nicht vertraut zu haben."

Alice warf die Decken beiseite, stand auf und begann auf und ab zu gehen. „Ich hätte bei meinen ursprünglichen Überzeugungen bleiben sollen. Als ich fest entschlossen war, nicht zu heiraten, war ich mit mir im Reinen. Ich war *glücklich*. Es gab nichts, was meine Laune getrübt hätte." Cleda sah nicht recht überzeugt aus und Alice musste sich bemühen, sich selbst zu überzeugen. „Und dann ging ich das Risiko ein und verschenkte mein Herz – und nun sieh nur, was mir das eingebracht hat."

Die Augen ihrer Freundin waren voller Mitgefühl. Sie schwieg und ließ Alice fortfahren.

„Es war falsch, mich in ihn zu verlieben. Früher war *ich* eine vernünftige Frau." Sie klopfte sich zur Betonung auf die Brust. „Und nun bin ich nichts weiter als ein flatterhaftes, törichtes Geschöpf."

Cleda seufzte und verließ das Bett, um sich auf einen der Stühle vor dem leeren Kamin zu setzen. „Ich verstehe deine Enttäuschung. Ich vermute, ich hatte genauso wenig Hoffnung wie du, Liebe zu finden. Es war mir nur angenehmer eine Vernunftehe zu akzeptieren. Und ich weiß, dass zu entdecken, was Liebe ist, nachdem ich geheiratet hatte, mich davor bewahrte, einen Schmerz wie deinen zu erleiden. Dennoch bitte ich dich eindringlich, dich nicht von der Suche nach einer Liebesheirat abzuwenden..."

„Genug", sagte Alice bestimmt und warf ihrer Freundin einen finsteren Blick zu.

Als sie sah, dass sie Cleda verletzt hatte, setzte sie sich neben sie und ergriff ihre Hand. „Ich bitte dich, meinen harten Ton zu verzeihen. Du bist eine gute Freundin und hast das nicht verdient. Schließlich würdest *du* nicht etwas Derartiges tun wie eine Wette auf jemanden abschließen, den du schätzt."

Cleda zog eine Augenbraue hoch. „Du bist auch eine gute Freundin. Dennoch hast du eben dies mit Miss Chauncey getan. Du hast eine enge Beziehung zu ihr, doch du hast auf sie gewettet."

Alice zog ihre Hand weg und ihr klappte der Mund auf. „Ich habe zu ihrem Vorteil gewettet. Und ich habe auf ihren Wert gewettet – dass sie würdig genug ist, um die Aufmerksamkeit eines der berüchtigten Londoner Charmeure zu erregen. Das war ein Kompliment, keine Beleidigung."

Cleda schaute skeptisch. „Möglich. Doch machte Mr. Clavering dir nicht ein ähnliches Kompliment?"

Als Alice das Gesicht verzog, fuhr Cleda fort: „Soweit ich die Situation verstehe, hat er auf dich gewettet, als er dich nicht gut kannte. Und er hat gewettet, dass du *natürlich* eine Bindung eingehen würdest. Auch er wettete auf deinen Wert. Und damit hat er gezeigt, was du in seinen Augen wert bist."

Was Cleda sagte, ergab Sinn, doch sie wollte George kein Vertrauen einräumen. Sie wollte an ihrer Wut auf ihn festhalten.

Alice verschränkte ihre Arme. „Er hat dreißig Schilling auf mich gewettet. Kannst du das glauben? *Dreißig Silberstücke!* Wenn ihn das nicht zu Judas dem Verräter macht, weiß ich nicht, was sonst."

„Ich bin deine Freundin – deine beste Freundin. Und ich werde ihn hassen, wenn ich das muss." Cleda schob ihre Beine bequemer unter ihren Stuhl. „Doch ich habe noch niemanden gesehen, der dich derart zum Lachen bringt wie er – niemanden, der dich dazu bringt, die Maske, die du in der Gesellschaft trägst, fallen zu lassen, wie er es tat. Und ich war Zeugin seines Gesichtsausdrucks, wann immer er dich von der anderen Seite des Ballsaals aus erblickte. *So* ist kein Mann, der jemanden wegen einer Wette den Hof macht."

Cledas besonnene Worte ließen Alice beinahe weich werden. Doch sie würde sich nicht erneut zum Narren halten lassen. Als Cleda sie anlächelte und die Augenbrauen hochzog, weil sie Alice' Schweigen für Zustimmung hielt, hob sie ihr Kinn.

„Aber seine Wette steht in den *Büchern*. Sie ist öffentlich."

Cleda seufzte und schüttelte den Kopf, wobei ihr mitfühlender Blick nun einen Hauch von Verärgerung enthielt.

Später, nachdem Cleda sich verabschiedet und sie gebeten hatte, zum Maskenball zu gehen, wo sie möglicherweise nicht beobachtet werden würde – ein Vorschlag, den Alice prompt ignorierte – beschloss Alice lieber in ihrem Zimmer zu bleiben. Das Einzige, was auf sie wartete, war eine wenig erhellende Unterhaltung unten mit ihrer Mutter. Ihre Stimmung hatte sich während Cledas Besuch gebessert, doch für Geplauder hatte sie keine Geduld. Sie war auch nicht gewillt, George – Mr. Clavering – gegenüber versöhnlicher zu sein.

Pfui! Nun, da sie an ihn als George gedacht hatte, blieb er in ihren Gedanken George. Sie war vergiftet worden. Nie wieder würde sie das Verhalten der Gesellschaft ablegen und sich jemandem außerhalb ihrer Familie so offenbaren.

Ein Klopfen an ihrer Schlafzimmertür riss sie aus ihren Gedanken. Sie bat die Person herein und ihr Bruder trat in ihr Zimmer.

Alice ließ das Buch, das sie vergeblich zu lesen versucht hatte, auf ihren Schoß sinken und starrte ihn überrascht an. „Bart, du besuchst mich tatsächlich in meinem Zimmer. Was tust du hier? Du kommst mich doch sonst nicht mehr besuchen."

Bartholomew grinste und schloss die Tür hinter sich, dann ging er hinüber und ließ sich auf den Stuhl gegenüber von Alice fallen. „Nun, ich hatte erwartet, dich gestern Abend beim Essen zu sehen, doch es scheint, als ob du nichts tust als dich in deinem Zimmer zu verstecken und zu schmollen."

Alice setzte sich aufrecht hin. „Ich schmolle nicht", sagte sie in einem entrüsteten Ton. „Weshalb sollte ich denn schmollen?"

„Ach, möglicherweise wegen der Tatsache, dass Clavering im White's eine Wette auf dich abgeschlossen hat – dass er wettete, du würdest in dieser Saison eine Bindung eingehen – und das macht dich wütend." Er schenkte ihr ein anmaßendes Grinsen, welches zeigte, dass ihm der Vorfall vollkommen gleichgültig war.

Sie reckte ihr Kinn. „Nun, ich finde es äußerst vulgär von ihm, meinen Namen derart öffentlich zu erwähnen. Ich hatte Besseres von ihm erwartet."

Ein Sonnenstrahl durchflutete den Raum, beleuchtete Bartholomews Gesicht und hob die Stoppeln an seinem Kinn hervor. Er schirmte seine Augen ab. „Ich habe ihn gesehen, weißt du. Im Jackson's."

Alice schwieg, dann fuhr sie mit dem Finger über die Beulen, die den Buchrücken zierten. Sie brannte darauf, ihn zu fragen, wie er aussah und ob er sie erwähnt hatte, aber sie würde sich nicht erniedrigen, indem sie das tat.

„Ach?", war alles, was sie sagte.

„Außerdem habe ich gehört, worüber er beim Boxen sprach", sagte Bartholomew und beobachtete ihr Gesicht. „Er sprach über dich."

Alice warf ihr Buch angewidert auf den Tisch neben sich. „Er sprach schon wieder öffentlich über mich? Meine Güte, der Mann hat seine Lektion nicht gelernt. Ich hoffe, du hast ihm ein oder zwei Dinge gezeigt, was auch immer ihr Männer in dieser Boxeinrichtung tut."

Bartholomew schüttelte mit einem schiefen Lächeln den Kopf. „Ehrlich gesagt, selbst wenn ich ihm ein oder zwei Dinge zeigen wollte, könnte ich das vermutlich nicht. Zumindest noch nicht. Er hat einen durchschlagenden linken Haken."

Sie blickte ihn überrascht an. „Mr. Clavering ist ein guter Boxer?"

„Er ist einer der besten unter den Gentlemen", gab Bartholomew zu. „Aber lenke mich nicht von dem ab, was ich sagen wollte. Kurz bevor er ging, haben wir uns unterhalten und er gab zu, dass er dich immer noch heiraten will. Der Mann ist unglücklich, Lis. Er sieht aus, als hätte er kein Auge zugetan. Erlöse ihn von seinem Elend und heirate ihn."

„Soll er weiter nicht schlafen." Alice schüttelte den Kopf. „Ich denke, er hat sich sein Ziel zu hochgesteckt."

„Ich hielt dich nie für einen Snob", schimpfte Bartholomew sanft. Sie schämte sich dafür.

Sie sammelte ihren Zorn und kniff die Lippen zusammen. „Das hat damit nichts zu tun. Ich verstehe, dass es die Art der Männer ist, sich Mätressen zu nehmen. Aber es ist nicht *meine* Art, solcherlei zu akzeptieren. Ich verstehe, dass du"– sie hob die Hände, als sie nach den richtigen Worten suchte – „dir ‚die Hörner abstoßen‘ musst, oder wie auch immer du das nennen magst. Doch ich missbillige, dass für Männer und Frauen unterschiedliche Maßstäbe gelten. Ich finde es falsch, dass es so etwas gibt. Eines kann ich mit Sicherheit sagen: Wenn ich jemals einen Ehemann akzeptieren würde, gäbe es keine anderen Maßstäbe. Ich würde keinen Mann dulden, der sich mehrere Mätressen hält, so wie Mr. Clavering."

Bartholomew sah sie verblüfft an. „Wie kommt es, dass du überhaupt von diesen Dingen weißt? Darüber sollte man unter Frauen guter Herkunft nicht sprechen."

Alice warf ihm einen Blick zu. „Bart, du bist mein kleiner Bruder. Bitte benimm dich mir gegenüber nicht herablassend. Lass uns einfach sagen, dass diese Dinge allgemein bekannt sind."

„Was nicht allgemein bekannt ist", erwiderte ihr Bruder, „ist, dass Clavering noch nie eine Mätresse hatte. Und das ist etwas, das *mir bekannt ist*."

Alice drehte sich erschrocken zu ihm um. „Was? Woher weißt du das?"

Er warf ihr einen überheblichen Blick zu. „Weil er es mir sagte, liebe Schwester. Und das ist gewöhnlich nichts, womit ein Mann sich brüstet."

Sie blickte nach unten, streckte ihre Beine aus und betrachtete ihre in Pantoffeln steckenden Füße. Sie wollte es glauben, wagte es jedoch nicht. „Vielleicht hat er dich belogen, um mich für sich gewinnen zu können."

Bartholomew begegnete ihrem Blick und schüttelte den Kopf. „Er hat es mir gesagt, ehe das alles herauskam – als ihr beide euch noch gut verstanden habt. Clavering ist ein guter Mann, Lis."

Er ist ein guter Mann. Ihr Herz wollte es glauben. Ein paar Minuten verstrichen in Stille, dann blickte sie Bartholomew an, dessen Augen auf sie gerichtet waren. Er hob die Augenbrauen, um seinen Standpunkt zu verdeutlichen und als sie seinen Blick erwiderte, wurde ihr klar, dass sie es tatsächlich glaubte.

Ein Lächeln blühte um ihre Lippen auf, obgleich sie versuchte, ernst zu bleiben, und sie wandte ihr Gesicht ab, um es zu verbergen. Die Tatsache, dass George seine törichte Wette bereute, die er eingegangen war, als er sie kaum kannte, war beinahe genug, um sie dazu zu bringen, ihren Stolz abzulegen und ihm eine zweite Chance zu geben.

Doch wenn das wahr wäre – wenn das alles wahr wäre, dann wäre sie nicht gezwungen, Untreue in ihrer Ehe zu akzeptieren, wenn sie sich für George entschiede. Wenn sie seinen Antrag annehmen würde, müsste sie ihn mit keiner anderen teilen.

Nur, wie sollte eine Frau, die mehr als nur ein wenig stolz war, nachgeben und ihm eine zweite Chance geben?

„Nun, wenn du mich fragst, solltest du den armen Mann aus seinem Elend befreien und ihm sagen, dass du ihn haben willst", sagte Bartholomew, als hätte sie die Frage laut gestellt.

Sie runzelte die Stirn. „Etwas Derartiges tut eine Frau nicht. Kannst du ihm nicht sagen, dass er herkommen soll oder etwas Dergleichen?"

„Was, und Clavering soll mit Mutter als Zuschauerin um deine Hand anhalten? Wohl eher nicht."

„Richtig." Alice verstummte. Ihr waren die Ideen ausgegangen, doch ihr Herz hämmerte. Es war das eine, sich zu entscheiden, einem Mann noch eine Chance zu geben – sich vorzustellen, es könnte ein glückliches Ende für sie geben – doch es war etwas ganz anderes, Schritte zu unternehmen, damit es auch geschah. Sollte einem das Glück nicht einfach in den Schoß fallen?

„Ich begleite dich am Dienstag zum Maskenball bei den Fenleys", sagte Bartholomew schließlich. „Simon Fenley ist ein Freund von mir und ich werde ihn fragen, ob ich seine Bibliothek nutzen darf, damit ihr beide miteinander sprechen könnt."

„Bart", rief sie empört aus. „Das ist höchst unschicklich." Dann fiel ihr ein, wie sie das Durchbrennen eines Paares organisiert hatte und sie fragte sich, ob sie im Alter von dreißig Jahren überhaupt noch Anstand besitzen würde.

„Zum Kuckuck, Lis! *Ich* werde auch da sein, du Dummkopf", antwortete er und schüttelte angewidert den Kopf. „Für was für einen zweifelhaften Menschen hältst du mich?"

„Oh", hauchte sie erleichtert. Ihre Wangen flammten vor lauter Aufregung auf und sie ließ etwas davon an ihm aus. „Nenn mich nicht Dummkopf, du ... du *Stümper*!"

Bartholomew blickte sie überrascht und mit dem Anflug von Humor an. „Nun gut ... Hohlkopf."

Alice griff hinter sich, schnappte sich das bestickte Kissen und warf es nach ihm. „Bohnenstange."

Er wich dem Kissen aus und schoss zurück: „Schmachtgesicht."

Sie fing an zu lachen. „Genug, du geckenhafter Trottel."

Bartholomew stand grinsend auf. „Du hast doch sicher etwas Passendes zum Anziehen? Du wirst einen Domino benötigen." Als sie nickte, sagte er: „Ich werde mich darum kümmern, Mutter zu sagen, dass ich dich zum Ball begleite. Ich werde mir eine Ausrede einfallen lassen, warum ich etwas derart Ungewöhnliches tun sollte, damit sie nicht glaubt, ich wolle ein neues Kapitel aufschlagen oder dergleichen. Stelle nur sicher, dass du morgen um neun Uhr bereit bist, auf den Ball zu gehen."

„Bart", rief sie, als er auf die Tür zuging. „Hat Vater mit dir gesprochen? Niemand erzählt mir etwas, aber diese Freundin von dir, Miss Morgan..."

Er unterbrach sie, indem er seine Hand hob. „Du brauchst dich da nicht hineinziehen lassen. Und mit Vater komme ich schon zurecht."

„Nun gut", antwortete sie und runzelte die Stirn. Sie hoffte, er wusste, was er tat. Als er sich wieder zum Gehen wandte, atmete sie bei einem Gedanken schnell ein. „Bart, was ist, wenn er nicht kommt?"

Er zuckte mit den Schultern und legte seine Hand auf die Tür. „Wer bin ich, deine gute Fee? Sei einfach pünktlich fertig und wir kümmern uns um den Rest, wenn wir dort sind."

KAPITEL 26

George verließ schließlich sein Haus, nachdem er genug Zeit damit verbracht hatte, sich in seinem Elend zu suhlen. Auch wenn er keine Chance hatte, Alice' Herz zurückzugewinnen – nicht, nachdem er es so royal vermasselt hatte –, würde er nichts taugen, wenn er nicht wenigstens versuchen würde, ihr Vertrauen zurückzugewinnen. Für seinen ersten Auftritt in der Gesellschaft – und Jackson's zählte nicht – war er jedoch noch nicht bereit, sich der Höhle des Löwen zu stellen. Stattdessen könnte er ins White's gehen. Vielleicht würde er dort ein paar Freunde treffen, die ihm Mut machen würden. Er vermisste Duck bereits.

Das White's war praktisch leer. Es waren nur wenige Männer im Club und sie alle waren älter. Er musste irgendein Ereignis verpasst haben. George fragte einen der Bediensteten und erfuhr, dass in Ascot ein Rennen stattfand. *Ach, das Rennen!* Er hatte vollkommen vergessen, dass es heute stattfand. Früher wäre er einer der Ersten auf dem Feld gewesen. Er verließ den Club und beschloss, Philippa zu besuchen.

Sie zeigte keine Überraschung, als sie ihn sah, sondern nur Mitgefühl. Sie stand schwerfällig auf, als er hereinkam und er bemerkte zum ersten Mal, dass es höchst unangenehm sein musste, so rund zu sein, wie sie es immer mehr wurde. Sie konnte sich kaum von ihrem Stuhl erheben. Er sprang im letzten Moment nach vorne, aber er kam zu spät, um ihr zu helfen.

Sie hielt ihm ihre Hände hin, damit er sie ergreifen konnte. „Du bist nicht bei Lady Alice gewesen, nicht wahr?“

Er schüttelte den Kopf. „Sie will mich nicht sehen. Ehrlich gesagt, würde ich es wagen, aber ich versuche gerade herauszufinden, wie ich es am besten anstellen kann.“

Philippa schenkte ihm ein mitleidiges Lächeln. „Komm, setz dich. Ich werde Tee bestellen – du brauchst welchen. Du siehst aus, als könntest du auch etwas zu essen gebrauchen.“ George gehorchte und sie ging zum Klingelzug und gab dem Diener, der daraufhin erschien, ihre Anweisungen. Auf dem Weg zurück zu ihrem Stuhl ging sie an ihm vorbei und zerzauste sein Haar.

„Ich werde nicht fragen, welche Made dir in den Kopf geraten ist, um eine öffentliche Wette über eine Frau abzuschließen“, sagte sie in leichtem Ton.

George ließ seinen Kopf in die Hände sinken. „Harrowden hat mich in die Enge getrieben.“

Ein missmutiger Blick huschte über Philippas Züge. „Dieser Mann! Amos hat mir gesagt, dass er dahintersteckt. Lass dich von ihm nicht in die Enge treiben, egal unter welchen Umständen. Wo immer er auftaucht, sät er Ärger.“ Als George nichts erwiderte, seufzte sie. „Ich hatte gehofft, dass Alice mich besuchen würde und mir ihr Herz ausschüttet, damit ich sie beruhigen könnte, dass du unglücklich genug bist, um ihre Rachegelüste zu befriedigen. Ich konnte nicht wirklich zu ihr gehen.“

„Und sie wollte nicht zu dir kommen“, sagte George verzweifelt. Er fragte sich, wie er jemals die Kluft überwinden und tatsächlich mit ihr sprechen sollte. Es schien unmöglich.

Ein Diener kam herein und brachte heißes Wasser und Kuchen. Philippa legte die Teeblätter bereit und bereitete den Tee zu, dann schnitt sie George ein großzügiges Stück Kuchen ab und reichte es ihm. „Mutter hat einen Brief geschickt, in dem sie schreibt, dass sie nach London kommen will, wenn ich im Wochenbett bin.“

Er verschluckte sich fast an seinem Tee. „Was du nicht sagst. Sie hat in letzter Zeit keine leeren Versprechungen gemacht. Glaubst du, sie wird tatsächlich kommen?“

Philippa goss sich Sahne in den Tee. „Ich weiß es nicht. Ist es falsch von mir, mir zu wünschen, dass sie es nicht tut? Es wird mir schwerfallen, mich gleichzeitig um Mutter und mein Baby zu kümmern. Ich müsste dann Maria um Hilfe bitten.“

George gab ein übertriebenes Schaudern von sich, und sie schenkte ihm ein Lächeln. Das hellte die Stimmung auf.

Philippa erzählte ihm die neuesten Nachrichten, während sie aßen, und George musste nur zuhören. Nachdem er sein Stück Kuchen aufgegessen und zwei Tassen Tee getrunken hatte, ging es ihm langsam besser. Er konnte sich nicht daran erinnern, wann er das letzte Mal etwas gegessen hatte.

„Glaubst du, sie sind bereits angekommen?“, fragte Philippa. Als er sie irritiert ansah, erläuterte sie. „Duck und Miss Chauncey. Glaubst du, dass sie schon Mr. und Mrs. Duckworth sind? Wir haben noch nichts von einem Suchtrupp aus London gehört und noch weniger von einem erfolgreichen Auffinden.“

„Es ist etwa eine Woche her“, sagte er. „Wie ich Duck kenne, hat er es geschafft oder wird es bald schaffen. Aber ich werde nicht vollständig beruhigt sein, bis ich erfahre, dass sie den Bund der Ehe eingegangen sind.“ Während Philippa ihren Kuchen aß, atmete er tief durch und schöpfte neue Hoffnung. „Also, sag mir, was ich tun soll.“

Sie legte ihre Gabel ab und musterte ihn. „Geh heute Abend auf den Maskenball. Die Fenleys sind die Gastgeber. Du hast doch sicher eine Einladung erhalten?“

„Das habe ich, doch ich habe noch nicht darauf geantwortet. Ich kann nicht erscheinen, ohne eine Zusage geschickt zu haben.“

„Dann schick sie verspätet. Sie werden es dir verzeihen. Gastgeberinnen sind immer auf der Suche nach gutaussehenden jungen Gentlemen, die ihre Partys beleben.“ Philippa lachte. „Ich muss es wissen. Ich bin nun eine solche Frau.“

George ließ sich die Idee durch den Kopf gehen. Es tat ihm nicht gut, in seinem Zimmer Trübsal zu blasen, doch er würde allein an der Party teilnehmen. Seine Freunde würden vermutlich erst spät vom Rennen zurückkehren und es war unwahrscheinlich, dass er dort jemanden von ihnen sehen würde. Er schaute seine Schwester an. „Zu welchem Zweck?“

„Ich denke, Lady Alice wird hingehen.“ Sie beugte sich so weit vor, wie ihr runder Bauch es zuließ. „Natürlich habe ich nicht ihr Vertrauen, doch die Maskerade ist der perfekte Ort, um dem Trübsinn zu entfliehen, ohne zu sehr aufzufallen. Die Wette, die du auf Lady Alice abgeschlossen hast, hat sich nicht in der *vornehmen Gesellschaft herumgesprochen*, oder? In meinem Umfeld hörte ich zumindest nichts davon.“

George runzelte die Stirn. Daran hatte er nicht gedacht. „Ich denke nicht, doch vielleicht würde man es in meiner Gegenwart nicht erwähnen, da ich darin verwickelt bin.“

„Hm.“ Philippas Gesicht straffte sich. „Ich nehme an, dass Harrowden, nachdem der Schaden angerichtet war, kein Bedürfnis mehr hatte, es bekannt zu machen. Schließlich wirft es kein gutes Licht auf ihn, wenn er eine Wette öffentlich macht, die in einem privaten Gentleman-Club abgeschlossen wurde – *und* noch dazu eine Wette über die Tochter eines Dukes.“

„Dieser Mann fordert ein Duell heraus“, schimpfte George und spürte, wie die Wut in ihm anstieg, wenn er nur daran dachte. Wie gerne würde er dieses übermäßig symmetrische Gesicht verunstalten und interessanter machen.

„Bitte tu das nicht“, flehte Philippa. „Wie ich ihn kenne, würde er vor dem Zählen schießen und dich tödlich verletzen.“

„Nur wenn er auf den Baum zielen würde“, spottete George.

Dann blies er die Luft aus und legte die Hände auf die Knie. „Ich verschwende hier meine Zeit. Nein, es tut mir leid, Phil. So habe ich es nicht gemeint. Ich muss einfach etwas tun. Ich kann nicht stillsitzen. Doch ich werde deinen Rat befolgen und meine Zusage für heute Abend schicken. Nun muss ich irgendwo eine Maske finden. Wo kann man dergleichen besorgen?“

„Jack hat noch eine übrig. Ich werde sie für dich holen.“

George wartete, bis seine Schwester zurückkehrte. In der Hand hielt sie eine orangefarbene Maske, die mehr Aufmerksamkeit auf sich zog, als ihm lieb war. Sie hatte etwas wie eine Löwenmähne, die an allen Seiten von ihr abging. Er betrachtete sie zweifelnd.

„Das trägt Blythefield?“

„Das tut er nicht“, erwiderte Philippa mit der Andeutung eines Lächelns. „Deshalb gebe ich sie dir.“

George nahm an, dass es keine Rolle spielte, welche Maske er trug.

Niemand würde sie mit ihm in Verbindung bringen. Und es stand kaum zu hoffen, dass er Alice dort sehen würde. Er war sich sicher, dass es ihrer Mutter nicht gut genug ging, um teilzunehmen, was bedeutete, dass auch sie nicht kommen würde. Doch es würde ihn ablenken, dorthin zu gehen und im Augenblick war das alles, was er noch hatte.

MENSCHENMASSEN STRÖMTEN an diesem Abend kontinuierlich in das Haus der Fenleys, als George sich näherte. Er fühlte sich lächerlich in seiner Maske, war aber etwas besänftigt, als er ein paar andere sah, die noch protziger waren. Da diese jedoch allesamt zu beleibten älteren Männern gehörten, konnte er sich mit dieser Tatsache nicht sonderlich trösten. Er musste sich in Erinnerung rufen, warum er hier war. In der Hoffnung – ganz gleich wie gering – dass Alice kommen würde und er mit ihr sprechen könnte, um sie anzuflehen. Damit sie ihm verzieh oder ihn heiratete – wozu auch immer sie bereit war.

Ein paar Leute blickten in seine Richtung, als er die Treppe hinaufging und seine Wangen wurden unter der Maske warm. Er musste so lächerlich aussehen, wie er sich fühlte. Und mit wem sollte er sich unterhalten, während er hier war? Er war sich nicht sicher, ob er in dem Meer von Kostümen irgendjemanden erkennen würde und von seinen Freunden würde vermutlich keiner erscheinen. *Es war eine dumme Idee gewesen, hierherzukommen.*

Nachdem er den Gastgeber und die Gastgeberin begrüßt hatte, die sich neckend erkundigten, wer der große junge Löwe sein könnte, betrat er den Ballsaal und begann, die Leute um ihn herum zu mustern. Zu seiner Rechten unterhielt sich ein Pärchen. Die Frau trug einen Domino und eine Maske, die wie ein Wolf aussah, und der Mann trug eine aus rotem Satin. Der Mann lächelte und präsentierte einen unverwechselbaren Mund mit ungeputzten Zähnen.

Es konnte nur Lord Hicks sein. Es sprach einiges dafür, zumindest eine Person auf dieser Versammlung zu erraten. Er hatte keine Vorstellung davon, wer die Dame sein könnte. Sie schien sich an Hicks' Gesellschaft zu erfreuen, was verblüffend war. Nein, das war unfreundlich. Da war er nun und urteilte er über Lord Hicks, obwohl er zu den

Männern gehörte, die auf eine Frau wetteten, die weit über ihm stand – und die er verzweifelt zu heiraten wünschte.

Ein kleines Orchester begann, in der Ecke des Raums aufzuspielen und einige der Paare fanden sich zum Tanz zusammen und füllten das Parkett mit bunten Farben. George ging am Rande des Raumes umher und sein Blick fiel auf jede zierliche Frau, die seinen Weg kreuzte. Es gab keine Einzige, die man mit Alice verwechseln konnte. Natürlich würde sie nicht hier sein. Er verschwendete seine Zeit.

Frustriert bog er aus dem Ballsaal ab und fand sich in einem abgedunkelten Gang wieder, der parallel zum Ballsaal verlief. Vom anderen Ende kamen Lichter und Geräusche. Es war ein ruhigerer Weg, um die andere Seite des Ballsaals zu erreichen, wo sich der Ausgang befand, auch wenn er ihn durch die Privaträume des Hauses führte. Vielleicht war es nicht ganz recht, doch er konnte den Gedanken nicht ertragen, sich wieder durch die Menschenmassen des Ballsaals zu schlängeln, also ging er weiter.

„Wenn Sie so freundlich wären, Mylord."

In der Stimme, die er gehört hatte, lag Angst. Gedämpfte Geräusche eines Handgemenges auf halbem Weg durch den dunklen Korridor erreichten ihn und George ballte die Fäuste, als er weiterging.

„Aufhören – bitte!"

George begann zu rennen und es waren nur wenige Schritte nötig, bis er das Paar erreichte. Der Mann war maskiert und hielt eine Frau, in der Kleidung einer Dienerin, fest umschlungen. Er küsste sie, doch es war keine freiwillige Tändelei ihrerseits.

George zog den Mann von ihr weg, lehnte sich zurück und legte sein Körpergewicht in einen Schlag, der den Mann ins Taumeln brachte. Der Mann fluchte, während er sich die Nase hielt. George behielt seine Kampfhaltung bei, doch der Mann schien nicht darauf erpicht zu sein, sich auf ihn zu stürzen.

„Wer sind Sie?", sagte der Mann. „Welches Recht haben Sie, sich in etwas einzumischen, das Sie nichts angeht?"

Die Stimme kam ihm bekannt vor, obwohl sie durch eine verstopfte Nase gedämpft war. George runzelte die Stirn und trat einen Schritt vor. Er griff hinüber und riss dem Mann die Maske vom Gesicht. Natürlich – Harrowden. Seine Wange begann bereits anzuschwellen und er bewegte seinen Kiefer, als würde er den Schaden erkunden.

„Geben Sie mir meine Maske", schnauzte Harrowden und riss sie George aus der Hand. „Wem verdanke ich die Ehre dieser Einmischung?"

George hielt inne. Er war versucht, Harrowden zu erzählen, wer ihn geschlagen hatte – um ihn zu verärgern und ihm all das heimzuzahlen, was er angerichtet hatte und vermutlich auch weiterhin anrichten würde, denn solch ein Mensch war er nun einmal. Doch das würde nur garantieren, dass die Dinge zwischen ihnen durch eine Fehde geregelt würden. Er dachte an Philippas Worte und lächelte fast bei dem Gedanken, im Morgengrauen mit Pistolen auf jemanden zu schießen, der ihn wahrscheinlich durch falsches Spiel oder Ungeschicklichkeit töten würde.

„Da Sie keine Ehre zu vergelten haben, ist diese Frage überflüssig. Gehen Sie nun, Harrowden."

Lord Harrowden setzte seine Maske wieder auf und band sie vorsichtig fest. Er warf George einen finsteren Blick zu und drehte sich dann um, um zum anderen Ende des Korridors zu gehen. Erst als er fort war, drehte sich George zu der Frau um. Sie atmete schwer und sah aus, als hätte sie geweint, doch er konnte sehen, dass sie um Fassung rang.

„Geht es Ihnen gut, Ma'am? Darf ich Sie irgendwohin in Sicherheit bringen?", fragte er sie.

„Das wäre sehr nett von Ihnen, Sir."

Sie schniefte und drehte sich um, um zurück zum Ballsaal zu gehen und George ging an ihrer Seite. Er war sich nicht sicher, ob er einer Dienerin seinen Arm anbieten sollte, doch er vermutete nicht. Er hatte sich noch nie in solch einer Position befunden und wollte sie nicht in Verlegenheit bringen. Er begnügte sich damit, seinen Schritt zu verlangsamen, damit sie in ihrem Tempo gingen.

„Ich danke Ihnen, Sir", sagte sie, als sie sich dem Eingang zum Ballsaal näherten.

Die Verletzlichkeit in ihrer Stimme rührte ihn und er ergriff ihre Hand, schob sie unter seinen Arm und lächelte sie an. „Es war mein Privileg, Sie verteidigen zu dürfen."

Drei Personen betraten den Korridor und verdeckten einen Teil des Lichts, das aus dem Ballsaal kam. Ihre Gesichtszüge waren nicht zu erkennen.

„Anley. Lass mich dir die Bibliothek zeigen, falls du sie benötigst."

Erschrocken über den Namen, drehte sich George, um sie genauer in Augenschein zu nehme. Nun, bei besserem Licht, hatte er keinerlei Schwierigkeiten, Alice an der Seite ihres Bruders zu erkennen. Er wusste nicht, wer die dritte Person sein könnte. Er ließ die Hand des Dienstmädchens los und ging auf sie zu.

„Alice!" In seiner Aufregung vergaß George, ihren Titel zu benutzen und diskret vorzugehen – genau wie er die Tatsache vergaß, dass sie vermutlich nicht mit ihm sprechen wollte.

Im nächsten Moment bereute George seine Eile, denn es fiel ihm nicht schwer, trotz ihrer Maske die Wut in ihrem Gesicht zu erkennen. Konnte es sein, dass sie noch immer derart wütend auf ihn war?

Er hatte keine Chance.

„Ich wusste es", sagte sie mit tiefer, pochender Stimme. „Ich wusste, dass Sie ein Lügner sind. Keine Mätressen, *hmm*? Ist das so, weil Sie zu geizig sind, sie zu bezahlen? Also belästigen Sie stattdessen unschuldige Dienstmädchen in den Fluren anderer Häuser?" Sie warf einen verächtlichen Blick auf das Dienstmädchen. „Oder nicht gar so unschuldig?"

„Alice!", rief George erneut, diesmal entsetzt. Dachte sie so von ihm?

„Alice", mahnte ihr Bruder gleichzeitig. „Lass uns herausfinden, was geschehen ist."

Das Dienstmädchen zog den Kopf ein, als wäre es beschämt. „So war das nicht, wenn ich bitten darf, Miss."

Als sie sprach, trat der dritte Herr vor. „Du bist eines unserer Dienstmädchen, glaube ich." Er warf George einen vernichtenden Blick zu. „Sie haben einiges zu erklären. Sie ist in Tränen aufgelöst und wir sind es nicht gewohnt, dass Gäste unsere Dienerschaft belästigen."

George erkannte den dritten Mann als Simon Fenley, obwohl sie sich nicht gut kannten. Er lenkte seinen Blick von ihm zurück zu Alice. Ganz gleich, was er sagte, man würde ihm nicht glauben. Noch nie war seine Ehre in Frage gestellt worden. Es war auch nie nötig gewesen. George holte tief Luft, um zu versuchen, sich dennoch zu erklären, doch letztendlich war es nicht nötig.

Das Dienstmädchen fand seine Stimme wieder und sprach entschlossen. „Mr. Fenley, es war Lord Harrowden, der mir etwas angetan hat. Er griff mich an, als ich Sandwiches durch den Korridor von einem Ende des Ballsaals zum anderen trug. Er ließ sich nicht von seinem Tun abbringen und ich kann nicht sagen, was geschehen wäre, wenn dieser Gentleman hier nicht gewesen wäre.“ Sie warf George einen tränenreichen, doch dankbaren Blick zu.

Georges Augen waren auf Alice gerichtet. Er sah, wie sich ihre Lippen teilten und ihre Augen von seinem Gesicht zu dem des Dienstmädchens wanderten. Er konnte sehen, dass sie ihr glaubte. Alice schloss den Mund und da ihre Maske nur den oberen Teil ihres Gesichts bedeckte, sah er, wie sich Röte über ihre Wangen stahl.

„Vielleicht können wir das privat besprechen?“, fragte er Alice, eine stille Bitte in seiner Stimme. Er hatte das Gefühl, dass es jetzt oder nie hieß, wenn er ihr zeigen wollte, wer er wirklich war.

„Ausgezeichnete Idee“, sagte Lord Anley zügig. „Fenley, geh du bitte voran. In die Bibliothek?“

Fenley wandte sich an das Dienstmädchen und murmelte ein paar Worte, dann drehte er sich um, um die Führung zu übernehmen. Er brachte sie zu dem Ort, an dem George auf Harrowden gestoßen war, und öffnete eine Tür. Er ging hinein und zündete ein paar Kerzen im Raum an, die die goldenen Buchstaben auf den Buchrücken zum Glänzen brachten.

„Danke, dass wir deine Bibliothek nutzen dürfen“, sagte Lord Anley. „Ich werde hierbleiben, damit alles seine Ordnung hat – und vernünftig geklärt wird.“

Er schüttelte Fenley die Hand, der daraufhin den Raum verließ. George sah ihm fassungslos hinterher. Es war, als ob die ganze Sache geplant gewesen wäre.

„Ich werde hier drüben sein“, sagte der Marquess, „und ich werde zwar in die andere Richtung schauen, doch denkt nicht, dass ich nicht zuhören werde.“ Er hob die Hand, als gäbe er ihnen einen päpstlichen Segen, und schritt dann zu dem Stuhl an der hintersten Seite des Raumes, wo er mit Blick auf den Kamin Platz nahm und hinter der Stuhllehne verschwand.

Obwohl George Alice' Hände in seine eigenen nehmen wollte, wagte er es noch nicht. Er gab ihr ein Zeichen, ihm zum anderen Ende des Raumes zu folgen. Als sie das Ende erreicht hatten, drehte er sich zu ihr um.

„Alice", sagte er, seine Stimme war kaum lauter als ein Flüstern. „Ich leide. Ich bin ein Narr, dass ich auf dich gewettet habe. Der Verstoß gegen den Anstand war unverzeihlich, aber ich bitte dich, mir dennoch zu verzeihen."

Sie hörte ihm zu und sah zu Boden. Er spürte, dass sie weicher wurde. Wurde sie das wirklich? Vielleicht bereitete sie sich nur darauf vor, ihm zu sagen, dass er sie nicht weiter belästigen sollte.

Sie hob ihren Blick zu ihm. „George, nimmst du bitte diese absurde Maske ab? Ich kann nicht mit dir sprechen, wenn du eine Mähne trägst."

Er riss sich die Maske vom Gesicht und hielt sie in beiden Händen. Sie löste vorsichtig ihre eigene, unauffällige schwarze Maske und gewährte ihm endlich einen Blick auf ihr geliebtes Gesicht. Er wartete darauf, dass sie sprach.

„Auch ich leide", sagte sie. „Ich hatte nicht erwartet, dass du einen Platz in meinem Herzen finden würdest, doch ich fürchte, du hast es dir dort gemütlich gemacht, ohne dass ich es ahnte. Deshalb tat es weh, von der Wette zu erfahren. Deshalb fürchtete ich, du würdest mir nur untreu werden. Du hast einen gewissen Ruf, weißt du."

Jeder Muskel in ihm war angespannt vor Angst, das zu verlieren, wonach er sich sehnte – vor Verlangen, sie im Arm zu halten. Er hielt sich zurück. „Der Ruf, der über meinen Namen verbreitet wird, spiegelt nicht wider, wer ich wirklich bin. Der wahre George ist der Mann, der ich bin, wenn ich mit dir zusammen bin."

Sie hob eine Hand und legte sie auf sein Herz. Er machte einen Schritt nach vorne, um sie fester zu spüren. Er hielt sich in Schach und legte seine eigene Hand über ihre. Er würde keine einzige Bewegung machen, ohne sicher zu sein, dass sie keine weiteren Bedenken hatte.

„Und du wirst dir keine Mätresse nehmen?", fragte sie und sah zu ihm auf. „Du wirst das Vermögen deiner Frau nicht verspielen und sie damit mittellos und von dir abhängig machen?"

Er schüttelte den Kopf. Es war schwierig, die Worte aus seiner Kehle zu bekommen. „Das Erbe meiner Frau soll für unsere Kinder bestimmt sein, wenn sie es wünscht. Oder sie soll es zu ihrem eigenen Vergnügen nutzen. Ich werde dafür sorgen, dass mein eigenes Erbe einträglich ist, damit das Vermögen meiner Frau nicht gebraucht wird."

„Du hast vergessen, zu den Mätressen zu antworten", flüsterte sie.

Seine Augen wurden groß. „Ich habe es vergessen, weil mir der Gedanke derart zuwider ist, dass ich ihn nicht einmal als Teil meiner Pläne formuliere. Keine Mätressen. Wer würde schon an so etwas denken, wenn er die"– er hob seine andere Hand zu Alice' Gesicht und strich mit dem Daumen unter ihrem Kinn entlang – „reizendste Ehefrau zu Hause hat?"

Alice versuchte, seinen Blick zu ergründen. George hielt still, als würde er versuchen, ein wildes Tier zu zähmen. Er musste ihr Vertrauen gewinnen.

Endlich sprach sie. „Da ist die Sache mit der Wette – *unserer* Wette."

Sie bewegte sich nicht von ihm weg, also hatte er auch nicht vor, sie loszulassen. „Was ist damit?"

„Die Bedingungen", sagte sie und schürzte ihre Lippen. „Ich habe gewonnen, weißt du."

George erlaubte seinen Lippen ein Lächeln. Der Wechsel des Themas war genau wie sie. Plötzlich, ungestüm, humorvoll. Sie würde ihn auf Trab halten. „Möchtest du deinen Gewinn einfordern, Alice?"

„Das möchte ich." Sie versuchte, ernst auszusehen, doch er konnte sehen, wie sie sich auf die Lippen biss, um ein Lächeln zu unterdrücken. Dadurch trat auf jeder Wange ein Grübchen hervor. „Ich möchte, dass du mich heiratest."

George ließ seine Hände fallen und trat fassungslos zurück. Das war das Letzte, was er von ihr erwartet hatte. Dann sah er wie Panik in ihre Augen schoss. Seine Überraschung hatte wie Ablehnung ausgesehen.

„Alice!" Es kam als heiseres Flüstern heraus und mit einem raschen Schritt war er wieder bei ihr. Er schlang beide Arme um sie und zog sie an der Taille und den Schultern zu sich heran, bis sie direkt an ihm stand. Er beugte sich zu ihr hinunter, bereit, sie besinnungslos zu küssen, doch dann hielt er sich zurück. Dies sollte ihr erster richtiger Kuss werden und sie sollte wissen, dass sie geschätzt wurde.

Er ließ sich Zeit. Mit einer Zurückhaltung, die ihn erzittern ließ, berührte George mit seinen Lippen die ihren. Er löste sich von ihr, fing ihren Blick auf und küsste sie erneut. Er lockerte seine enge Umarmung und ließ seine Hände an ihren Armen hinaufgleiten, bis sie auf ihrem Gesicht ruhten. Dann küsste er sie noch inniger und fuhr mit den Fingern durch die seidigen Strähnen ihres Haares. Die Zukunft offenbarte sich ihm – eine Zukunft, die damit gefüllt sein würde, diese Frau bis zum Tage seines Todes zu lieben. Diese Bruchteile von Gedanken drängten sich in sein Bewusstsein, als er seine Lippen wieder auf die ihren legte und über ihre weichen Wangen strich. Er könnte dies ewig tun...

„Sind wir nun fertig?" Die ironische Stimme kam von dem Stuhl am Feuer und brachte George wieder zur Besinnung.

Er öffnete seine Augen weit und begegnete Alice' Blick. Sie unterdrückte ihr Kichern. Er beugte sich hinunter, um zu flüstern, aber sie begegnete seine Lippen wieder und er machte sich nicht die Mühe, das Missverständnis aufzuklären.

„Das war genug Zeit", sagte Anley und erhob sich auf der anderen Seite des Raumes. Er hörte sich eher wie ein älterer Bruder an als der junge Bursche, der er war. Er kam langsam zu ihnen herüber.

George beugte sich hinunter, um Alice wieder etwas zuzuflüstern, und dieses Mal gelang es ihm. „Ich akzeptiere deine Bedingungen."

Alice warf ihm einen verwirrten Blick zu, der sich jedoch rasch wieder legte. Er wurde durch ein Lächeln ersetzt, das noch strahlender wurde, als er erklärte: „Ich werde dich heiraten, meine *außerordentlich* liebe Alice – da du mich haben willst."

EPILOG

Alice Clavering stand mit Cleda Bell, Philippa Blythefield und Susan Evans in der Ecke von Almack's und betrachtete die jungen Frauen, die in dieser Saison in den Heiratsmarkt eintraten. Cleda und Philippa waren beide junge Mütter, doch sie hatten beschlossen, ihre neugeborenen Söhne bei den Ammen zu lassen, um an der Eröffnungsnacht von Almack's teilnehmen zu können. Alice schätzte sich glücklich, heute Abend das Vergnügen ihrer Gesellschaft zu haben, denn sie waren die Freundinnen, mit denen sie am liebsten Zeit verbrachte. Zudem hatte sie erkannt, dass das Leben in London gar nicht so furchtbar war, selbst ohne Busenfreundinnen bei allen gesellschaftlichen Ereignissen.

„Da ist die junge Miss Delby", sagte Cleda. „Sie wird nicht lange warten müssen, mit ihrem flachsfarbenen Haar."

„Es ist die schönste Farbe, nicht wahr?", stimmte Susan wehmütig zu. „Und ihre Augen sind so groß, dass sie sicher vielen den Kopf verdreht."

Philippa begutachtete das fragliche Mädchen. „Möglicherweise. Doch wie ich höre, wollen ihre Eltern, dass sie eine vorteilhafte Ehe eingeht. Das arme Mädchen wird nicht viel Mitspracherecht haben, wen sie heiratet."

Alice stellte sich neben ihre Schwägerin und richtete ihren Blick auf Miss Delby. „Vielleicht lässt sich da etwas unternehmen“, sagte sie in einem unschuldigen Ton, doch sie wusste, dass Philippa sich nicht täuschen ließ. „Ach, da ist Mr. Ernest Winche. Er könnte Erfolg bei Miss Delby haben. Er wünscht kein Vermögen und es sieht nicht so aus, als ob er es brauchen würde.“

Cleda unterdrückte ein Lachen.

„Ich glaube nicht, dass Mr. Winche momentan eine Frau benötigt“, bemerkte Philippa. „Ich bin nicht davon überzeugt, dass er in der Lage ist, sich einen Backenbart wachsen zu lassen.“

„Ach, nein, dafür ist er doch sicher alt genug“, sagte Susan. Als alle sie mit vergnügten Augen ansahen, schlug sie die Hände vor den Mund. „Oh, du machst Witze. Aber natürlich.“

Alice hatte nicht verstehen können, warum Philippa Susan, die nicht eben mit Weisheit ausgestattet war, so nahestand. Ihre Freundschaft bestand schon vor Philippas Heirat mit Susans Bruder. Zumindest die Freundschaft von Alice und Cleda ergab Sinn, da sie die gleichen Interessen hatten. Doch Alice lernte, Susans Schlichtheit zu schätzen. Sie war von Natur aus freundlich, und diese Eigenschaft wurde mit zunehmendem Alter immer wertvoller.

Nicht, dass Alice alt gewesen wäre. Sie war noch nicht länger als ein Jahr verheiratet. „Meine Damen“, sagte sie. „Ich erspähe meinen Mann. Ich werde furchtbar unmodern sein und mit ihm reden.“

Philippa lächelte. „Komm bald wieder zurück. Du willst doch nicht, dass London in Gerede entflammt, wie Lady Alice Clavering ihren Mann vor den *Augen der vornehmen Gesellschaft anschmachtet*.“

Alice konnte nicht anders, als das Lächeln zu erwidern. Es hatte nicht lange gedauert, Philippa schätzen zu lernen. Sie liebte ihre Schwägerin und wusste, dass sie durch ihre Ehe mit George viel gewonnen hatte.

Ihr Mann stand mit dem Rücken zu einer Nische, nicht weit entfernt von der Nische, in der sie sich kennengelernt hatten. Mit verschränkten Armen starrte er geradeaus und schien in Gedanken versunken zu sein.

„Vorsichtig, Mr. Clavering. Die Leute hier werden denken, dass du unglücklich bist. Und wenn sie denken, dass du unglücklich bist, werden sie deine Frau dafür verantwortlich machen.“

„Es wäre der Gipfel der Ungerechtigkeit, meiner Frau die Schuld zuzuweisen. Sie ist ein Engel." George sah sich rasch um, dann nahm er die Hand seiner Frau und küsste sie, ehe er sie auf seinen Arm legte. Er beugte sich vor. „Ich sah gerade Harrowden. Der Mann verärgert mich."

„Er! Ich hatte seine Existenz beinahe vergessen. Hast du ihn jemals um deine Schillinge gebeten?" Alice kannte die Antwort, doch sie konnte nicht widerstehen, George zu necken. Es war kein wunder Punkt mehr zwischen ihnen.

„Du weißt recht gut, dass ich das nicht getan habe. Je schneller diese Dummheit vergessen ist, desto besser. Es ist unfreundlich von dir, mich zu necken, meine Liebe."

Ein Kichern entwich Alice. Sie fühlte sich wohlwollend gegenüber der Welt. Lord Harrowden selbst könnte sich ihr nähern und sie würde sich möglicherweise sogar dazu herablassen, ihm zuzunicken. Sie blieb an Georges Seite und kümmerte sich nicht darum, dass sie damit Gerede darüber erzeugte, dass sie zu viel Zeit mit ihrem Mann verbrachte.

Sie beugte sich zu George. „Wir sprachen eben über eine Miss Delby, die..."

„Nein."

Alice hielt ihr Gesicht der Gesellschaft zuliebe weiterhin ausdruckslos, verspürte jedoch den größten Drang zu lachen. „Was bedeutet das − nein? Du weißt doch noch nicht einmal, was ich sagen wollte."

George führte neben ihr dieselbe Farce weiter, tat so, als würde er den Gipfel der Langeweile erleben und sprach Worte, die nur sie hören konnte. „Ich muss nicht wissen, was du sagen wirst, denn ich kenne meine Frau. Und das letzte Mal, als sie sich mit dem Gedanken trug, einen Ehemann für die arme Miss *„Wir-wissen-beide-wer" zu* arrangieren, endete es mit einem Skandal."

„Nein, mit einem Ehemann. Nicht mit einem Skandal."

„Skandal", wiederholte er und schürzte seine Lippen. Alice konnte sich ein Kichern nur schwer verkneifen.

Letzte Woche hatten sie einen weiteren Brief von Oswald und Gwendolyn Duckworth erhalten, die sich auf dem Duck'schen Anwesen niedergelassen hatten. So wie es sich anhörte, führten sie ein Leben in unvergleichlicher Glückseligkeit. Alice und George hatten ernsthaft über das Thema gesprochen und waren sich einig, dass es die richtige Entscheidung gewesen war. Außerdem hatte es eine Anzeige in der *Gazette* gegeben, dass Lord Hicks sich mit Miss Teresa Wolfe verlobt hatte und die Hochzeit noch in dieser Saison stattfinden würde. Alice war es leichtgefallen, Teresa von ganzem Herzen zu gratulieren.

George behielt ihren Arm in seinem, obwohl sich gerade ein neues Set bildete und er weder mit einer der Damen tanzen noch mit den Gentlemen sprechen gehen wollte. Er war selbst furchtbar unmodern.

„Mal abgesehen von Miss Wer-auch-immer, weiß ich nicht, warum wir immer noch zu Almack's gehen. Wir sind beide verheiratet. Ist die Eheschließung nicht der einzige Grund, hierherzukommen?"

„Ach, ich weiß es nicht."

Alice wurde plötzlich atemlos. Sie hatte sich nicht überlegt, wie sie es George sagen sollte. Sie hatte vorgehabt, es in einem privaten Augenblick zu tun, doch plötzlich fühlte es sich richtig an, es hier zu tun. Immerhin war dies der Ort, der sie zusammengebracht hatte.

„Wir müssen über die neuesten Geschichten der Gesellschaft auf dem Laufenden bleiben" – sie hob ihren Blick zu ihm und senkte ihre Stimme noch weiter – „und zwar die nächsten achtzehn Jahre wenigstens, denn dann werden sie höchst wichtig werden."

Ihr Mann wandte seinen Blick nicht von ihr ab, daher sah sie, wie sich sein verwirrter Blick in einen verstehenden verwandelte. Er zog sie weiter von der Menschenmenge fort und führte sie mit fester Hand in eine Nische – ihre Nische –, die auf wundersame Weise leer war, abgesehen von ihnen. Er wandte sich ihr zu.

„Alice Clavering, das sagst du mir *hier*?", murmelte er. Sein Blick war entschlossen und voller Freude. „Wo ich dich nicht in die Arme nehmen und einen Triumphschrei ausstoßen kann oder ähnliches?"

Sie presste ihre Lippen aufeinander und nickte lächelnd. Er beugte sich zu ihr hinunter und drückte ihr einen Kuss auf die Lippen, in dem sie beide versanken.

„Ich werden einen Weg finden müssen, um mich für diese Gedankenlosigkeit zu rächen", sagte er.

„Ich werde gespannt darauf warten, wie du das versuchst", erwiderte sie neckisch.

Er zog sich plötzlich zurück, die Augenbrauen zusammengezogen.

„Aber warum sollte Almack's in all den Jahren wichtig sein? Weißt du, ein Junge braucht Almack's nicht...“

„Ein Junge?“, erwiderte Alice und zog ihn spielerisch am Arm. „*Pah!* Also ich würde wetten...“

ÜBER DEN AUTOR

Jennie Goutet ist eine in Amerika geborene Anglophile, die mit ihrem französischen Mann und ihren drei Kindern in einer kleinen Stadt außerhalb von Paris lebt. Ihre Fantasie dreht sich um das England der Regency-Zeit, wo auch ihre authentischen Bestseller-Regency-Romane spielen. Mehr über Jennie und ihre Bücher erfährst Du auf der deutschen Seite ihrer Autoren-Website: jenniegoutet.com. Dort findest Du einen Link zu ihrem Newsletter und wenn Du Dich dafür anmeldest, erhältst Du eine kostenlose Novelle. Sie verschickt nur dann Newsletter, wenn es eine Neuerscheinung gibt oder ein deutsches Buch heruntergesetzt erhältlich ist.

PHOTO : CAROLINE AOUSTIN